Keri Arthur

Le Baiser du mal

Riley Jenson – 2

Traduit de l'anglais (Australie) par Lorène Lenoir

Milady

Milady est un label des éditions Bragelonne

Titre original : *Kissing Sin*

Photographie de couverture :
© EyesOn / iStockphoto
Illustration de couverture :
Anne-Claire Payet

ISBN : 978-2-8112-0300-9

Bragelonne – Milady
35, rue de la Bienfaisance – 75008 Paris

E-mail : info@milady.fr
Site Internet : www.milady.fr

Je voudrais remercier les personnes suivantes :
Ma merveilleuse agente, Miriam ;
mon extraordinaire éditrice, Anne,
et tous les gens de Bantam qui ont rendu
possible l'existence de ce livre.

Ce livre est dédié aux deux personnes les plus importantes dans ma vie : Pete et Kasey.

Chapitre premier

Tout ce que je sentais, c'était le sang.

Du sang épais et capiteux.

Du sang qui recouvrait tout mon corps et me grattait la peau.

Je m'étirai en gémissant doucement et me laissai rouler sur le dos. De nouvelles sensations percèrent le brouillard qui m'encombrait l'esprit. Le froid des pavés contre mon échine. La pluie fine sur ma peau nue. La puanteur d'ordures laissées trop longtemps au soleil. Et, derrière tout cela, une odeur de chair crue.

Je ne sais pour quelle raison, mais cette senteur m'emplit d'un mauvais pressentiment.

Je me forçai à ouvrir les paupières. Un mur en béton se dressait devant mes yeux, donnant presque l'impression d'être concave, comme sur le point de s'abattre sur moi. Il ne comportait aucune fenêtre, et nulle lumière ne l'éclairait. Un instant, je crus que je me trouvais dans une sorte de prison, puis je me souvins de la sensation de pluie et vis que le sommet du mur se fondait dans le ciel nocturne encombré de nuages.

La lune n'était pas visible, mais je n'avais nul besoin de la voir pour savoir à quelle période du cycle lunaire nous nous trouvions. J'avais beau avoir autant de sang de vampire que de loup-garou dans mes veines, j'étais néanmoins extrêmement sensible à l'influence dudit astre. La pleine lune datait de trois jours au plus.

Dans mes derniers souvenirs, la chaleur lunaire avait à peine commencé. Entre-temps, j'avais perdu huit jours.

Je fronçai les sourcils en contemplant le mur le temps de reprendre mes esprits et en essayant de me rappeler comment j'avais pu atterrir là. Et comment j'avais bien pu me retrouver nue et inconsciente au beau milieu de la nuit.

Aucun souvenir ne se détacha du brouillard qui m'avait envahi le cerveau. Tout ce dont j'étais sûre, c'était que quelque chose de mauvais m'était arrivé, quelque chose qui m'avait endommagé la mémoire et couverte de sang.

J'essuyai d'une main tremblante la pluie qui me trempait le visage et regardai vers ma gauche. Le mur longeait une ruelle plongée dans l'ombre où s'alignaient des bennes débordant d'ordures. Tout au bout de la venelle, un lampadaire brillait, étincelle isolée dans l'obscurité environnante. Il n'y avait aucun bruit en dehors de ma respiration saccadée. Pas de voitures. Pas de musique. Pas même un chien qui aboierait après un ennemi imaginaire. Rien qui pouvait laisser penser qu'il y avait de la vie dans les environs.

Je déglutis difficilement en essayant de ne pas sentir le goût amer de la confusion et de la peur, et regardai vers la droite.

Et je vis le cadavre.

Un cadavre couvert de sang.

Oh! Mon Dieu…

Je ne pouvais pas… Non, Seigneur, dites-moi que ce n'était pas moi qui…

La gorge sèche, secouée de haut-le-cœur, je me relevai en chancelant et titubai en direction du corps.

Je vis ce qui restait de sa gorge et de son visage.

J'eus une soudaine montée de bile. Je me tournai vivement, ne voulant pas rendre mon dîner sur l'homme que je venais de tuer. Enfin, lui, ça ne le dérangerait plus vraiment…

Lorsque je n'eus plus rien à vomir, je m'essuyai la bouche du dos de la main. Je pris une grande inspiration et me retournai pour affronter les conséquences de mes actes.

C'était un gars costaud, dans les un mètre quatre-vingt-quinze, au teint mat et aux cheveux foncés. Il avait les yeux bruns et, à en croire son expression figée, je l'avais surpris. Il était aussi complètement habillé, ce qui signifiait qu'au moins, je n'étais pas sous l'emprise de la fièvre du sang lorsque je l'avais égorgé. Ce fut en soi un soulagement, surtout que moi j'étais nue… et j'avais manifestement eu un rapport sexuel avec quelqu'un moins d'une heure auparavant.

Je posai de nouveau le regard sur son visage et sentis mon estomac se révulser dangereusement. Ravalant ma nausée, je me forçai à me détourner de l'horrible amas de chairs pour examiner le reste du corps. Il portait ce qui ressemblait à une combinaison de travail marron ornée de boutons dorés, avec les lettres « D.S.E. » brodées sur la poche de poitrine gauche. Il portait un Taser à la ceinture et un talkie-walkie à son revers. Sa main reposait à quelques centimètres d'une arme qui ressemblait à un fusil hypodermique. Il avait des ventouses au bout des doigts, ce qui les rendait plus proches de ceux d'un gecko que de quoi que ce soit d'humain.

Je sentis un frisson me parcourir l'échine. J'avais déjà vu des mains comme celles-là : à peine deux mois auparavant, dans le parking d'un casino de Melbourne, lorsque j'avais été agressée par un vampire et par une grande créature bleue qui sentait la mort.

J'eus soudain un besoin urgent de sortir de cette ruelle, aussi brutal qu'un coup de poing dans le ventre. Le souffle coupé, tremblante, je résistai à l'envie de m'enfuir en courant : je devais d'abord en apprendre autant que possible à propos de cet homme. Ma mémoire était pleine de trous qu'il fallait que je comble d'une manière ou d'une autre.

L'un d'entre eux, et pas des moindres, étant comment je m'étais retrouvée à l'égorger.

Je respirai profondément, mais cela ne fit pas grand-chose pour calmer les soubresauts de mon estomac. Puis je m'agenouillai auprès de ma victime. Les pavés glacés frottèrent durement contre mes tibias, mais le froid qui m'envahit n'avait rien à voir avec la température de la nuit. Le besoin de m'enfuir était de plus en plus pressant mais, si mes sens avaient la moindre idée de ce que j'étais censée fuir, ils n'avaient visiblement pas jugé utile de m'en informer. Une chose était sûre : l'homme mort ne représentait plus une menace. Sauf évidemment s'il avait suivi le rituel qui permettait de devenir un vampire, et même, cela pourrait prendre plusieurs jours avant qu'il ressuscite.

Je me mordis la lèvre et palpai ses poches. Il n'avait rien d'autre que ce que j'avais déjà vu. Pas de portefeuille, pas de pièce d'identité, pas même les peluches qui s'accumulent, croissent et multiplient dans n'importe quelle poche. Il portait des bottes de cuir, des machins marron sans marque ni signe distinctif. Ses chaussettes, en revanche, étaient surprenantes. Elles étaient roses, d'un rose fluorescent.

Je clignai des yeux d'un air surpris. Mon frère jumeau les aurait adorées, mais c'était la seule personne que je voyais aimer ce genre d'accessoires. Un choix bien étrange de la part d'un homme si généralement dépourvu de couleur.

J'entendis soudain quelque chose racler le pavé, plus haut dans la ruelle. Je m'immobilisai et tendis l'oreille. Je sentis mon corps se couvrir de sueur, et mon cœur s'emballa si fort que j'eus presque l'impression qu'il résonnait dans le silence de la nuit. Quelques minutes passèrent, puis de nouveau, un léger cliquètement que je n'aurais jamais remarqué si tout n'avait pas été si silencieux par ailleurs.

Je tendis la main vers le fusil hypodermique et me tournai vers le fond de la ruelle, plongée dans l'ombre. Les immeubles se perdaient dans un gouffre d'obscurité et je ne percevais rien, ni personne dans les environs.

Pourtant, il y avait quelque chose, j'en étais certaine.

Je fermai les yeux et passai en vision vampirique à infrarouges. La ruelle devint plus nette : des hauts murs, des palissades en bois et des bennes débordant d'ordures. Tout au bout de la rue, il y avait une forme bossue, ni tout à fait humaine, ni tout à fait canine.

Je sentis ma bouche s'assécher.

Ils me pourchassaient.

D'où me venait cette certitude, je l'ignorais, mais je n'allais pas perdre de temps à tenter de le savoir. Je me redressai et m'éloignai lentement du cadavre.

La chose au bout de la ruelle leva le nez, reniflant l'air nocturne. Puis elle poussa un cri, un cri aigu, presque aussi grinçant que le crissement d'un ongle sur un tableau noir.

Une autre créature vint alors la rejoindre, et toutes deux se dirigèrent vers moi.

Je regardai discrètement par-dessus mon épaule. La rue et le lampadaire ne se trouvaient pas si loin, mais j'avais dans l'idée que les deux créatures ne craignaient ni l'une ni l'autre.

Le cliquètement de leurs ergots sur les pavés envahissait désormais la nuit, suivant une rythmique qui trahissait patience et violence maîtrisée. À chacune de leurs enjambées, je faisais trois pas, et pourtant ils semblaient bien plus rapides que moi.

Je recroquevillai mon doigt contre la détente du fusil hypodermique en regrettant de n'avoir pas pris aussi le Taser.

Les créatures interrompirent brièvement leur progression à hauteur du cadavre, se contentant de le renifler avant de l'enjamber et de poursuivre leur chemin. À cette distance, leur silhouette puissante et hirsute rappelait plus celle d'un ours que celle d'un chien ou d'un loup. Elles mesuraient un peu plus d'un mètre vingt au garrot et leurs yeux étaient rouges, d'un rouge lumineux particulièrement effrayant.

Elles grondèrent doucement en dénudant de longs crocs jaunes. Mon envie de fuir était si forte que chacun de mes muscles tremblait. Je me mordis la lèvre, refrénai mon instinct, levai le canon de mon fusil et appuyai deux fois sur la détente. Les fléchettes atteignirent les créatures en pleine poitrine, mais visiblement ça ne fit que les rendre encore plus furieuses. Leur grondement se mua en un rugissement féroce et elles bondirent dans ma direction. Je fis volte-face et me mis à courir. À la sortie de la ruelle, je m'engageai sur la gauche, tout simplement parce qu'il s'agissait d'une descente.

Le macadam était luisant d'humidité, et les lampadaires, peu nombreux et très espacés. Si mes poursuivants avaient été humains, j'aurais pu me dissimuler dans l'ombre et disparaître de leur vue. Mais la manière dont ces créatures avaient flairé ma trace à leur arrivée me laissait penser que ma capacité vampirique à me fondre dans les ténèbres ne me serait d'aucun secours.

Je ne pouvais pas non plus me transformer en loup, car alors, ma seule arme, ce seraient mes dents, ce qui n'était jamais une bonne option lorsqu'on avait deux assaillants ou plus.

Je descendis la rue mouillée en courant et passai devant des boutiques silencieuses et des maisons avec terrasses. Il ne semblait y avoir personne à l'intérieur et aucune n'éveillait en moi la moindre sensation de déjà-vu. À vrai dire, elles avaient toutes l'air étrange, comme s'il s'agissait juste d'un décor en deux dimensions.

Je sentis un déplacement d'air dans mon dos et la menace devenir plus présente. Je jurai à mi-voix et me laissai tomber à terre. Une forme sombre passa au-dessus de moi avec un ululement aigu qui se mua en sifflement de rage. Je visai et tirai de nouveau une fléchette hypodermique, puis roulai sur le dos en donnant un coup de pied à la seconde créature. Je l'atteignis à la mâchoire et détournai sa trajectoire. Elle s'écrasa à ma gauche et resta un instant à secouer la tête, sa poitrine laissant échapper un grognement sourd.

Je me relevai à tâtons et tirai la dernière fléchette sur elle. Je vis un mouvement du coin de l'œil. La première créature s'était relevée et se dirigeait vers moi.

Je lui jetai le fusil vide à la figure, puis bondis hors de sa trajectoire. Elle dérapa et essaya de s'arrêter en raclant le goudron humide de ses griffes. Je saisis une poignée de poils bruns hirsutes et sautai sur son dos en l'étranglant avec mon bras. J'avais la puissance d'un loup-garou *et* d'un vampire, ce qui signifiait que j'avais plus que la force nécessaire pour écraser le larynx de toute créature normale. Le problème, c'est que cette créature était loin de l'être, normale.

Elle poussa un rugissement étranglé et furieux et se mit à ruer dans tous les sens. Je m'arrimai solidement à elle, les deux jambes autour de sa taille, luttant pour garder l'équilibre alors que je tentais toujours de l'étrangler.

L'autre créature surgit de nulle part et me frappa le flanc de plein fouet, me désarçonnant de son compagnon. Je heurtai le bitume assez fort pour voir trente-six chandelles, mais le bruit de griffes qui s'approchait me contraignit à reprendre mes esprits. Je me redressai sur les genoux et les mains et m'éloignai à quatre pattes.

Soudain, je sentis des griffes me labourer les côtes assez profondément pour que je me mette à saigner. Je me retournai vivement, saisis la patte et la tirai violemment vers moi. La créature s'envola par-dessus ma tête et alla s'écraser sur le dos contre la devanture d'une boutique. Le mur du magasin trembla sous l'impact.

Je fronçai les sourcils, mais la seconde créature ne me laissa pas le temps de me demander pourquoi ce mur avait tremblé. Je pivotai sur moi-même en lançant ma jambe dans un mouvement circulaire et fauchai les pattes de la bête velue. Elle rugit de rage avant de me lacérer la cuisse avec ses griffes et de me projeter en arrière. Puis elle se remit debout et découvrit ses dents pointues qui brillaient d'une lueur jaunâtre dans la nuit.

Je simulai un coup en direction de sa tête et, au lieu de ça, pivotai pour la frapper à la poitrine afin d'enfoncer les fléchettes encore plus profondément. Leur extrémité blessa mes pieds nus, mais, à en croire le rugissement qu'elle poussa avant de se ruer sur moi, la douleur que ressentit la créature semblait plus intense que la mienne. Je me laissai rouler sur le sol. Quand la bête passa au-dessus de moi, je lui assenai de toutes mes forces mon pied dans les couilles. Elle grogna, s'effondra et resta immobile.

Je restai un long moment dans la position où je me trouvais, à quatre pattes, le bitume mouillé raclant mes tibias, en essayant désespérément de reprendre mon souffle. Quand le monde cessa enfin de menacer de disparaître autour de moi, je fis appel à mon loup intérieur.

La magie m'enveloppa, m'envahit, troublant ma vision, étouffant la douleur. Mes membres raccourcirent, se disposèrent différemment jusqu'à ce qu'un loup se trouve au milieu de la rue, et non une femme. Je n'avais pas la moindre envie de rester plus longtemps que nécessaire sous ma forme alternative. D'autres de ces créatures rôdaient peut-être aux alentours et, si je tombais sur deux d'entre elles sous cette forme, j'aurais bien du mal à m'en sortir vivante.

Mais la métamorphose avait permis de hâter le processus de cicatrisation. Les cellules des loups-garous gardaient en mémoire les informations concernant le métabolisme, ce qui expliquait pourquoi ils avaient une telle longévité. Lors de la métamorphose, les cellules s'autoréparaient, les blessures cicatrisaient. Et, même s'il fallait plus d'une métamorphose pour guérir les plaies les plus profondes, la première suffisait pour faire cesser le saignement et déclencher le processus de cicatrisation.

Je revins à ma forme humaine et me relevai lentement. La première créature reposait toujours, inerte, devant la boutique. Manifestement, ce qui se trouvait dans les fléchettes avait fini par faire effet. Je m'approchai de la seconde bestiole, la saisis par la peau du cou et la traînai sur le trottoir. Puis je regardai l'intérieur de la boutique à travers la vitrine.

Ce n'était pas vraiment une boutique, juste une façade. Derrière la vitre, il n'y avait que des charpentes et des gravats. Même chose pour la boutique voisine et la maison mitoyenne... sauf que dedans il y avait des mannequins en bois, aussi.

Cela ressemblait terriblement à un terrain d'entraînement pour la police ou l'armée, sauf que ce terrain d'entraînement-là avait de bien étranges créatures chargées de sa protection.

Le mauvais pressentiment avec lequel je m'étais réveillée se fit soudain bien plus envahissant. Je devais fuir cet endroit avant que quelqu'un découvre que je m'étais évadée.

J'eus un instant de réflexion.

Évadée ?

Cela signifiait-il que j'avais été prisonnière de cet endroit ? Et, si oui, pour quelle raison ?

Aucune réponse n'émergea de la purée de pois qui embrumait ma mémoire. Je fronçai les sourcils et continuai à descendre la rue. Celle-ci tournait brutalement à gauche avant de devenir une pente qui permettait de voir la partie inférieure du complexe. De chaque côté, un alignement de maisons et de magasins partiellement construits, interrompu par des bosquets luxuriants d'eucalyptus. Au bout de la voie se dressait un portail à l'aspect monumental au pied duquel se trouvait une guérite. Je vis de la lumière à la fenêtre et supposai qu'il y avait quelqu'un.

À gauche, derrière les bâtiments en construction, se trouvaient des structures en béton violemment éclairées par des projecteurs. À droite se dressait un long bâtiment qui ressemblait à une écurie et, encore au-delà, d'autres cubes en béton et un grand nombre d'arbres. Le complexe était entouré d'une clôture haute comme un homme.

— *Des nouvelles de Max ou des deux Orsini ?*

La voix cassante sembla sortir de nulle part. Je fis un bond de trois mètres, le cœur battant si fort dans ma poitrine que j'aurais pu jurer qu'il allait en jaillir. Je me fondis dans l'ombre de la devanture de magasin et attendis.

Je perçus un bruit de pas tranquilles et en conclus que l'absence de Max et des Orsini ne les inquiétait pas à l'heure actuelle. Cela étant, si on considérait que j'avais probablement tué ledit Max et neutralisé les Orsini disparus, cette tranquillité d'esprit risquait de ne pas durer.

Une silhouette se détacha soudain à la sortie d'une ruelle. C'était un humain ; sinon, je l'aurais senti. Il était entièrement vêtu de marron et, comme l'homme que j'avais tué, avait les yeux et les cheveux bruns. Il s'immobilisa et parcourut la rue du regard. L'odeur épicée de son after-shave flottait dans l'air nocturne, se mariant mal avec les relents d'ail de son haleine.

Il appuya sur un bouton au revers de son col et dit :

— Aucun signe d'eux pour le moment. Je me dirige vers les laboratoires de reproduction pour voir si Max n'y est pas.

— Il était censé faire son rapport il y a une demi-heure.

— Ça ne serait pas la première fois qu'il serait à la bourre.

— Mais ça pourrait très bien être la dernière. Le patron ne va pas apprécier ça.

Le vigile poussa un grognement.

— Je vous recontacte dans dix minutes.

Dix minutes, ce n'était pas grand-chose, mais largement suffisant pour qu'il descende la rue et découvre les deux créatures assommées.

— Entendu.

J'attendis que le vigile s'approche, puis serrai le poing et le gratifiai d'un uppercut au menton. La force du coup fit vibrer les os de mon bras, mais il perdit connaissance avant même de toucher le sol. Je le poussai dans l'ombre de la fausse devanture et observai la route qui s'étendait devant moi.

L'entrée principale étant gardée, j'allais devoir escalader la clôture. L'ombre créée par l'écurie me permettrait de le faire le plus discrètement possible.

Je m'engageai dans une rue perpendiculaire et débouchai sur une voie un peu plus large, le long de laquelle s'alignaient d'autres fausses boutiques et demeures. Il y avait une odeur de foin et de cheval dans l'air. C'était effectivement une écurie. Qu'est-ce qu'un terrain d'entraînement militaire pouvait avoir à faire avec des chevaux ?

Une sonnerie d'alarme stridente retentit dans la nuit, interrompant ma course. J'avais le cœur au bord des lèvres et l'estomac qui suivait de près.

Soit ils avaient découvert les corps inanimés, soit quelqu'un s'était rendu compte que je ne me trouvais pas où j'étais censée être. Quoi qu'il en soit, cette alarme était synonyme d'emmerdes pour moi.

La sonnerie fut accompagnée d'une lumière si violente que j'en fus éblouie. Je poussai un juron et me ruai sur le trottoir, me dissimulant dans le peu d'ombre projetée par les devantures des boutiques. La clôture extérieure était illuminée comme un sapin de Noël. Il n'y avait aucun espoir de l'escalader sans être vue.

J'entendis un bruit de course approcher. Je m'immobilisai, plaquée contre une porte. Cinq vigiles à moitié habillés passèrent devant moi en courant comme s'ils avaient les chiens de l'enfer à leurs trousses.

Une fois qu'ils m'eurent dépassée, je sortis de ma cachette et pris en courant la ruelle d'où ils avaient débouché. L'écurie se dressait au-dessus de moi et l'odeur de canasson, de paille et de crottin était si forte que je plissai le nez de dégoût. Les bruits de naseaux et de sabots à l'intérieur laissaient supposer que de nombreux animaux y étaient enfermés. Si je les libérais, peut-être cela créerait-il assez de confusion pour me permettre de m'échapper ?

Immobile au pied des grandes portes de l'écurie, j'entendis dans mon dos un bruit de pas rapides. Je m'empressai de pousser la plus petite des portes puis la refermai derrière moi avant de regarder ce qui m'entourait.

Il y avait dix box au total, dont neuf occupés. Un simple globe lumineux éclairait l'allée centrale et sa faible lumière faisait luire les balles de foin alignées en hauteur.

Plusieurs têtes se tournèrent vers moi, me suivant de leurs yeux sombres dans l'atmosphère tamisée. C'étaient tous de grands animaux puissants, la plupart châtains, gris ou bais. L'étalon le plus proche était d'un magnifique brun acajou mais, avec les oreilles plaquées en arrière et les lèvres retroussées sur ses grandes dents, il n'avait pas l'air des plus amicaux.

Ce n'était pas très surprenant. Les chevaux et les loups n'étaient pas les meilleurs amis du monde.

— Hé ! marmonnai-je en lui donnant une tape sur les naseaux lorsqu'il essaya de me mordre, ça m'emmerde tout autant que toi d'être ici, mon pote. Mais, si tu es un bon cheval, je promets de vous libérer, toi et tes petits copains.

Le cheval renâcla bruyamment et me contempla un long moment avant de faire un mouvement de tête qui ressemblait à un acquiescement. J'entendis des chaînes tinter dans le mouvement. Je fronçai les sourcils et m'approchai : ce n'était pas qu'une impression. Et ce n'étaient pas des chaînes ordinaires qui entravaient l'étalon. Ayant eu plusieurs fois à subir des injections d'argent, j'avais à présent la peau hypersensible à la présence de ce métal.

Et il n'y avait qu'une seule raison pour utiliser de telles chaînes avec un cheval.

Je levai vivement le regard.

— Tu es un métamorphe ?

Si c'était le cas, pourquoi ne l'avais-je pas senti ? Les métamorphes n'étaient pas des garous, ils n'étaient pas sensibles à l'influence de la lune pour leur changement, mais ils faisaient plus partie de notre arbre généalogique que de celui des humains. Je ne pouvais pas percevoir ces derniers, mais j'aurais néanmoins dû deviner immédiatement ce que ce cheval était. Ne serait-ce que par son odeur.

L'étalon acquiesça de nouveau.

— Et eux ? demandai-je en englobant les autres chevaux d'un geste de la main.

Un troisième signe de tête affirmatif.

Merde. Je n'étais donc pas la seule engluée dans cette toile, quelle qu'elle soit.

— Tu promets de ne pas me piétiner si je rentre dans ton box ?

L'étalon émit un autre renâclement, qui me donna l'impression étrange d'être empli de dédain. J'ouvris précautionneusement la porte. Je n'avais jamais vraiment eu l'occasion de fréquenter des métamorphes, mais le peu que j'avais rencontrés avaient tendance à traiter les garous avec aussi peu de respect que le faisaient les humains. Pour quelle raison, je n'en avais pas la moindre idée, vu que nous avions exactement les mêmes tendances animales.

Enfin, il est vrai que la chaleur lunaire ne les frappait pas… mais ils étaient mal placés pour nous mépriser justement pour cette raison, alors même qu'une bonne proportion de métamorphes profitait de cette semaine avec le même enthousiasme que nous.

L'étalon ne bougea pas, se contentant de me toiser. Mon mètre soixante-dix ne faisait pas de moi une petite femme, mais face à la masse de ce cheval je me sentais minuscule.

Soudain, on actionna un loquet dans un claquement qui me figea. Je me retournai et vis les portes principales de l'écurie s'ouvrir. Je poussai un juron à mi-voix, refermai la porte du box derrière moi et me recroquevillai dans un coin.

L'étalon renâcla et fit danser ses sabots à quelques centimètres de mes orteils. À cette faible distance, je m'aperçus que sa robe était terne et qu'il puait la sueur et le sang. Sa croupe était marquée de traces de coups à différents stades de cicatrisation.

Visiblement, ce n'était pas un prisonnier modèle.

Un bruit de pas commença à remonter l'allée centrale, puis s'interrompit.

— Je t'avais bien dit qu'elle ne se trouverait sûrement pas ici, soupira une voix d'un air excédé.

— Et moi je te dis qu'il vaut mieux qu'on vérifie chaque box si on ne veut pas que le patron nous écorche vifs.

Un rai de lumière passa dans le box de l'étalon. Je retins mon souffle et serrai les poings. S'ils voulaient me mettre la main dessus, il faudrait qu'ils se battent. Je n'irais nulle part de mon plein gré.

Mais, en l'occurrence, j'avais un allié. L'étalon se rua en avant et écrasa son poitrail sur la porte du box avant que les chaînes autour de son cou le retiennent. L'un des deux hommes poussa un juron et l'autre se mit à ricaner.

— Ouais, c'est ça, elle va se cacher dans le box de ce salopard. Déjà qu'on doit le droguer rien que pour prélever les spécimens qu'il nous faut...

— T'aurais pu mentionner ça avant, marmonna l'autre.

Les deux hommes s'éloignèrent. Le bruit des loquets me laissa deviner qu'ils contrôlaient chaque box, puis leurs pas s'éloignèrent et j'entendis la porte du bâtiment s'ouvrir et se refermer. J'attendis quelques secondes avant de me relever et d'aller jeter un coup d'œil par la porte du box. Plus rien, seulement des chevaux.

Je laissai échapper le souffle que j'avais bloqué dans mes poumons, me tournai vers le cheval et examinai ses chaînes. Elles étaient cadenassées à des anneaux scellés dans les murs du box avec du béton.

Je levai les yeux et croisai le regard perçant de l'étalon.

— Bon. Elle est où, la clé ?

Il renâcla et pointa les naseaux en direction de la porte principale. J'examinai le mur et finis par apercevoir un petit placard. Je défis le verrou du box et allai l'ouvrir. Il n'y avait qu'une seule clé. Je la saisis et revins dans le box avant d'ouvrir les cadenas et de passer délicatement les chaînes par-dessus le dos du cheval. Même en les touchant à peine, le contact de l'argent me brûla les doigts. Je poussai un juron et les jetai dans un coin.

Une brume dorée apparut soudain autour des naseaux de l'étalon puis enveloppa tout son corps. Je reculai d'un pas et contemplai sa métamorphose. Il était tout simplement aussi magnifique sous forme humaine qu'en cheval, avec sa peau couleur acajou, ses cheveux noirs et ses yeux d'un brun velouté qui constituaient un ensemble particulièrement harmonieux.

— Merci, dit-il d'une voix profonde, presque rauque.

Il parcourut mon corps d'un regard appréciateur, surtout au niveau de la poitrine, avant de s'arrêter aux coupures qui ornaient ma cuisse et mon flanc.

— J'en conclus donc que vous aussi êtes prisonnière ici.

— Oui, même si je n'ai pas la moindre idée d'où nous nous trouvons.

— Alors, nous allons déjà faire en sorte de nous échapper, et nous nous poserons les questions du pourquoi et du comment plus tard, quand nous serons sortis d'affaire. Mais, avant tout, occupons-nous des autres.

Je lui lançai la clé.

— Libérez-les. Moi, je surveille la porte.

— Verrouillez celle-ci de l'intérieur. C'est ce qu'ils font souvent, vu qu'ils utilisent surtout l'autre porte.

Je fis comme il le suggérait, puis courus à l'autre bout de l'écurie et entrouvris d'un souffle la petite porte. La clôture extérieure n'était pas bien loin, mais les projecteurs continuaient à la balayer et le hurlement perçant de la sirène se noyait dans celui, plus inquiétant, des créatures aux allures d'ours. La traque avait bel et bien commencé. Si nous ne sortions pas très rapidement d'ici, nous n'y parviendrions pas du tout.

Je regardai par-dessus mon épaule. Des hommes se rassemblaient dans la pénombre. Quand l'inconnu eut fini de libérer le dernier d'entre eux, il me rejoignit près de la porte. Il sentait toujours le foin, le cheval et le crottin, mais cette fois-ci cette odeur se mêlait avec celle de l'homme, plus musquée et attirante.

— Pas bon, ça, marmonna-t-il en regardant par-dessus ma tête.

— Le portail principal est fermé et gardé par des vigiles. Je pense qu'on n'a pas d'autre choix que de passer par-dessus cette clôture.

Il me jeta un regard dubitatif.

— Ça peut sauter si haut, une louve, en particulier une louve blessée ?

— Je bondirais jusqu'à la lune si ça pouvait me permettre de sortir d'ici.

Il eut un soudain sourire chaleureux qui plissa le coin de ses yeux.

— Je veux bien le croire. Mais, par prudence, il vaudrait mieux que vous grimpiez sur mon dos. Je ne voudrais surtout pas laisser ma sauveuse derrière moi.

Je fronçai les sourcils.

— Vous êtes sûr de pouvoir sauter aussi haut avec un cavalier ?

— Pas de problème, chérie. Faites-moi confiance.

Je jetai un regard vers la clôture et finis par acquiescer. Il avait raison. Même si les blessures que je portais au flanc et à la cuisse ne me faisaient pas particulièrement souffrir, elles étaient toujours ouvertes et ma jambe pouvait céder à un instant vital. Et il était hors de question que je coure le risque d'être laissée derrière.

— Ouvrons donc ces portes.

Nous le fîmes, puis l'inconnu se métamorphosa de nouveau en cheval et je saisis sa crinière pour me hisser sur son dos. Une fois installée, je me retournai.

— Bonne chance à tous.

Les autres chevaux me répondirent en renâclant. Je pris une grande inspiration, serrai le corps de l'étalon entre mes cuisses et dis :

— Je suis prête.

Il se rua en avant dans un jaillissement de force musculaire. Nous accélérâmes en atteignant la route et nous dirigeâmes comme une flèche vers la clôture violemment éclairée, le vent froid faisant claquer mes cheveux et me picotant la peau.

Le bruit des sabots sur le pavé résonna dans la nuit. Un cri retentit à notre gauche. Une douleur vive me perça l'oreille et me fit sursauter, puis j'aperçus des étincelles là où des projectiles frappaient la route. Un liquide chaud coula le long de mon cou.

— Ils nous tirent dessus ! hurlai-je. Plus vite !

Il accéléra encore. Derrière nous, j'entendis le hennissement d'un cheval. Je regardai par-dessus mon épaule et vis un des étalons bais s'effondrer, le crâne explosé. La peur me noua l'estomac. Ils préféraient nous voir morts que libres.

La clôture envahit mon champ de vision. Je fermai les yeux et m'accrochai en sentant l'étalon se ramasser avant de sauter. J'eus l'impression de voler un long moment, puis nous atterrîmes assez violemment pour que mes os en soient ébranlés et que je sois presque désarçonnée.

Mais nous avions réussi à passer cette foutue clôture.

Désormais, il ne nous restait plus qu'à semer nos poursuivants et à déterminer enfin où nous nous trouvions.

Chapitre 2

L'étalon galopa jusqu'à ce que les hurlements de la traque se perdent dans le silence et que nous ne soyons plus entourés que d'arbres et de montagnes.

Au bout d'un moment, nous atteignîmes un cours d'eau et il s'arrêta. Je dégringolai plus que je ne descendis de son dos, et mes jambes en coton cédèrent sous mon poids. Je me tournai et observai la brume dorée envelopper le corps de l'étalon. De nouveau sous forme humaine, il se laissa tomber au bord de la rivière et avala l'eau à grandes goulées, semblables à celles avec lesquelles j'aspirais l'air ambiant.

— N'en buvez pas trop, dis-je en haletant, les crampes…

Il grogna, mais cessa de boire et se laissa rouler dans l'eau. L'humidité luisait sur sa peau acajou et sa respiration était sifflante.

La distance qu'il avait parcourue était impressionnante, surtout s'il avait été enfermé assez longtemps.

Je contemplai le ciel nocturne. La lune invisible avait commencé à décroître, ce qui signifiait qu'il devait être dans les 3 heures du matin. Même si nous avions déjà couru deux heures durant, nous devions absolument mettre plus de distance entre nos poursuivants et nous avant l'aube si nous voulions rester libres.

Mes jambes cessèrent enfin de trembler et je réussis à me mettre à quatre pattes. Je rampai ainsi jusqu'à la rivière et utilisai mes mains en coupe pour recueillir l'eau glacée et étancher la soif qui brûlait ma gorge. Je me mouillai le visage, le cou et l'oreille pour rincer le plus gros du sang, mais cela ne m'apporta aucun soulagement. Ce dont j'avais besoin, c'était d'un bain chaud, d'un gros sandwich au steak et d'une bonne tasse de café. Pas nécessairement dans cet ordre.

— Vous feriez mieux de nettoyer vos autres blessures, commenta-t-il d'une voix si voilée que je l'entendis à peine.

Je le regardai, mais il avait les paupières closes.

— C'est bien ce que j'avais l'intention de faire.

Je me métamorphosai d'abord pour accélérer encore un peu le processus de guérison, puis repris forme humaine avant de m'accroupir pour rincer non seulement le sang et la poussière qui collaient à mes blessures, mais aussi les poils de cheval et la sueur qui recouvraient mes jambes et mes parties intimes.

Je ne savais pas ce que signifiait cette plaisanterie au sujet de Lady Godiva, mais une chose était sûre, c'est qu'elle n'avait pas monté ce cheval nue pour le plaisir. La sueur de canasson sur la peau, ça n'était pas agréable du tout.

— Vous pensez qu'ils nous poursuivent toujours ? demanda-t-il après un instant.

— Oh ! Certainement. Ces choses chassent à l'odorat, et nous n'avons pas pris particulièrement de précautions pour éviter de laisser une piste derrière nous.

Il grogna.

— Je voulais surtout m'éloigner de ces salopards autant que possible.

Il n'était pas le seul.

— Depuis combien de temps étiez-vous là-bas ?

— Plusieurs mois. Certains depuis plus d'un an.

— Et… heu… ils vous trayaient tous ?

Il ouvrit un œil et me regarda d'un air intrigué.

— Comment l'avez-vous deviné ?

Je haussai les épaules.
— Le vigile a parlé de collecte de spécimens.
— Mais même, ça n'aurait pas été ma première idée.
— Cela n'aurait pas été la mienne non plus il y a deux mois.

Depuis, j'en avais appris un peu plus à ce sujet. Le vécu, tout ça…

— Ce qui signifie que vous avez une idée de ce qui se passait là-dedans ?
— De vagues soupçons, rien de plus.
— Quel genre ?

Je lui fis une grimace.

— Recherche génétique. Hybridations.

Il resta impassible, mais plissa légèrement les yeux. Il se doutait visiblement que j'en savais plus que je voulais bien le dire mais, tout ce qu'il répondit, ce fut :

— Combien de temps êtes-vous restée là-bas ?
— Dans les huit jours, je dirais, mais cette nuit est la première dont je me souvienne.

Il émit un nouveau grognement.

— Oui, c'était pareil pour moi. Sauf que j'ai visiblement passé deux mois à l'ouest avant de reprendre mes esprits.

Nous avions donc tous été drogués. Mais pourquoi les effets de la drogue mettaient-ils deux mois à se dissiper chez les étalons et à peine plus d'une semaine chez moi ? Était-ce le simple fait de m'être réveillée alors que je n'étais pas censée le faire qui m'avait permis de m'évader ?

Je me passai la main sur les yeux en souhaitant que le brouillard de mon esprit se dissipe et que les souvenirs me reviennent.

— Vous n'avez jamais essayé de vous échapper ?
— Non, c'était impossible. On ne nous ôtait jamais les chaînes et l'écurie était équipée d'émetteurs anti-psi,

au cas où l'un de nous tenterait d'utiliser ses capacités psychiques.

Au moins cela expliquait-il pourquoi je ne les avais pas reconnus pour ce qu'ils étaient ; lui, en revanche, m'avait démasquée, ce qui était intéressant. Mais peut-être était-ce dû à la nature du cheval, toujours sensible à l'odeur du loup.

— Ont-ils fait autre chose que vous traire ?

— Non, Dieu merci.

— Avez-vous vu d'autres types de métamorphes ?

— On ne nous laissait jamais sortir de cette foutue écurie.

Il devait donc avoir été dans une forme superbe lorsqu'il avait été capturé, pour faire encore preuve de tant de puissance et d'endurance après des mois d'enfermement. Il sortit du ruisseau à quatre pattes et s'allongea sur l'herbe en s'étirant.

Je parcourus son corps du regard. Il n'y avait pas que sa couleur qui était magnifique. Il était bâti comme un pur-sang : larges épaules, poitrine puissante, hanches étroites et longues jambes musclées. Le bas de son dos portait des marques de fouet encore enflammées, mais il avait le plus beau cul que j'avais vu depuis que Quinn était entré, puis sorti de ma vie.

Je n'avais jamais rencontré de métamorphe cheval avant, et je me demandai où ils avaient bien pu se cacher jusqu'à présent. Si cet homme était représentatif de son espèce, j'avais bien envie de partir à la recherche d'un ou deux autres spécimens lors de la prochaine pleine lune. S'ils réussissaient à surmonter leur répulsion instinctive pour les loups, j'étais certaine de m'amuser énormément.

— Je ne sens pas la moindre vibration de pas dans le sol, observa-t-il.

— Ils sont peut-être très loin, mais ils nous suivent.

Il se redressa sur le coude et m'examina d'un regard attentif.

— Vous en avez l'air bien certaine.

— Ils ont essayé de nous tuer plutôt que de nous capturer. Cela laisse penser qu'ils accordent plus de valeur à leur secret qu'à nous-mêmes.

— Alors, nous ferions mieux de nous remettre en route.

C'était bien la dernière chose que réclamait mon corps fourbu. J'avais besoin de dormir, plus encore que de boire du café, ce qui en disait long sur mon état, vu l'accro à la caféine que j'étais. Mais une pause, même de quelques heures, était inenvisageable.

Il se releva avec une grâce surnaturelle et me tendit la main. Il avait les doigts chauds, malgré tout le temps qu'il avait passé dans l'eau glacée, et je sentis sa paume rude frotter la mienne. Il m'aida à me relever et me lâcha la main, mais resta où il se trouvait.

Je plantai mes yeux dans les siens. Je les vis étinceler d'une lueur qui me rappela que cet homme n'avait eu aucun contact avec une femme depuis plusieurs mois. L'eau du ruisseau avait emporté les relents d'écurie accrochés à sa peau, et son odeur à présent musquée, pleine de désir, m'enveloppa et me réchauffa dans un cocon de luxure.

Il leva la main et écarta une mèche mouillée de ma joue.

— Puis-je savoir comment vous vous appelez ?

Le bout de ses doigts laissa une trace brûlante sur ma peau. C'était agréable, et mon propre désir devint plus urgent. Mais pas autant que la peur de me faire de nouveau capturer et le besoin de m'enfuir. Je répondis en toute hâte :

— Riley Jenson. Et vous ?

— Kade Williams. Disons-nous tu, OK ?

— On doit y aller, Kade.

— Oui, je sais.

Mais il ne bougea pas d'un iota et son sourire s'élargit, devenant plus que sexy. Mes hormones se lancèrent dans une série de petites cabrioles. Certes, elles n'avaient pas besoin de grand-chose pour s'exciter devant un bel homme, et si nous avions été ailleurs qu'au beau milieu d'une forêt avec des monstres velus et des dingues armés de fusils à notre poursuite, j'aurais peut-être cédé à leur appel.

— Mais d'abord, un baiser pour ma sauveuse, reprit-il d'une voix douce.

— Ce n'est vraiment pas le moment ni l'endroit…

— Je sais, m'interrompit-il, mais je m'en fous.

Il glissa sa main autour de ma taille et m'embrassa fougueusement en enfonçant ses doigts dans les muscles de mon dos et en me plaquant contre son corps chaud et dur. Je résistai une demi-seconde, mais il était d'un contact si agréable, sa saveur était si douce que je m'abandonnai dans l'instant. Et lorsque ma résistance fondit, ses doutes initiaux s'évaporèrent et laissèrent place à un baiser féroce et passionné.

Nous finîmes par reprendre notre souffle après ce qui sembla des heures. J'avais l'impression que les battements rapides de mon cœur résonnaient dans le silence de la nuit, accompagnés par le rugissement du sang dans mes veines.

La pleine lune avait beau être passée, la fièvre brûlait encore en moi. Cela indiquait que, même s'il y avait eu du sexe dans les huit derniers jours, il n'y avait en tout cas pas eu de satisfaction.

Mais je n'étais pas totalement sous l'emprise de mes hormones, en tout cas pas tant que la lune n'était pas pleine. J'avais peut-être envie de ce beau et puissant métamorphe, mais pas assez pour prendre ce qui m'était offert ici et maintenant.

Cela pouvait attendre que nous nous retrouvions hors du bois, littéralement ou figurativement.

Je me dégageai de son étreinte et reculai d'un pas.

—Nous ferions mieux de marcher un moment dans le ruisseau pour qu'ils perdent la piste de notre odeur.

Le sourire qui étira ses lèvres était décidément très sensuel.

—Remontons le courant au lieu de le descendre.

J'arquai un sourcil.

—Pourquoi ?

—Parce que la plupart des gens choisiraient la solution de facilité et suivraient le courant, et ils vont probablement croire qu'on a fait ça.

—Cela me semble tout à fait valable.

Il acquiesça.

—Quand l'eau deviendra trop froide pour toi, grimpe sur mon dos.

—Je vais me transformer en loup.

Il haussa les épaules.

—N'hésite pas, si tu en as besoin…

—Merci.

Une étincelle brilla dans ses yeux.

—C'est la première fois qu'une femme nue me monte dans ma forme alternative. C'est plutôt… érotique.

Je lui décochai un sourire.

—Lady Godiva n'était donc pas aussi idiote que je le pensais, alors ?

—Pas si son cheval était aussi un métamorphe, en tout cas.

Je baissai les yeux et aperçus le piquet de tente qui se dressait en bas de son ventre. Voilà qui expliquait probablement le sourire béat de la dame. Je tendis la main vers le ruisseau et dis :

—Après toi.

Il se métamorphosa, attendit que je l'imite et ouvrit le chemin à contre-courant. Nous marchâmes tout le reste de la nuit. Quand l'eau devenait trop froide pour mes pattes, je reprenais forme humaine et grimpais sur le dos de Kade, suivant le rythme de sa progression sur le fond recouvert de pierres.

Le ciel de l'aube se teintait d'oriflammes d'or et de rose lorsque nous quittâmes enfin la rivière. Kade marcha jusqu'au bord d'une avancée rocheuse. Devant nous s'étendait une vallée boisée au cœur de laquelle se nichait une petite ville. La pente qui y menait était si escarpée que je sentis mon estomac remonter dans ma gorge. Je me laissai glisser au bas de ma monture et m'éloignai de la falaise d'un pas chancelant.

Kade se transforma en humain et demanda :

— Ça va ?

Je respirai profondément à plusieurs reprises puis acquiesçai.

— J'ai le vertige.

Et une certaine phobie des falaises depuis qu'on m'avait jetée du haut de l'une d'elles lorsque j'étais louveteau.

Il désigna la ville que je ne voyais plus.

— Tu la reconnais ?

— Pas le moins du monde. Et toi ?

Il ne répondit pas et se contenta de froncer les sourcils.

— Ces points qui virevoltent dans le ciel au-dessus de la ville, c'est quoi ? Des aigles ?

J'examinai les deux formes brunes et ne perçus rien d'autre que des aigles ordinaires. Mais, à cette distance, ce n'était pas surprenant. Nous ne pouvions pas simplement nous fier aux apparences tant que nous nous trouvions encore si près du complexe.

— Ce sont peut-être des métamorphes chargés de la surveillance des villes aux alentours de la ferme.

Il plissa les yeux, mais garda ses pensées pour lui.

— On la contourne et on poursuit notre chemin, alors ?

— Non. Je ne peux vraiment plus marcher autant, pas tant que je n'aurai pas bu une tasse de café, en tout cas.

Je me rapprochai du bord de manière à voir la ville, mais pas la pente. Il y avait une maison avec un toit en fer-blanc qui offrait des possibilités intéressantes ; elle était à moitié cachée par les arbres.

— Que dis-tu de celle-là ? demandai-je en la désignant de l'index. Nous devrions pouvoir l'atteindre sans être vus.

— On en a au moins pour deux heures de marche, répliqua-t-il en laissant son regard parcourir langoureusement les courbes de mon corps, me donnant quasiment l'impression d'un contact de peau à peau. Tu t'en sens capable ?

Je venais de dire le contraire, mais ce n'était pas comme si j'avais vraiment le choix ou pouvais lui demander de me porter : un cheval serait trop visible dans la forêt de plus en plus clairsemée.

— Je suis un loup, je suis plus forte que j'en ai l'air.

— Je sais, observa-t-il d'un air amusé et faussement endolori en se frottant les côtes. J'ai les bleus qui le prouvent.

J'eus un petit sourire.

— Désolée, je ne sais pas du tout comment on doit monter un étalon.

— Voilà quelque chose auquel il va falloir remédier.

Un éclair de chaleur me parcourut les veines comme du vif-argent. J'arquai un sourcil et répliquai :

— Et si j'ai besoin de plusieurs leçons ?

— Alors, je resterai jusqu'à ce que tu sois experte.

Je n'allais pas m'en plaindre. À défaut d'autre chose, la présence de Kade aurait au moins le mérite de rendre mon frère fou de désir. Et, après les vannes qu'il m'avait envoyées à propos de ma vie sentimentale (ou, plus précisément, mon absence de vie sentimentale), il méritait bien de tirer la langue devant cette perfection d'acajou.

Nous descendîmes de la montagne, Kade ouvrant la voie et moi gardant mon regard braqué sur son dos large et musclé. Le chemin escarpé me souleva l'estomac plus d'une fois, surtout quand je jetai un coup d'œil au ravin à côté duquel nous marchions. Mais je réussis au bout du compte à ne pas vomir et j'atteignis le bas de la montagne en tremblant de soulagement.

Ou peut-être était-ce simplement d'épuisement.

Le soleil était levé depuis un moment lorsque nous atteignîmes enfin la maison, mes jambes me faisant l'effet d'être en plomb et chaque pas me demandant un effort surhumain.

Kade n'était pas dans un état plus brillant. Il s'appuya d'un bras aux muscles las sur un piquet de haie et il tourna un visage couvert de sueur vers la maison en bois.

— Je n'entends rien. Tu sens quelque chose, toi ?

Tout ce que je sentais, c'était l'eucalyptus et nos deux odeurs de transpiration.

— Non.

— Je vais voir dans le garage ; toi, vérifie la maison.

Je levai le regard vers le ciel pour m'assurer qu'aucun de ces aigles n'était visible, ouvris le portail et me hâtai d'un pas chancelant vers la plus proche fenêtre. Elle donnait sur une pièce dans des tons jaune pâle dominée par un grand lit vide. Sa simple vue faillit me faire fondre en sanglots. Dieu que j'avais besoin de repos. *Dormir.*

Je m'éloignai de la fenêtre et passai à l'arrière de la maison. La porte était fermée à clé. Je tâtonnai l'encadrement, soulevai le paillasson et finis par trouver la clé de secours sous les géraniums rouge sang qui ornaient la fenêtre.

La porte grinça lorsque je l'ouvris. Je fis la grimace et restai un instant immobile, à l'écoute. La vieille maison était calme, mais pas totalement silencieuse. Le « tic-tac » d'une pendule retentissait dans une pièce voisine et l'air était empli d'odeurs de lavande et de naphtaline.

Kade arriva dans mon dos et me réchauffa de sa présence.

— Il y a quelqu'un ?

Son souffle me caressa l'oreille et fit courir des frissons de plaisir sur ma peau. Mon corps avait beau être épuisé, mes hormones, elles, semblaient infatigables. Je secouai la tête et mis un peu plus de distance entre lui et moi.

— Non. Tu as trouvé quelque chose ?

— Pas de voiture, et, en voyant les portes du garage, je dirais qu'on ne les a pas ouvertes depuis plusieurs jours.

— Alors, nous avons peut-être trouvé un refuge pour quelques heures.

— Espérons-le.

Il me prit la clé, s'en servit pour verrouiller la porte de l'intérieur avant de la suspendre à un crochet situé juste à côté.

— Je pense que je n'aurais pas pu faire un pas de plus, poursuivit-il.

La première porte du hall d'entrée menait vers la cuisine. Kade s'y rendit alors que je poursuivais mon exploration des lieux. La maison était petite et constituée, outre la cuisine, d'un salon, d'une salle de bains et de deux chambres. Les murs étaient soit peints dans des couleurs pastel, soit recouverts d'un papier peint floral, et il y avait de la dentelle partout. Que cela soit le décor ou l'odeur envahissante d'antimite, il était évident que c'étaient des personnes âgées qui vivaient ici… ce qui me fut confirmé par le contenu de leur garde-robe.

D'un autre côté, j'étais une voleuse, je ne pouvais pas me permettre de faire la difficile.

Je revins sur mes pas et entrai dans la salle de bains. J'ouvris les robinets pour m'assurer qu'il y avait de l'eau chaude puis sautai dans la douche et me lavai. Je me sentis cent fois mieux après. Je me séchai, m'enroulai dans la serviette et revins dans la cuisine.

— Comment veux-tu ton café ? demanda Kade en m'entendant entrer.

— Chaud, de préférence.

Il me déshabilla du regard et sourit d'un air coquin.

— Tu sens si bon qu'on en mangerait.

Il versa de l'eau chaude dans deux mugs et en fit glisser un vers moi.

— Ça aussi, on en mangerait, répliquai-je en me laissant tomber sur le tabouret le plus proche et en reniflant l'odeur de mon café. On dirait que ceux qui nous hébergent sans le savoir sont partis quelques jours.

Il acquiesça.

— Ça colle avec l'absence de denrées périssables dans le réfrigérateur.

Je sirotai mon café, puis demandai :

— Il y a un téléphone dans le coin ?

C'était le seul élément que je n'avais pas remarqué dans mon exploration.

— Sur le mur, derrière toi.

Il m'examina un instant, puis reprit :

— Y a-t-il quelqu'un dans ta vie que tu dois prévenir de manière urgente ?

Je levai un sourcil.

— Cela ferait-il une différence si c'était le cas ?

Il arbora une expression tendue.

— Bien sûr que oui.

—Je croyais que les étalons avaient des harems.

—Oui, mais contrairement à nos cousins animaux nous ne volons pas les juments des autres.

—Ah. (Je continuai à savourer mon café, laissant le mystère planer.) Et combien de femmes as-tu dans ta manade ?

—Quatre, avant de me faire capturer.

—Joli numéro, pair, en plus.

Il leva les sourcils.

—Tu ne sembles pas choquée.

—Les loups aussi ont tendance à multiplier les partenaires, tout au moins jusqu'à ce qu'ils trouvent leur âme sœur.

—Et en ce moment, pour toi…

—Je papillonne, mais j'ai eu jusqu'à cinq amants.

Enfin, pas tout à fait en même temps. Les loups mâles avaient du mal à partager de cette manière-là.

—Et lorsque vous trouvez votre âme sœur ?

—Nous devenons monogames.

—Contrairement à nous, les étalons.

C'était un avertissement. Gentil, mais un avertissement quand même. J'eus un demi-sourire.

—Lorsque je prendrai un compagnon pour la vie, ce sera un homme de mon espèce. Je veux un jour avoir des enfants.

Mais mes gènes de vampire m'avaient peut-être d'ores et déjà ôté cette possibilité. Rhoan, mon jumeau, avait découvert quinze jours auparavant qu'il était stérile. Je m'étais soumise à une batterie d'examens similaires, mais je n'avais aucune idée des résultats, vu que je me souvenais de m'être rendue au laboratoire, mais pas d'en être sortie.

—Qui sont donc ces personnes que tu veux contacter ?

—Mon compagnon de meute qui est aussi mon colocataire, et mon patron.

—Tu couches avec ton patron ?

Je m'étranglai avec mon café.

— Non, répondis-je quand j'eus retrouvé mon souffle. Je travaille pour le Directoire des Races Alternatives. Ils ont tendance à s'inquiéter un peu lorsque l'un de leurs employés disparaît, même si c'est un modeste gratte-papier comme moi.

— Je vais aller prendre une douche pendant que tu les appelles, alors.

Il sortit de la cuisine. Je le suivis d'un regard appréciateur avant de saisir le combiné et d'appeler Jack sur son poste de travail. Je n'obtins qu'une voix enregistrée qui m'informait que le numéro n'existait pas. Essayer chez lui comme chez Rhoan et moi donna le même résultat, alors je composai leurs numéros de portable. Tous deux étaient soit éteints, soit hors réseau.

Mon mauvais pressentiment refit son apparition au creux de mon estomac.

Kade revint quelques minutes plus tard, toujours aussi délicieusement dévêtu, mais semblant se sentir – et sentir tout court – plus frais.

— Rien, marmonnai-je en jetant le téléphone sur le banc.

Il fronça les sourcils.

— Le téléphone ne fonctionne pas ?

— Il fonctionne, mais je n'arrive pas à passer d'appels.

— Essaie plus tard. Il est encore tôt.

Il n'était pas tôt pour Jack. Ni pour Rhoan. Celui-ci devait être dans un état de panique aiguë et je doutais qu'il dorme beaucoup ces temps-ci.

— Essaie, toi.

Kade souleva le combiné et composa un numéro. Il écouta longuement puis appuya sur le bouton de fin de communication.

— Un message enregistré m'informant que le numéro demandé n'existe pas.

J'acquiesçai.

— Qui as-tu essayé d'appeler ? L'une de tes juments ?

— Non. Après tout ce temps, elles ont certainement rejoint la manade d'un autre.

— Qui alors ?

— C'est toujours aussi curieux que ça, un loup ?

Je haussai les épaules.

— J'aime bien en savoir un minimum sur les hommes que j'ai l'intention de baiser quand tout sera fini.

Une lueur brûlante étincela dans ses yeux d'un brun velouté.

— Quand tout sera fini ?

J'acquiesçai d'un signe de tête.

— D'abord, on s'échappe, ensuite, on s'amuse.

— Ça me semble un bon plan.

— Super.

Parce qu'il avait beau m'attirer terriblement, ce dont j'avais le plus besoin à cet instant, c'était de sécurité. Nous avions peut-être trouvé un refuge temporaire, mais je doutais que nous puissions y rester très longtemps. Les Orsini ressemblaient à des chasseurs et j'avais le pressentiment qu'ils ne se laisseraient pas tromper par notre marche dans le ruisseau.

— Tu appelais qui, alors ?

Il sourit.

— Mon partenaire en affaires.

— Et tu es dans quelles affaires ?

Il m'examina un instant d'un regard incertain, puis répondit :

— Je suis promoteur immobilier.

— Résidentiel ? Bureaux ?

— Résidentiel. Tu connais J.K. Constructions ?

— Pas du tout.

— Ce n'est pas étonnant. Nous sommes l'un des plus modestes promoteurs du sud de l'Australie.

Le nœud dans mon estomac se resserra.

— Tu es d'Adélaïde ?

— Ouais. Pourquoi ?

— Moi, je suis de l'État de Victoria.

Il me contempla un instant, puis ferma les yeux.

— Bordel.

— Ouais. Et c'est peut-être pour ça que le téléphone ne fonctionnait pas.

Parce que nous ne nous trouvions plus dans le même État, ce qui signifiait que j'aurais dû composer le code local pour obtenir le téléphone de Jack, ou bien le portable de Rhoan. Contrairement à la plupart des systèmes de téléphonie mobile, celui de l'Australie ne transférait pas directement les appels hors réseau vers la boîte vocale.

Je repris le téléphone et composai de nouveau le numéro du poste de travail de Jack, cette fois-ci en ajoutant l'indicatif de l'État de Victoria. Il sonna une seule fois avant qu'on décroche.

— Ici Parnell.

Je fermai les yeux, soulagée comme je ne l'avais jamais été d'entendre le ton bourru de mon patron.

— Jack, c'est Riley.

— Mon Dieu, mais où es-tu ? On a trouvé ta voiture…

Je l'interrompis.

— Je n'ai pas la moindre idée d'où je me trouve, mais j'ai besoin de ton aide pour nous sortir d'ici.

— Nous ? demanda-t-il d'un ton vif.

— Ouais. C'est une longue histoire, mais je me trouve en compagnie d'un métamorphe nommé Kade Williams.

Il m'a aidée à m'échapper de ce qui semblait bien être un nouveau laboratoire de recherche génétique.

Jack se lança alors dans une tirade de jurons qui brillaient par leur panache et leur inventivité.

Kade ricana doucement.

— Voilà un homme qui s'y connaît en insultes.

— Où es-tu ? reprit Jack.

— C'est le problème. Je l'ignore. Tout ce que je sais, c'est que nous ne sommes ni dans l'État de Victoria, ni en Australie du Sud.

— Je vais faire une tri…

— Riley ? Ça va ? intervint Rhoan d'un ton joyeux, mais trahissant son épuisement.

Je fermai les yeux.

— Oui, ça va.

— Que s'est-il passé ? On a trouvé ta voiture enroulée autour d'un arbre. Il y avait du sang partout et on a pensé au pire.

Je n'avais aucun souvenir ni de l'accident, ni d'avoir été blessée. Et j'étais furieuse d'avoir plié ma voiture : je ne l'avais que depuis une semaine !

— Ça va, répétai-je, mais je n'ai aucun souvenir des huit derniers jours.

— C'est bon, intervint la voix de Jack. Ils se trouvent dans les Nouvelles Galles du Sud.

— C'est un grand État, grogna Rhoan. C'est possible d'être plus précis ?

— J'y travaille.

— Alors, me demanda Rhoan, je t'ai bien entendu dire que tu étais avec un métamorphe ?

Je tournai les yeux vers Kade et souris.

— Tout à fait.

— Il est gentil avec toi ?

— Oh ! J'ai bien l'intention d'être *très* gentil avec toi, murmura Kade d'un ton lascif.

Oh ! Bon sang ! Tous les étalons étaient-ils aussi sexy ?

— Il m'a préparé du café, répondis-je, ce qui est déjà un bon début.

— Mouais, répliqua Rhoan. Préviens-le que, s'il touche à un cheveu de ta tête, il devra affronter un frère de meute particulièrement féroce.

Kade eut un ricanement de dérision et mon sourire s'élargit.

— Il tremble dans ses bottes rien qu'en t'entendant.

— Bien, approuva Rhoan avant d'hésiter un instant : On t'a fait subir quoi, dans cet endroit ?

— Aucune idée. Tout ce que je sais, c'est qu'ils prélevaient le sperme de Kade et des autres étalons.

Un silence accueillit ma remarque, ce qui me fit sourire encore plus.

— C'est un métamorphe cheval ?

— Oui.

— Bon sang. T'es vraiment une petite chanceuse.

Je ris doucement, et sus que c'était exactement le but de Rhoan.

— C'est toi qui dis ça alors que tu as… combien d'amants, déjà ?

— Seulement trois.

Ce qui était deux de trop aux yeux de Liander, mais lui et moi savions que mon frère n'était pas encore prêt à se poser.

— On les a localisés, intervint Jack. Ils se trouvent à Bullaburra.

— Et c'est où, ça ? demanda Rhoan avant que je puisse le faire.

— Dans les montagnes Bleues. Dis-leur de rester où ils sont. Cela va peut-être prendre quelques heures pour préparer l'intervention, mais nous arrivons dès que possible.

— Gardez vos téléphones portables allumés, dis-je, qu'on puisse vous contacter si on doit bouger.

— Pas de problème. Soyez prudents.

— On va faire notre possible. À bientôt.

Je raccrochai et croisai le regard de Kade.

— Tu es proche de ton compagnon de meute, constata-t-il.

— Très. Nous sommes des loups, et la meute, c'est tout, pour nous.

En particulier quand il n'y avait que lui et moi dans la nôtre, étant donné que celle de notre mère nous avait expulsés à l'âge adulte.

— Mais nous ne sommes pas proches physiquement, si c'est ce que tu sous-entends.

— Pourquoi pas ?

— Parce qu'il préfère les hommes.

Et parce que c'était mon frère. Je veux dire, non seulement c'était illégal, mais en plus c'était dégoûtant.

Kade but le reste de son café et mit la tasse dans l'évier.

— Combien de temps avons-nous avant que les secours arrivent ?

— Quatre heures, au moins.

Il leva un sourcil.

— Alors on fait quoi pendant ce temps ?

Il me jeta un regard qui fit accélérer mon pouls. Mais j'étais sincère à propos de ce que j'avais dit plus tôt, et, malgré les prières désespérées de mes hormones, je n'osais pas y laisser libre cours. La perspective du sexe avec Kade avait beau être assurément des plus réjouissantes, elle ne faisait pas le poids face à la peur d'être capturée de nouveau.

— Je pense que nous ferions mieux de dormir. Ou, plus exactement, de dormir tour à tour et monter la garde.

— Quel ennui !

Il s'inclina par-dessus le comptoir et saisit le coin de ma serviette en effleurant mon dos de ses phalanges brûlantes.

— Surtout quand on pourrait faire quelque chose de tellement plus intéressant.

— Tut-tut-tut !

Je donnai une tape à sa main et renouai ma serviette.

— Il ne manquerait plus que nous nous fassions attaquer par des gros machins poilus parce qu'on était trop occupés à baiser pour faire attention à quoi que ce soit.

— C'est un risque que je suis prêt à prendre. Surtout pour un joli petit lot comme toi.

Je souris.

— Eh bien, le petit lot préférerait attendre qu'on soit hors de danger pour ça.

— Quel dommage…

— Tu pourrais au moins faire semblant de le penser.

Il émit un rire doux qui me donna la chair de poule, se pencha encore et, lentement, langoureusement, m'embrassa.

— C'est assez sincère à ton goût ? demanda-t-il après un long moment.

— Je pense… (J'éclaircis ma voix rauque)… que c'est largement suffisant comme gage de sincérité, en effet.

— Je n'ai vraiment aucune chance de te faire changer d'avis ?

J'étais certaine du contraire. Mais, heureusement, il n'essaya pas.

— Aucune. Bon, qui va se reposer en premier ?

— Eh bien, étant donné que je ne risque pas de m'endormir tant que certaines parties de mon corps ne se seront pas détendues, je dirais qu'il vaudrait mieux que tu y ailles.

J'arquai un sourcil.

— Et ces parties de ton corps, elles ont besoin de beaucoup de relaxation ?

— Oh que oui !

Il fit un pas en arrière et je vis alors ce qu'était un étalon dans toute sa splendeur. Je sentis ma bouche s'assécher. Visiblement, le piquet de tente que j'avais aperçu plus tôt n'était qu'à moitié monté. Seigneur, il était *énorme* !

— En effet, répondis-je. Tu ne risques pas de trouver le sommeil avec ce genre de problème en main.

— Si je l'avais en main, ça ne serait pas un problème bien longtemps, répliqua-t-il avec une étincelle de malice dans ses yeux chocolat. File, avant que la tentation devienne trop irrésistible.

Je filai. Ma sieste de deux heures me donna l'impression d'être beaucoup trop courte, mais c'était déjà mieux que rien. J'échangeai ensuite avec Kade et passai l'heure et demie qui suivit à boire du café et à errer aux alentours de la maison. Je n'y trouvai rien ni personne.

Peut-être avais-je tort concernant les Orsini. Peut-être n'étaient-ils pas d'aussi bons traqueurs que je le redoutais.

Je me confectionnai une nouvelle tasse de café et m'accoudai à la banquette, les mains autour de la tasse chaude en contemplant le paysage par la fenêtre de la cuisine. Le soleil dardait ses rayons sur la pelouse jaunissante et à l'ombre de la haie, des jonquilles dodelinaient doucement. Derrière, la forêt était obscure, avec de rares rais de lumière qui jouaient avec les feuilles et envoyaient des éclats d'émeraude et d'or danser sur les troncs des arbres.

Tout était immobile, aussi bien dehors que dans la maison. Pourtant…

Mon malaise s'accentua sans que je sache pour quelle raison.

—Pourquoi cette expression pensive ?

Je sursautai imperceptiblement et me retournai pour voir Kade entrer dans la pièce.

—Je viens de me rendre compte que j'avais terminé le café instantané, répondis-je. Ce qui est un drame pour l'accro à la caféine que je suis.

Il s'arrêta derrière moi et entoura ma taille d'un bras musculeux, m'étreignant tendrement avant de m'embrasser l'oreille.

—Un drame, en effet, souffla-t-il contre ma peau. Puis-je faire quoi que ce soit pour améliorer la situation ?

Un sourire étira mes lèvres.

—Tu es aussi insatiable qu'un loup lors des chaleurs lunaires.

—Hé ! Je suis un étalon plutôt porté sur la chose qui n'a pas baisé depuis plus de deux mois, et je me trouve derrière une femme qui, non contente d'être sacrément bandante, est nue comme au premier jour. À quoi tu t'attendais ?

—À ce que tu te brides jusqu'à ce que nous soyons en sécurité, par exemple ?

—Bridé, je l'ai été bien suffisamment, crois-moi, ma belle.

Il effleura mon dos de ses lèvres en un baiser léger qui fit monter le désir en moi.

—Alors, à qui pensais-tu quand je suis arrivé ? À un amant ?

—Non.

—Mais il y a un amant qui te cause du souci, n'est-ce pas ?

—Oui.

Je me tournai pour le regarder.

— Comment l'as-tu deviné ? Tu es télépathe ?

Et, s'il l'était, comment parvenait-il à me lire ? Quinn, l'amant que j'avais mentionné, n'y arrivait pas et c'était non seulement l'un des vampires les plus puissants que j'avais jamais rencontrés, mais aussi un exceptionnel télépathe.

— Non. Moi, c'est la télékinésie. Mais je suis assez versé dans l'art de lire les femmes.

J'arquai un sourcil.

— Seulement les femmes ? Pas les hommes ?

Il eut un sourire plein de malice.

— Les hommes ne m'intéressent pas.

Voilà qui ennuierait prodigieusement mon frère.

— Dis-moi, alors, ce que tu as vu dans mon expression.

— Du regret.

Il était vraiment fort. Même si je n'étais pas réellement en train de songer à Quinn, ces pensées-là étaient toujours présentes en arrière-plan, prêtes à bondir dès que je relâchais ma garde.

— Raconte-moi, proposa-t-il.

— Pourquoi ?

Il haussa les épaules.

— Y a pas que les loups qui sont curieux.

Je laissai mon regard dériver vers l'extérieur et se plonger de nouveau dans l'ombre de la haie.

— Il n'aime pas ce que je suis.

Il m'embrassa encore le dos, mais plus haut, cette fois-ci, près de l'épaule. Un frisson me parcourut tout entière.

— Un gratte-papier ?

Je souris.

— Non. Un loup-garou. Il pense que nous valons à peine mieux que des putains.

— Pourquoi suis-je persuadé qu'il ne pense pas la même chose de ton compagnon de meute ?

— Il pense en effet que c'est différent pour les hommes.

— C'est bien un humain, jeta-t-il avec une pointe de dégoût. Il n'y a qu'eux pour dire de telles âneries sur un loup-garou.

Mon sourire s'élargit.

— C'est un vampire.

Je le sentis plus que je ne le vis hausser les épaules.

— C'est pareil. La plupart des vampires étaient humains, à la base, et en ont gardé les préjugés. (Il réfléchit un instant.) Tu l'aimais ?

— Je le connaissais à peine.

Du bout des doigts, il me caressa le ventre et effleura mes seins. D'un geste insouciant, il en taquina les pointes érigées. Le souffle coupé, je sentis les battements de mon cœur redoubler. J'avais conscience qu'il fallait que je me dégage, que j'y mette un terme avant que cela puisse aller plus loin, mais, étrangement, je ne parvenais pas à transformer mes idées en actes. Une partie de moi, une grosse partie, avait trop besoin de sexe.

— Ce n'est pas ce que j'ai demandé, observa-t-il.

— C'est vrai, dis-je en hésitant. Et non, je ne l'aimais pas. Il y avait juste quelque chose entre nous, quelque chose que j'aurais voulu explorer. Il a refusé, simplement parce que j'étais une louve.

— Tu n'as pourtant pas l'air de quelqu'un qui abandonne facilement.

— Je ne suis pas comme ça, en effet.

J'avais essayé. Téléphoné. J'avais même dîné avec lui deux ou trois fois. Mais Quinn avait été très clair : ce qu'il avait déjà eu lui suffisait et il ne voulait rien d'autre. Au bout du compte, j'avais laissé tomber. Comme Rhoan me l'avait fait remarquer, c'était Quinn qui y perdait, pas moi.

— Alors pourquoi as-tu abandonné ?

— Parce que je ne suis pas désespérée à ce point, et que ce n'est pas un loup.

— Parce que tu veux des enfants à un moment ou à un autre ?

J'acquiesçai.

— J'ai bien essayé de lui dire. Je ne cherchais pas une relation sérieuse. Je voulais juste explorer le champ des possibilités.

— Tu sais quoi ? J'ai pu constater à maintes reprises qu'il n'y avait rien de mieux que la jalousie pour faire comprendre certaines choses à ces gens-là. Agite-lui tes conquêtes sous le nez et regarde-le bouillir !

Il me mordilla légèrement l'épaule. Mon sang à moi se mit à bouillir, justement.

— Pas facile de le rendre jaloux alors qu'on n'habite pas dans le même État.

— Alors, oublie-le. C'est un homme qui ne sait pas reconnaître une pur-sang quand il a le nez dessus.

Je sentis une vague d'amusement m'envahir.

— Parce que c'est ton cas ?

— Chérie, quand je trouve une pur-sang qui vaut le détour, je la chevauche et je m'accroche jusqu'à ce qu'elle soit à moi.

Comme pour illustrer ses paroles, il laissa sa main descendre le long de ma hanche et, avant que j'aie le temps de réagir, je sentis soudain son pouce me caresser l'intérieur de la cuisse et envoyer des ondes de plaisir dans tout le reste de mon corps.

— Et c'est bien l'homme qui m'a prévenue qu'il ne fallait rien espérer de sérieux avec lui qui me dit ça ?

— Si tu étais une métamorphe cheval, je te courtiserais jusqu'à ce que tu sois mienne, et tu n'aurais aucun espoir d'échapper à ma manade.

La manière dont il me caressait et le ton de sa voix ne laissèrent aucune place au doute et cela me fit me sentir incroyablement mieux. Entre la trahison de Talon, le fait que Misha était probablement le complice de ceux qui avaient ordonné mes enlèvements et Quinn qui m'avait laissé tomber, je commençais à me demander si on ne m'avait pas accroché dans le dos un panneau qui disait « Piétinez-moi, j'adore ça ».

— Bien sûr, tu n'es pas une jument, alors il va falloir que je me contente d'une relation plus légère.

J'éprouvai une bouffée d'amusement.

— Alors, c'est toujours d'accord pour les leçons d'équitation ?

— Dès que possible.

Ce qui serait très bientôt si je ne réussissais pas à me reprendre en main et à m'éloigner. Ce que j'étais bien incapable de faire. Il avait laissé grimper ses doigts le long de ma cuisse et ce qu'il me faisait était bien trop agréable pour y mettre fin aussi vite.

— Alors, combien d'enfants as-tu avec ta manade ?

— Aucun. Le gouvernement nous contraint à porter la même puce contraceptive que vous, les loups. (Il eut un moment d'hésitation.) Cela étant, la puce m'a été enlevée dans cet endroit et je suis très vraisemblablement fertile à l'instant présent.

— Heureusement que les croisements interespèces sont extrêmement rares.

Ce qui ne voulait pas dire que cela n'arrivait jamais, j'en étais la preuve vivante, et il n'était donc pas plus mal que je ne puisse tomber enceinte sans aide médicale. Peut-être même que je ne pouvais pas tomber enceinte du tout, si les résultats de mes analyses étaient similaires à ceux de Rhoan. Kade leva le sourcil.

— Tu n'as pas de puce non plus ?

— Non.

Ma puce m'avait été enlevée plus d'un an auparavant par Talon et je n'avais jamais pris la peine de la faire remplacer. Je n'en voyais pas réellement l'intérêt vu que la plupart des médecins me considéraient comme l'équivalent lycanthrope d'un mulet et pensaient qu'une grossesse était de toute façon fortement improbable.

— Mais je n'en ai pas besoin. J'ai des problèmes médicaux qui me rendent infertile.

— Nous pouvons donc nous amuser sans craindre les conséquences ?

Il m'était de plus en plus difficile de me concentrer sur ce qu'il disait vu les choses absolument merveilleuses que faisaient ses doigts, là, en bas.

— C'est exactement ce que je… ohhh !

Il eut un petit rire de gorge et plaça ses grandes mains de part et d'autre de mon cul avant d'écarter mes jambes de son genou.

— Chérie, tu n'as encore rien vu.

Il inséra son sexe dur en moi d'un seul coup, et je gémis de plaisir. Il resta immobile un instant et je fermai les yeux pour mieux savourer le contact de nos chairs, les pulsations de nos organes emboîtés. Je savais, et lui aussi, que ce n'était pas prudent. C'était dangereux de céder aux sirènes du plaisir alors que nous étions loin d'être sortis d'affaire, et même loin d'être en sécurité. Mais le danger est un aphrodisiaque pour les loups, et j'étais une louve qui ne se souvenait pas avoir ressenti le moindre plaisir dans les huit derniers jours. J'en avais autant besoin qu'un vampire en aurait eu de sang.

Il commença à bouger, de grands va-et-vient qui firent s'évaporer tout éventuel reste de culpabilité et me noyèrent dans un plaisir intense. Celui-ci s'épanouit telle une délicieuse douleur prenant racine dans mon bas-ventre, puis m'envahit l'esprit en un kaléidoscope de sensations qui s'accentua avec le tempo de plus en plus rapide de Kade. Presque trop vite, je me mis à trembler de tous mes membres et l'orgasme déchira mon corps et mon esprit. Je haletai en m'agrippant à la banquette et mes cris se mêlèrent à ceux de Kade alors que nous jouissions ensemble.

Quand les derniers frissons finirent par s'apaiser, il rit doucement et posa le front sur mon dos.

— Je pense que nous en avions tous deux bien besoin.

Je souris.

— Tu as sans doute raison.

Il m'embrassa la pointe de l'épaule et entoura ma taille de ses bras avant de m'attirer contre son corps chaud.

— Je promets de prendre plus mon temps la prochaine fois.

J'ouvris la bouche pour répondre, mais c'est à cet instant précis que je l'entendis.

Le bruit d'une patte griffue sur le béton.

Nous n'étions plus seuls.

Chapitre 3

Je me figeai.

— Quoi ? murmura immédiatement Kade.

— Il y a quelque chose, dehors, répondis-je en me coulant vers la fenêtre pour regarder l'extérieur. Rien ne bougeait sur la pelouse. Rien que les rayons de soleil qui jouaient entre les branches des arbres.

Pourtant, il y avait quelque chose, là, dehors. J'en étais de plus en plus persuadée.

Je me courbai et passai sous la fenêtre.

— Va voir à l'arrière. Moi, je m'occupe du côté et du salon.

Il sortit de la pièce pendant que je me glissais jusqu'au salon et observais le jardin. Aucune créature ne rampait dans le gazon ou parmi les arbres de la forêt. Je battis en retraite jusqu'à la salle de bains.

Et j'entendis alors un grondement familier.

C'était l'un des Orsini. Contre toute attente, il avait réussi à nous traquer jusqu'ici. Je me demandai si les renforts humains étaient loin derrière.

Je revins dans la chambre et saisis quelques vêtements, mais laissai de côté les chaussures. Pas seulement parce qu'elles n'avaient pas l'air à ma taille, mais surtout parce que je n'en avais pas besoin. J'avais la plante des pieds épaisse, vu que je ne portais des chaussures que quand j'y étais obligée, et j'avais dans l'idée que ce serait la même chose pour un métamorphe cheval tel que Kade.

Celui-ci se trouvait près de la fenêtre quand je revins dans la cuisine et il se retourna quand j'entrai.

— Rien par ici.

Je lui lançai quelques vêtements et remarquai avec un certain amusement que sa queue semblait de nouveau prête à l'action. Voilà un homme qui ne se décourageait pas aisément.

— Tu as déjà vu les créatures qu'ils utilisaient pour surveiller cet endroit ?

Il fronça les sourcils.

— Je crois que j'ai vu un truc poilu. Un machin qui ressemblait à un ours mal foutu.

— C'est ce qui se trouve là dehors.

Il enfila le pantalon et le tee-shirt noirs que je lui avais donnés. Ils étaient moulants ; pas indécents, mais pas loin. Rhoan allait péter un plomb… surtout si Kade restait dans l'état dans lequel il se trouvait.

— Combien ? demanda-t-il.

— J'ai l'impression qu'il est seul, mais d'autres vont certainement arriver.

J'enfilai l'horrible chemise à fleurs et l'affreuse jupe noire que j'avais choisies pour moi, mais renonçai aux dessous. Des fringues de mamie, je pouvais assumer, mais une culotte de mamie ? Hors de question.

Je nouai une vieille cravate autour de ma taille pour empêcher la jupe de tomber puis saisis le téléphone et composai le numéro du portable de Jack.

— Riley ? répondit-il immédiatement. Il y a un problème ?

— Ouais. Ils nous ont trouvés et nous devons nous barrer d'ici. Vous en êtes où ?

— À au moins une demi-heure de vous.

Trop loin pour pouvoir nous aider, donc.

— Donne-moi des directions et un lieu de rendez-vous. Nous nous débrouillerons pour y accéder.

J'entendis Rhoan pousser des jurons à l'arrière-plan.

— Il y a une ville nommée Leura à peu près à neuf kilomètres de Bullaburra. (Jack eut un instant d'hésitation et je devinai que Rhoan lui soufflait des instructions.) Selon le central, il y a un village de bungalows nommé Blue Haven. Rhoan vient de nous réserver un bungalow. Nous y serons dans vingt minutes.

— On arrive dès qu'on peut.

J'interrompis la communication et croisai le regard intense de Kade.

— Nous devons partir.

— Cette chose va nous suivre.

— Pas si on l'arrête.

Il arqua un sourcil.

— Tu veux dire… en la tuant ?

Cela ne semblait pas le perturber plus que cela, mais, d'un autre côté, les métamorphes chevaux avaient peut-être une vision des choses radicalement différente de celle des loups et autres métamorphes. Après tout, le mâle de l'espèce accumulait les compagnes dans sa manade. Peut-être le meurtre était-il une solution nécessaire pour protéger ladite manade.

— Je veux dire l'arrêter, de quelque manière que ce soit.

Il acquiesça.

— Il y a de la ficelle dans le tiroir à ta droite. Je vais chercher un couteau, au cas où on serait contraints de tuer.

Je pris la bobine de fil et un rouleau à pâtisserie qui se trouvait dans le même tiroir, et lui son couteau. J'entendis de nouveau le raclement d'une griffe sur le béton, cette fois-ci proche de la fenêtre de la cuisine.

Kade se glissa à mon côté et se pencha vers moi, me murmurant à l'oreille :

— Comment veux-tu qu'on fasse ?

— Maîtrise-le par télékinésie, moi, je l'assomme et je l'attache.

— Où ça ?

Je montrai la fenêtre. Il opina et s'en éloigna. Je pris position et l'interrogeai d'un sourcil levé. Il acquiesça de nouveau.

Je dis « Hey ! » aussi fort que possible et cela suffit. La fenêtre explosa et de terribles échardes de verre volèrent vers l'intérieur en même temps qu'une masse de poils et de grognements. Kade l'immobilisa en plein vol et je lui donnai un grand coup sur le crâne qui lui fit perdre connaissance. Puis j'attrapai la ficelle et lui saucissonnai non seulement les pattes, mais aussi le museau.

— OK, tu peux le laisser…

Je fus violemment interrompue par une seconde masse de poils, de griffes et de dents qui fit irruption par la fenêtre brisée. Elle me frappa en pleine poitrine et me projeta en arrière. Je glissai sur le sol couvert de morceaux de verre en sifflant de douleur et en agrippant la chose par la gorge, évitant de justesse qu'elle m'arrache le visage avec sa gueule grognante et pleine de crocs.

Aussi subitement qu'elle m'était arrivée dessus, je sentis qu'on me l'arrachait. Il y eut un grand bruit, des morceaux de chaises volèrent et je n'eus que le temps de me mettre à quatre pattes et d'apercevoir le reflet de la lame avant que Kade l'enfonce dans le flanc de la créature.

Celle-ci émit une sorte de toussotement et cessa de bouger. Kade fit volte-face et se précipita vers moi.

— Tu n'as rien ?

Il n'attendit pas ma réponse et me fit pivoter pour pouvoir examiner mon dos. Je sentis une morsure de douleur lorsqu'il souleva mon tee-shirt et enleva des morceaux de verre brisé de ma peau.

— Nous devons partir, dis-je en essayant de me dégager de son contact.

— Plus que deux morceaux, annonça-t-il avant de les enlever. Je doute que nous puissions sortir d'ici sans être vus.

— Notre seule chance, c'est peut-être de courir jusqu'aux arbres et de contourner la ville.

— Une fois qu'on se sera assez éloignés, pourquoi est-ce qu'on ne volerait pas une voiture ?

Je le regardai d'un air surpris.

— Et moi qui croyais que tu étais un respectable promoteur immobilier.

— Aujourd'hui, oui. Mais j'ai été jeune..., rétorqua-t-il avec un sourire de diablotin qui fit étinceler ses yeux d'un brun velouté. Et disons que les étalons sont des adolescents plus difficiles que la moyenne. J'ai fait des trucs qui te défriseraient. (Il tira gentiment une de mes mèches de cheveux.) Ça pourrait bien t'aller, d'ailleurs.

Je souris et me dressai sur la pointe des pieds pour lui planter un baiser sur les lèvres.

— Merci.

Il m'enlaça d'un bras délicat et demanda :

— Et pourquoi donc ?

Son haleine me caressa les lèvres et me fit frissonner.

— Je t'expliquerai lorsque nous aurons un peu plus de temps.

— D'accord. (Il m'embrassa le nez et relâcha son étreinte.) Ce serait peut-être une bonne idée de te métamorphoser. Certaines de ces coupures sont profondes.

Je fis ce qu'il me suggérait.

— Comment ça se fait que tu ne sois pas dérangé par le fait que je sois un loup ?

— Parce que ce n'est pas le loup que j'ai vu en premier, mais une nana canon à poil. Les préjugés ne pèsent pas grand-chose face à la luxure pure et simple.

Mon sourire s'élargit.

— Alors pourquoi as-tu essayé de me mordre quand je suis entrée dans l'écurie ?

— Je croyais que tu étais l'une de ces femmes qu'ils nous envoyaient pour nous exciter avant de nous traire.

— Comment tu t'es rendu compte que ce n'était pas le cas ?

— Le sang sur ta jambe et ton flanc. Et le coup de poing que tu m'as donné sur le nez.

— C'était une petite tape, pas un coup de poing.

— Alors, tes coups de poing, ça doit être quelque chose !

Il leva la main et m'effleura la joue du bout des doigts.

— Peut-être bien, lui dis-je en m'écartant de lui, même si c'était la dernière chose dont j'avais envie. Bon, partons d'ici.

— Et tout ce bordel ?

— Le Directoire enverra une équipe de nettoyage. Nos hôtes ne s'apercevront de rien.

Il me suivit jusqu'à la chambre, dans laquelle il entra au passage, avant de réapparaître deux minutes plus tard avec un cintre en fil de fer.

Je haussai les sourcils.

— Il y a encore des voitures qui sont dotées d'autre chose que du verrouillage centralisé et de l'identification par empreinte digitale ?

— Plein, fais-moi confiance.

Je déverrouillai la porte et sortis dans le petit patio. Une forme brune solitaire se détachait contre le ciel orageux. Je fis signe à Kade de ne pas bouger et regardai l'aigle planer hors de mon champ de vision.

—Maintenant!

Nous traversâmes la pelouse en courant, passâmes par-dessus la clôture et nous précipitâmes sous le couvert des arbres. Arrivés bientôt à l'abri, nous ralentîmes l'allure. Nous risquions d'être plus repérables du ciel en nous dépêchant, et même si le teint cuivré et les vêtements noirs de Kade le rendaient peu visible, ce n'était pas le cas de ma crinière de cheveux roux, qui flamboierait comme une fusée de détresse si nous traversions un puits de lumière.

Il n'y avait aucun bruit de poursuite, mais ils ne devaient pas être bien loin derrière. Qui savait combien de temps ces deux créatures avaient rôdé autour de la maison à nous espionner en silence?

Il nous fallut un peu plus d'une heure pour contourner la ville. Nous fîmes une pause dans un bosquet d'eucalyptus. J'essuyai la sueur de mes yeux d'une main légèrement tremblante. Deux heures de sommeil, c'était vraiment insuffisant.

Il y avait un petit parking de l'autre côté de la route où étaient garées cinq voitures. Personne dans les environs. Avec un peu de chance, les occupants avaient tous pris le chemin qui menait au panorama et ne reviendraient pas avant un moment.

Je jetai un coup d'œil à Kade.

—Tu es sûr de vouloir prendre une voiture?

—Je ne vois pas d'autre moyen pour partir d'ici au plus vite. (Il s'essuya le front de l'index.) Et tes cheveux vont flamboyer avec ce soleil. Je te proposerais bien mon tee-shirt, mais je crains que ma peau attire autant l'attention que ta chevelure.

Je lui décochai un regard peu amène.

—Quelle mauvaise excuse.

Il sourit en n'essayant même pas de nier. J'ôtai mon tee-shirt.

— Tiens-moi les cheveux. Je ne voudrais pas laisser des mèches dépasser

Il me parcourut du regard des pieds à la tête et son sourire s'élargit.

— J'adore les loups-garous et leur absence totale d'inhibition.

— Cette absence d'inhibition m'a amenée plus souvent qu'à mon tour au tribunal. Dépêchons-nous avant qu'un flic fasse son apparition et m'embarque.

— Chérie, même le plus saint des hommes aurait du mal à se dépêcher en cet instant précis.

Je levai les yeux au ciel et il gloussa doucement. Il couvrit mes cheveux puis laissa ses mains ceindre ma taille et m'attirer contre son poitrail dur et chaud. Ses larges paumes vinrent couvrir mes seins et il embrassa mon épaule.

— Une fois que nous serons en sécurité, je te baiserai à te faire perdre connaissance.

J'inclinai ma tête contre son épaule et nos lèvres se touchèrent. C'était un baiser d'une lenteur et d'une tendresse extrêmes, un baiser très, très minutieux. Tous deux avions le souffle un peu court quand nos lèvres se séparèrent.

— J'ai bien l'intention de te faire tenir ta promesse, réussis-je à dire entre deux halètements.

Je me décollai de lui et mêlai mes doigts aux siens.

— Et si on allait choisir une voiture ?

Il me traîna hors de l'ombre. Au soleil, la brise semblait plus chaude et le bitume brûlait mes pieds. Nous traversâmes la route d'un air dégagé puis remontâmes le talus herbeux qui séparait le parking de la chaussée jusqu'à nous arrêter devant une Ford bleue.

— Et, évidemment, il choisit la voiture la plus vieille et la moins pimpante des cinq.

— C'est ce qu'on appelle un collector : plus d'un demi-siècle, et elle vaut une fortune.

J'eus une grimace dubitative.

— Et ça roule, une vieille guimbarde comme ça ?

— Elle est bien arrivée jusqu'ici, non ?

— Ouais, mais peut-être qu'on l'a laissée ici justement parce qu'elle ne voulait pas aller plus loin ?

— Crois-moi, elle fonctionne.

Il m'embrassa le bout des doigts avant de me lâcher la main.

— Monte la garde.

Je croisai les bras et surveillai le ciel à la recherche d'espions. Kane commença à déformer le cintre métallique, refermant la boucle au bout avant de la glisser entre la fenêtre et la portière et de tâtonner à la recherche du loquet. Il lui fallut moins de deux minutes pour qu'un doux « clic » se fasse entendre.

Rapidement suivi par le bruit de moteur d'une voiture qui approchait.

— Kade, l'avertis-je en jetant un coup d'œil par-dessus mon épaule. Devine quoi. Une voiture de flics.

— Vu la chance que nous avons, je ne suis même pas surpris.

Il glissa le cintre sous la voiture et me tendit la main en me décochant un regard de brigand.

— Viens par ici, ma jolie.

— On va se cacher sous leur nez, c'est ça ?

— Si on essaie de se cacher, ils trouveront ça suspect.

Surtout s'ils remarquaient que j'étais torse nu. Je m'appuyai contre la portière et il se colla contre moi en plaquant ses mains de chaque côté de ma taille, en une armure protectrice qui avait le bénéfice additionnel de dissimuler ma quasi-nudité.

Je nouai vaguement mes mains derrière son cou, sentis la tension des muscles de ses épaules, son érection contre mon bas-ventre. La louve en moi s'étira et je me rendis compte que je n'avais ni l'envie ni la force de la retenir.

Je lui embrassai le menton et glissai ma main entre nous.

— La voiture, elle ralentit ?

— Oui, dit-il avec un rictus amusé. Tu n'oseras jamais.

Visiblement, personne ne lui avait jamais dit que c'était une mauvaise idée de lancer un défi à un loup-garou.

— Combien de flics ? demandai-je en glissant une main sur ses reins pour agripper sa ceinture pendant que je défaisais le bouton de son pantalon et descendais la fermeture de l'autre.

— Deux, gémit-il. Bon sang, on va se faire arrêter !

— Pas s'ils ne voient rien.

Je le guidai sous ma jupe vers cet endroit chaud et humide qui était prêt à l'accueillir.

— Rapproche-toi encore.

Il s'exécuta et m'écrasa quasiment sous son poids, m'empêchant de respirer normalement et de me maîtriser à son contact, ainsi qu'à celui de son membre dur et palpitant. Surtout lorsque celui-ci s'inséra profondément en moi. Les métamorphes chevaux tenaient vraiment de leurs cousins animaux quant à la forme et à la taille de leur pénis, et la sensation de plénitude que je ressentis était tout bonnement fabuleuse. Des vaguelettes de plaisir me parcoururent le corps, aiguisées par la proximité du danger et le risque d'être surpris.

Il gémit en collant sa bouche sur mon épaule :

— Ils sont presque sur nous…

— Alors, il vaudrait mieux que tu ne fasses aucun geste suspect, dis-je en montant sur la pointe des pieds et en redescendant, glissant par la même occasion sur sa queue tendue.

Il frissonna, sa peau palpitant de désir. Je levai la tête et lui mangeai les lèvres avec autant d'appétit qu'à l'idée de le baiser. On était bien loin du brasier tranquille du désir : ici, nous entrions dans le royaume de l'adrénaline pure mariée à la luxure la plus incontrôlable.

La voiture de police nous dépassa et poursuivit sa route. Je m'arrachai à notre baiser.

— Et maintenant ? demanda-t-il en essuyant la sueur qui coulait sur son merveilleux front d'airain.

Je ne répondis pas immédiatement, retardant le moment, savourant le danger de l'instant en attendant que la voiture de police tourne au coin de la rue.

— Maintenant, Kade. *Maintenant.*

J'eus à peine le temps de finir qu'il me labourait déjà à grands coups de reins. Je gémis et nouai mes jambes autour de ses hanches en m'écartant pour l'accueillir encore plus profondément, calant mes fesses sur la portière pour qu'il puisse me défoncer encore et encore, jusqu'à ce que j'aie l'impression que sa queue brûlante se frayait un chemin jusqu'à mes reins.

Il n'y avait rien de doux dans cet accouplement. La peur d'être découvert impliquait qu'il fallait y aller vite et fort, et c'était exactement ce que je voulais, exactement ce dont j'avais besoin. La spirale de plaisir m'emporta rapidement et je jouis, les convulsions de l'orgasme me coupant le souffle et arrachant à ma gorge un son étranglé. Il me rejoignit un bref instant plus tard et son corps s'abattit sur le mien, nos poids combinés faisant tanguer la voiture.

Une fois que nous eûmes repris notre souffle, il plaqua son front contre le mien, et m'examina avec un regard amusé et vaguement surpris. D'une voix haletante, il dit :

— Bon Dieu, c'était fantastique.

Je lui décochai un sourire ravi.

— Le risque d'être découvert ajoute toujours un certain piment au sexe.

— C'est le moins qu'on puisse dire.

Il plaqua une paume chaude et moite contre ma joue et effleura mes lèvres d'un baiser.

— Je suis vraiment très content d'avoir fait ta connaissance.

— Si tu ne m'avais pas connue, tu serais toujours un vieil étalon frustré, coincé dans son box.

Je me dégageai et le laissai se rhabiller.

— Et si on allait…

Je m'interrompis en voyant la forme brune qui planait au-dessus de nous dans le ciel.

— On nous surveille.

Il leva les yeux et les plissa.

— C'est peut-être seulement un oiseau. Ils n'ont pas la mainmise sur toutes les créatures ailées.

— Tu veux vraiment courir ce risque ?

— Non. Entre.

Il ouvrit la porte côté conducteur, se pencha par-dessus la banquette et ouvrit celle du passager. Pendant que je grimpais dans le véhicule, je le vis traficoter quelque chose au niveau du contact et entendis le vieux moteur rugir.

— De quel côté allons-nous ? s'enquit-il en sortant du parking.

J'indiquai la direction par laquelle les flics étaient partis.

Il haussa les sourcils et me contempla d'un air amusé.

— Tu n'as pas eu ta dose de danger ?

— Je n'aurais rien contre un petit supplément, mais c'est aussi par là qu'on va trouver de l'aide.

— Ah.

Il prit la voie rapide et lança la vieille voiture à une vitesse honorable. Il regarda dans le rétroviseur, puis se tourna vers moi.

— Qu'est-ce qu'il va se passer quand on va retrouver ton patron et ton compagnon de meute ?

— Ils voudront nous débriefer.

Il acquiesça.

— Et ils voudront certainement retrouver cet endroit.

— Cela signifie-t-il que nous devrons les y reconduire ?

— Je ne sais pas si ce sera « nous », lui dis-je après un instant d'hésitation.

Il eut un bref regard dur et déterminé, qui était si différent de ce que j'avais vu de lui jusqu'à présent que je dus me rappeler qu'après tout je ne savais strictement rien de cet homme. Et certainement pas si je pouvais lui faire confiance.

— Chérie, ces mecs m'ont volé des mois entiers de ma vie. Je refuse d'être mis à l'écart de cette enquête tant que je ne serai pas certain que les responsables ont payé.

— Tu n'auras peut-être pas le choix.

Il eut une expression lugubre.

— Personne ne peut me forcer à faire quelque chose que je ne veux pas faire.

— Jack, mon patron, en est tout à fait capable. C'est un vampire et un télépathe très puissant.

— Aucune importance. Personne ne peut lire dans l'esprit des métamorphes chevaux, aucune espèce.

— Vraiment ?

Je baissai mes murailles mentales et lançai une sonde télépathique. Elle frappa un mur aussi solide que celui de mon frère. La surprise me frappa.

— Comment est-ce possible ?

Il haussa les épaules.

— C'est un phénomène assez proche de la cécité psychique que l'on trouve chez beaucoup d'humains.

— Mais comment pouvez-vous être psychiquement aveugles et avoir pourtant des aptitudes psi ?

— Si tu as la réponse, ça m'intéresse aussi.

Je le considérai un instant, puis poursuivis :

— C'est une enquête du Directoire, et tu ne fais pas partie du Directoire.

Il me décocha un regard inquisiteur.

— Je croyais que tu n'étais qu'un vulgaire gratte-papier ?

— C'est le cas. Entre autres.

— Ce qui signifie ?

— Ce qui signifie que ce qui se passe est le dernier développement d'une enquête à laquelle j'ai été mêlée contre mon gré. (J'eus un moment d'hésitation : je ne voulais pas lui en dire trop.) Ils ont kidnappé Rhoan, il y a quelques mois, et c'est comme ça que je me suis retrouvée embarquée là-dedans.

— Alors, tu comprends ce que cela signifie quand je dis que c'est une affaire personnelle.

Je ne le comprenais que trop bien. Mais je ne pensais pas que ce serait le cas de Jack. Encore que… Il avait bien laissé Quinn se mêler de notre affaire, et il avait tout fait pour intégrer Liander, aussi. Il pouvait très bien me surprendre encore. Après tout, il essayait bien de monter une unité de jour, une équipe où j'aurais un rôle majeur à jouer. Et une équipe où je n'avais pas la moindre intention de me laisser entraîner à moins qu'il n'y ait pas d'autre choix.

À ce propos, les options devenaient de plus en plus rares.

Je me frottai les yeux et dis :

— Concentrons-nous sur un problème à la fois.

— D'accord. Comment s'appelle l'hôtel que nous cherchons ?

— Un village de vacances nommé Blue Haven, à Leura.

Je dénouai mon tee-shirt et le renfilai.

— Espérons qu'on y arrivera avant que les propriétaires de cette voiture s'aperçoivent du vol.

— Espérons qu'on y arrivera avant que nos poursuivants nous mettent la main dessus, corrigea-t-il d'un air lugubre.

Ses paroles me firent regarder le ciel. Je n'y vis aucune forme en train de planer, mais cela ne voulait pas dire qu'il n'y en avait pas. Et cela ne signifiait pas que nous n'étions pas suivis.

Nous roulâmes en silence. En arrivant à Leura, Kade revint à une vitesse plus raisonnable et la voiture cessa de brinquebaler. Nous remontâmes une adorable rue principale bordée d'arbres et de charmantes maisons. Cela me fit l'effet d'une carte postale et je regrettai brièvement que nous nous retrouvions ici. Un si joli endroit ne méritait pas d'être mis en contact avec les ténèbres à nos trousses.

Je fronçai les sourcils et me forçai à penser à autre chose. Nous continuâmes à rouler et finîmes par trouver le village de bungalows à l'autre bout de la ville.

Une camionnette noire aux vitres teintées était garée au bout du parking. Je la désignai du doigt et Kade alla se garer à côté. Nous eûmes à peine le temps de couper le contact que Rhoan ouvrait la porte du chalet à la volée, sa chevelure flamboyante étincelant au soleil.

Un sourire niais étira mes lèvres et mes yeux s'emplirent de larmes. Je réussis à descendre de la voiture et à me jeter dans les bras de mon frère.

— Mon Dieu, dit-il d'une voix aussi intense que son étreinte, j'ai bien cru que je t'avais perdue.

Les larmes inondèrent mes joues.

— Je suis désolée.

Il rit doucement.

— Essaie encore de me faire ça et je t'enchaîne dans notre appartement avec interdiction d'en sortir.

Kade arriva derrière moi. J'embrassai la joue de Rhoan puis m'arrachai à son étreinte.

— Rhoan, je te présente Kade. Sans son aide, je n'aurais jamais pu m'échapper.

— Et la réciproque est vraie, renchérit Kade d'un ton léger en tendant la main : C'est un plaisir de vous rencontrer.

Rhoan me décocha un regard qui signifiait très clairement « salope » et serra la main de Kade.

— Merci de l'avoir protégée.

Kade se mit à rire, un son chaleureux et agréable.

— Là aussi, la réciproque était vraie. Votre compagne de meute est une femme formidable.

— N'est-ce pas ? repartit Rhoan en me serrant contre lui. Allons à l'intérieur avant qu'un véhicule de patrouille nous repère.

Rhoan invita Kade à nous précéder, mais, d'une simple pression de la main sur mon épaule, m'invita à rester en arrière avec lui.

— Il faut que je te parle de quelque chose…

Je n'entendis pas le reste de ses paroles. Je n'en avais pas besoin.

Parce qu'une silhouette venait de se détacher dans l'encadrement de la porte.

Ce n'était pas Jack.

C'était Quinn.

Mon cœur fit une étrange cabriole et, pendant un moment qui me parut bien trop long, je fus seulement capable de le regarder sans un mot. Il n'avait pas changé… même si, bon, ça n'était pas très surprenant, vu que cela faisait à peine un mois que je ne l'avais pas vu.

Mais qu'est-ce qu'il était beau !

Il avait un corps d'athlète, musclé mais élancé. Son sweat-shirt bordeaux soulignait la ligne de ses épaules et son jean étroit mettait ses longues et puissantes cuisses en valeur. Il avait les cheveux couleur de nuit, plus longs désormais que la dernière fois que je l'avais vu, et ils avaient l'air doux, si épais. Ils étaient aussi ébouriffés, comme s'il s'était passé les mains dedans à maintes reprises. Lesdites mains se trouvaient à présent crispées en poings dans ses poches. Il n'avait pas la peau pâle de la plupart des vampires, mais un joli hâle doré parce que, contrairement à la plupart des membres de son espèce, il supportait particulièrement bien la lumière du soleil. Son visage…

Je déglutis. Il était beau, tout simplement beau, d'une manière qui était tout sauf efféminée.

Son regard croisa le mien, et me poignarda d'une lame d'obsidienne avant de se fermer totalement. Mais quelque chose passa entre nous, une sensation d'urgence qui fit bégayer mon cœur et fit courir la chair de poule sur tout mon corps. C'était la sensation qui avait toujours rendu l'air électrique entre nous depuis notre première rencontre, et elle n'avait jamais été aussi forte.

Kade s'arrêta soudain ; son regard passa de moi à Quinn, puis revint sur moi. La compréhension éclaira son expression, suivie par une lueur malicieuse dans ses yeux de velours. Il recula d'un pas et me saisit la main.

Son intention était visiblement de provoquer une réaction, et son but fut largement atteint. Mais ce ne fut rien de spectaculaire, juste une imperceptible tension des traits du visage.

D'une certaine manière, sa réaction m'amusa autant qu'elle m'agaça. Son léger changement d'expression avait été des plus clairs quant au contenu exact de ses pensées, et c'était énervant de voir qu'il continuait à me juger d'après des standards humains. Ce qui était complètement dingue vu que personne ici n'était humain, que ce soit physiquement ou mentalement. Mais je ne pouvais pas m'empêcher de trouver ridicule un vampire de plus de mille deux cents ans qui répondait à une provocation aussi évidente.

Cependant c'était une réaction intéressante, quel que soit le sentiment qu'elle trahissait. Elle laissait penser que, malgré toutes ses déclarations comme quoi jamais plus il ne s'impliquerait sentimentalement avec un loup-garou, il n'était pas prêt à s'éloigner de moi. Je veux dire, si même Kade, qui n'était rien de plus qu'un chouette casse-croûte, pouvait faire ainsi réagir monsieur Sans Expression, cela signifiait que malgré toutes ses protestations une partie de lui voulait appartenir à ma vie.

Et je n'étais pas vraiment sûre de savoir comment prendre cette révélation, si c'en était bien une. Merde, j'avais tellement essayé.

Peut-être était-ce son tour de fournir quelques efforts. De me courir après, un peu.

— Quel plaisir de te revoir, Quinn.

Un éclair de surprise traversa ses yeux. Peut-être croyait-il qu'il me serait impossible de rester polie après toutes les fins de non-recevoir qu'il m'avait fait subir ces derniers mois.

— Et c'est une joie de te voir en un seul morceau, répondit-il avec son accent irlandais encore plus sexy dans la réalité que dans mes souvenirs.

Le simple fait de l'entendre faillit me faire soupirer d'aise.

— Nous avons tous craint le pire, poursuivit-il.

Cela me fit chaud partout. Ce qui prouva simplement que j'avais menti lorsque j'avais dit à Kade que j'en avais terminé avec Quinn : une partie de moi ne voulait qu'une chose, continuer cette relation. Pourtant, il ne méritait pas de m'avoir aussi facilement. Pas cette fois-ci.

J'arquai un sourcil.

— Mais pourquoi donc t'inquiétais-tu pour moi, toi ?

C'était un peu mesquin, comme commentaire, mais il méritait bien ça après m'avoir rejetée tant de fois. Et, si c'était le seul truc qui le dérangeait chez moi, eh bien, il pourrait s'avouer heureux.

— Hey, tout le monde, si on transférait ces touchantes retrouvailles à l'intérieur, suggéra Rhoan d'un ton sec, au cas où il y aurait des espions aériens.

Quinn jeta un regard à Rhoan, puis fit demi-tour et rentra dans le chalet. Je dénouai mes doigts de ceux de Kade et me tournai vers mon frère.

— Merci de m'avoir prévenue.

Rhoan m'adressa une grimace gênée.

— J'ai essayé. Mais, même si je te l'avais dit, est-ce que ça aurait rendu le choc de le revoir plus supportable ?

Non, et il le savait.

— Joue le jeu, murmura Kade à mon adresse. Ça marchera. J'en suis certain.

Je tournai la tête vers lui et sentis un petit sourire amusé jouer sur mes lèvres.

— Et surtout, c'est un plan qui t'arrange sacrément, n'est-ce pas ?

Il leva les mains et me considéra d'un œil pétillant de joie.

— Hey, je suis un vieil étalon porté sur la chose qui est resté enfermé des mois durant, tu te rappelles ?

— Et le vieil étalon porté sur la chose, il se souvient qu'on doit démasquer des méchants ?

— Oui. Mais rien n'empêche de marier travail et plaisir.

— Messieurs dames, nous devons vraiment rentrer maintenant, insista Rhoan.

Je me penchai et plaquai un baiser sur la joue de mon frère.

— Si tu laisses un peu de mou à mon bras, peut-être serai-je en mesure de bouger.

Il le serra une dernière fois avant de le lâcher. Nous entrâmes dans le chalet. Celui-ci était exigu et, avec nous à l'intérieur, surpeuplé. Jack était assis à une table à l'autre bout de la pièce, son écran d'ordinateur éclairant ses traits burinés et son crâne chauve d'une lumière bleuâtre. Comme patron, il était tellement cool que c'était parfois difficile de se souvenir non seulement qu'il était vice-président chargé du département des gardiens, l'un des quatre principaux du Directoire, mais aussi qu'il était l'un des vampires les plus puissants que je connaissais.

Quinn en faisait justement partie lui aussi. Il avait posé son petit cul sur un fauteuil et croisé élégamment les jambes. Les seuls sièges encore disponibles étaient les canapés près de la télé. Kade et moi nous assîmes dans l'un, et Rhoan dans l'autre.

Jack leva la tête et me décocha un sourire plein de dents.

— Heureux de te voir saine et sauve, ma belle !

Je souris.

— C'est bon d'être saine et sauve. Jack, Quinn, voici Kade.

— Je sais qui est Kade, dit Jack. J'ai son dossier.

Kade haussa les sourcils.

— Vraiment ?

Une lueur d'amusement parcourut les yeux verts de Jack.

— Il n'y a aucun lieu qui puisse résister au Directoire.

— Voilà une information qui est soigneusement gardée secrète pour le public, n'est-ce pas ?

—Et pour des raisons tout à fait justifiées. Que faisiez-vous là ?

—C'est un des métamorphes dont ils recueillaient le sperme, dis-je avant d'ajouter avec une pointe d'impatience : J'imagine que tu n'as pas l'intention de partager le dossier de Kade avec nous ?

—Maintenant ? Non. Nous avons des choses plus importantes à faire. (Il plissa les yeux.) Qu'est-ce que tu veux dire par « un des métamorphes » ?

Kade haussa les épaules.

—Nous étions neuf là-dedans. Je ne sais pas ce qui est arrivé aux autres depuis notre évasion.

—Et ils récoltaient du sperme de chacun d'entre vous ?

—Oui.

Jack émit un grognement et me jeta un regard.

—Et ils ont recueilli des ovules de toi ?

Ce fut à mon tour de hausser les épaules.

—C'est très vague à l'heure actuelle. Tout ce dont je me souviens, c'est de mon réveil dans une ruelle pluvieuse à côté d'un homme mort.

—Cette amnésie, tu penses qu'elle est plus due à ton accident ou aux drogues qu'on t'a injectées ?

Je haussai de nouveau les épaules.

—Probablement l'accident, commenta Rhoan en m'examinant d'un œil critique. La cicatrice sur sa tête a l'air de quelque chose qui aurait pu causer une perte de mémoire.

—Quelle cicatrice ?

Je ne comprenais rien. Je n'avais remarqué aucune marque lorsque je m'étais douchée, mais, d'un autre côté, je ne pensais qu'à une chose : trouver la cuisine et le café. Et je n'avais pas tendance à passer des heures devant le miroir. Un rapide coup d'œil suffisait généralement, tant que je n'allais pas à un endroit spécial qui nécessitait de me maquiller.

Kade fit courir son doigt de ma tempe à l'arrière de mon crâne et dit :

— Cette cicatrice-là, chérie…

Je fronçai les sourcils.

— Elle est laide ?

Bon sang, c'était vraiment la dernière chose dont j'avais besoin, de m'inquiéter à propos d'une nouvelle cicatrice. J'en avais déjà bien assez, dues à des accidents de jeunesse.

— Tes cheveux la recouvrent, elle ne se voit pas.

— Cet endroit se trouve donc dans une ville du coin ? intervint Jack d'une voix qui laissait entendre que les changements de sujet ne seraient pas longtemps tolérés.

Je souris, ravie de retrouver son impatience habituelle.

— C'est une ville. Et un terrain d'entraînement. Il y a des bâtiments factices, mais aussi des vrais, en béton.

— Peux-tu nous conduire là-bas ? demanda-t-il.

— Moi je peux, intervint Kade avant que je puisse répondre. Riley a été inconsciente pendant le plus clair du trajet.

Ce qui était tout à fait inexact. Jack me regarda en arquant imperceptiblement un sourcil. Il avait deviné qu'il mentait, mais, pour une raison inconnue, n'allait pas le faire remarquer. Peut-être se disait-il qu'un métamorphe cheval ferait bon effet dans son équipe de jour. Il regarda son écran, prononça les mots « plan de la région » et leva le visage vers Kade.

— Pouvez-vous nous donner une localisation approximative ? Nous ordonnerons un survol aérien de la zone.

Kade s'approcha de l'écran et indiqua un endroit.

— Je ne pense pas qu'on ait le temps d'attendre des renforts. Ils ont très probablement conscience que notre évasion met tout leur projet en péril. Cela ne m'étonnerait pas qu'ils débarrassent les lieux en ce moment même.

Jack leva le regard vers Kade, puis vers moi. Et je vis dans ses yeux la question qu'il se posait, même s'il dit quelque chose de totalement différent.

— Vous pensez qu'on sera assez de cinq pour partir à l'assaut de cet endroit ?

— Non, répondit Kade. Mais, si vous voulez mettre la main sur ces salopards, alors il faut prendre le risque.

Et quel risque ! Un risque énorme, chacun dans cette pièce le savait, même moi. Mais un risque qu'envisageait Jack. Qu'il devait envisager, si nous voulions avoir le moindre espoir de trouver une piste qui menait à ces malades.

J'affrontai son regard et réfléchis aux implications de la question qu'il avait laissée informulée. Celles de lui donner ce qu'il voulait, moi participant à ce raid et avançant encore sur le chemin qui devait me mener à devenir gardienne, et de respecter la promesse que je lui avais faite sur la colline près de Genoveve. La promesse d'apporter mon concours à la résolution de cette affaire.

— Riley n'est pas gardienne, s'insurgea Rhoan, qui se retint tout juste de dire que je ne l'étais pas *encore*. Elle ne peut pas participer à une telle mission. C'est trop dangereux.

Jack lui lança un bref regard.

— Elle a les sens et les réflexes aussi aiguisés que toi. Rien que ça, ça lui donne un avantage décisif sur pas mal d'espèces.

— Un bon odorat et des réflexes corrects ne lui serviront à rien si elle se fait de nouveau attaquer.

— Je ne suis pas assez stupide pour l'envoyer là-bas seule.

Il continuait à me regarder avec insistance, attendant ma réponse. Comme si j'avais le moindre choix quant à celle-ci, vu que je voulais voir cette affaire résolue au moins autant que lui. Après tout, les salopards qui étaient derrière tout ça passaient leur temps à m'enlever, moi, et pas lui. Rien que ça, c'était une raison suffisante pour que j'accepte.

Même si cela signifiait que je m'éloignais encore un peu plus de la liberté et de la vie que j'avais toujours rêvé de mener.

— OK, comptez sur moi, décidai-je en ne tenant aucun compte de mon estomac qui se serrait à l'idée de retourner dans cet endroit. Et je suis d'accord avec Kade : le plus tôt sera le mieux.

Un imperceptible sourire se dessina sur les lèvres de Jack, mais il se contenta de dire :

— Rhoan, équipe Riley puis conduis-la dans la chambre pour qu'elle se repose un peu. Kade, restez ici pour me donner une idée de la disposition des lieux. (Il regarda sa montre.) Nous décollerons à 17 heures…

— Mais c'est dans deux heures ! s'exclama Kade. Nous devons y aller dès que possible.

— Malheureusement, nous sommes obligés de patienter du fait que je suis un vampire. Je supporte une certaine dose de soleil, mais pas tant que ça non plus.

Kade marmonna quelque chose dans sa barbe, puis acquiesça. Rhoan foudroya Jack du regard et m'invita à le suivre.

Je regardai Quinn. Il avait toujours le visage totalement dépourvu d'expression, pourtant je pensais deviner ce qu'il avait en tête. Peut-être était-ce dû au lien qui avait été formé entre nous, un lien qui était coupé, mais pas totalement, ou peut-être que je me faisais des idées, je l'ignorais. Mais Quinn n'était pas plus ravi que Rhoan de mon implication dans le raid.

Eh bien, tant pis pour lui. Il avait perdu tout droit de se mêler de ma vie lorsqu'il avait décidé de me tourner définitivement le dos.

Je suivis Rhoan dehors jusqu'à la camionnette noire. Au-dessus de nous, le ciel azur était dégagé et vide de toute présence ailée. Mais le silence semblait surnaturel. La forêt qui entourait l'hôtel ne résonnait d'aucun pépiement d'oiseau. Je regardai vivement autour de moi, observant plus particulièrement les arbres, et un sentiment de malaise m'envahit.

— Tu entends ça ? soufflai-je alors que Rhoan faisait coulisser la porte de la camionnette.

— Entendre quoi ? dit-il en se tournant vers moi.

— Justement, ça. Ce silence est anormal.

— Nous sommes à la montagne, pas à la ville, objecta-t-il, mais il regarda lui aussi autour de lui, les yeux plissés. Tu devrais peut-être retourner au chalet pendant que je jette un coup d'œil dans les environs.

— Vu les choses qui nous traquaient Kade et moi, il vaut mieux que nous restions ensemble.

— Riley…

— Ne commence pas. Tu n'as pas vu les Orsini. Moi si. Crois-moi, la dernière chose que tu veux, c'est te retrouver seul face à ces saloperies.

— C'est quoi, des Orsini ?

Il se pencha dans la camionnette et attrapa quelques pistolets laser miniatures et un couteau. Mon « équipement », supposai-je.

— Des créatures bizarres aux allures d'ours, avec des méchantes griffes et des grandes dents.

— Ah. Eh bien, si tu leur as survécu, je devrais réussir moi aussi.

— Ils me voulaient vivante, Rhoan.

Ou, tout du moins, c'était ce qu'ils voulaient avant que je m'échappe du complexe principal.

— C'est probablement la seule raison pour laquelle les Orsini ne m'ont pas tuée lorsque je me suis échappée de ma cage.

Cela étant, leurs tentatives pour me rattraper, si c'était bien de cela qu'il s'agissait, m'avaient fait l'effet de coups portés pour tuer.

— Et tu crois que c'est à cause de ces créatures que le silence est tombé si subitement ?

— Non. Mais il y a quelque chose qui cloche.

Il accrocha ses armes à ses cuisses et ses bras, puis balança un fusil laser par-dessus son épaule.

— Alors, allons à la chasse.

J'eus un bref instant d'hésitation. Rhoan sourit d'un air lugubre.

— Tu es bien sûre que tu es prête pour tout ça ?

Il ne voulait pas parler de la chasse aux Orsini ou à quoi que ce soit qui traînait dans les environs. Je baissai le regard et ceignis mes avant-bras de mes armes.

— Je n'ai pas le choix.

— On a toujours le choix, quelle que soit la situation.

J'eus un ricanement de dérision.

— Comme j'ai eu le choix d'accepter ce traitement expérimental contre la stérilité ? Et comme j'ai le choix aujourd'hui quant à ses conséquences sur mon organisme ? Comme j'ai le choix de devenir gardienne si, justement, ces conséquences sont celles que l'on craint ?

— C'est différent.

— Pas du tout.

Je finis d'attacher le couteau et l'un des pistolets laser. L'autre était un minimodèle qui tenait dans ma main. Je devais l'avouer, le contact du métal froid contre ma peau était étrangement réconfortant. Je me redressai et affrontai le regard de mon frère.

— Il faut que je retourne dans cet endroit pour découvrir ce qu'ils m'ont fait, pour ma tranquillité d'esprit, au moins.

Il observa mon expression et soupira doucement.

— Tu es si foutrement têtue.

— J'ai de qui tenir, répondis-je en souriant.

Il secoua la tête et referma la porte de la camionnette avant de se diriger à pas de loup vers les arbres qui bordaient le chalet. Je le suivis, l'oreille tendue, essayant de percevoir sous le souffle du vent des sons inexistants, et braquant le regard sur les bosquets à la recherche de formes évoquant la présence d'un Orsini.

Rien.

Aucun son, aucun mouvement, aucune chose aux allures d'ours tordu ou autre créature quelle qu'elle soit, méchante ou non. La forêt était un endroit mystérieusement silencieux, et l'impression que quelque chose clochait me mettait sur les nerfs.

Nous fîmes un tour dans le village, examinant tous les chalets, avant de revenir à notre point de départ.

— Tu ferais mieux d'aller te reposer.

— Rhoan…

— Riley, tu as une mine de zombie. Laisse-moi faire ce pour quoi je suis payé sans rechigner, pour une fois.

Je poussai un soupir et acquiesçai. Pour être honnête, j'avais vraiment besoin de dormir, mais je doutais d'en être capable sachant que, deux heures plus tard, nous retournerions dans un endroit où j'avais perdu huit jours de ma vie. Pourtant, ce n'était pas la raison pour laquelle je me faisais prier pour rentrer dans le chalet. C'était le silence. Et cette impression sournoise que quelque chose s'approchait.

— Pourquoi penses-tu que Jack laisse Kade s'impliquer dans cette affaire ? demandai-je pour changer de sujet, le regard braqué sur les arbres.

— Parce que Jack connaît les antécédents de Kade et lui fait confiance pour participer à cette mission, répondit Rhoan en haussant les épaules. De toute façon, nous avons besoin de tous les bras disponibles.

— Tu n'as donc pas vu son dossier ?

— Non. Et non, je ne vais pas le subtiliser pour toi. Si tu veux connaître ses antécédents, pose-lui directement la question.

— C'est ce que j'ai fait. Il a prétendu être promoteur immobilier.

— Le métamorphe cheval est autant promoteur immobilier que je suis hétéro, répondit-il, une étincelle d'amusement dans ses yeux gris. Bon, trêve de plaisanterie, rentre et va te reposer.

Je parcourus la forêt d'un dernier regard, ne remarquant rien d'anormal ni le moindre signe de danger. Il n'y avait rien dans les environs, rien qui puisse expliquer l'appréhension qui me picotait la peau.

C'était probablement juste la peur de revenir dans le complexe d'expérimentation (ou quoi que soit cet endroit) qui me rendait si nerveuse. Après un dernier instant d'hésitation, je fis demi-tour et me dirigeai vers la chambre.

J'ouvris la porte du deuxième chalet et entrai, suivie par les rayons du soleil de fin d'après-midi qui déchirèrent l'obscurité de la pièce et soulignèrent un vieux lit énorme. De l'autre pièce me parvenait le son de plusieurs voix : les syllabes accentuées de Quinn, la voix grave de Kade. C'était plutôt chouette, comme berceuse.

Je refermai la porte derrière moi et avançai jusqu'au lit en ôtant mes vêtements.

Ce n'est qu'en soulevant les draps et en me glissant dessous que je me rendis compte que je n'étais pas seule dans la chambre.

Chapitre 4

L'ombre m'attaqua dès que je m'arrêtai.

Sauf qu'il ne s'agissait pas d'une ombre, mais d'une créature aussi noire que la nuit, aussi rapide et invisible qu'un vampire.

Heureusement, c'était mon cas aussi.

Je roulai au bas du lit en me tordant et en envoyant un coup de pied qui frappa l'obscurité solide. La créature grogna, mais ne vacilla même pas. Elle se jeta sur le lit et sauta sur moi, tel un éclair de noirceur absolue qui déchirait l'air de griffes pointues semblant particulièrement vicieuses.

J'évitai son coup et plongeai en travers du lit, vers les armes qui se trouvaient de l'autre côté, sur la table de chevet. Je sentis mes doigts glisser sur le métal et envoyer valser les pistolets laser avant de se renfermer sur le manche du couteau.

—Rhoan !

Mon cri retentit dans le silence. La créature émit un sifflement étouffé qui agaça mes oreilles. Elle se jeta de nouveau sur moi dans un brouillard de jambes, de bras et de griffes. Je battis précipitamment en retraite tout en esquivant et en contre-attaquant aussi fort que je le pouvais avec mon couteau. Je sentis l'un de mes coups porter, la lame s'enfonçant dans la chair avant de cogner brutalement l'os, le contrecoup faisant vibrer mon bras. Il y eut un « plop » suivi d'un geyser de sang nauséabond, et la porte s'ouvrit à la volée, laissant entrer un flot de lumière qui me permit de voir que la créature était bien humanoïde de forme, sinon de proportions.

— À terre ! ordonna Rhoan.

Je m'exécutai et me laissai tomber lourdement sur le tapis. Je sentis l'air s'échapper de ma poitrine et vis un éclair noir s'enfuir, poursuivi par un fin rayon rouge. Il y eut un bruit de verre brisé, puis celui de quelqu'un qui s'éloignait en courant. Rhoan se rua dans la même direction.

Je me remis debout tant bien que mal et courus après mon frère. Il se métamorphosa en pleine course et traversa la fenêtre sous forme de loup. Restée humaine, je le suivis, atterrissant en boule sur le sol recouvert de verre brisé et me coupant le dos en me relevant.

La créature d'ombre courait à toute allure et de manière presque imperceptible entre les arbres. Il n'y avait pas la moindre odeur dans l'air calme ; si cette chose en avait une, elle était noyée par celles, plus agressives, de l'eucalyptus et de la terre.

Mais elle saignait, et c'était cette piste-là que nous suivions.

Nous courûmes dans la forêt, sautant par-dessus les rochers, évitant les souches, piétinant les fougères et traversant les fourrés. Soudain, l'air devint plus vif, plus froid et je levai le visage. Les arbres s'interrompaient brutalement, pour faire place au ciel. Je plongeai en avant et attrapai Rhoan par les hanches, le plaquant pour l'arrêter.

Il gronda et claqua des mâchoires, m'effleurant de ses dents sans me faire vraiment mal. Je lui donnai une tape sur la truffe.

— Il y a une falaise, crétin.

Il se contorsionna pour regarder dans la direction que je lui indiquais, puis renifla d'une manière très canine avant de se dégager de ma prise et de se métamorphoser de nouveau en s'avançant vers le bord. Je me relevai, mais restai où je me trouvais. J'ai un problème avec les falaises.

— Il y a une forme noire aplatie en bas du canyon, observa Rhoan en se penchant d'une manière qui me rendit affreusement nerveuse.

— Ce truc a sauté plutôt que de se faire capturer ! m'exclamai-je. Pourquoi ?

— Ce truc, c'est le mot qui convient, répondit Rhoan d'un air lugubre. Et s'il a sauté, c'est soit parce qu'il n'a pas vu le gouffre, soit parce que la mort était préférable à la capture dans son esprit.

— C'est nécessairement la première solution, n'est-ce pas ?

Il haussa les épaules.

— Qui sait ? La seule chose dont je suis certain, c'est que je n'ai jamais rien vu de pareil.

— Moi non plus. Mais je doute qu'il s'agisse d'une créature naturelle.

Je frissonnai et me frottai les bras. Il m'observa avec attention.

— Ça va ?

J'acquiesçai.

— Je l'ai senti juste avant qu'il attaque et j'ai réussi à esquiver ses coups.

Il jeta un dernier regard à la dépouille puis s'éloigna du bord et me fit faire demi-tour.

— Rentrons avant que tu meures de froid.

Nous revînmes au chalet. Quinn était accroupi près de la fenêtre en train d'examiner le sol couvert de verre brisé, et il leva les yeux en nous entendant arriver.

Il parcourut ma nudité du regard et un doux éclair de désir déchira l'air entre nous. Mais il se contenta de déclarer d'une voix aussi froide que l'air ambiant :

— Je n'ai jamais vu des empreintes pareilles.

Rhoan s'accroupit à côté de lui et les parcourut du doigt.

— Des griffes, reprit-il en me regardant. Comme sur ses mains.

J'acquiesçai.

— Comme je l'ai dit tout à l'heure, je ne pense pas qu'il s'agisse d'une créature naturelle.

— Tu as certainement raison, acquiesça-t-il en observant l'orée du bois. Va donc te coucher. Je te protégerai contre ce genre de bestioles.

Il n'avait ni vu ni perçu la première et je doutais qu'il en voie ou perçoive d'autres. Ce qui posait une question : pourquoi ? J'avais beau avoir senti la créature alors qu'il était presque trop tard, j'avais bien perçu que quelque chose n'allait pas. Alors, pourquoi pas mon jumeau ?

Je l'ignorais. Et une partie de moi-même ne voulait pas le savoir, parce que je soupçonnais que cela avait peut-être quelque chose à voir avec le traitement auquel Talon et compagnie m'avaient soumise à mon insu.

Mais au moins le sentiment de malaise s'était envolé. Peut-être serions-nous tranquilles un bon moment, à présent.

— Je crois que je vais d'abord prendre une douche. Je crains de ne pas pouvoir m'endormir tout de suite.

Il opina. Je revins dans le chalet, où je remarquai avec gratitude qu'on avait retiré le bras tranché et tenté de nettoyer le sang. Je perdis un bon moment à vérifier le moindre coin sombre avant d'enfin me détendre et d'aller dans la salle de bains.

Et malgré mes craintes je réussis à dormir, et bien.

Quand je me réveillai, Quinn était debout à côté de la fenêtre brisée, les mains nouées négligemment dans le dos et les muscles relâchés, mais sa tension était néanmoins presque palpable. L'air en était chargé comme une pile et vibrait au rythme de mon pouls qui s'emballait.

—Il y a des vêtements propres au bout du lit, dit-il sur un ton agréablement neutre. Rhoan a pensé que tu voudrais quelque chose d'un peu plus chaud. Pas de chaussures, en revanche. Nous avons tous de plus grands pieds que toi.

—Je n'ai pas besoin de chaussures.

Je croisai les bras et rivai mon regard sur son dos en espérant qu'il le sente et se retourne pour me faire face.

—Qu'est-ce que tu fais ici ?

—Ici, dans cette chambre, ou ici, en général ?

—Les deux.

—Ah. (Il réfléchit un instant.) Je me trouve ici comme seconde défense, au cas où une de ces créatures réussirait à passer celle de Rhoan.

—Je suis capable de me défendre toute seule.

—Pas quand tu dors à poings fermés. (Il regarda brièvement par-dessus son épaule et parcourut des yeux les courbes de mon corps sous la couverture avant de tourner la tête.) Tu n'as même pas bronché quand je suis entré.

Probablement parce que je connaissais son odeur et me sentais en sécurité en sa présence, même s'il pouvait être terriblement agaçant, parfois.

—Et pourquoi te trouves-tu mêlé à cette opération de secours ?

Il haussa vaguement une épaule, d'une manière étrangement élégante. Ses muscles roulèrent sous le pull bordeaux et je dus résister à l'envie qui démangeait mes doigts de toucher son corps mince et puissant.

—Parce que quelqu'un essaie depuis un petit moment de me tuer, et que ça commence à m'ennuyer prodigieusement.

—Cela n'explique pas vraiment ce que tu fabriques ci.

—Ceux qui ont tenté de m'assassiner n'étaient pas d'origine naturelle. J'ai apporté les cadavres à Melbourne pour que le Directoire puisse les examiner.

— Non sans que tes propres labos l'aient fait au préalable, j'imagine ?

— Évidemment.

— Tu as donc apporté les cadavres. Pourquoi es-tu ici ?

— Tu as disparu à peu près au moment où je suis arrivé à Melbourne. Je suis resté donner un coup de main.

— Merci.

Il haussa les épaules.

— Nous sommes amis et avons été amants. C'est la moindre des choses.

— La dernière fois que j'ai regardé, la définition d'ami n'incluait pas de faire comme si ledit ami n'existait pas et de lui demander de disparaître de sa vie.

— Tu sais parfaitement pour quelle raison j'ai agi ainsi.

— Oui, parce que tu étais incapable de vivre avec un loup-garou, grondai-je en rejetant les couvertures et en m'asseyant sur le bord du lit. Pourrais-tu au moins avoir la correction de me regarder quand tu me parles ?

— Si tu pouvais avoir la correction de t'habiller.

— Pourquoi ? Comme tu l'as dit, nous avons été amants ! Tu connais mon corps de façon intime.

— Nous ne sommes plus amants et je n'aime pas que tu t'exhibes ainsi.

Je ricanai avec dérision et tendis le bras vers les vêtements au pied du lit.

— Qu'est-ce que c'est rétrograde !

— Je *suis* rétrograde.

Ouais, et c'était bien un des problèmes qui auraient surgi si nous avions dû nous lancer dans une relation. Je secouai la tête et m'habillai. Les jambes du jean étaient trop longues d'une bonne dizaine de centimètres, mais me moulaient bien le reste du corps, en particulier le derrière. Ce n'était pas très surprenant : j'avais un plus gros cul que mon frère, voilà qui prouvait encore une fois que la nature était injuste, si vous vouliez mon avis. Son pull vert était si moulant que la laine se distendait sur mes seins en laissant apparaître la peau. Si la nuit qui approchait n'avait pas promis d'être passablement froide, j'aurais fait sans.

— OK, tu peux te tourner maintenant.

Mon ton acerbe n'eut pas l'air de lui faire le moindre effet. Son expression était calme, presque distante. Mais son regard sur mon corps me fit l'effet d'une caresse incandescente. Je sentis le désir picoter ma peau et mes tétons se durcir en étirant encore plus le tissu du pull. Au plus profond de moi, le besoin de sexe releva la tête et me fit l'effet d'une déferlante brûlante.

Je croisai les bras et fis mon possible pour oublier la faim qui me dévorait. Il y avait trop de problèmes à régler avec ce vampire pour que je puisse me permettre de lui sauter dessus, même si la perspective en était franchement alléchante. L'un de ces problèmes, et pas des moindres, étant ce qu'il voulait désormais, vu qu'il avait clairement affirmé peu de temps auparavant qu'il ne voulait plus avoir affaire en rien avec moi.

— Donc c'est seulement pour amener les cadavres au Directoire que tu es venu à Melbourne ?

— Tu sais bien que ce n'est pas le cas.

— Tout ce que je sais, c'est que tu m'as demandé de te foutre la paix, répliquai-je d'un ton sec.

— Je n'ai *jamais* dit ça.

Je haussai les épaules.

— En tout cas, c'est ce que ça signifiait. Qu'est-ce que tu veux, Quinn ?

— Je pense que nous avons besoin de parler.

— J'ai passé pas mal de temps à tenter de te parler après Genoveve. Vu le succès de mes tentatives, je n'ai plus rien à dire.

— Alors, mettons que moi, j'ai besoin de te parler, et toi, tu as besoin d'entendre ce que j'ai à te dire.

— À moins qu'il s'agisse d'un « Je suis désolé de m'être aussi mal comporté, pardonne-moi », je ne suis pas certaine que tu aies quoi que ce soit à dire que j'aie effectivement envie d'entendre.

La porte s'ouvrit à cet instant précis et Rhoan fit irruption dans la pièce.

— Quinn, Jack voudrait te voir.

Quinn me décocha un regard qui signifiait que la conversation était loin d'être terminée, puis sortit de la pièce.

J'inspirai profondément avant de lentement expulser l'air de mes poumons. Maudit mec ! Juste au moment où je commençais à digérer le fait qu'il refuse d'explorer les délicieuses possibilités d'une relation entre nous, voilà qu'il revenait dans ma vie en laissant entendre que peut-être, pourquoi pas, il avait changé d'avis. Je me demandais vraiment ce que j'avais fait pour mériter le genre de galères qui me tombaient dessus depuis quelque temps.

Je frottai mes yeux toujours fatigués puis saisis les armes que j'avais répandues dans la chambre plus tôt, les attachant rapidement à mes membres avant de m'approcher de la fenêtre. Un crépuscule orageux commençait à obscurcir le ciel.

— Riley ? demanda Rhoan d'un ton inquiet.

— Quoi ?

— Ça va ?

— Impec, frangin.

Il arriva derrière moi et glissa ses bras autour de mon torse, me serrant contre lui.

— C'est Quinn ?

Quelle intuition phénoménale. Je laissai aller ma tête contre son épaule.

— Je l'aime toujours, Rhoan. Même s'il déteste ce que je suis, même si je sais qu'une relation entre nous ne pourrait pas durer, je le veux. Je croyais m'en être remise, mais non.

— Parce que c'est lui qui t'a quittée, et non le contraire.

Probable. C'était toujours plus facile d'être le largueur que le largué.

— Le truc, c'est que je pense que c'est pour ça qu'il est ici. Parce qu'il a changé d'avis.

Il resta silencieux un moment avant de répondre.

— Tu veux un conseil de grand frère ?

J'eus un demi-sourire.

— J'ai dans l'idée que, même si je n'en voulais pas, ça ne changerait rien.

— C'est pas faux, approuva-t-il d'un air amusé. Eh bien, notre ami chevalin semble être sacrément attiré par toi. Profite de cela, profite de lui. Ne cours pas après Quinn plus que tu l'as déjà fait.

— Kade m'a déjà dit la même chose.

— C'est un étalon. C'est-à-dire un vieux salopard libidineux prêt à tout pour rentrer dans ta culotte.

Je ris intérieurement. De ce côté-là, les métamorphes chevaux n'avaient rien à envier aux mâles du monde entier. Quelle que soit leur espèce, ils voulaient tous tremper leur biscuit. Même les vampires qui se la jouaient distants.

— Si je me contente de profiter de la vie, Quinn ne va certainement pas revenir en courant.

— Et c'est peut-être pas plus mal.

— Ah bon ? Et pourquoi n'aurais-je pas le droit de m'amuser avec lui ?

— Parce que ça commencerait peut-être comme un simple amusement, mais il est aussi fort probable que ça n'en resterait pas là. Et qu'est-ce qu'il se passera, alors ? À propos des enfants par exemple ? Tu sais parfaitement que tu en veux, et, même s'il est possible que tu sois physiquement incapable d'en avoir, il y a d'autres solutions. La seule certitude, c'est que Quinn, lui, ne pourra jamais te faire d'enfants. *Jamais*. Le sentiment qui vous lie est peut-être très fort, mais au bout du compte est-ce que c'est bien ?

— Comment ça, « bien » ?

Mais alors même que je posais la question, je devinai la réponse. Les loups naissaient avec le besoin dévorant de se reproduire, et seul le désir de trouver le compagnon idéal empêchait le monde d'être envahi de lycanthropes. C'était d'ailleurs quelque chose que ne semblaient pas comprendre les gouvernements, vu qu'ils nous obligeaient à prendre une contraception.

Je voulais des enfants. Je rêvais d'avoir une famille à moi depuis mon plus jeune âge. Et même si entre Quinn et moi il devait y avoir une belle histoire, en tout cas, elle ne serait pas source de vie.

— Si tu t'impliques dans une relation avec Quinn, ce sera dangereux parce que nous savons tous les deux que ça ne se limitera pas à de simples bons moments, et cela pourrait bien vous détruire tous les deux.

Il avait parfaitement raison. J'avais certes follement envie d'explorer les possibilités d'une relation avec Quinn, mais peut-être était-ce mieux pour tout le monde si je laissais ce vampire tranquille.

Je regardai mon frère du coin de l'œil.

— Il y a deux mois, tu m'encourageais à ne pas abandonner. Aujourd'hui, tu me conseilles de faire attention et tu me dis que je ne peux pas me permettre d'envisager une histoire à long terme avec lui. Pourquoi ?

— Quand je t'ai dit ça, je ne savais pas que nos gènes de vampires commençaient à s'affirmer. C'est trop tard pour moi, et je n'aurai pas d'enfants, mais ce n'est peut-être pas encore le cas pour toi. (Il tendit la main pour ôter une mèche de cheveux de ma joue.) Ton développement a toujours été plus lent que le mien.

Je lui souris car c'était ce qu'il voulait, mais cela ne fit rien pour apaiser le froid qui m'avait envahie ou pour relâcher le nœud qui me serrait l'estomac. Mon angoisse n'était pas seulement due au fait que j'étais peut-être en train de devenir irrémédiablement stérile. Je m'inquiétais aussi des autres changements que mes gènes vampiriques pouvaient impliquer.

— Talon a tenté de me mettre enceinte pendant plus d'un an. Ce qui laisse penser qu'il est probablement déjà trop tard.

Rhoan eut un reniflement de dérision.

— Talon est stérile.

— *Quoi ?* m'exclamai-je en me tournant vivement vers lui.

Il eut un léger hochement de tête.

— Oui, c'est ce qu'ont révélé ses analyses. (Il se pencha vers moi et m'embrassa sur le front.) Il faut que tu considères Quinn comme un carré de chocolat. Délicieux, follement satisfaisant et qui te rend complètement dépendante. Et, comme le chocolat, il vaut mieux que tu y résistes complètement parce que ce n'est pas bon pour toi.

Je souris faiblement.

— Oui, mais Quinn, lui, ne me donne pas de boutons, contrairement au chocolat.

— Peut-être pas sur le visage, observa-t-il en glissant sa main dans la mienne et en m'entraînant vers la porte. Mais souviens-toi : il a une certaine tendance à te laisser plein de marques sur le cou.

Je pouffai doucement. Il avait tout à fait raison. Sauf que, bon, il fallait bien l'avouer, c'étaient des marques qu'il était agréable de recevoir.

Jack ne leva même pas les yeux en nous entendant entrer dans l'autre chalet par la porte communicante.

— Je viens de recevoir les analyses du bras que tu as arraché ; il n'y a aucune créature de ce type dans nos bases de données.

— Ce n'est pas très étonnant.

— En effet, dit-il en refermant son ordinateur. Surtout quand on a affaire à des organismes génétiquement modifiés. As-tu pu explorer un peu cet endroit ? Penses-tu pouvoir confirmer le plan des lieux que nous a donné Kade ?

— Je dois avouer que je n'ai pas vraiment eu l'idée de me balader dans le coin quand je me suis réveillée nue dans cette ruelle. (Je réfléchis.) J'ai seulement vu quelques rues et l'écurie. Kade a passé plus de temps que moi là-bas.

Il avait aussi assuré qu'il n'avait jamais quitté l'écurie. Si c'était le cas, il n'aurait pas dû être en mesure de lui dessiner un plan, donc il m'avait menti. Mais pour quelle raison ?

Peut-être était-ce simplement parce qu'à ce moment-là, il ne savait pas qui j'étais et s'il pouvait vraiment me faire confiance.

— J'aurai besoin d'un rapport comprenant tout ce dont tu te souviens une fois qu'on en aura terminé avec cette expédition. Allons-y, conclut Jack en saisissant l'ordinateur.

Nous sortîmes du chalet pour rejoindre Quinn et Kade qui se trouvait déjà dans la camionnette, Quinn au volant et Kade à l'arrière, assis sur le sol, en train de vérifier les armes. Il avait l'air de s'y connaître particulièrement bien. En tout cas, plus que n'importe quel prétendu promoteur immobilier. D'un autre côté, c'était peut-être le genre à aller à la chasse, le week-end.

Ce qui était aussi probable que des ailes me poussent et que je m'envole.

Cela signifiait qu'il avait certainement menti aussi à propos de son métier. Mais je n'allais pas me mettre la rate au court-bouillon à ce propos, pas tant que j'ignorais pour quelles raisons il avait menti. Néanmoins, je trouvais passablement agaçant de lui avoir fait confiance plus que je l'aurais dû. Avec tout ce qui m'était arrivé dans les derniers mois, on aurait pu penser que j'aurais réagi différemment.

Je grimpai dans la camionnette et m'assis en tailleur à côté de lui. Avec les armes, l'équipement et nous cinq, on manquait un peu d'espace. Rhoan s'assit à l'avant, à côté de Quinn. Jack ferma la porte coulissante avec vigueur puis s'installa devant l'écran de l'ordinateur, probablement pour donner des instructions de dernière minute aux renforts envoyés par le Directoire. Même si ceux-ci n'arriveraient probablement pas avant la fin de notre expédition, c'était rassurant de les savoir en route pour nous porter assistance.

Lorsque la camionnette démarra, Kade me glissa un bras autour des épaules et me serra contre lui. Rien de sexuel, c'était simplement un geste de réconfort de la part de quelqu'un qui savait que j'en avais grand besoin. Je lui souris et me laissai aller contre lui.

Le bruit des touches du clavier de Jack et le ronronnement du moteur furent les seuls sons qui bercèrent notre trajet. Plus nous nous rapprochions de cet endroit et plus mon estomac s'agitait avec vigueur. Même si je ne m'en souvenais pas consciemment, ce qui m'était arrivé là-bas semblait avoir été particulièrement traumatisant. J'attrapai une bouteille d'eau, mais boire ne fit rien pour soulager ma gorge sèche.

Je sentis soudain une vague d'énergie me caresser l'esprit, un contact chaud qui fit réagir les moindres fibres de mon être, bien plus intime que le toucher, et même que le sexe.

C'était Quinn qui appuyait doucement sur mon bouclier psychique pour me parler, essayant de me convaincre d'ouvrir la porte psi que nous avions développée comme moyen de communication. Ce lien était bien plus profond qu'un simple contact télépathique : il fonctionnait même en présence d'atténuateurs psychiques, et c'était grâce à lui que nous étions sortis vivants de l'antre de Talon.

Je regardai vers l'avant de la camionnette, mais ne vis rien que l'obscurité. Avait-il senti que ma peur augmentait ? Ou était-ce simplement une tentative de poursuivre la conversation que nous avions commencée dans le chalet ? Quelle qu'en soit la raison, en tout cas, je refusai d'ouvrir la porte. Rhoan avait raison. Dans ce cas précis, je ne pouvais pas avoir le beurre et l'argent du beurre. Tant que je ne saurais pas à coup sûr si j'étais ou non stérile, je n'oserais pas m'impliquer dans quelque relation que ce soit avec Quinn. Ce serait imprudent pour nous deux.

Je fis donc mine de ne pas entendre son « toc-toc » mental. Il finit par abandonner et se concentra de nouveau sur sa conduite. La camionnette poursuivit son chemin dans la nuit, le silence qui régnait faisant vibrer mes nerfs comme des cordes de violon trop tendues.

Quand nous nous arrêtâmes enfin, Kade ôta son bras de mes épaules et me sourit d'une manière vaguement joyeuse.

— C'est bientôt fini.

Je ne répondis rien. J'en étais incapable.

Parce que tout cela était loin d'être terminé.

Jack se redressa, la peau pâle de son visage éclairée par l'écran lumineux de l'ordinateur.

— Kade, Rhoan, vous allez passer par l'entrée principale. Riley, Quinn et toi allez de l'autre côté pour sécuriser l'entrée secondaire. Fais attention là-dedans et ne t'éloigne pas de Quinn.

Merci mais, justement, ce n'est pas vraiment sûr de m'envoyer avec lui, voulus-je répondre, mais ma langue sembla collée à mon palais.

Jack et Kade sortirent du véhicule et refermèrent la porte coulissante. Rhoan m'encouragea brièvement de ses deux pouces levés, puis disparut dans la nuit.

Je croisai le regard de Quinn dans le rétroviseur.

— Viens t'asseoir devant, c'est plus confortable, proposa-t-il.

— Merci, mais non. Je n'ai pas envie de voir où nous allons.

Il haussa les épaules et redémarra. Nous nous arrêtâmes dix minutes plus tard, cette fois-ci en dissimulant la camionnette dans les fourrés qui bordaient la route. J'ouvris la porte coulissante et descendis.

C'était une nuit calme et froide, avec un ciel nuageux qui perçait à travers le feuillage des arbres. Au loin, on entendait le chant des cigales et, quelque part sur notre droite, le bouillonnement d'un ruisseau. Le silence aurait presque été total sans le bruit haché de ma respiration. Je devais absolument me calmer. S'il y avait quoi que ce soit chargé de surveiller l'approche d'éventuels ennemis, je me ferais repérer à des kilomètres.

Quinn me rejoignit de l'autre côté de la camionnette, sa silhouette vêtue de noir se confondant avec l'obscurité ambiante.

— Nous avons vingt minutes pour escalader cette montagne.

— Hein ?

— Eh oui. (Il tourna le regard vers moi.) Tu es prête ?

Non, voilà ce que j'aurais eu envie de répondre. *Jamais.* Mais je me forçai à acquiescer d'un signe de tête et le suivis gentiment quand il commença l'ascension de la pente recouverte de brindilles.

Vingt minutes, ça n'est pas énorme pour escalader une montagne : nous devions nous dépêcher. Heureusement, il n'y avait ni falaises ni ravins susceptibles de me donner la nausée mais, quand nous arrivâmes enfin sur le plateau où se trouvait le complexe, mes jambes me donnaient l'impression d'être en coton et mes poumons en feu. J'avais beau être dans une forme physique raisonnable, cette montée m'avait quasiment mise sur le flanc. J'allais devoir me forcer à fréquenter plus souvent ma salle de sport.

Lorsque nous atteignîmes la clairière où se dressait le complexe, j'eus l'impression que mon corps était devenu une masse de muscles hurlants. Je m'arrêtai derrière un vieil eucalyptus assez gros pour me cacher et tentai désespérément de reprendre mon souffle. Quinn attendait derrière moi, assez proche pour que je puisse sentir sa chaude odeur de bois de santal. Lui n'était même pas essoufflé. Il avait beau avoir plus de mille ans, il était quand même drôlement plus en forme que moi.

— C'est vide, chuchota-t-il.

Je levai les yeux. De l'autre côté de la clairière, j'apercevais la clôture barbelée du complexe. Au-delà de celle-ci, aucune lumière n'était visible. Les silhouettes obscures des bâtiments semblaient ne renfermer aucun signe de vie, et je ne voyais rien bouger aux alentours, même en vision infrarouge. Tout était silencieux, de manière presque inquiétante.

Néanmoins, il fallait que je vérifie. Ce n'était pas parce que je ne voyais rien qu'il n'y avait rien. Et Quinn, lui, pouvait percevoir les palpitations des organismes vivants, contrairement à moi.

— Complètement vide ? Il n'y a vraiment personne, humain, non-humain ou autre ?

Son regard croisa le mien. Ses iris semblaient luire dans le noir.

— Rien du tout.

— Il n'y a *vraiment* personne ?

— D'ici, je ne peux pas percevoir Rhoan et les autres, ils sont trop loin. Mais il semble bien que le complexe ait été évacué.

— Mais pourquoi faire ça ? D'après ce que j'ai vu, l'endroit est gigantesque. Pourquoi l'abandonner aussi précipitamment ?

— Je dirais au hasard que c'est à cause de toi.

J'arquai un sourcil intrigué.

— Parce que je me suis évadée ?

Il acquiesça.

— Ils savent certainement qui tu es et que tu as des liens avec le Directoire, même si tu n'y es qu'une simple employée. Étant donné ce qui s'est produit au laboratoire Genoveve et ton rôle dans l'affaire, ils auront vraisemblablement prévu un plan d'évacuation des lieux.

— Comment pourraient-ils savoir le rôle que j'ai joué là-dedans ?

— Souviens-toi : l'esprit de Talon avait été partiellement détruit. Avant de commettre cet acte, le responsable a très probablement exploré la mémoire et les centres de réflexion de ton ancien amant, ne serait-ce que pour savoir ce qui s'est passé exactement. (Il eut un moment d'hésitation.) En tout cas, c'est ce que j'aurais fait, moi.

Un frisson me parcourut l'échine. Je ne voulais même pas imaginer la puissance télépathique nécessaire pour effacer complètement les pensées et souvenirs de quelqu'un. Et surtout, je refusais d'envisager que ce vampire-là en était capable aussi facilement que de respirer.

— S'ils ont évacué l'endroit et évité de laisser des indices, on va encore galérer pour suivre leur piste.

Et j'avais le mauvais pressentiment que le temps était crucial dans cette affaire.

— S'ils sont partis dans la précipitation, il y a des chances qu'ils aient oublié quelques informations. (Il regarda sa montre.) Nous avons encore cinq minutes avant de devoir entrer.

— Je vais en profiter pour me reposer un peu.

Je me laissai tomber sur une vieille souche. Quinn s'assit à côté de moi, assez près pour que je puisse sentir sa chaleur, mais pas assez pour que nous nous touchions.

Je résistai à l'envie de bouger, que ce soit pour me rapprocher de lui et le toucher, ou pour m'éloigner et que sa proximité cesse ainsi de brûler mon âme, et gardai le regard braqué sur la clôture, évitant de le laisser dériver vers le si bel être assis près de moi.

— Je doute franchement qu'ils aient laissé l'endroit sans surveillance, même si nous ne percevons rien de là où nous nous trouvons.

— C'est possible.

Il ne me regardait même pas, et pourtant j'avais pleinement conscience que ce qui nous reliait était aussi fort qu'avant. Je ne rêvais que d'une chose : me perdre dans sa chaleur, m'y noyer et ne jamais remonter à la surface.

J'étais vraiment complètement dingue.

Ou était-ce juste un caprice, l'envie dévorante de quelque chose que je savais mauvais pour moi ? Comme le chocolat que Rhoan dissimulait lorsque j'étais une adolescente boutonneuse ? Ce que je voulais était là, à portée de main, et j'en mourais d'envie, même si je savais pertinemment que c'était mauvais pour moi.

Je croisai les bras, comme si j'essayais de me réchauffer, mais le froid de la nuit n'avait pas la moindre chance de m'atteindre, protégée que j'étais par la chaleur de Quinn.

— Alors, de quoi allons-nous parler pendant ces cinq minutes ?

Son ton laissait clairement sous-entendre qu'il voulait que nous abordions des sujets plus personnels, mais je n'étais pas sûre qu'il le méritait. Cela étant, s'il devait continuer à s'impliquer dans cette enquête, il allait bien falloir que nous parlions.

— Pourquoi ne parlerions-nous pas des erreurs que l'on commet ? reprit-il.

— Cela dépend de qui commet les erreurs en question.

— Commençons par les miennes, répondit-il en plantant ses yeux sombres dans les miens. Parce que c'est ce qu'était mon refus de te revoir : une erreur.

Oh ! Génial ! Exactement ce dont j'avais besoin, alors même que j'étais déchirée entre la tentation de me relancer dans une relation avec lui et la conscience que ce serait une très mauvaise idée, tout simplement parce que ça ne pourrait pas durer. Je refusais de rejoindre ses ex au Panthéon des louves qui lui avaient brisé le cœur.

— Et à quoi est dû ce soudain changement d'avis ? demandai-je d'une voix calme dont je fus la première surprise.

Malgré les récentes révélations, après tout, il m'avait laissé tomber comme une vieille chaussette et méritait que je lui fasse partager mon sentiment.

— À pas mal de choses…

— Quel genre ? l'interrompis-je. Tu as du mal à trouver des partenaires sexuelles depuis que tu as détruit la vie de ton ex-fiancée ?

Voilà qui était une réflexion des plus mesquines. Mon agacement n'était peut-être pas perceptible dans ma voix, mais il était de toute évidence bien présent. Son regard se durcit.

— Tu sais exactement pour quelles raisons je l'ai fait.

— Ouais. Elle t'a contrarié. Eh bien, mon grand, il s'avère que tu as réussi à *me* contrarier, moi, et à présent tu dois en affronter les conséquences.

Il m'examina en silence un long moment avant de tourner la tête, l'air inexpressif, mais émettant d'indéniables vibrations de mécontentement mal contenu. Une partie de moi s'en réjouissait fortement. Hé, après tout, j'étais *vraiment* une chienne.

— Je refuse de croire que tu puisses abandonner l'affaire aussi facilement.

— Pourquoi ? Je suis une louve, n'est-ce pas ? Nous papillonnons de partenaire en partenaire sans le moindre scrupule.

Je vis ses yeux étinceler, comme s'il reconnaissait que j'avais tapé juste.

— Sauf que tu n'es pas comme ça.

— Peut-être bien que oui, peut-être bien que non, répliquai-je avant de me tourner vers lui. Je suis un loup, Quinn, aussi bien dans ma chair que dans mon esprit. Ma manière de voir les choses et ma morale ne seront jamais compatibles avec les tiennes.

— Cela ne nous empêche pas de trouver un compromis à mi-chemin.

Bien sûr que si, ça l'empêchait. Parce que Quinn était comme du chocolat pour moi : jamais je ne pourrais me contenter d'une seule bouchée. Et aussi parce que c'était un vampire qui ne serait jamais en mesure de m'offrir la seule chose que je désirais plus que tout.

Bon sang, quand est-ce que le sexe était devenu aussi compliqué ? Je me passai la main sur les yeux et dis :

— Écoute, nous avons effectivement besoin de parler de beaucoup de choses, mais ce n'est pas le bon endroit. Allons là-dedans et retrouvons les autres.

Il se leva et me tendit la main. J'hésitai, ne voulant pas courir le risque de le toucher, tout en étant bien consciente que j'aurais l'air d'une idiote si je refusais son aide et que c'était *exactement* la raison pour laquelle il avait tendu cette main. Une sorte de défi, en fait.

Et je n'étais pas du genre à fuir les défis. Je glissai donc ma main dans la sienne, et ce fut comme une décharge électrique entre nous deux. Il baissa vivement les yeux vers moi et je me perdis dans ces lacs délicieusement obscurs. Ses doigts étaient si chauds, et sa poigne à la fois si douce et si ferme lorsqu'il m'aida à me remettre debout. Soudain, je fus replongée dans le souvenir de ces mains agiles et subtiles sur mon corps, de leurs caresses et de la manière dont elles me faisaient grimper aux rideaux. L'air qui nous séparait palpita de désir, comme si, juste un instant, nous avions tous deux eu la même réminiscence.

Il m'adressa un sourire d'une tendresse presque douloureuse. Je sentis mon pouls déjà irrégulier s'emballer, et j'eus soudain du mal à respirer. C'était le genre de sourire que s'échangeaient deux amants après une nuit de sexe torride. Et nous avions maintes fois partagé ce genre de nuits. Il garda son regard incandescent braqué dans le mien le temps de quelques battements de cœur, puis parcourut mon corps d'un air languissant, me donnant l'impression de fondre, tel un pain de glace sur lequel on aurait appliqué un fer rouge… et j'étais bien loin d'être un pain de glace. Quelque chose explosa au fond de moi et mon corps fut parcouru d'une vague de passion. L'air me semblait si saturé de désir et de chaleur que j'arrivais à peine à respirer.

Un seul pas. C'était tout ce qu'il fallait pour que je me retrouve dans ses bras à embrasser ses douces lèvres, son corps pressé contre le mien. Je le voulais en moi.

Je serrai le poing, enfonçant mes ongles dans les paumes de ma main, comptant sur la douleur pour combattre cette flambée de désir.

— Je refuse de faire l'amour avec toi simplement parce que tu as décidé que c'était acceptable de baiser une louve de manière régulière.

Ses yeux étincelèrent de nouveau.

— Pourquoi ? N'est-ce pas toi qui me disais que le sexe constituait d'excellentes fondations pour bâtir une relation ?

C'était effectivement ce que je pensais. Ordinairement.

— Les choses ont changé, depuis. J'ai réfléchi à tout ça.

— Cela ne remonte qu'à deux mois, je te signale.

Je reculai d'un pas et croisai les bras sur ma poitrine. Aucun doute, j'avais visiblement commis des actes affreux dans une vie antérieure, et ça me revenait à présent en pleine figure.

— Pas ici, pas maintenant, Quinn, dis-je en me forçant à passer devant lui. Allons dans ce fichu complexe.

Je passai en vision infrarouge pour examiner la clairière et les bâtiments qui se dressaient derrière l'enceinte. Toujours aucun signe de vie. Pas le moindre mouvement.

Nous gagnâmes la clôture. Quinn tendit la main à quelques millimètres du fil de fer.

— Je ne sens pas d'électricité. (Il le toucha légèrement.) Rien. On peut le couper sans danger.

Je reculai d'un pas et dégainai un de mes pistolets laser.

— S'ils ont coupé le courant, alors en effet ils ont abandonné l'endroit.

— Ne relâchons quand même pas notre garde à l'intérieur.

— Je sais.

Comme si j'avais été capable de me détendre...

Je découpai dans la clôture un trou assez grand pour nous livrer le passage. Quinn le franchit en premier et examina les lieux avant de revenir vers moi.

— Il n'y a rien. Suis-moi.

Je m'exécutai, malgré l'impression que mon cœur m'était remonté dans la gorge, et malgré la difficulté que je ressentais à respirer. Nous avançâmes à pas feutrés dans l'ombre des bâtiments en les parcourant du regard. Le silence était total.

Il n'y avait rien.

Pas même le moindre insecte.

Nous progressâmes vers le centre du complexe et je laissai mon regard errer vers une colline boisée. C'était là que se trouvait l'endroit dont j'avais réussi de justesse à m'échapper.

Quinn m'effleura le bras et je sursautai.

— Désolée, murmurai-je.

— Tu n'es pas obligée d'aller là-haut si tu ne le veux pas. Nous pouvons aussi attendre les autres à côté de la clôture.

Je me passai la langue sur les lèvres et secouai la tête.

— Non. Il faut que je le fasse.

Il acquiesça d'un signe de tête et me guida, une main posée sur mes reins. Le simple contact de ses doigts envoya des vagues de chaleur dans tout mon corps. Même si c'était un réconfort, ce ne fut pas suffisant pour relâcher le nœud de peur qui me serrait la gorge.

Nous continuâmes notre furtive progression au sein du complexe et commençâmes à gravir la colline. Plus nous nous approchions de la ruelle et plus je ralentissais. Je m'immobilisai au coin de celle-ci. Je regardai l'endroit où avait reposé un homme mort. Il n'y avait plus qu'une tache sombre, seul témoignage de mes actes.

— Qu'est-ce qui se passe ? s'inquiéta Quinn.

— C'est ici que je me suis réveillée. (Je désignai le bout de la rue.) Et c'est de là que sont arrivés les Orsini.

— Les Orsini ? Qu'est-ce que c'est ?

— Des créatures aux allures d'ours difforme. (La chair de poule fit se dresser mes poils. Je me frottai les bras et parcourus le mur en béton du regard.) Je n'aime vraiment pas l'ambiance de cette ruelle.

— Il n'y a pourtant rien d'anormal, remarqua-t-il en examinant les lieux.

— Je sens quelque chose.

Quelque chose né pour tuer.

— Je ne perçois rien, ni humain ni non-humain, finit-il par murmurer. Ni la moindre pensée.

Cela ne voulait pas dire qu'il n'y avait rien, en particulier dans un endroit comme celui-ci où l'on produisait de si étranges créatures.

— Il doit y avoir une autre entrée. Essayons de…

Le reste de mes paroles resta coincé au fond de ma gorge. Juste devant moi, je vis le mur bouger. De grands morceaux de béton semblèrent s'en décoller et prirent la forme d'humains dénués de couleur. C'étaient des êtres énormes et dégingandés, avec des longues jambes et des bras interminables. Nous les vîmes changer de couleur, passant du gris béton au noir de la nuit. Je savais qu'ils se trouvaient toujours devant nous, mais ils m'étaient à présent invisibles. Et imperceptibles.

— Bordel, souffla Quinn d'un ton abasourdi. Des caméléons.

Je lui jetai un regard dubitatif.

— Ils ne ressemblent pas du tout à des lézards.

Il me rendit mon regard, et il n'y avait pas la moindre trace d'amusement dans ses yeux noirs.

— C'est un genre très rare de non-humains qui peuvent véritablement se confondre avec n'importe quel fond. Et ils sont aussi cannibales.

Oh! Génial!

— Ils n'ont pas l'air si rares que ça, vu qu'il y en a au moins dix, là.

— Je ne suis pas aveugle. (Il me saisit la main.) Barrons-nous d'ici.

— Mais nous avons des pistolets laser…

— Ils sont trop nombreux. Même si on réussit à en descendre quelques-uns, on se fera submerger par ceux qui restent. Allons-y.

Il ne me laissa pas le choix et me tira derrière lui. Les caméléons nous emboîtèrent le pas et j'entendis le bruit de leurs grands pieds plats qui s'abattaient sur le sol, de plus en plus vite, de plus en plus proches.

— Appelle à l'aide, ordonna Quinn en me poussant brutalement vers le bord de la rue.

J'atterris dans la vitrine d'une des boutiques factices assez fort pour la faire exploser et me mis en boule pour amortir ma chute. Des morceaux de verre jaillirent dans tous les sens, évitant de justesse mon visage. Je heurtai le sol avec un grognement et laissai échapper mon pistolet laser. Je poussai un juron et me remis tant bien que mal sur pied.

Les créatures n'étaient que des ombres encore plus noires que la nuit. Je clignai des paupières et passai en vision vampirique infrarouge. Quinn se transforma en une flamme vive entourée de dix brasiers rougeoyants et étouffés. Je percevais le bourdonnement des pensées de Quinn, mais les créatures, elles, n'émettaient strictement rien. Et ce n'était pas comme si elles étaient équipées d'une protection psychique : on aurait juste dit qu'il n'y avait rien du tout.

J'appelai à l'aide aussi fort que je le pouvais, dégainai mon second laser, sautai par-dessus l'encadrement de la vitrine et me précipitai vers la créature la plus proche.

Elle se tourna vivement dans ma direction et m'envoya une énorme baffe de sa grosse patte couleur de nuit. Je l'esquivai de justesse et tirai. Le rayon lumineux pénétra dans la chair comme dans du beurre et quatre doigts tombèrent sur le sol, où ils restèrent à se tordre comme de gros vers sur un hameçon. La créature hurla, un cri si aigu, si inhumain que j'en eus des frissons. Ceux-ci redoublèrent lorsque je m'aperçus que les doigts sectionnés étaient déjà en train de repousser.

Je sentis un mouvement d'air et me laissai tomber par terre en me retournant. Deux autres monstres s'étaient glissés derrière moi. J'évitai le coup que le premier voulait m'assener et tirai sur la main qui tentait de m'agripper. D'autres doigts rebondirent sur le bitume en tressautant comme des organismes vivants.

Et ils repoussèrent.

Bon Dieu, mais comment était-on censé tuer des choses qui se régénéraient aussi rapidement ?

La première créature dont j'avais coupé les doigts poussa un hurlement furieux. L'autre se jeta sur moi. Je tentai de l'éloigner d'un coup de pied, mais sentis des dents s'enfoncer dans mon épaule. Je poussai un sifflement de douleur et envoyai mon poing frapper une peau humide et gluante comme celle d'un crapaud. Mon coup glissa sur celle-ci et je sentis les dents de la créature se refermer encore plus en faisant craquer mon os. La douleur devint insoutenable et mon front se couvrit de sueur. Je luttai contre une montée de bile et vis les deux autres fondre sur moi. Essayant d'oublier la créature qui me dévorait l'épaule, je lançai ma jambe en direction du premier monstre et l'envoyai valser dans les pattes de l'autre.

Des rayons rouges déchirèrent la nuit et, soudain, les deux créatures n'eurent plus de tête. L'odeur de chair brûlée qui saturait l'air me donna la nausée. Un autre rayon me passa à quelques millimètres du bras et le monstre qui tentait de me manger lâcha prise en poussant un rugissement. Je me métamorphosai rapidement en loup et m'éloignai en boitillant. Ce ne fut qu'en arrivant à la vitrine brisée que je repris forme humaine et m'effondrai en tenant mon épaule blessée. Je regardai vers l'endroit où la bataille faisait rage.

La cavalerie était arrivée à la rescousse. Rhoan, Jack et Kade s'occupaient des caméléons avec une efficacité brutale. Je n'avais jamais vu mon frère en pleine action jusqu'à présent, et c'était un spectacle véritablement effrayant. Il était rapide et sans pitié, tout ce qu'un gardien est censé être… et tout ce que je pensais qu'il n'était pas jusque-là.

Kade n'était peut-être pas tout à fait aussi rapide ou acharné, mais son efficacité était indéniable. Il était évident que ce n'était pas *seulement* un promoteur immobilier.

Je détournai le regard et m'aperçus que la flamme rouge qui trahissait la présence de Quinn avait disparu. La peur m'envahit un bref instant, puis je sentis l'odeur du bois de santal autour de moi et le vis s'agenouiller à mon côté. Il avait des griffures au visage, et son pull était déchiré, la laine bordeaux assombrie de taches de sang.

— Tu vas bien ? me demanda-t-il avec un accent encore plus prononcé que d'habitude, ses yeux brillant de peur. Ils t'ont mordue ?

Je lui montrai mon épaule. Il jura à mi-voix.

— Il va falloir soigner ça le plus vite possible. Ces saloperies sont bourrées d'infections virales, en général.

— L'équipe d'intervention du Directoire n'est qu'à cinq minutes d'ici, intervint Rhoan en s'extrayant de la mêlée et en me prenant dans ses bras. Il y a aussi une équipe de secours, justement pour ce genre d'éventualité.

Il me souleva et partit comme une flèche dans la nuit, dévalant la colline, puis arriva dans la partie du complexe que j'avais aperçue sans la visiter, avant de ressortir. L'équipe de secours était déjà en train de s'installer lorsque nous arrivâmes. Le médecin jeta un coup d'œil à mon épaule et à ma main et me fit entrer en toute hâte dans la pièce voisine. On me déshabilla, me lava et me pansa, puis on m'enfonça dans le gras du postérieur les plus grosses aiguilles que j'avais jamais vues. Cela me fit encore plus mal que les morsures elles-mêmes.

— Gardez l'œil sur cette épaule, me conseilla le médecin en ôtant ses gants de latex. Les loups-garous n'ont en général pas une grande sensibilité aux infections virales, mais même, s'il y a le moindre signe d'infection ou si vous vous sentez patraque, venez aussitôt nous rendre visite.

J'acquiesçai d'un signe de tête. Il regarda l'écran de son ordinateur et reprit :

— Il y a un rappel sur votre fiche concernant un rendez-vous avec votre médecin vendredi.

Je clignai des paupières, surprise.

— Quel rendez-vous ?

— Avec le docteur Harvey, à 16 heures.

Je le dévisageai pendant quelques secondes et sentis mon cœur battre plus fort. Le docteur Harvey était le spécialiste vers lequel j'avais été orientée, celui qui allait pouvoir me dire si j'avais un espoir d'avoir un jour des enfants. Il ne faisait pas partie du Directoire, mais il avait été approuvé par celui-ci.

— Y a-t-il quelque chose d'autre de mentionné ?

Le médecin me jeta un regard curieux.

— Ça parle juste de résultats d'analyses.

Oh mon Dieu, oh mon Dieu. Dans deux jours, je connaîtrais donc la réponse. Et, maintenant que c'était si proche, je n'étais pas certaine d'être prête à l'entendre.

— Merci, docteur.

Il me salua et quitta la pièce. Je me rhabillai avec mille précautions puis revins dans la zone d'attente. Rhoan se leva de sa chaise.

— Quel est le verdict ?

— Je devrais m'en remettre. (J'eus un instant d'hésitation, puis demandai :) Où est Quinn ?

— Il attend dehors. Il se sentait mal dans ce bâtiment.

J'eus un petit sourire.

— Vraiment ?

— C'est un empathe, souviens-toi. Il a dit que ces pièces étaient saturées de mauvais souvenirs et de douleur.

Quinn étant doté d'un bouclier psychique des plus résistants, il fallait que ce soit vraiment fort pour qu'il batte en retraite. Et cela me rendit particulièrement heureuse de ne pas devoir vivre avec un talent tel que l'empathie.

Rhoan posa sa main sur mon bras intact et m'escorta vers la porte.

— Est-ce que tu te sens prête à affronter tout de suite ce qui s'est passé ici, ou préfères-tu attendre demain ?

Si j'avais eu vraiment le choix, j'aurais carrément préféré ne pas l'affronter du tout, mais ce n'était pas possible et nous le savions tous les deux. Je pris une grande inspiration, puis laissai doucement l'air s'échapper de mes poumons.

— Finissons-en avec ça maintenant.

Il observa mon visage d'un air inquiet.

— Tu en es sûre ?

— Non. Mais je préfère ne pas attendre.

Il acquiesça et nous sortîmes tous deux du bâtiment. Quinn attendait près de là et emboîta le pas à Rhoan. Il ne dit rien et, pour une fois, je ne perçus rien de ses émotions.

Nous remontâmes au sommet de la colline et retournâmes dans la ruelle. Au bout de celle-ci, à droite, se trouvait un autre bâtiment. Je ralentis sans en avoir conscience et sentis ma bouche s'assécher.

Je ne voulais pas entrer là.

Je ne voulais pas me souvenir.

— Tu n'es pas obligée de le faire, me murmura Rhoan.

Je me passai la langue sur les lèvres.

— Bien sûr que si.

Sauf que mes genoux étaient sur le point de céder, que mes pieds refusaient d'avancer et que je semblais incapable d'inspirer assez d'air dans mes poumons.

Rhoan me serra plus fort le bras.

— Respire profondément, me conseilla-t-il.

Je fis comme il disait, mais cela ne sembla pas vraiment arranger les choses.

— Je suis avec toi, reprit-il. Si c'est trop dur, je te sors d'ici. Je te promets.

Je déglutis, dégageai mon coude de son étreinte et lui pris la main, en la serrant très fort.

— Allons-y.

Avant que le peu de courage que j'avais m'abandonne complètement.

Quinn ouvrit la porte. Il arborait son masque impénétrable de vampire, néanmoins une lueur d'inquiétude brillait dans ses yeux. Ou peut-être n'était-ce que le reflet de la vive lumière qui éclairait le couloir devant nous.

Ou bien je me faisais des idées.

Le bruit de nos pas résonna dans le silence total. Le béton était froid sous mes pieds. Il y avait une porte à peu près tous les cinq pas, ce qui laissait supposer que les pièces vers lesquelles elles menaient étaient particulièrement exiguës. Sans nous arrêter, nous remontâmes tout le couloir avant de tourner à gauche.

Jack sortait de la pièce du fond lorsque nous arrivâmes à mi-chemin. Il avait un porte-bloc à la main et son expression était sinistre.

— Cet endroit n'est rien de plus qu'un enclos de reproduction.

Nous nous arrêtâmes et je regardai par-dessus son épaule. Je vis les murs blancs. Le drap immaculé bien bordé sur le matelas. Les chaînes qui étincelaient dessus. Je sentis mon estomac se soulever.

— C'était ma chambre ?

Jack baissa le regard sur le dossier qu'il avait entre les mains.

— Oui, répondit-il, avant d'hésiter un instant. Tu te trouvais dans le coma à la suite de ton accident et ils ne s'attendaient pas que tu en sortes aussi vite.

— Alors la seule raison pour laquelle je me suis échappée, c'est que, contrairement aux autres prisonniers, je n'étais ni droguée ni enchaînée ?

Jack acquiesça.

— Je ne suis pas médecin mais, d'après ce que je vois dans ce dossier, il semble que ce soit déjà un miracle que tu t'en sois sortie.

Je lâchai la main de Rhoan et m'avançai vers la pièce. Un frisson me parcourut l'échine et j'eus la sensation d'un objet tranchant qui tremblotait dans ma tête.

Je déglutis avec difficulté et fis un autre pas vers l'avant.

Des aiguilles de feu me traversèrent le cerveau et mon front se couvrit de sueur. Je frissonnai, serrai les poings et luttai contre le désir de m'éloigner en courant aussi vite que possible de cet endroit et des souvenirs douloureux qu'il ranimait dans mon esprit embrumé.

Rhoan m'effleura l'épaule et me fit sursauter.

— Peut-être ne devrais-tu pas te forcer…, dit-il doucement.

— Il faut que je me souvienne de quelque chose.

Ce qui me valait cette certitude, je n'en savais rien. Si j'étais dans le coma, cet endroit n'aurait rien dû représenter à mes yeux. Mais j'avais fini par reprendre assez connaissance pour m'évader. Les réponses dont nous avions besoin se trouvaient peut-être derrière ce mur de douleur qui entourait mes souvenirs disparus.

Je léchai mes lèvres sèches et avançai d'un autre pas.

La douleur devint insupportable et je m'effondrai en criant.

Chapitre 5

Les souvenirs me revinrent dans un maelström de douleur, sous la forme d'images éparses semblant sortir d'un film ultra-violent qui aurait été projeté par un appareil cassé. Je revis la voiture qui avait percuté la mienne par l'arrière… l'arbre que je n'avais pu éviter… La sensation du sang coulant sur mon visage et sur mes bras, puis la douleur, l'obscurité et l'impression de flotter. Celle-ci sembla s'éterniser.

Puis ce fut le son qui me revint à l'esprit. Un « bip » régulier. Le claquement de talons sur le sol. Celui de la chair contre la chair, et l'impression d'être violée.

Et enfin, les odeurs. Antiseptique. Sexe. Forêt, aiguilles de pin et fleur d'oranger.

C'était une étrange alliance d'odeurs, une alliance que j'avais déjà sentie auparavant.

Riley!

C'était une voix distante et exigeante. Elle s'insinua dans la prison de douleur qui enfermait mon esprit, rongeant comme un fox-terrier les liens mentaux qui m'immobilisaient. Mais cette prison semblait tournoyer et je ne parvenais pas à localiser l'origine de la voix, ni à m'en approcher.

Riley!

La voix semblait plus paniquée désormais. Les nuages de souffrance finirent par se dissiper et soudain Quinn fut dans mon esprit, tentant de faire barrage à la douleur, et me tendant une main immatérielle. J'attrapai celle-ci, et elle me sembla bien réelle, rassurante et pleine d'une chaleur réconfortante.

Par là, dit-il en me reconduisant vers la lumière.

Je repris connaissance et poussai un halètement.

— Tout va bien, fit la voix douce et apaisante de Rhoan. (Il me tenait dans ses bras et me berçait comme s'il était mon père et moi son enfant.) Tout va bien.

La brise qui caressait ma peau était fraîche et, lorsque je réussis enfin à faire pénétrer un peu d'air dans mes poumons, je perçus l'odeur des eucalyptus et de la nuit. Nous étions revenus dehors.

J'ouvris les yeux et croisai le regard toujours aussi sombre et inexpressif de Quinn.

— La porte n'était pas ouverte, remarquai-je.

— Non, confirma-t-il.

— La porte ? intervint Rhoan. Quelle porte ?

Je tournai mon regard vers lui.

— Rien. Cela n'a pas d'importance.

Mais cela en avait, en fait : Quinn venait juste de pénétrer mon bouclier mental et mon esprit alors même qu'il m'avait assuré que c'était impossible, plusieurs semaines auparavant.

Rhoan me caressa la joue.

— T'es-tu souvenue de quelque chose d'important ?

— Seulement une odeur. Celle d'un homme que j'ai déjà rencontré.

Il arqua un sourcil.

— Rien d'autre ?

Je secouai la tête et il poussa un soupir.

— Bon, tu en as assez bavé. On te ramène à la maison.

Je ne demandais pas mieux. Je n'attendais que de pouvoir dormir un peu et oublier tout ça, ne fût-ce que quelques heures.

— Est-ce vraiment prudent ?

Il fit la grimace.

— Pas vraiment. Pour l'instant, nous allons nous installer dans une maison sûre. Quand Jack et Kade en auront terminé avec le bordel qui règne ici, ils nous rejoindront.

— Pourquoi est-ce que c'est Kade qui reste, plutôt que toi ou Quinn ? m'étonnai-je.

— Parce que Kade a passé plusieurs mois ici et connaît mieux les lieux que n'importe lequel d'entre nous.

Ce qui semblait parfaitement logique, mais je ne croyais pas qu'il s'agissait de la vérité. Jack avait des projets concernant Kade, c'était évident.

— Où se trouve donc cette maison sûre du Directoire ? Et est-ce qu'elle a une baignoire assez grande pour qu'une louve-garou puisse y batifoler à l'aise ?

Son sourire lui illumina le visage.

— C'est la suite du dernier étage d'un hôtel qui se trouve juste sur la plage de Brighton. On peut penser qu'il y aura une baignoire d'une taille correcte.

Je souris aussi.

— Tant qu'à être enfermés quelque part, autant que ce soit dans le luxe.

— Exactement. Tu te sens capable de te lever ?

J'acquiesçai et le laissai m'aider à me remettre sur mes pieds. Je vacillai légèrement et m'appuyai sur lui quelques secondes.

— Ça va, dis-je quand je me sentis effectivement mieux.

Il me lâcha et ajouta :

— Je vais juste voir Jack, et on y va.

Je lui adressai un signe de tête et m'appuyai contre le mur de béton ; le froid de celui-ci traversa mon pull et j'appréciai cette sensation sur ma peau moite et brûlante.

Je le regardai s'éloigner, puis me tournai vers Quinn.

— Tu as quelques explications à me donner.

Il haussa les épaules.

— Il n'y a rien de vraiment étonnant dans ce qui s'est passé. Tu ressentais une douleur intense et tes barrières psi étaient baissées, je me suis donc débrouillé pour les escalader.

— Sauf que, la fois où on m'a tiré dessus avec une balle en argent, tu m'as assuré que tu ne pouvais rien lire d'autre que mes pensées superficielles. Là, c'était plus que ça.

Il me considéra un instant de ses yeux qui luisaient dangereusement.

— Et qu'est-ce que tu voulais que je fasse ? Que je te laisse souffrir inutilement ?

— Tu m'as menti.

Une fois encore.

— Juste un peu.

Je croisai les bras sur la poitrine.

— J'ai comme dans l'idée que ta notion de « un peu » est très différente de la mienne.

— C'est seulement lorsque tu as mal que tes défenses sont assez baissées pour que je puisse entrer dans ton esprit sans y être autorisé. Autrement, il est aussi impénétrable que celui de ton frère.

Je ne le croyais pas.

— Tu prétends donc qu'il faut que je sois malade ou blessée pour que tu puisses entrer dans mes pensées ?

Il hésita un instant.

— Oui.

— Menteur. Dans quelles autres circonstances ?

Il détourna le regard.

— Pendant l'orgasme. Si je le voulais, je pourrais aussi entrer.

Je sentis la colère m'envahir.

— Et tu l'as fait ?

— Non.

Je n'avais que sa parole et, à cet instant précis, pas la moindre envie de m'y fier.

— Bien. Je te remercie de m'avoir sortie de ce retour de flamme de mes souvenirs, mais, si tu t'avises d'entrer de nouveau dans mon esprit sans autorisation, je…

Je m'interrompis. De quoi pouvais-je menacer un vampire, et en particulier un aussi âgé que Quinn l'était manifestement ?

— D'accord, répondit-il d'un ton froid. La prochaine fois, je te laisserai te débrouiller toute seule.

— Parfait.

Puis ce fut le silence. Un silence tendu et insupportable qui se dressa comme un mur entre nous. Ce qui ne me dérangeait pas vraiment, parce que cela me donnait une excuse pour négliger l'appel de mes hormones et pour garder Quinn à distance encore un peu plus.

Néanmoins, je braquai mon regard sur le ciel obscur en espérant que mon frère allait vite revenir. Évidemment, ce ne fut pas le cas, et ce silence qui s'éternisait me mit les nerfs à vif, presque au point d'en crier de frustration.

Quand Rhoan finit enfin par revenir, il m'offrit son bras et me conduisit vers la sortie du complexe.

— On y va. Tu as l'air épuisée.

— Je le suis, répondis-je en bâillant à m'en décrocher la mâchoire. Comment allons-nous nous rendre dans cette planque ?

— Un hélicoptère nous attend. Il va nous conduire jusqu'au jet privé du Directoire, qui est à l'instant où nous parlons en pleins préparatifs pour le décollage.

— Super. J'ai terriblement besoin de sommeil.

— Tu pourras dormir dans l'avion.

C'est effectivement ce que je fis. Et je repartis me coucher en arrivant à l'hôtel. Sauf que là, je ne fis pas que dormir : je rêvai aussi. C'était un nouveau rêve, mais il était quand même similaire à ceux, nombreux, que j'avais déjà faits depuis que Quinn avait disparu de ma vie, ce jour-là, dans l'antre de Talon.

En tout cas, je pensais qu'il s'agissait seulement de rêves, même s'ils semblaient sacrément réels.

Je me trouvais dans une cabine de douche. De l'eau coulait sur mon corps, et le jet puissant était à la fois apaisant et exaltant. Ou étaient-ce ce corps si proche, cette odeur si virile de bois de santal, qui me faisaient tant d'effet ?

Je sentis des mains qui me touchaient, me retournaient, puis des lèvres qui se posaient sur les miennes, des lèvres tièdes, familières et si merveilleusement douces. Nous nous embrassâmes avec passion un long moment sous le jet d'eau qui tambourinait sur notre peau et enveloppait notre corps, entre chatouille et caresse.

Puis il me tourna de nouveau et je me retrouvai le dos collé contre son corps dur et chaud, sentant son érection palpiter contre mes fesses. Il attrapa le savon et commença à me laver les seins et le ventre. Une odeur de lavande remplit l'air saturé d'humidité et cela semblait tellement *réel*, aussi réel que les mains qui me savonnaient si amoureusement.

Et qu'est-ce que c'était bon !

Mais entre la chaleur de son corps, les picotements du jet d'eau et la caresse de ses mains, le plaisir devint presque une torture, et je fus sur le point d'exploser.

Quand cela devint vraiment insupportable, j'attrapai le savon de ses mains et me retournai. Son corps sublime luisait comme du marbre doré dans la semi-pénombre de la salle de bains, chaque muscle, chaque courbe subtilement soulignés par l'eau qui coulait. Je suivis le chemin tracé par celle-ci, savonnant chaque centimètre de sa peau merveilleuse, jusqu'à ce qu'il soit aussi excité que moi.

Il me reprit le savon et le posa dans sa coupelle, puis il entrelaça ses doigts aux miens et me leva les bras au-dessus de la tête en me plaquant contre le carrelage humide. Sa chaleur m'engloba, me pénétra, semblant presque brûlante comparée à la fraîcheur de la paroi.

Il planta ses yeux dans les miens, ses iris d'obsidienne débordant de désir et de détermination.

— Tu m'appartiens, Riley, murmura-t-il en m'écartant les jambes de son genou. Et j'ai la ferme intention de t'aimer si totalement, de toutes les manières possibles, que tu n'auras plus jamais envie d'aller voir quelqu'un d'autre que moi.

— Ça n'arrivera pas.

Mais ma réponse se perdit dans un halètement lorsqu'il me pénétra, me remplissant de sa chair, me liquéfiant de l'intérieur. Mon gémissement de plaisir fit écho au sien. Il commença à bouger en moi d'une manière qui n'avait rien de doux ; son corps et ses mouvements étaient violents, pleins d'une urgence absolument extatique. La tension de mon corps crût, se transforma en un kaléidoscope de sensations qui envahissait les moindres recoins de mon esprit. Puis des frissons se mirent à me parcourir et je poussai un cri étouffé en m'agrippant à ses épaules et en nouant mes jambes autour de sa taille pour qu'il entre encore plus profondément en moi. Une explosion de plaisir nous secoua tous les deux et mon orgasme ne se contenta pas d'ébranler mon corps : il fit trembler mon âme, aussi.

Je me réveillai encore secouée par l'intensité de cet orgasme, le nom de Quinn venant mourir sur mes lèvres.

Je restai plusieurs secondes immobile, à regarder le plafond sans le voir.

Bon Dieu, cela avait semblé si *réel*. Ma peau vibrait encore du contact de l'eau et une odeur de lavande flottait dans l'air. Sans parler du fait que je me sentais complètement satisfaite sexuellement.

Pourquoi n'avais-je jamais fait de tels rêves dans mes rares et brèves périodes de vaches maigres ?

Je m'étirai comme un chat heureux et jetai un coup d'œil au réveil qui se trouvait sur la table de nuit. Il était presque midi. J'avais dormi à peine six heures, ce qui était surprenant car j'avais l'impression d'en avoir dormi vingt.

Je me dressai sur les coudes. Je ne me souvenais pas vraiment de quelle manière j'étais arrivée dans ce lit la nuit précédente, mais, si l'on devait se fier à la traînée de vêtements sur le sol, je m'étais visiblement déshabillée tout en marchant.

La chambre elle-même était immense. En face de moi se trouvait un mur de verre incurvé. Il laissait entrer à flots la lumière du soleil qui teintait de reflets chauds les murs couleur de sable. Le sol était recouvert d'une moquette épaisse d'un bleu aquatique. Deux canapés moelleux dans les mêmes tons se faisaient face. À ma gauche, une porte ouvrait sur une pièce carrelée et ce qui ressemblait bien à la plus grande douche du monde. Ce n'était pas celle de mon rêve, mais on l'avait vraisemblablement conçue pour pouvoir s'y amuser, et j'avais bien l'intention de l'essayer.

Évidemment, mes hormones n'attendaient qu'une chose, c'était de l'essayer avec un ami, mais justement, question à un million de dollars : quel ami ? Le bon sens aurait voulu que ce soit Kade, mais après ce rêve j'étais plutôt dans un trip sexe avec un vampire humide.

Ce qui signifiait probablement que je ne ferais l'amour ni avec l'un, ni avec l'autre. C'était certainement l'option la plus raisonnable à cet instant précis.

Je rabattis vivement la couverture et me dirigeai vers la salle de bains carrelée avant de savourer, seule, cette douche grand luxe. Je restai plus longtemps qu'il n'était vraiment nécessaire sous l'eau fumante, laissant les jets masser ma peau et réchauffer mon corps.

Quand l'eau finit par tiédir, je sortis de la douche. Je me séchai puis partis à la recherche de quelque chose à me mettre. Je découvris plusieurs robes et jupes dans la penderie. Rhoan était visiblement allé faire quelques courses parce que tout était neuf, y compris les chaussures. Je fronçai les sourcils en espérant qu'il n'avait pas dépensé tout l'argent que nous avions sur notre compte d'épargne. Rhoan était un fana de shopping. Je ne comptais plus le nombre de fois où il avait claqué une fortune et nous avait mis dans la merde quand il s'agissait de payer le loyer.

La température étant des plus clémentes, je sortis du placard une robe en coton léger avec des bretelles nouées et un profond décolleté dans le dos, et dont le bas virevoltait presque de manière indécente autour de mes cuisses. Puis je glissai mes pieds dans une adorable paire de sandales rouge et blanc, équipées en outre d'un talon aiguille en bois, ce qui m'avait déjà été très utile dans ces situations où les poings ne sont pas suffisants et les dents de loup un peu trop efficaces. Et enfin, je sortis de ma chambre à la recherche de la cuisine, de Quinn et de mon frère.

Je trouvai Quinn en train de lire le journal dans le salon. Il me décocha un regard qui me fit l'effet d'une caresse tout le long de mon corps et me fit me tortiller de désir en l'affaire de deux secondes. Mais qu'est-ce qu'il avait, ce vampire, pour me faire tant d'effet ? OK, il était beau et riche, et toute femme dotée d'un demi-cerveau aurait envie de se le taper, ici et maintenant, mais il y avait quelque chose d'autre entre nous. Quelque chose de plus profond.

Il releva les yeux vers mes cheveux.

— Tu les as coupés, constata-t-il.

J'acquiesçai d'un signe de tête, surprise qu'il ne l'ait pas remarqué avant.

— Oui. Avec l'arrivée de l'été, c'est plus simple, les cheveux aux épaules.

— Ça te va bien.

— Merci, répondis-je en allant vers la cuisine, guidée par l'odeur de caféine. Tu veux un café ?

— Oui, merci.

J'en versai deux tasses, revins dans le salon et lui en tendis une avant d'aller me poster devant la grande baie vitrée. Dix étages, c'était suffisant pour me faire tourner la tête, mais je pris soin de ne pas trop m'approcher du bord. Si je ne voyais pas la façade sous mes pieds, cela allait. La baie de Port Phillip s'étendait devant mes yeux, piquetée d'une écume qui se dirigeait en armada de pointes blanches vers la rive. Mais la manière dont les arbres s'agitaient au-dehors laissait supposer que les vagues tranquilles étaient trompeuses quant à la force du vent. Je vis un parasol s'envoler sur la plage de sable blond, puis me tournai en demandant :

— Où est Rhoan ?

— Il a dû se rendre au Directoire afin de récupérer quelques dossiers pour Jack.

— Jack et Kade ne sont donc pas arrivés non plus ?

— Non.

Je me demandai si c'était un bon ou un mauvais présage et s'ils avaient trouvé quoi que ce soit d'intéressant dans cet endroit. D'une certaine manière, j'en doutais. Toute cette affaire semblait trop bien organisée pour qu'il y ait eu des indices semés n'importe où.

— Tu as une idée de combien de temps nous allons être enfermés ici ?

Il secoua la tête en pliant d'une main son journal.

— Non. Mais ça pourrait durer un moment.

Son ton était aussi courtois que le mien, mais son regard ne cessait de parcourir mon corps et je sentais la morsure de son désir dans l'air autour de moi. La morsure d'un désir non seulement de sexe, mais aussi de sang.

— Tu as mangé quelque chose ces derniers temps ? questionnai-je vivement.

Il hésita un instant.

— Non.

— Pourquoi ?

Il arqua un sourcil.

— En quoi cela te regarde-t-il ?

— Parce que je ressens ta soif de sang.

Il haussa les épaules.

— Il y a du sang synthétique dans le frigo. Je m'en contenterai.

— Tu ne peux pas survivre longtemps avec du sang synthétique.

— En effet. Quand j'en aurai besoin, j'irai séduire quelqu'un.

Ah oui, tiens. J'avais oublié ça. Il ne prenait du sang que quand il faisait l'amour.

— Ne t'y prends pas au dernier moment.

Il m'examina en plissant les paupières, puis répondit d'un ton neutre :

— J'ai vécu en tant que vampire plus longtemps que je ne veux y penser. Je n'ai nul besoin des conseils d'un chiot, si adorable soit-il.

— Le chiot s'inquiétait, c'est tout, dis-je en me retournant vers la fenêtre. J'aurais dû deviner que ça ne servirait à rien.

Il resta un long moment silencieux, mais je sentais la brûlure de son regard planté dans mon dos, m'envoyant des frissons dans la nuque.

— Je peux poser une question ?

— Laquelle ? demandai-je en restant aussi inexpressive que lui.

— Tu portes une culotte sous cette robe ?

Je faillis m'étrangler avec mon café. S'il y avait bien une question à laquelle je ne m'attendais pas de sa part, c'était celle-là.

— Cela ne regarde que moi, et doit rester un mystère pour toi.

— Oh ! C'est certainement un mystère. Encore que le fait que cette robe soit quasiment transparente à contre-jour me donne bien une idée.

Je contins un sourire et m'approchai du canapé.

— Désolée si la vue te dérange.

Il me regarda de son air de vampire, mais en dessous du calme apparent bouillonnait la frustration. Je le sentais, même si cela restait imperceptible à l'œil.

— Pourquoi ne vois-tu que le mauvais côté de tout ce que je dis ?

— Peut-être parce que je suis vaguement en colère contre toi, répliquai-je en m'asseyant et en attrapant le journal.

— Et quand tu ne seras plus en colère, tu voudras bien écouter ce que j'ai à te dire ?

— Je ne sais pas, marmonnai-je en dépliant le journal. Peut-être.

— Et ce sera quand ?

Je haussai les épaules.

— Voyons voir… J'ai passé un bon mois à tenter de te parler et à me faire jeter. Donc, je pense qu'un mois, ce ne sera que simple justice.

— Je ne t'aurais pas crue aussi chienne…

— N'oublie pas que je suis née comme ça.

Je m'immobilisai soudain en voyant la date du journal.

— On est vendredi ? m'écriai-je en regardant l'heure.

Il était presque 14 h 30.

— Oui, répondit-il en fronçant les sourcils. Pourquoi ?

— J'ai dormi une journée *entière* ? m'exclamai-je d'un ton incrédule.

Il eut un sourire qui lui fit pétiller les yeux.

— Eh bien, oui.

— Merde, jurai-je en me passant la main dans les cheveux. J'ai rendez-vous avec le médecin à 16 heures.

Il fronça de nouveau les sourcils.

— Rhoan n'en a pas parlé.

— Il n'était pas au courant. J'ai pris rendez-vous le jour de l'accident. (Je me levai soudain.) Je me demande s'il a pensé à récupérer mon sac et mon portefeuille dans l'épave.

— Tu ne peux pas aller à ce rendez-vous ! protesta-t-il en me suivant dans la chambre.

— Essaie de m'en empêcher, et tu le regretteras.

Il croisa les bras sur la poitrine et s'appuya contre le chambranle de la porte. Même en étant tout entière à la recherche de mon sac à main, j'avais une conscience aiguë de sa présence. De la manière dont le jersey couleur de jade de son tee-shirt moulait ses avant-bras. Et de la façon dont les angles de ses hanches et de son bas-ventre étaient définis par la toile kaki de son treillis.

— Qu'est-ce que ce rendez-vous a de si important pour que tu ne puisses pas attendre d'être sûre d'être en sécurité ?

— Ce ne sont pas tes affaires.

J'avais trouvé mon portefeuille, mais pas mon sac. Cela n'avait aucune importance. Tout ce dont j'avais besoin, c'était de mes cartes de crédit et de Sécurité sociale.

Je retournai vers la porte mais Quinn ne fit pas mine de bouger.

— Dégage de mon chemin.

— Tu ne peux pas sortir seule. Laisse-moi au moins t'accompagner.

Je ne voulais pas que Quinn soit là. Ni lui ni personne. Pas quand je m'apprêtais peut-être à recevoir les plus mauvaises nouvelles de ma vie.

— Ça ira…

— Non. (Son ton était froid et déterminé.) Tu n'y iras pas seule. Soit je t'accompagne, soit tu restes ici.

— Tu m'accompagnes juste, tu ne viens pas avec moi chez le médecin.

Il acquiesça et s'écarta pour me laisser passer. Dans le salon, je griffonnai une note à l'intention de Rhoan.

— À quelle heure est-il censé arriver ?

— Il ne savait pas, peut-être tard. (J'entendis le tintement de clés dans mon dos.) Il nous a laissé une Mercedes en cas de besoin.

Quand le Directoire mettait sous protection des membres de son personnel, il n'y allait pas avec le dos de la cuiller, semblait-il.

— Super. Allons-y, alors.

Nous empruntâmes l'ascenseur jusqu'au sous-sol et nous dirigeâmes vers le parking privé de l'appartement terrasse. Quinn la joua gentleman et m'ouvrit la porte avant de monter du côté conducteur.

Il ne prononça pas un mot pendant une bonne dizaine de minutes. Je laissai mon regard s'évader par la vitre en réfléchissant à l'avenir et en espérant que j'avais au moins quelque chose de sympa à attendre de celui-ci.

— C'est pour quoi, ce rendez-vous ? demanda-t-il au bout d'un moment.

— Je te l'ai déjà dit, ça ne te regarde pas.

— Tu es malade ?

Je reniflai d'un air de dérision. J'aurais à la limite préféré être malade. Ce serait probablement mieux qu'être stérile.

— Non.

— Alors, pourquoi consulter un spécialiste ?

L'agacement m'envahit et je me tournai vers lui.

— Tu n'as aucun droit de poser ces questions.

— Je n'ai pas le droit de tenir à toi ? répliqua-t-il. Tu es vraiment idiote si tu penses que ce n'est pas le cas.

Je n'étais pas idiote. J'avais toujours vu qu'il tenait à moi, que cela soit dans ses gestes ou parfois dans ses yeux, même si ses paroles en niaient la possibilité. Mais je ne pouvais y accorder trop d'attention, car je ne pouvais pas me lancer dans une relation exclusive avec un vampire. Car c'était ce qu'il voudrait, l'exclusivité, même s'il n'en avait pas encore parlé.

— Quinn, je ne suis pas en mesure de te donner ce que tu veux maintenant.

D'autant que j'avais déjà fait mon possible en la matière. J'avais des problèmes bien plus importants.

Il ne répondit rien et nous poursuivîmes notre route en silence. Il se contenta de demander l'adresse en arrivant en ville et se gara au pied de l'immeuble dans Collins Street. Il n'accorda pas la moindre attention au panneau de stationnement interdit, sortit de la voiture et vint m'ouvrir la portière.

Je fis mine de ne pas voir sa main tendue et me relevai sans aide en levant les yeux vers les trente étages de l'immeuble. Le docteur Harvey se trouvait au vingtième, ce qui était déjà beaucoup pour mon vertige. Même si, techniquement, je n'aurais pas dû avoir le vertige dans un bâtiment avec quatre murs solides, cela ne faisait aucune différence pour mon estomac. La dernière fois, j'avais presque vomi chaque fois que j'avais regardé par les fenêtres du cabinet du médecin. Et la redescente vers le rez-de-chaussée m'avait laissée en sueur et tremblante. Pas précisément une expérience que j'avais hâte de revivre.

— Tu es sûre que ça va aller ?

— Bien sûr. Je ne suis pas malade, te dis-je.

— Si tu le dis, observa-t-il. Tu es aussi pâle qu'un linge, cela étant.

— Mon médecin se trouve au vingtième étage.

Il était au courant à propos de ma ridicule peur des grands bâtiments et de leurs affreux ascenseurs.

— Tu veux que je t'accompagne dans l'ascenseur ? Ce sera peut-être plus facile avec de la compagnie.

Je secouai la tête et tentai de rester sourde à la note d'inquiétude que je percevais dans sa voix.

— Je ne sais pas combien de temps cela va me prendre.

— Je t'attendrai dans le hall.

— D'accord.

Je serrai mon portefeuille contre moi et me dirigeai vers l'entrée de l'immeuble. Je n'allai pas loin à l'intérieur.

— Riley ?

Je m'immobilisai en reconnaissant cette voix suave. Je savais de qui il s'agissait avant même de me tourner vers lui.

Misha.

Mon ex-compagnon, et la dernière personne au monde que je voulais voir à l'instant présent. Il se leva de sa chaise et avança d'un air nonchalant vers moi, sa silhouette élancée attirant l'œil non seulement par sa grâce, mais aussi par la coupe luxueuse de ses vêtements. Les rayons de soleil qui entraient à flots par la façade vitrée donnaient à ses cheveux argentés des reflets mordorés, mais rien n'aurait pu rendre chaleureux son regard calculateur.

— Misha, le saluai-je d'un ton égal qui me soulagea. Que fais-tu ici ?

— Je t'attendais.

Il s'arrêta à distance respectable. Néanmoins, je sentis son odeur musquée si familière et cela me rappela les bons moments que nous avions passés ensemble. Des souvenirs qui étaient peut-être des mensonges, comme tout ce que j'avais vécu durant cette période. J'arquai le sourcil.

— Et comment savais-tu que je me trouverais ici cet après-midi ?

— Facile. Il n'y a pas tant de médecins spécialisés dans les problèmes de fertilité non humaine. Je me suis contenté de m'introduire dans le système informatique de la demi-douzaine de ce type de praticiens habitant Melbourne et de chercher ton dossier.

Si Misha était au courant concernant mes problèmes de fertilité, alors cela signifiait qu'il était encore plus impliqué que je le croyais dans cette affaire.

— Et pourquoi faire cela ?

— Parce qu'il fallait que je te parle, et que je doutais que tu acceptes de venir me voir.

Il n'avait qu'à moitié raison. Je n'aurais effectivement pas accepté d'aller le voir, mais j'aurais certainement accepté de le baiser s'il avait fait le premier pas. Misha – ou, plus exactement, les informations dont il disposait – était ma seule issue vers une vie normale.

— Nous n'avons rien à nous dire.

Il eut un gentil sourire qui n'atteignit pas son regard.

— Oh, si, je pense que nous avons beaucoup de choses à nous dire.

Je jetai un coup d'œil par-dessus son épaule en direction de la pendule.

— J'ai rendez-vous dans dix minutes. Tu en as exactement trois pour me parler.

Il arqua le sourcil d'un air moqueur.

— Alors, je vais aller droit au but. Je sais que Talon t'administrait de l'ARC1-23. Je sais pourquoi. Et je sais quels en ont été les résultats.

— Et moi qui te croyais quand tu assurais n'avoir rien à voir avec Genoveve et Moneisha.

— C'est bien le cas. Mais nous savons tous les deux que, si Talon te donnait ce produit, ça n'avait de rapport avec aucune de ces deux entreprises. Ni avec aucun de ses autres projets.

Jack avait raison. Ce loup-ci en savait bien plus que n'importe qui de nous à propos de ce qui se passait.

— Il a essayé de me mettre enceinte.

— Moi aussi.

Je clignai des paupières.

— Pardon ?

Il haussa les épaules.

— Talon et moi sommes en compétition depuis très longtemps. Je me disais qu'il serait intéressant de voir quel genre d'enfant nous pourrions concevoir, toi et moi.

Mais il y avait autre chose que le pur esprit de compétition derrière cette histoire. Je le voyais dans ses yeux.

— Vous êtes aussi dingues l'un que l'autre…

— Peut-être bien. C'était aussi un risque pour moi.

Je fronçai les sourcils.

— Comment cela ?

— Dans le sens où les instructions de Talon se limitaient à te baiser à mort pour en savoir plus sur Jack. Contrairement aux miennes qui m'ordonnaient de rester à distance de toi. (Pour la première fois, une étincelle d'humour fit briller son regard d'obsidienne.) J'ai pensé que tu en valais la chandelle.

Ouais, c'est ça. Comme si j'allais avaler son baratin.

— Voilà qui est extrêmement flatteur. Et pourquoi serait-il si risqué pour toi de me baiser et de me mettre en cloque ?

— Parce que, comme je l'ai dit, on m'avait expressément ordonné de rester à distance.

— Qui t'a donné ces prétendus ordres ?

Il eut un sourire de requin et refusa de répondre à la question.

— Savais-tu que Talon était stérile ?

J'acquiesçai et vis un éclair de surprise dans son regard.

— Intéressant, parce que lui ne semblait certainement pas au courant.

— Talon était persuadé d'être un spécimen de perfection.

J'avais dit cela d'un ton plein d'aigreur et, pour la première fois, je vis un peu de sincérité dans le sourire de Misha.

— Ce n'était effectivement pas le genre à reconnaître ses propres défauts.

— Parce que c'est le tien, de genre ?

Il haussa les épaules.

— Il est bon de connaître ses propres handicaps. C'est le meilleur moyen de faire au mieux avec. (Il m'examina un long moment, et son sourire redevint froid et calculateur.) J'ai une proposition à te faire.

— Je ne tiens pas à l'entendre.

C'était un mensonge, mais Misha mordit avec enthousiasme à l'hameçon.

— Oh ! Je pense que si, une fois que tu auras vu ton médecin.

Je sentis mon cœur me remonter dans la gorge et refuser de redescendre. Pendant un instant, je fus même incapable de respirer.

— Qu'est-ce que tu veux dire ?

Il arqua un sourcil pâle.

— Ma proposition pourrait apporter quelque chose non seulement à toi, mais aussi au Directoire et à moi-même. Je ne tiens pas à t'en dire plus pour le moment. (Il jeta un coup d'œil à sa montre.) Mes trois minutes sont écoulées. Si tu veux qu'on reparle de tout ça, appelle-moi à ce numéro. (Il me tendit une carte.) C'est la seule ligne sûre qui me reste.

Je regardai brièvement le numéro écrit à la main et le mémorisai rapidement avant de déchirer la carte en petites bandelettes.

— Tu peux toujours courir pour que j'appelle.

Il eut un petit sourire et fit demi-tour. Il s'arrêta le temps de regarder par-dessus son épaule.

— Il y a une autre chose qu'il faut que tu saches.

Une vague d'appréhension m'envahit.

— Quoi donc ?

— Je n'ai pas fait remplacer ma puce hormonale. À cet instant précis, je suis le loup le plus fertile que tu connaisses.

Puis, sans un mot de plus, il fit volte-face et s'éloigna, me laissant tremblante et la bouche sèche. Mon Dieu, qu'est-ce qu'il voulait dire ? Que je pouvais avoir des enfants ? Pour quelle autre raison m'apprendrait-il une telle chose ?

Il n'y avait qu'une seule manière de le savoir. Étourdie, je courus presque vers les ascenseurs, mon estomac déjà tellement noué que la montée de vingt étages ne lui fit pas grande impression.

Comme d'habitude, le docteur Harvey était en retard sur son planning et je dus patienter dans la salle d'attente, le corps agité de soubresauts nerveux.

Quand la secrétaire m'appela enfin, je dus me forcer pour ne pas entrer dans le cabinet en courant.

Le docteur Harvey me considéra par-dessus ses lunettes à monture noire.

— Vous m'avez l'air un peu pâlotte.

Je m'assis sur la chaise en croisant les jambes.

— Je suis inquiète. (Ça, pour sûr, ce n'était pas un mensonge.) Ces analyses vont probablement avoir une grande influence sur le cours de ma vie.

Il manifesta sa compréhension d'un signe de tête, le regard braqué sur l'écran d'ordinateur à l'autre bout de son bureau. Je me penchai mais ne réussis pas à déchiffrer ce qui se trouvait dessus.

— Vous préférez les bonnes ou les mauvaises nouvelles en premier ?

Je pris une grande inspiration, que je laissai échapper lentement.

— Les mauvaises.

Autant commencer par le pire.

— Il n'existe aucune manière d'annoncer cela avec douceur, alors je vais être direct. Vos résultats laissent présager que d'ici un an, votre métabolisme imitera parfaitement celui d'un vampire, et que vous ne serez ni en mesure de concevoir, ni de porter un enfant.

Je le contemplai sans un mot. Au fond de moi, je m'étais toujours attendue que quelque chose de ce genre m'arrive. Rhoan avait beau être plus vampire que loup, nous étions quand même des faux jumeaux, issus du même père sinon de la même graine. Pourtant, étant donné les analyses qui avaient prouvé que, chez moi, c'était le gène du loup qui dominait, j'avais toujours espéré pouvoir avoir des enfants. Même s'il fallait pour ça faire appel à une F.I.V. quelconque. Mais maintenant que cet espoir m'était enlevé, je ne savais plus si je devais rire ou pleurer.

Dans l'état actuel des choses, les deux perspectives étaient aussi séduisantes l'une que l'autre.

— La bonne nouvelle, poursuivit-il comme s'il n'avait pas remarqué que je me noyais dans le désespoir sous ses yeux, c'est que le traitement expérimental qu'on vous a administré a enfin fini par faire effet. Jeune femme, vous avez enfin un cycle menstruel, et vous êtes sur le point d'ovuler pour la première fois de votre vie.

Je le dévisageai pendant de longues minutes.

— Non. C'est impossible.

Il sourit.

— Et pourtant, c'est le cas. Si les résultats obtenus sont exacts, vous avez dû avoir vos règles il y a six jours.

Il y a six jours, j'étais à peine en vie.

— Je ne m'en souviens pas.

Il leva les sourcils en entendant cela, mais ne posa aucune question. Il savait que j'appartenais au Directoire et qu'il valait mieux passer certaines choses sous silence. Il croisa les mains devant lui.

— Bien entendu, comme vous ne prenez plus le traitement, je soupçonne que son effet ne va pas durer bien longtemps. C'est peut-être juste un bouquet final avant la stérilité.

Je clignai des paupières et, soudain, la signification de ses mots me frappa en pleine face. *Oh mon Dieu!* Je pouvais avoir des enfants. J'étais fertile, même si ce n'était pas pour très longtemps. J'avais envie de crier. De danser. De courir dans tout l'immeuble en hurlant la nouvelle.

— Et, bien entendu, reprit-il d'une voix extrêmement sérieuse qui me fit revenir sur terre, il va falloir garder l'œil sur ce qui se passe et vous soumettre à des analyses hebdomadaires. Si vous tombez enceinte, cela sera certainement synonyme d'hospitalisation, car nous ne pouvons pas prévoir comment votre organisme va réagir à la grossesse étant donné les changements qu'il subit en ce moment.

Je me fichais éperdument de passer les neuf mois de ma grossesse à l'hôpital. Pas si cela signifiait que j'aurais un enfant au bout du compte. Je me tortillai sur mon siège en résistant à l'envie d'appeler Rhoan pour lui annoncer la nouvelle. Mon Dieu, il serait tellement heureux !

— Et, reprit le docteur, parce que votre fenêtre de tir est extrêmement réduite et qu'il faut que vous maximisiez vos chances de grossesse, vous allez devoir surveiller les réactions et les changements de votre corps et vous arranger pour que les rapports aient lieu autour de la date d'ovulation.

— Et comment vais-je surveiller cela ?

— De nos jours, ce ne sera rien de plus embêtant qu'un capteur sous votre peau. Il vous démangera légèrement lorsqu'un pic de fertilité sera atteint.

J'acquiesçai et me demandai si mon sourire n'était pas d'une niaiserie intolérable.

— Souvenez-vous que ce petit appareil ne garantit pas la conception. Il reste possible que vous ne tombiez pas enceinte, surtout avec vos antécédents médicaux. Mais il n'y a jamais de certitudes en ce qui concerne la vie, même à notre époque.

— J'ai une chance, docteur. C'est tout ce que je voulais.

Il acquiesça.

— Vous désirez donc que je vous implante tout de suite le capteur ?

J'ouvris la bouche pour dire « Oui, bien sûr », mais soudain le souvenir des paroles qu'il avait prononcées plus tôt me fit ravaler ma réponse. *« Le traitement expérimental qu'on vous a administré a enfin fini par faire effet. »* Ce même traitement qui avait modifié la structure cellulaire de certains cobayes hybrides. Le traitement qui était peut-être à l'instant même en train de modifier mon corps d'une manière inimaginable.

Oh merde.

Je fermai les yeux et les frottai d'un air épuisé.

— Il faut que j'y réfléchisse, dis-je précautionneusement. Même si je meurs d'envie d'avoir un enfant aussi vite que possible, il y a certaines choses à prendre en considération.

Il eut un signe d'assentiment.

—Ne perdez pas de vue que c'est une étroite fenêtre de tir, et que le temps vous est compté en matière de conception.

Comme si je ne le savais pas. Je me relevai.

—J'ai juste besoin d'un peu de temps pour y réfléchir.

Il me considéra un instant d'un regard plein de compréhension.

—Je serai ici au moins jusqu'à 21 h 30 ce soir. N'hésitez pas à m'appeler si vous prenez une décision ou avez besoin de discuter de quoi que ce soit. Sinon, prenons rendez-vous demain à la même heure. Cela vous suffira, vingt-quatre heures ?

Vingt-quatre heures pour décider si oui ou non j'allais courir le risque de faire ce dont j'avais rêvé toute ma vie ? Bon Dieu, évidemment que non, ce n'était pas assez. Mais j'acquiesçai d'un signe de tête, me levai et passai la descente en ascenseur dans un tel brouillard que mon estomac pourtant si fragile ne se rebella même pas.

Les portes s'ouvrirent sur Quinn qui m'attendait, l'air inquiet, et qui me posa la main sur le coude.

—Ça va ?

J'éclatai d'un rire tremblant.

—Oui. Je viens d'avoir une excellente nouvelle.

Il fronça les sourcils.

—Alors pourquoi es-tu si pâle et agitée de frissons ?

—J'ai le vertige, tu te souviens ?

—Je me souviens, mais je sais aussi que tu mens. (Il eut un instant d'hésitation, les yeux plantés dans les miens comme s'il essayait d'atteindre mon âme.) Il fut un temps où tu me faisais confiance.

Je lui faisais toujours confiance. J'avais juste besoin de réfléchir seule avant d'en parler à quiconque. Mais ici, ce n'était pas le bon endroit, ni pour réfléchir, ni pour prendre une décision. Je me passai la main sur les yeux. Ceux-ci me piquaient, comme s'ils étaient remplis de larmes refusant de couler.

— Peux-tu simplement laisser tomber les questions pour le moment et me conduire au mont Macedon ?

Les portes de l'ascenseur tentèrent de se refermer. Quinn les repoussa de la main et demanda :

— Pourquoi ?

— Parce que j'ai une décision à prendre et que je réfléchis mieux quand je cours dans la forêt.

Le mont Macedon était le moins domestiqué des grands parcs autour de Melbourne.

Il me contempla une bonne minute, puis resserra son étreinte sur mon coude et me conduisit hors de l'immeuble.

Le crépuscule avait adouci les rayons du soleil et le fond de l'air laissait sentir l'orage qui était prévu plus tardivement dans la soirée. Je levai les yeux et admirai les nuages qui couraient dans le ciel rose. Le loup en moi espéra qu'il allait effectivement pleuvoir, parce qu'il n'y avait rien de plus rafraîchissant, de plus isolant et de plus primordial que de faire la course avec le tonnerre au milieu d'arbres fouettés par les eaux.

Nous montâmes dans la voiture et nous dirigeâmes vers le mont Macedon. Quinn ne dit pas un mot et je lui en fus reconnaissante. La confusion totale régnait dans mon esprit, mes pensées partaient dans tous les sens et je n'aurais de toute façon pas été en mesure de soutenir la moindre conversation.

Des gouttes de pluie commencèrent à s'écraser sur le pare-brise lorsque nous arrivâmes dans les environs du parc. Quinn me jeta un regard interrogateur, le sourcil levé.

— Continue. Je m'en fous, s'il pleut. Et je suis un loup. Nous ne ressentons pas le froid.

— Peut-être que les autres loups-garous ne le ressentent pas, mais toi, si.

Il avait bonne mémoire. J'avais mentionné cela une seule fois, en passant.

— Peut-être. Mais, pour le moment, j'ai plus besoin de courir que de rester au chaud.

Il acquiesça et continua à suivre la route qui sinuait le long de la montagne. Nous entrâmes dans le parc et il gara la voiture sur la place la plus proche des arbres. Il y avait une dizaine d'autres véhicules, la plupart à côté du restaurant *Old Tea Rooms*. Je sortis et le vent souleva ma robe en caressant ma peau, souvenir du froid de l'hiver juste passé. Je frissonnai et regardai Quinn par-dessus le toit de la voiture.

— Ça risque de me prendre un bon moment.

— Sois prudente, se contenta-t-il de répondre.

Je lui fis un signe de tête et me déshabillai en pliant mes vêtements avant de les mettre dans la voiture. Puis j'appelai la bête en moi. Une fois sous forme de loup, je pris mon élan vers la forêt et atteignis ma vitesse de croisière en arrivant dans le fouillis de fougères qui ornait les sous-bois. Je ne pensais à rien de précis, laissant juste la nuit, le froid et la pluie me laver le corps. Laissant l'électricité qui dansait dans les cieux d'orage éclaircir les toiles d'araignée de confusion qui m'encombraient le cerveau.

Je courus des heures durant. Jusqu'à ce que mes membres menacent de céder d'épuisement sous moi, et que ma langue pende au point de me donner l'impression qu'elle allait toucher le sol. Je courus jusqu'à la fin de l'orage, et sentis l'odeur de terre mouillée se mêler à celle de l'eucalyptus dans l'air nocturne. Et, même là, je ne revins pas immédiatement à la voiture, mais me contentai de me retransformer en humaine et de me diriger vers le grand mémorial en forme de croix qui était au centre du parc.

Je m'assis sur les marches qui y menaient, dos à la croix, les genoux repliés contre ma poitrine pour lutter contre le froid, et contemplai le tapis des lumières de la ville qui étincelaient plus bas.

Après quelques minutes, l'odeur du bois de santal vint rejoindre les arômes rafraîchissants de la nuit. Il me tendit ma robe sans un mot. Une fois que je l'eus enfilée, il me mit une veste de cuir sur les épaules et s'assit sur la marche à côté de moi, telle une ombre dont j'aurais pu sentir la chaleur sans le contact.

— J'ai réservé une table au restaurant, si tu as faim, finit-il par dire.

— C'est une bonne idée.

J'enfilai la veste et en remontai la fermeture. Elle sentait le cuir et l'homme et me faisait un effet inimaginable. Ce qui était franchement effrayant, parce que je ne pouvais pas me permettre de tomber plus amoureuse de ce vampire que je l'étais déjà.

— Parce que tu es tombée amoureuse de moi, Riley Jenson ?

Je lui jetai un coup d'œil courroucé.

— Il y a deux jours, tu m'as juré que tu ne pouvais percevoir mes pensées que lorsque je souffrais, ou que je jouissais. Comment se fait-il que tu puisses les lire maintenant ?

Son regard inexpressif croisa le mien.

— Nous avons partagé le sang, souviens-toi. Je t'ai prévenue que cela me rendrait plus aisée la perception de tes pensées inconscientes.

Je détournai le regard.

— Alors, il va falloir que je surveille mes pensées à chaque instant.

— C'est peut-être une bonne idée, si tu ne veux pas que je les lise.

— Tu pourrais aussi te comporter en gentleman et ne pas t'en mêler.

— C'est vrai. Mais étant donné que toutes mes tentatives pour discuter avec toi se sont soldées par des échecs, lire tes pensées est mon seul moyen d'obtenir de vagues informations.

Il n'en avait pas tant lu que ça, donc, ou alors il ne resterait pas aussi tranquillement assis. Je me mordis la lèvre en contemplant les lumières étincelantes et en essayant de ne penser à rien en particulier.

Néanmoins, il fallait que je prenne une décision. Ici. Ce soir. Parce que si je demandais conseil à Jack, il prendrait la décision pour moi. Et, vu qu'il me voulait comme gardienne, je doutais qu'il m'incite à tomber enceinte.

— Dis-moi ce qui te cause une telle angoisse, murmura gentiment Quinn.

J'envisageai l'éventualité de ne rien lui dire, mais il avait le droit de savoir. Après tout, ça le regardait, ça nous regardait tous les deux, aussi.

— Tu ne vas pas être content, le prévins-je.

Il tendit la main et serra la mienne, me transmettant une bonne dose de courage du bout de ses doigts.

— Raconte-moi.

C'est ce que je fis. Je lui parlai de ce que le docteur m'avait appris. De Misha. De la décision que j'étais venue prendre ici.

Il resta un long moment silencieux. Quand il finit par reprendre la parole, sa voix était toujours aussi neutre. Mais j'aperçus un voile de douleur dans ses yeux bruns quand ils croisèrent les miens.

— Rhoan t'a parlé d'Eryn, n'est-ce pas ?

Eryn était la louve avec qui Quinn s'était fiancé six mois avant notre rencontre. Une louve qui avait utilisé une drogue pour le charmer et lui mettre le grappin dessus. La louve qui avait confirmé son opinion que toutes les louves étaient des putes.

— Rhoan ne m'a rien dit sur Eryn, m'étonnai-je. En quoi cela a-t-il un rapport avec la décision que je dois prendre ?

— Il n'y en a aucun. Mais je pensais qu'elle était la raison pour laquelle tu refusais de discuter de notre relation.

— Pourquoi ça ?

Il détourna le regard. J'effleurai son bras et perçus la tension dans ses muscles et une colère qu'il n'avait pas encore digérée.

— Nous n'étions pas seulement fiancés, finit-il par avouer. Nous avions juré notre amour à la lune.

J'eus l'impression que mon cœur me descendait dans les chevilles. De toutes les choses que je m'attendais à entendre, celle-là était bien la dernière.

— *Quoi ?* Mais ça signifie...

— ... que je ne suis pas libre de baiser avec quiconque d'autre qu'elle, conclut-il en m'enveloppant d'un regard incandescent. Mais je le peux, car la cérémonie qui était censée nous lier n'a pas fonctionné.

— Parce que les deux parties doivent être amoureuses pour pouvoir s'y soumettre. Eryn ne l'était visiblement pas.

— À vrai dire, moi non plus. C'était la drogue plus qu'une vraie émotion.

— Oui, acquiesçai-je avant d'hésiter. (Il y avait plus. Il devait y avoir plus.) Mais, si je devine bien, ce n'était pas le pire de ses crimes.

Il tourna de nouveau la tête de l'autre côté.

— À ce moment-là, je croyais dur comme fer que la cérémonie nous avait liés pour la vie et nous empêchait tous deux d'avoir d'autres partenaires. J'ai découvert que ce n'était pas le cas d'une manière plutôt brutale.

Oh mince...

— Tu l'as découverte au lit avec un loup ?

Il opina.

— Elle est tombée enceinte de lui.

— Merde.

Tu m'étonnes qu'il déteste le mode de vie lycanthrope. Il opina de nouveau.

— D'où ma suspicion que l'histoire d'Eryn ait quelque chose à voir avec ta réticence à t'impliquer avec moi.

— Eh bien, ce n'est pas le cas. Mais comme elle je veux un enfant, que ce soit maintenant ou plus tard. Et cela rend difficile le choix de m'impliquer avec quelqu'un qui ne sera jamais en mesure de m'en donner.

Surtout lorsque par-dessus le marché cette personne ne pouvait tolérer de ne pas être la seule et unique.

Un sourire fit frémir ses lèvres pincées.

— Et moi qui pensais que tu jouais à un petit jeu mesquin en voulant me faire payer ma fuite.

— Il y a de ça aussi, je ne vais pas le nier.

Il acquiesça encore.

— Alors, que vas-tu faire ?

— Honnêtement, je n'en ai pas la moindre idée.

— Et Misha ?

— J'ai toujours prévu de baiser avec lui. J'ai besoin des informations qu'il a en sa possession.

— Tu as donc l'intention de devenir une pute pour le Directoire ?

J'ôtai vivement mes doigts des siens et me relevai d'un bond.

— Va te faire foutre ! (Je croisai les bras sur ma poitrine et dévalai l'escalier.) Tu vois ça d'une manière tellement *humaine*. Ce n'est pas si simple.

— Mais si, ça l'est. Rhoan couche de son plein gré avec l'ennemi pour obtenir des renseignements. N'est-ce pas ce que tu veux faire avec Misha ?

— Bon sang, ça n'est rien que du sexe, m'exaspérai-je en soufflant d'un air excédé. (Quoi que je puisse dire, les opinions de Quinn n'étaient pas près de changer.) De plus, nous ne sommes pas encore certains que Misha soit un ennemi.

— Nous ne sommes pas certains du contraire non plus.

— C'est vrai. Mais il s'agit aussi du seul loup fertile que je connaisse.

— Tu penses donc qu'il t'a dit la vérité à ce propos ?

— Ce serait assez simple à vérifier.

Je m'approchai de la barrière métallique noire qui empêchait les visiteurs d'aller trop près du bord de la falaise. Le vent était plus mordant quand on s'éloignait de la croix et le froid envahissait mes jambes et mes pieds mouillés.

— On dirait que tu as déjà pris ta décision.

Je fermai les yeux.

— Ce serait le cas, si n'entrait pas en compte le fait que ma fertilité est due à l'ARC1-23.

— Ce qui signifie… ?

Il avait beau être toujours assis sur les marches, sa voix profonde réussit à dominer le sifflement du vent comme s'il se trouvait juste derrière moi.

— Ce qui signifie que, étant donné que l'ARC1-23 peut avoir des effets secondaires mortels pour les hybrides, il est impossible de savoir à coup sûr ce qui va me tomber dessus dans les prochains mois.

Et, s'il était impossible pour le moment de prévoir les effets qu'aurait l'ARC1-23 sur moi, comment les prévoir pour l'éventuel enfant que je concevrais ? Si ce médicament pouvait complètement faire muter mon organisme, quels pouvaient en être les effets sur un fœtus à l'intérieur de mon utérus ?

C'était *ça*, le problème. Le choix que je devais faire.

Avais-je le droit de mettre en danger la vie de mon enfant de cette manière ? Avais-je le droit de mettre au monde un être qui n'allait peut-être même pas survivre à son premier anniversaire ?

Au plus profond de moi, je savais que la réponse était « non ».

Mais cela voulait aussi dire abandonner tout espoir d'avoir un jour un enfant par moi-même. Oh ! bien sûr, il y avait d'autres solutions : don d'ovocytes, recours à une mère porteuse, mais ce n'était pas ce que je désirais. Ce n'était pas ce dont j'avais rêvé durant tant d'années.

Je fermai les yeux et pris une grande inspiration frissonnante. Bon sang, la vie pouvait être une vraie salope.

Je sentis des bras m'enlacer et me retourner. Je me perdis dans la chaleur de son étreinte, savourant la paix momentanée qu'elle me procurait.

— S'il y a bien quelque chose que j'ai appris, durant toutes ces années, murmura-t-il, sa voix réduite à un souffle chaud dans mon oreille, c'est que la nature est bien faite.

— Sauf que la nature n'a rien à voir avec ce qui m'arrive actuellement. Si on lui avait laissé la main, je serais toujours stérile.

— C'est peut-être la réponse à ta question.

Je m'éloignai un peu de lui et croisai son regard sombre.

— Tu ne serais pas vaguement en train de prêcher pour ta paroisse ?

Il fit une petite grimace et me caressa la joue du bout des doigts. Mon cœur se mit à battre plus fort.

— C'est possible.

Je me dégageai du confort de ses bras, ne voulant être distraite ni par sa chaleur ni par ce que laissait espérer son étreinte.

— Même si je prends la décision de ne pas avoir d'enfant, la situation entre nous est très difficile, pour plein de raisons différentes.

— Rien ne nous empêche de reprendre là où nous nous étions interrompus.

— Nous nous sommes interrompus à un moment où tu prétendais ne plus jamais vouloir t'impliquer sentimentalement avec une louve, répliquai-je en me forçant à inspirer et expirer calmement. Mon âme sœur se trouve quelque part. Je refuse de risquer de la perdre en plus de la perspective de ne jamais avoir d'enfant.

— On peut toujours s'arranger…

— *Toi*, tu pourrais t'arranger ? l'interrompis-je. En sachant que je ferai ce qu'il faut, même si cela implique d'embrasser ou même de baiser tous les voyous du coin, pour que ces enfoirés cessent de s'en prendre à moi ?

Cela ne signifiait pas que j'avais l'intention de devenir gardienne, à moins que mon traitement ne me laisse pas le choix. Mais le fait d'arrêter ces enfoirés constituait une priorité absolue, et si pour cela il fallait que je couche avec certains d'entre eux, eh bien, je le ferais. Au moins, si je participais à leur arrestation, je pourrais me permettre de suivre mon petit bonhomme de chemin sans craindre les fantômes du passé.

Et si mon petit bonhomme de chemin, c'était une vie sans enfants, il fallait probablement que je l'accepte.

Cela signifiait qu'au bout du compte, c'était une décision facile que j'étais venue prendre dans ce parc. C'était grâce au médicament que j'étais devenue fertile, et à cause de lui que je n'osais pas prendre le risque de tomber enceinte, même si je le voulais désespérément. Mon avenir était des plus obscurs et, même si je refusais d'y penser, il fallait bien que je comprenne que, si le médicament avait le moindre effet, je deviendrais automatiquement gardienne. C'était ça ou l'armée, là où les autres femmes hybrides avaient été envoyées.

Je n'avais pas le droit de faire un enfant dans ces conditions, d'autant plus que ni Rhoan ni moi n'avions le soutien de notre meute pour nous aider à l'élever ou prendre le relais si quelque chose devait nous arriver.

Quinn ne prit pas la peine de répondre à ma question, mais il n'en avait nul besoin. Nous savions tous les deux qu'il ne pourrait jamais accepter que je multiplie les partenaires sexuels. Ce n'était pas quelque chose qui correspondait à sa mentalité tellement humaine.

— Écoute, Quinn, je ne vais pas nier que j'ai toujours envie de toi, mais je ne veux pas d'une relation exclusive. Si tu ne peux pas accepter cela, ce que je suis et ce que j'ai bien l'intention de faire, alors pars et ne te retourne pas.

Il avait beau garder une expression parfaitement neutre, je vis une lueur d'agacement faire étinceler ses yeux. Je sentis presque sa contrariété, comme un éclair dans la nuit électrique. Cela me rappela que j'avais un très vieux vampire devant moi qui, malgré toute sa courtoisie et ses bonnes manières, n'avait pas l'habitude qu'on lui résiste.

Alors oui, peut-être me désirait-il, peut-être que ses belles paroles sur le compromis étaient sincères, mais au fond c'était une créature complètement territoriale qui n'était pas disposée à partager ce qui lui appartenait.

— Donc, si je te veux, il va falloir que je supporte l'attitude de putain qui est pour moi typique de votre espèce ? demanda-t-il d'un ton tranchant.

La colère m'envahit de nouveau et je serrai les poings en résistant à la tentation de le frapper.

— Tu veux savoir pourquoi je préférerais largement baiser un inconnu tel que Kade plutôt que toi, à l'instant présent ? Parce qu'il accepte qui je suis, et ce que je suis. Tandis que toi, tu veux changer quelque chose qui fait partie de mon essence.

Je sentis un tourbillon de fureur autour de moi, sans pouvoir déterminer s'il s'agissait de la mienne, de la sienne ou des deux combinées. Mais toute la frustration que j'avais ressentie pendant les mois suivant la disparition de Quinn me faisait à présent l'effet d'un torrent que nul ne pouvait arrêter, et je n'avais aucun espoir de pouvoir endiguer ce flot d'aigreur.

— Ce n'est pas v…, protesta-t-il.

— Alors pourquoi appelles-tu tous les loups des putains ? Pourquoi le penser alors que les danses lunaires, ces célébrations de la vie et de l'amour, sont une partie essentielle de notre nature ? Nous ne sommes *pas* humains. Comment oses-tu nous juger selon les critères humains ?

— Je ne…

— Pourquoi nous appeler des putains, alors ?

— Échanger du sexe contre de l'argent ou des renseignements, c'est par définition de la prostitution, et c'est bien ce que tu as l'intention de faire, n'est-ce pas ?

— C'est une définition humaine. Les loups-garous ne connaissent même pas ce mot, parce que ce n'est pas de cette manière-là qu'ils voient les choses.

— Tu vas donc te faire un plaisir de coucher avec quiconque susceptible de te fournir des renseignements ?

— Un plaisir ? Non. Mais est-ce que je vais le faire ? Oui, parce que ça n'est *que* du sexe, et que le sexe est aussi vital pour nous que le sang pour les vampires.

— Privé de sang, un vampire meurt. Je doute que ce soit le cas pour les loups vis-à-vis du sexe.

— Peut-être pas, répondis-je en croisant les bras, les yeux plantés dans les siens. Mais on peut mourir du fait de ne pas rencontrer son âme sœur.

Il eut un reniflement de dérision.

— Ouais, c'est ça…

— Ne pense pas tout savoir et écoute-moi. Les loups-garous croient que le grand amour n'est pas quelque chose qui arrive par hasard, mais qu'il s'agit d'un événement inscrit dans nos gènes. Nous croyons que l'amour est aussi immortel que l'âme, et que nous sommes destinés à rencontrer encore et toujours notre grand amour durant nos vies successives. Pour les loups, il n'existe qu'une seule personne sur terre qui puisse être l'âme sœur d'une autre. Une personne qui nous correspond cœur et âme. À défaut de la trouver, ce sont donc notre cœur et notre âme qui souffrent, et pour beaucoup c'est synonyme de déclin, puis de mort.

Il resta un bon moment silencieux, puis reprit la parole d'un air plus calme.

— Mais cette connexion que nous partageons ne signifie-t-elle pas qu'il y a quelque chose entre nous qui vaille le coup d'être exploré ?

— Bien entendu. Mais dans ma vie j'ai déjà eu des sentiments très profonds pour deux hommes, et vraiment aimé un troisième. Pourtant, aucun d'entre eux n'était mon âme sœur. La connexion que nous partagions était quelque chose qui en appelait à l'émotionnel et au physique, mais pas à mon âme.

J'en avais eu la preuve lorsque Haden, le loup que j'avais tant aimé, adolescente, avait trouvé son âme sœur alors que nous étions ensemble depuis presque un an. Cela ne se serait jamais produit si nous avions été exclusifs.

— Alors, qu'est-ce qu'on fait à propos de nous deux ? demanda Quinn.

— Je n'en sais rien. Ce n'est pas moi qui essaie de mettre des limites à notre relation.

Il soupira et laissa son regard se perdre derrière moi. La colère qui remplissait l'air sembla s'évaporer dans la brise fraîche.

— Je suis un vampire, nous avons tendance à être très territoriaux.

J'acquiesçai.

— Alors, c'est à toi, pas à moi, de prendre cette décision. Bien sûr que je veux continuer à explorer le lien entre nous, mais je ne peux pas risquer de me restreindre à toi seul. J'en suis incapable. Et, d'ailleurs, je ne m'attends pas non plus que toi, tu te restreignes à moi. Je ne peux pas être la seule source de sang pour toi.

Il ricana d'un air désabusé.

— C'est un bien petit élément dans tout ce bordel.

— C'est tout ce que je peux t'offrir pour le moment.

— Je ne sais pas si je pourrais accepter une relation ouverte. Cela ne me correspond tellement pas.

J'arquai un sourcil surpris.

— Pourtant, nous n'étions pas précisément exclusifs, il y a un mois. J'étais toujours avec Talon et Misha.

— Il y a un mois, je pensais qu'il s'agirait juste d'un coup en passant, du genre aussitôt oublié une fois rentré à la maison.

— Qu'est-ce qui t'a fait changer d'avis ?

Il eut un regard qui me liquéfia.

— Le fait que tu passais ton temps à envahir mes pensées et mes rêves.

Lui aussi s'était invité dans mes rêves. Je me demandai soudain si nous n'avions pas inconsciemment tenté de nous tendre la main à travers la connexion psychique que nous avions créée entre nous.

— Et pourtant, tu m'as refoulée chaque fois que j'essayais de venir te parler. Même quand j'ai enfin réussi à te coincer autour d'une table de restaurant, tu m'as clairement fait comprendre que tu ne désirais pas poursuivre la moindre relation avec moi.

Il haussa les épaules.

— Je pensais que c'était préférable. Après Eryn, je ne souhaitais pas me lancer de nouveau dans une histoire sérieuse.

— Je ne suggérais rien de très sérieux.

Il me contempla sans un mot.

— Et malgré tous ces refus, repris-je, te voilà de retour, exigeant quasiment que je lâche tout pour toi, et toi seul.

— Parce qu'il serait dommage de ne pas explorer ce qu'il y a entre nous.

— Mais pourquoi, si tu ne désires pas quelque chose à long terme ?

Il ne répondit rien. Peut-être n'avait-il pas la réponse lui-même.

— Combien de relations exclusives as-tu vécues durant toutes ces années ?

Il eut une expression qu'on ne pouvait qualifier que de lugubre.

— Deux ou trois.

Je soufflai doucement.

— Et cela, en combien de siècles ?

— C'est terriblement difficile d'aimer quelqu'un quand on sait qu'on va devoir le regarder vieillir, puis mourir.

— Alors, pourquoi t'être fiancé avec Eryn ?

— Comme je te l'ai déjà dit, c'était principalement l'effet de la drogue plus que de l'amour. Si j'avais été dans mon état normal, je n'aurais jamais accepté de me prêter à une telle cérémonie. (Son regard se durcit et il conclut :) Il y a quatre cents ans, j'ai juré que plus jamais je n'épouserais une autre femme. C'est une promesse que j'ai l'intention de respecter.

Ce qui posait une question intéressante : que s'était-il passé quatre cents ans plus tôt ? Mais je ne pris pas la peine de le lui demander, sachant qu'il refuserait de me répondre.

— Tu n'as donc jamais vampirisé une de tes compagnes ?

— Non. Cela ne fonctionne que très rarement, de toute façon.

— À cause de votre territorialité ?

Il hésita avant d'acquiescer, puis poursuivit :

— Et aussi parce que les vampires ne peuvent se nourrir du sang d'un autre vampire.

Ah bon ? Voilà qui était intéressant. Moi, j'avais toujours cru que le sang, c'était du sang, quelle qu'en soit la source. Je jetai un coup d'œil à ma montre et vis qu'il était presque 20 h 30. Le médecin se trouverait toujours au cabinet si je l'appelais maintenant.

— Bref, pour la suite des événements, c'est à toi de décider. Garde juste à l'esprit que j'aurai d'autres partenaires et que je ne cesserai jamais de participer aux danses lunaires. Je ne peux pas me le permettre. (Je vis son regard s'assombrir encore à ces paroles. Il n'aimait pas ce que je lui disais, ne l'acceptait pas. Pas encore.) En attendant, aurais-tu un téléphone à me prêter ?

Il sortit des clés de sa poche et me les lança.

— Dans la voiture.

— Merci. On se retrouve au restaurant, si tu veux ?

Il acquiesça. Je m'éloignai pour passer l'appel qui allait m'ôter tout espoir d'avoir un enfant par moi-même.

Au bout du compte, nous n'allâmes pas dîner. Quinn me conduisit de nouveau au cabinet médical et le médecin installa le dispositif intra-utérin qui m'empêcherait de tomber enceinte. C'était la seule méthode qui resterait indétectable par les analyses de sang que Misha ne manquerait pas d'obtenir. Il m'inséra aussi le moniteur d'ovulation, car je soupçonnais que Misha allait garder l'œil sur mon dossier et s'étonnerait si celui-ci n'était pas mentionné. Je demandai pour la même raison au médecin d'éviter de faire la moindre mention écrite du stérilet et, même si ça ne le remplit pas précisément de joie, il s'exécuta. Il n'avait pas vraiment le choix : il savait bien qu'appartenant au Directoire, je n'hésiterais pas à l'y contraindre légalement.

Je n'ai qu'un souvenir vague de la descente en ascenseur, mais je me rappelle que Quinn me prit dans ses bras et me serra contre lui pendant ce qui me sembla être une éternité. Il ne prononça pas un mot, mais il n'y en avait nul besoin. Même si la porte qui séparait nos esprits était bien fermée, je savais qu'il compatissait à ma douleur. Après tout, c'était un vampire, il en savait long sur l'impossibilité d'avoir des enfants…

Nous ne revînmes à l'appartement que bien après minuit. Jack était assis devant son ordinateur et nous adressa un regard plein de reproche.

— Bon sang, où aviez-vous disparu, tous les deux ?

— On réfléchissait, répondis-je.

— Et cette intense réflexion n'aurait-elle pas pu être interrompue le temps d'un bref coup de fil pour me raconter ce qui se passait ?

— Non.

À vrai dire, je n'y avais même pas pensé. Je jetai un regard vers les autres chambres. Je devinai que mon frère se trouvait dans l'une d'elles, mais j'entendis aussi des ronflements s'échapper de la seconde. Ceux de Kade, certainement.

Qu'est-ce qu'il foutait encore là ? Qu'est-ce que Jack prévoyait pour lui ?

Et avais-je le moindre espoir de résoudre le mystère posé par ce métamorphe cheval ?

— Tu veux un café, chef?

— Avec plaisir.

Je tournai les yeux vers Quinn, qui m'adressa un signe de tête avant d'aller dans la cuisine préparer du café pour tout le monde. De mon côté, je m'assis sur le canapé, en face de Jack, et racontai tout ce qui s'était passé durant notre absence. Nous parlâmes une bonne heure, puis je passai un coup de fil à Misha. Il était encore debout, comme je l'espérais.

— Il faut qu'on parle, dis-je dès qu'il décrocha le téléphone.

— En effet.

Je regardai Jack, qui s'était branché sur mon téléphone portable et écoutait la conversation tout en parlant à un de ses collègues sur une autre ligne. Il acquiesça sans un mot pour m'informer que tout avait été arrangé.

— Quinze heures. Chez *Macey Jane*, dans Lygon Street.

Je laissai mes yeux dériver vers Quinn. J'étais prête à faire la moitié du chemin, même si ce n'était pas très prudent. L'était-il, lui ? Seul le temps le dirait. Mais le simple fait que sa désapprobation ait soudain alourdi l'atmosphère laissait deviner qu'il n'était pas encore capable d'accepter la situation. Peut-être ne le serait-il jamais.

Et j'avais beau vouloir être avec lui de tout mon cœur, je n'avais aucunement l'intention de bouleverser toute ma vie pour lui. Pas plus que de me désengager de cette enquête, d'ailleurs. J'avais besoin d'en voir moi-même la conclusion afin d'être certaine que je ne risquais plus rien. Si Quinn ne pouvait pas accepter ça, s'il ne pouvait pas m'accepter, moi, alors cela signifiait que rien n'était possible entre nous.

Même si mes hormones le voyaient comme une irrésistible plaquette de chocolat…

— Désolé, ça ne va pas être possible, gronda Misha. Déjà, je ne fais pas trop confiance aux gens avec qui tu travailles. Et deuxièmement, je refuse de me rendre dans des endroits inconnus, ces temps-ci. On m'espionne.

— Ben oui, le Directoire.

— Et ceux que vous pourchassez.

— Parce qu'ils ne te font pas confiance ? (Je consultai Jack du regard. Était-il au courant que le Directoire n'était pas seul à surveiller Misha ? À voir ses sourcils levés, ce n'était pas le cas.) Puis-je me permettre de te dire que cela ne me surprend pas ?

Il rit doucement, me rappelant des souvenirs que j'aurais préféré oublier.

— Retrouvons-nous au *Blue Moon*.

Jack secoua la tête en signe de dénégation. Je fis mine de ne pas le voir. Il fallait absolument que nous obtenions des informations de Misha et, même si le *Blue Moon* ne faisait pas partie des endroits contrôlés par le Directoire, moi, je m'y sentais en sécurité. J'en connaissais les membres et je maîtrisais les lieux. Et, de tous les clubs de loups-garous, le *Blue Moon* était celui qui accordait le plus d'importance à la sécurité de ses clients.

— Ce n'est pas précisément un de tes repaires de prédilection, observai-je.

— Ah ! Mais si, ça l'est devenu depuis ta disparition.

Mon estomac se noua.

— Tu ne pouvais pas savoir que j'allais réussir à m'évader de cet endroit.

— Non, mais je savais qu'il te sous-estimait. Cela a toujours été le cas.

— Qui ça, il ? l'interrompis-je.

Cette fois-ci, son petit rire me donna des frissons de dégoût.

— Il va d'abord falloir que nous discutions des termes de notre… échange d'informations.

— T'as intérêt que ce soient de bonnes infos, Misha, parce que sinon tu pourras toujours courir. Tu serais le dernier loup fertile de la planète que ça ne changerait rien.

— Il n'y a que moi qui puisse t'empêcher de te retrouver de nouveau enfermée dans l'une de ces fermes, susurra-t-il. Tu peux croire ça, à défaut du reste.

Il avait tellement l'air sûr de lui que j'en frissonnai de nouveau. Je le croyais, même si je faisais probablement une erreur terrible.

— Quelle heure ?

Jack leva les yeux au ciel et parla dans son combiné avec un air particulièrement contrarié.

— Quinze heures, ce sera impec. Je vais réserver une des chambres privées pour m'assurer qu'on ne nous espionne pas, mais nous nous retrouverons sur la piste de danse. Cela ressemblera plus à une coïncidence aux yeux des gens qui me suivent.

— Pourquoi ne pas t'en débarrasser, si tu sais qu'ils t'espionnent ?

— Parce que, à cet instant précis, ils ont leur utilité.

Sa voix était pleine d'un étrange amusement. J'avais toujours pensé que Misha était le plus raisonnable et le plus calme de mes deux compagnons de ces dernières années, mais il semblait bien que je me sois complètement trompée.

— Demain sera une journée totalement réservée aux loups-garous, donc ni ton vampire ni le métamorphe cheval ne pourront entrer. Rhoan le pourra mais, si je le vois, notre accord sera caduc et je m'en irai.

Comment pouvait-il savoir que Kade était toujours avec nous ? Ou était-ce juste une supposition qui tombait bien ?

— Je pense qu'aucun de nous n'a assez confiance en toi pour pouvoir accepter de telles conditions.

— Dommage. C'est ça ou rien. Ils peuvent toujours te poser une balise s'ils ont peur que je t'enlève.

C'était exact, et j'avais bien l'intention qu'ils le fassent. Je refusais de prendre le risque de disparaître encore.

— Pourquoi moi ?

— Parce que je me trouve sur le fil du rasoir en ce moment, et que je n'ai certainement pas l'intention de faire un pas tant que je ne sais pas ce qui se trouve derrière tout cela.

Une jolie métaphore pour dire qu'il ne voulait pas courir de risques.

— Tu n'as pas intérêt à nous raconter des craques, Misha.

— Ce n'est pas le cas, tu peux me croire.

Il s'interrompit, et je devinai au frottement de la soie qu'il avait changé de position à l'autre bout du fil. Il reprit :

— Pour te le prouver, puis-je te suggérer de sortir de l'appartement de Brighton dans les cinq minutes qui viennent ?

Je sentis le sang quitter mes joues et jetai un regard paniqué à Jack, puis à Quinn.

— Comment sais-tu que nous nous trouvons là-bas ?

Avant même que je pose la question, Jack était déjà en train d'ordonner à Quinn de réveiller Kade et Rhoan.

— De la même manière que je sais que vous êtes sur le point de subir une attaque aérienne. Je te conseille de bouger ton joli petit cul, Riley, si tu veux pouvoir honorer notre rendez-vous demain.

Aérienne ? Mais nous étions au dixième étage, bon sang !

Je raccrochai et fis volte-face.

Juste à temps pour voir plusieurs créatures bleues faire irruption par la baie vitrée.

Chapitre 6

J'eus à peine le temps d'émettre un cri d'avertissement avant que les créatures fassent exploser la vitre et se précipitent vers moi. Je reculai rapidement en bloquant leurs coups à l'aide de mes avant-bras. Un frisson de dégoût parcourait ma peau chaque fois que j'entrais en contact avec la leur, froide et gluante. Les créatures puaient la chair pourrie, mais ne semblaient pourtant pas en décomposition, et mon estomac menaça de se rebeller. Je déglutis difficilement et me forçai à respirer par la bouche, tout en frappant l'une d'elles au visage et en la projetant à travers la pièce.

Je sentis un picotement d'appréhension dans la nuque et fis volte-face. Une fine ligne argentée fonçait sur moi. Cette fois-ci, il ne s'agissait pas d'une flèche trempée dans le somnifère, mais d'un fichu laser. Je me laissai tomber au sol de tout mon poids pour l'éviter et l'air sortit dans un grognement de mes poumons. Une odeur de cuir brûlé satura l'atmosphère lorsque le rayon frappa le dos du canapé.

— Prends ça ! s'écria Rhoan.

Un objet argenté tournoya dans les airs : un pistolet, que j'attrapai de la main gauche. Je me tournai en sentant une main agripper ma cheville. Une de ces choses bleues et puantes essayait de maintenir mes pieds dans son étreinte glissante tout en levant son laser. Ce qui était idiot. Même moi, je savais qu'il ne fallait jamais laisser une chance de tirer à son ennemi.

Je pressai la détente du pistolet laser sans prendre la peine de viser. Dans la situation où nous nous trouvions, n'importe quel coup était bon à prendre. Un rayon d'un rouge furieux traversa en un instant l'espace qui nous séparait et trancha chair et os. Le bras de la créature rebondit sur le sol près de mon pied, le moignon noirci et fumant, sans trace de saignement. Une odeur de chair brûlée emplit l'atmosphère et je faillis vomir mon café.

Je luttai contre la nausée en essayant de ne pas respirer trop profondément et lançai mon pied libre dans son menton, l'envoyant valdinguer en arrière. Un autre rayon rouge transperça l'obscurité, finissant ce que j'avais commencé.

Je me remis debout. Une autre créature me fondit dessus en bougeant ses grands bras à la peau comme putréfiée. J'esquivai plusieurs crochets et réussis à la frapper à l'estomac. Cela me fit l'effet d'enfoncer mon poing dans de la gelée, une gelée humide et gluante qui se contenta de vibrer sous l'impact, l'absorbant sans autre conséquence.

Eh! Merde! eus-je à peine le temps de penser avant que son poing frappe mon menton et me fasse voler en arrière. Je m'écrasai contre un mur avec un grognement et glissai le long de la surface peinte en voyant double.

Ce n'est donc que sous la forme d'une chose floue que j'aperçus la créature bleue qui planait vers moi, les lèvres étirées en un sourire vicieux qui lui découvrait les dents.

Je fermai les yeux et goûtai l'air, me fiant à mon seul odorat pour le localiser précisément, puis levai le pistolet laser et tirai.

Il y eut un bruit de choc et, de nouveau, l'odeur de chair brûlée m'agressa les narines et fit protester mon estomac. Je rouvris les yeux et devinai deux choses bleues dépourvues de tête à mes pieds.

— Riley, m'appela soudain Rhoan en entrant dans mon champ de vision et en m'attrapant la main, ça va ?

Il m'aida à me relever et j'acquiesçai d'un signe de tête incertain.

— Juste un peu étourdie, à cause d'un coup dans le menton.

Il toucha délicatement le côté droit de mon visage.

— Tu vas avoir un petit bleu ici.

— Privée de bisous pour la journée, alors ?

— C'est probable.

— Flûte.

Il sourit.

— Pas besoin de bisous pour s'amuser.

— C'est tellement vrai.

— Tu veux des glaçons ?

— Oui, merci.

À vrai dire, cela me faisait mal rien que de parler, mais je n'étais pas prête à l'admettre. Il me serra brièvement le bras, puis alla dans la cuisine.

— La vraie question, lança-t-il par-dessus son épaule, c'est de savoir comment diable ils ont réussi à nous trouver.

Cela ne semblait s'adresser à personne en particulier, alors je haussai les épaules et suggérai :

— Misha ?

— Je ne pense pas. Il ne joue que selon ses propres règles. Évidemment, ça ne veut pas dire qu'il ne nous trahirait pas si ça l'arrangeait.

— Ce qui n'est pas le cas en ce moment, observai-je.

À cause de moi et des plans qu'il avait à mon sujet.

Jack, le front orné d'une coupure et la chemise déchirée, sortit d'une des chambres. Son expression ordinairement joyeuse s'était transformée en un masque dur et froid, et la colère qui luisait dans ses yeux semblait principalement dirigée sur moi.

— C'était idiot de faire ça, Riley.

Je le regardai, ébahie.

— Quoi ?

— Organiser un rendez-vous avec Misha au *Blue Moon*.

Oh, *ça* !

— Hé, tu voulais qu'on se rencontre. Ce n'est pas ma faute s'il ne veut pas jouer selon tes règles.

— Il nous est impossible de poster des agents au *Blue Moon* demain. Il a dit que c'était un jour réservé aux loups-garous.

— Oui, mais ce n'est pas grave : il ne m'arrivera rien, là-bas. De plus, il n'y a que deux sorties à surveiller.

Je quittai Jack des yeux en voyant arriver Quinn. Il semblait intact, bien que non armé, et le soulagement m'envahit. Son regard croisa le mien et ses épaules tendues semblèrent se relâcher légèrement.

— Tu vas bien ?

J'acquiesçai, plus réconfortée par son inquiétude que je voulais l'admettre, et me forçai à affronter de nouveau le regard mécontent de Jack.

— Ils étaient nombreux, nos agresseurs ?

— Il y en avait cinq, répondit-il d'un air funeste. Il semble que le but était de vous enlever de nouveau, toi et le métamorphe.

— Ou de se débarrasser de nous, intervint Kade en faisant irruption dans la pièce, un autre pistolet laser à la main. Ces armes étaient réglées pour tuer, pas pour assommer.

— Bon sang ! s'exclama Jack en attrapant le pistolet des mains de Kade et en l'examinant. Est-ce que ce sont les armes dont tu m'as parlé ?

— J'en ai bien peur, répondit Kade en examinant mon visage, s'arrêtant sur ma bouche tuméfiée. Tu veux un bisou sur ce méchant bleu ?

— Rhoan m'a dit que les baisers n'étaient pas conseillés pour l'instant.

— Dommage. Mais je suis homme de compromis. Je ne vois aucun inconvénient à t'embrasser ailleurs.

— Merci, répliquai-je d'un ton sec, mais je ne crois pas que ce soit le moment idéal pour discuter de compromis.

— Hé, je suis assez souple pour…

— Ça suffit, intervint vivement Jack. Récupérez tous vos affaires, nous devons quitter les lieux dès que possible.

— Pour aller où ? Visiblement, la taupe qui se trouve au sein du Directoire doit être proche de la directrice, si elle sait où nous nous trouvons, observa Rhoan, de retour de la cuisine, un sac de glaçons à la main. C'est forcément ça, ou alors Kade et Riley se sont fait implanter un mouchard.

Je levai les sourcils.

— Vous n'avez pas vérifié ?

— On vous a tous les deux passés au scanner, assura Jack, mais peut-être ont-ils développé des technologies indétectables par des moyens conventionnels. (Son expression s'assombrit encore plus.) Rhoan, tu vas revérifier Riley. Kade, je vais vous examiner de nouveau.

Rhoan me fit signe d'entrer dans l'une des chambres. Je l'y suivis et refermai la porte derrière moi. Toutes les personnes présentes avaient beau m'avoir déjà vue nue à l'occasion, je n'étais pas d'humeur à m'exhiber pour l'instant.

— Alors, dit-il, parle-moi de ce rendez-vous qui contrarie tant Jack ?

Je m'exécutai alors qu'il examinait chaque centimètre carré de ma peau à la recherche d'un émetteur.

— Le *Blue Moon* est un endroit sûr, malgré ce que pense Jack. C'est Misha qu'il va falloir surveiller. Ne lui fais pas confiance, quoi qu'il arrive, prévint-il.

— Bien entendu, approuvai-je avant d'hésiter un instant. Pourquoi est-ce que la taupe au Directoire devrait être une personne proche de la directrice ?

— Parce qu'elle est la seule à savoir où nous nous trouvons.

— C'est peut-être elle, la taupe.

Sauf que je l'imaginais mal trahir son frère ou l'organisation qu'elle avait mise en place et dirigée depuis avant ma naissance.

— Non, ce n'est pas elle. Mais cela peut être quelqu'un qui a accès à son bureau et a pu entendre des choses qu'il n'était pas censé savoir.

— Gautier ?

Le simple fait de prononcer son nom me fit frissonner de dégoût. C'était peut-être le meilleur gardien du Directoire, mais c'était aussi un salopard, un assassin, et je le soupçonnais en outre d'être un psychopathe à deux doigts du passage à l'acte.

— Ce n'est pas un proche de la directrice.

— Mais je suis prête à parier qu'il obéit à l'un d'eux.

— Cela ne ferait pas grande différence. Qui que soit cette taupe, il semble évident qu'elle appartient au Directoire depuis un bon moment. C'est une personne très futée, quelqu'un que nous ne soupçonnerions jamais.

— Alors, établissez une liste des gens que vous ne soupçonneriez jamais et faites-les surveiller.

— Pas facile quand on ne sait même pas à qui on peut réellement faire confiance.

Certes.

— On ne pourrait pas se contenter de surveiller ceux avec qui Gautier est en relation ?

— Gautier est assez intelligent pour s'en rendre compte. (Rhoan me coula un regard en biais.) De toute façon, il est en mission dans le nord du pays, pour le moment. Cela fait un mois. Il n'est pas impliqué dans ce nouvel épisode de nos aventures.

Voilà qui expliquait au moins pourquoi je ne l'avais pas vu dernièrement. Je croyais que c'était juste un coup de chance.

— Et Alan Brown ?

— Il semble toujours aussi sournois et est sans aucun doute impliqué dans de sales affaires, mais lui non plus, je ne suis pas certain qu'il ait quelque chose à voir avec cette histoire.

— Mais c'est bien lui qui a permis l'embauche de Gautier, n'est-ce pas ?

— Oui, mais nous avons l'impression qu'on l'y a contraint. On l'a fait chanter.

J'arquai un sourcil.

— Quelqu'un est au courant de son goût pour les prostituées ?

— Plus probablement de son goût pour le jeu, répondit-il en s'affalant avec un grognement. Bon, je ne trouve rien qui ressemble à un mouchard.

Bien. Au moins n'étais-je pas à l'origine des problèmes qui les menaçaient, lui et les autres.

— Si tu sais qu'on le fait chanter, cela doit sûrement être facile de trouver qui, non ?

Il se releva avec une grimace.

— J'aimerais que ce soit aussi simple.

— Aucun document pouvant vous y aider ?

— Que dalle.

— Comment est-ce possible ?

— Brown est rusé comme un renard. Nous sommes certains qu'il donne des informations à quelqu'un mais ne réussissons à savoir ni à qui, ni quel genre d'informations.

— Vous l'avez donc placé sous surveillance ?

Il me regarda d'un air ironique.

— Non, on s'est dit qu'il valait mieux lui foutre la paix.

Je lui donnai une tape sur le bras.

— Ne fais pas le malin.

— Alors, arrête de poser des questions débiles.

Je récupérai mes vêtements sur le sol et commençai à me rhabiller.

— On a pensé à interroger les putes qu'il fréquente ?

— Tu as bien vu les disques vidéo dans son bureau. S'il transmet des informations à ces putes, il n'aurait qu'une seule manière de le faire, et peu conventionnelle, parce qu'il ne leur adresse sûrement pas la parole.

— C'est un vampire et, donc, un télépathe. Peut-être a-t-il trouvé un moyen de contourner les atténuateurs psychiques.

Bon Dieu, si Jack en était capable, il n'était certainement pas le seul, même si Brown ne jouait clairement pas dans la même cour que lui.

— Nous avons vérifié. L'esprit des putes n'a pas été touché.

— Alors, c'est obligatoirement pendant le sexe qu'il transmet des infos.

Néanmoins, à voir les vidéos de ses exploits, la seule chose qu'il semblait vouloir transmettre dans ces moments-là, c'était son sperme mort.

— Nous avons installé d'autres caméras et ne pensons pas que ce soit le cas.

— Alors comment se débrouille-t-il pour faire sortir ces informations ? Et, si tu penses qu'il n'est pas impliqué dans mon enlèvement, cela signifie-t-il qu'il pourrait ne rien avoir à voir avec Genoveve ?

— C'est tout à fait possible. La plupart des dossiers dont a hérité Brown venaient de son prédécesseur au poste de sous-directeur.

— Et ce prédécesseur ?

— Il est mort.

— Un accident ? m'étonnai-je en haussant les sourcils.

— Probablement pas.

J'enfilai mes chaussures. Rhoan commença à se diriger vers la porte, mais je lui posai la main sur le bras et l'arrêtai. D'une voix presque inaudible, je lui demandai :

— Je sais que tu m'as dit que tu ne volerais pas le dossier de Kade pour moi, mais as-tu eu l'occasion de farfouiller dans la base de données quand tu étais au Directoire ?

— Oui. Je n'ai rien pu trouver.

— Rien auquel tu aies accès, en tout cas.

— Exact. (Il me dévisagea d'un air curieux.) Qu'est-ce que tu complotes ?

— Qui ? Moi ? répondis-je avec mon sourire le plus innocent. (Il ne sembla pas y croire un instant.) Sérieux, tu ne trouves pas ça bizarre qu'il soit encore ici ? Nous savons tous les deux qu'en temps normal, Jack l'aurait renvoyé chez lui à la vitesse de la lumière.

— C'est indéniable, approuva-t-il tout en continuant à me regarder l'air de dire : « Mais dans quelle merde vas-tu encore me fourrer ? » Mais le problème reste entier : je n'ai pas accès aux dossiers protégés.

— Peut-être pas toi, répliquai-je après réflexion, mais moi, oui.

— Oh, *vraiment* ? s'exclama-t-il d'un ton amusé. Je suis sûr que Jack n'en a pas la moindre idée, pas vrai ?

— Mmmh… non.

En tant qu'officier de liaison et assistante personnelle de Jack, je disposais effectivement des codes auxquels Rhoan n'avait pas accès. Mais je m'étais aussi débrouillée pour en récupérer d'autres au fil des mois, rien qu'en le regardant de mon bureau taper sur son clavier. C'était incroyable de voir à quel point il était facile de deviner ce que quelqu'un tape quand on en a l'habitude.

— Mais tu ne tiens pas à en savoir plus, n'est-ce pas ? repris-je.

— En effet, acquiesça-t-il en se relevant. Alors, quel rôle devrai-je tenir dans cette petite opération de furetage ?

— Il te suffira de me procurer son ordinateur.

Il eut un reniflement de dérision.

— Ah ouais, ça va être carrément facile, ça.

— Plus que tu le penses. Nous sommes sur le point de quitter cet endroit dans l'urgence. Il ne devrait pas être trop difficile de ramasser plusieurs appareils, dont son ordinateur que tu feras négligemment glisser vers moi.

Il poussa un soupir déchirant qui en disait long sur sa lassitude.

— Je vais essayer.

Je me penchai vers lui et l'embrassai sur la joue.

— Merci.

Il me décocha un grand sourire et ouvrit la porte.

— Qu'est-ce que je ne ferais pas pour ma jumelle, hein ?

— Pour sauver le monde, tu veux dire ?

— Oui, ça aussi.

Deux des trois hommes présents dans le salon firent volte-face en nous entendant ressortir de la chambre. Quinn, lui, resta dans son coin, mais je ressentais sa présence, qui me pénétrait par tous les pores de la peau.

— Nous allons nous diviser en trois groupes, annonça Jack. Rhoan, je veux que tu te rendes au Directoire pour rédiger les rapports. Assure-toi de bien les crypter et de ne les envoyer qu'à la directrice Hunter. Demain matin, tu récupéreras des mouchards et des émetteurs-récepteurs, puis tu iras au *Blue Moon* pour fouiller les lieux et vérifier l'identité des clients. Riley ne s'y rendra pas tant que nous ne sommes pas certains que l'endroit est sûr. Quinn, comme je n'ose pas risquer de conduire l'une des voitures que nous avons à notre disposition en bas, je veux que toi et Riley vous débrouilliez de quelque manière que ce soit pour vous procurer un véhicule et que vous rouliez sans vous arrêter jusqu'à ce qu'on vous prévienne que vous pouvez aller au club.

— Et Kade et toi, vous allez faire quoi ?

C'était Quinn, posant la question qui me brûlait les lèvres.

— Nous allons rendre une petite visite à l'entreprise qui fabrique ces armes, répondit Jack en montrant un sachet plastique contenant l'un des pistolets laser de nos agresseurs.

Rhoan et moi nous regardâmes d'un air entendu. Si Kade était impliqué dans une telle mission, alors c'était de toute évidence bien plus qu'un promoteur immobilier.

Jack me lança un téléphone.

— Ne vous approchez pas du club tant qu'on ne vous aura pas appelés.

— Débrouillez-vous pour me joindre avant 15 heures. Je doute que Misha apprécie que je le fasse attendre.

— Mais c'est pourtant ce qu'il va devoir faire. Rappelle-toi qu'il a probablement autant, sinon plus à gagner de cette rencontre que nous. Allez, Kade, c'est parti. (Il se dirigea vers la porte et lança par-dessus son épaule :) Rhoan, appelle une équipe de nettoyage et assure-toi que tout équipement du Directoire est bien enlevé d'ici avant ton départ.

Je ne pus m'empêcher de regarder mon frère avec un sourire de triomphe. Parfois, les choses se passaient exactement comme on le voulait.

Rhoan secoua la tête en levant les yeux au ciel, mais se contenta de dire :

— Quinn, pourquoi ne descendrais-tu pas à la recherche d'un véhicule ? Riley et moi te rejoignons dès que ce sera terminé.

Il attendit que Quinn ait quitté l'appartement, puis alla chercher l'ordinateur portable et me le tendit.

— Tu sais pertinemment qu'il va vérifier que tous les objets ont bien été récupérés. Cela signifie qu'il va rapidement se rendre compte que son ordinateur a disparu.

— Sauf que je l'aurai rendu avant cela. (Je plaquai un baiser sur la joue de mon frère.) Ne t'en fais pas, je ne vais pas t'embringuer là-dedans.

— Combien de fois ai-je déjà entendu ça ? observa-t-il d'un ton ironique.

Je souris. La réponse à sa question était : un nombre incalculable de fois. Il me toucha gentiment le coude et désigna la chambre dont nous venions de sortir.

— Allons donc récupérer quelques vêtements pour toi.

J'entrai dans la pièce et laissai tomber l'ordinateur sur le lit avant d'ouvrir le placard.

— J'espère simplement que les codes d'accès que j'ai en ma possession me permettront de rentrer suffisamment dans la base pour en apprendre plus sur Kade.

— Si tu n'as pas *tous* les codes en ta possession, c'est peut-être une bonne idée de ne pas fouiner dans les informations du Directoire lui-même, mais plutôt de faire appel à des sources externes. En tant qu'assistante de Jack, tu as l'autorisation d'entrer dans pas mal de bases de données gouvernementales.

Voilà qui était une excellente idée. Et une qui risquait moins de me mettre dans la merde vis-à-vis de Jack.

— Pour découvrir ce qu'il n'est pas, déjà ?

Il acquiesça et sortit par le trou découpé dans la fenêtre. La brise glaciale dérangea à peine ses cheveux roux alors qu'il laissait son regard se perdre dans la nuit. À voir son expression, ou plus exactement l'absence de toute expression sur son visage, je déconseillais formellement à ces créatures de nous attaquer de nouveau.

— Si Kade est effectivement promoteur, il y en aura des traces quelque part : certifications professionnelles, statuts de son entreprise, ce genre de choses. Tu devrais aussi être en mesure de trouver d'autres indices, comme son extrait de naissance ou des bulletins scolaires qui prouveront qu'il est bien qui il dit être.

— Et si ce n'est pas le cas, je lui arracherai la vérité à coups de baffes.

Je devais bien évacuer sur quelqu'un la rage que je ressentais face au sort qui s'entêtait à me mettre des bâtons dans les roues.

Le sourire de Rhoan fit pétiller ses yeux.

— Tu pourrais aussi l'allumer avant de lui refuser tes faveurs sexuelles. Ça, ça le convaincrait illico.

Je souris.

— Oui, mais ce serait aussi me punir moi-même.

— Les loups prêts à te soulager de ce genre de problème ne manquent pas.

— Sans parler d'un certain vampire, grommelai-je sans réfléchir.

— C'est pour ça qu'il est encore ici ? demanda Rhoan. Parce qu'il s'est enfin rendu compte qu'il avait laissé échapper un bon plan ?

Je reniflai d'un air de dérision.

— Ce n'est pas la seule raison, non. Je ne suis *jamais* la raison principale de ses visites à Melbourne.

Ma voix trembla légèrement et Rhoan me regarda en fronçant les sourcils.

— Je croyais que nous nous étions mis d'accord à ce sujet ?

Je vidai mes poumons. Il fallait vraiment que j'apprenne à fermer ma gueule.

— C'est vrai. Mais j'ai comme qui dirait proposé un compromis à Quinn.

Il secoua la tête d'un air accablé.

— Ce n'est pas une bonne idée.

Je fourrai l'ordinateur dans le sac en l'entourant de quelques vêtements pour le protéger des chaussures qui se trouvaient au fond.

— Je sais, je sais. Mais, s'il peut apprendre à accepter que j'aie d'autres partenaires, alors je ne vois pas le problème.

— Le problème, c'est qu'il ne changera jamais, malgré tout ce qu'il peut t'assurer.

Peut-être. Mais peut-être avait-il aussi le droit de me prouver le contraire.

— De toute façon, tout cela n'a pas d'importance tant qu'il n'a pas répondu à ma proposition de compromis.

— Quand avez-vous discuté de tout ça ?

— Quand on était au mont Macedon.

— Qu'est-ce que tu étais allée faire là-bas ?

Oh ! Mon Dieu ! J'avais totalement oublié de lui dire. Je pris une grande inspiration que j'exhalai lentement.

— Qu'est-ce que tu me caches ? reprit-il d'un ton plus dur.

Nous ne partagions aucun lien télépathique mais, d'une certaine manière, nous n'en avions nul besoin.

— Le rendez-vous que j'avais, cet après-midi… c'était avec le médecin spécialiste en fertilité.

Il resta silencieux un long moment puis demanda :

— Alors ?

— Je suis temporairement fertile.

Ce n'était visiblement pas la réponse à laquelle il s'attendait et sa surprise totale rayonna dans toute la pièce.

— *Quoi ?*

— Je ne peux pas en prendre le risque, Rhoan. Pas avec l'ARC1-23 qui me bousille peut-être l'organisme en ce moment même.

— Oh, doux Jésus, se lamenta-t-il.

Il se passa la main dans les cheveux puis revint vers moi, avant de m'enlacer de ses grands bras et de me serrer contre lui.

— Je suis désolée, petite sœur, dit-il doucement.

Je ne pus même pas acquiescer, tellement il me serrait fort.

— Misha est au courant, pas vrai ?

— Oui.

— C'est la raison pour laquelle il veut te voir, j'imagine.

— Oui.

Parce qu'il voulait m'utiliser dans un but de reproduction, ce qui était quelque chose que tout le monde semblait vouloir faire avec moi, ces temps-ci. Tout le monde, sauf Kade, qui voulait juste s'éclater un peu en ma compagnie, et Quinn, qui souhaitait que je sois à lui et rien qu'à lui. Sauf qu'il ne voulait pas la louve, juste la femme, et que l'une n'allait pas sans l'autre.

— Je sais à quel point tu désires un enfant, mais tu ne peux pas faire ça.

— Je sais, dis-je en m'arrachant à son étreinte. Je suis sous contraception. Seul Quinn est au courant.

— Je n'ose imaginer de quelle manière il l'a pris, commenta Rhoan en grimaçant.

— Ouais, il a vaguement parlé de faire la pute dans l'intérêt du Directoire…

— Il a beau être un très, très vieux vampire, c'est avant tout un humain. Et les humains semblent incapables de considérer le sexe comme quelque chose que l'on doit fêter et partager. C'est d'ailleurs pourquoi…

— Non, je t'en prie, je n'ai pas besoin d'une nouvelle leçon à ce propos, l'implorai-je. Je lui ai fait une proposition précise et je vais m'y tenir.

— Cela ne m'empêche pas de penser que c'est une mauvaise idée, mais je le garderai dorénavant pour moi. (Il m'embrassa le front.) Sortons d'ici avant que ces saloperies bleues décident de nouveau de nous rendre visite.

Je jetai un coup d'œil vers la vitre découpée au laser.

— Tu penses vraiment qu'ils réattaqueraient aussi rapidement ?

— Probablement pas, mais ces gens ont tendance à être imprévisibles.

Par exemple, lorsqu'ils provoquaient un accident de voiture pour m'enlever à des fins reproductives alors même que tout le monde me pensait en sécurité. Bon sang, mais *pourquoi* en avaient-ils après moi ? Qu'y avait-il de si important dans mes gènes pour qu'on veuille absolument me mettre la main dessus ? Et pourquoi n'étaient-ils pas intéressés par Rhoan, qui partageait pourtant le même patrimoine génétique ?

— Dis, je peux garder ça ? lui demandai-je en levant le petit pistolet laser qu'il m'avait donné.

— Oui. Jack va nous faire une attaque, vu que ce sont des armes exclusivement réservées aux gardiens, mais là, tu vois, j'en ai rien à foutre. (Il attrapa le sac que je portais à l'épaule.) Il y a un réglage pour assommer, si tu préfères tirer d'abord et poser tes questions ensuite.

— C'est bien noté, frangin.

Il sourit.

— Reste derrière moi et fonds-toi dans l'ombre.

Je m'exécutai et nous réussîmes à descendre les escaliers sans encombre. En bas, la silhouette de Quinn se confondait avec l'obscurité ambiante, mais, même si je n'avais pas usé de ma vision infrarouge, je l'aurais néanmoins détecté. Son odeur appétissante réchauffait la nuit glaciale.

— Il y a actuellement plusieurs caméras braquées sur nous, murmura-t-il en m'ouvrant la porte du côté passager. Je ne suis pas sûr que cela soit des caméras infrarouges, mais je vais quand même m'empresser de me débarrasser de ce véhicule dès que possible.

— D'accord, acquiesça Rhoan, avant de me regarder. Sois prudente.

Ce qu'il voulait me dire, c'était d'être prudente avec Quinn. Je me penchai vers lui et l'embrassai sur la joue.

— Toi aussi.

Il attendit que je sois montée dans la voiture puis me tendit le sac.

— Appelez-moi au moindre problème.

— Je la protégerai, intervint Quinn.

— T'as intérêt, répliqua Rhoan en reculant pour laisser Quinn claquer la portière.

Cinq secondes plus tard, Rhoan était déjà rentré dans l'immeuble et nous étions en route.

— Où allons-nous ? m'enquis-je au bout de quelques minutes.

— Une fois qu'on se sera débarrassés de cette bagnole ? Je suis ouvert à toute proposition. Ni chez toi ni chez moi ne sont envisageables, et les registres d'hôtel sont trop faciles à vérifier.

Même en s'enregistrant sous un faux nom car, à cette heure de la nuit, peu nombreuses seraient les personnes susceptibles de demander une chambre.

Je me frottai le front d'une main épuisée. Un début de migraine commençait à palpiter derrière mes yeux, ma tête me donnait l'impression d'être un punching-ball et j'avais désespérément besoin de dormir. Mais, plus que cela, j'avais besoin que ma vie redevienne normale.

Mes yeux dérivèrent vers le bateau délicatement illuminé qui traversait la baie et se dirigeait vers la haute mer. Je me sentais exactement comme ce navire, fonçant dans l'obscurité vers des eaux inconnues et sournoises.

Au moins le bateau connaissait-il sa destination. C'était loin d'être mon cas.

— Riley ?

Je soupirai et proposai :

— Trouvons un endroit où je pourrai utiliser l'ordinateur en sécurité. Je dois vérifier certains détails.

Je sentis son regard me caresser telle une vague de chaleur.

— Quel genre de détails ?

Il était follement tentant de répondre quelque chose du genre « Ce ne sont pas tes oignons », mais ce serait grossier et il ne méritait pas cela.

— Le genre concernant la véritable identité de Kade.

— Alors, tu as vraiment baisé…

Il s'interrompit soudain.

— Oui, dis-je, partagée entre l'agacement face à sa phrase réflexe et l'amusement en le voyant s'arrêter avant la fin de celle-ci : c'était déjà un progrès, pas énorme, mais un progrès. J'ai baisé avec lui sans vérifier ses références. Et ne t'avise pas de me dire que tu vérifies les références de toutes les femmes que tu ramènes dans ton lit.

— Non. (Il hésita un court instant.) Je te présente mes excuses.

— Oh, ça doit t'arracher la gueule, ça.

Il me décocha l'un de ses regards de vampire et se contenta de demander :

— Pourquoi tu le soupçonnes de mentir ?

— Parce qu'il est encore là, parmi nous.

— Ah ! Ce n'est donc pas tant des soupçons que de la curiosité, observa-t-il en me coulant un regard en biais. Tu sais bien que c'est un vilain défaut.

— Oui. Mais je m'en moque.

— Tu te moques de tout, on dirait.

Ne sachant pas exactement comment le prendre, je me contentai d'une question sans rapport.

— Où allons-nous laisser la voiture ?

— Ici ?

Je regardai les rues sombres et crasseuses qui nous entouraient et pensai à au moins une dizaine d'endroits où j'aurais préféré aller. Ce qui, j'imagine, en faisait l'endroit idéal.

— Parfait.

Il prit une rue transversale et s'arrêta à l'ombre d'un vieil eucalyptus. Je saisis mon sac et descendis du véhicule. Le vent était encore plus froid qu'avant et fouettait cruellement mes jambes nues, qui se couvrirent de chair de poule. L'odeur de l'océan se perdait à présent dans un mélange d'arômes peu ragoûtants, ordures, vieux bâtiments, urine et aisselles mal lavées. Les immeubles de la rue semblaient aussi décrépits que cette dernière, mais les gémissements de plaisir provenant d'une des fenêtres laissaient deviner que ces taudis étaient occupés par d'autres personnes que les ivrognes dont je percevais l'odeur.

Je jetai un regard à Quinn par-dessus le toit de la voiture.

— Tu connais ce quartier ?

— Pas du tout, admit-il en se camouflant dans l'ombre.

Je passai en vision infrarouge et vis sa silhouette rougeâtre faire le tour de la voiture pour me rejoindre.

— Par là, murmura-t-il en me prenant gentiment le sac des mains.

Je regardai la maison dans laquelle je percevais les deux flammes enlacées du couple en pleins ébats et souhaitai fugacement n'avoir à m'inquiéter que de ma satisfaction sexuelle.

J'arrachai mon regard de ce spectacle et suivis Quinn. Nous traversâmes rapidement un véritable labyrinthe de ruelles, nous éloignant de plus en plus de la ville au lieu de nous en rapprocher, comme nos ennemis auraient pu s'y attendre.

Lorsque Quinn fit une pause, nous nous trouvions dans une petite rue commerçante. Je regardai avec envie la vitrine d'un magasin de literie, mais évidemment ce n'était pas devant celui-ci qu'il s'était arrêté, mais devant une boutique minable au coin de la rue.

— Pas de système d'alarme, souffla-t-il en réponse à ma question muette. Et le premier étage est vide.

J'étais trop crevée pour le fusiller du regard, mais fis quand même remarquer :

— Je croyais que tu devais arrêter de lire dans mes pensées.

— Non, tout ce que j'ai dit, c'est que tu ferais mieux de les garder pour toi si tu ne voulais pas que je les lise. (Il enfonça la porte et me fit signe d'entrer.) Après toi.

Si l'on devait se fier à la couche de poussière sur les rayonnages et à l'odeur de renfermé, cette boutique n'avait pas servi depuis un bon moment. Je passai devant un amoncellement de tables et de chaises, traversai plusieurs rideaux de toiles d'araignée et gravis les marches de l'escalier. Le premier étage n'était pas bien vaste, mais il y avait un lit. Et même si celui-ci semblait, à l'odeur, dater de Mathusalem, c'était mieux que de dormir sur des planches de parquet pourries.

— Prends le lit, ordonna Quinn du haut de l'escalier. Moi, je vais monter la garde en bas.

— Tu veux éviter d'être soumis à la tentation ? le taquinai-je.

Il accueillit ma plaisanterie avec un regard sinistre.

— Comme tu as pu le constater, j'ai une décision à prendre et, tant que je ne l'aurai pas prise, je pense avoir le droit de garder mes distances.

Je lui pris le sac des mains, puis me penchai pour lui embrasser la joue.

— Merci pour ton honnêteté. Et merci de bien vouloir au moins réfléchir à ma proposition.

Son regard devint plus affectueux.

— Même les vieux vampires peuvent parfois être honnêtes.

— Cela signifie donc qu'il y a encore de l'espoir pour toi ?

La lueur d'affection disparut telle une flamme de bougie soufflée par un courant d'air.

— Je ne sais pas, Riley. (Il leva la main et me toucha la joue avec une tendresse presque insupportable.) Je n'en sais vraiment rien.

Il fit demi-tour et descendit les marches. Je soupirai doucement, puis allai m'asseoir sur le lit défoncé pour démarrer l'ordinateur. Une demi-heure plus tard, j'avais en ma possession la réponse à au moins une de mes questions.

Kade avait tous les certificats d'enregistrement et autres paperasses nécessaires.

Mais Kade Williams n'existait pas vraiment.

Le samedi après-midi, Lygon Street ressemblait à une ruche d'activité et de bruit, et des odeurs alléchantes s'échappaient de ses restaurants. Quinn et moi nous installâmes à une table en terrasse pour profiter d'une brève éclaircie en attendant 15 heures. De là où j'étais assise, il m'était possible de voir le *Blue Moon*, un peu plus loin dans la rue perpendiculaire qui me faisait face. Je n'apercevais ni Rhoan ni Kade, mais je me doutais qu'ils devaient se trouver dans les environs. Jack attendait au parking couvert au bout de la rue. Il n'était pas aussi vieux que Quinn et supportait donc moins bien la lumière du soleil.

J'étais en train de me battre avec une assiette géante de brochettes aromatisées à l'ail, résistant à grand-peine à la tentation de souffler mon haleine en direction de Quinn. Pas tant à cause de ces histoires de vampires ne supportant pas l'ail – ce n'était qu'une légende – que parce que c'était agaçant et que j'étais d'humeur à l'agacer.

La raison en était notamment la proximité du club. Une odeur de sexe, de luxure et de musc flottait dans l'air et mes hormones étaient en pleine ébullition. Néanmoins, étant donné le rendez-vous qui s'annonçait, ce n'était pas plus mal que je sois complètement excitée. Misha savait à quel point je voudrais un enfant après avoir appris que la fenêtre de tir était des plus réduites. Il le comprenait d'un point de vue instinctif, comme seul un loup pouvait le faire. Il escompterait donc que je sois sexuellement prête, pour ne pas dire agressive, tout simplement parce que c'était le cas de toute louve prête à porter des enfants. Le fait que nous ne soyons pas des âmes sœurs n'avait aucune importance : il s'attendrait à ce genre d'attitude de ma part, parce qu'il savait que c'était peut-être ma seule et unique chance.

Mais il me connaissait assez bien aussi pour deviner que je ne me lancerais pas dans une telle aventure sans d'abord poser quelques questions. Il trouverait anormal que je ne lui en pose pas, et voudrait que je réponde aux siennes, aussi.

Et c'était précisément la partie de l'équation qui me posait problème. Je n'étais pas certaine de pouvoir me livrer à ce genre de jeu avec un homme prêt à jouer sur les deux tableaux dans son propre intérêt.

Je vis Rhoan remonter la rue d'un pas nonchalant, les lèvres étirées en un sourire satisfait.

— Tu as bien vérifié le *Blue Moon*, alors ? lui demandai-je d'un air ironique alors qu'il tirait une chaise pour s'installer à notre table.

— Ouais, se marra-t-il. Liander était là.

— Et tu as fait des cochonneries sur tes heures de travail ? le rabrouai-je en secouant la tête d'un air faussement dégoûté. Franchement, frangin, je me demande ce qui est advenu de ton sens moral.

— Il se trouve dans mes couilles, comme chez la plupart des hommes. Tu as l'intention de les finir, ces brochettes ?

Je lui tendis mon assiette et saisis ma tasse de café, me réchauffant les doigts dessus.

— Alors, c'est quoi le programme ?

— Nous avons plusieurs agents postés à chaque sortie. Les récepteurs captent parfaitement tes mouchards. Misha est arrivé au club à 13 heures.

Je levai mes sourcils.

— Et il ne t'a pas vu ?

— Liander et moi savons être très discrets si nécessaire. Et, de toute façon, il était trop occupé à sauter une petite blonde.

Charmant. Je jetai un coup d'œil à ma montre et vis qu'il était moins le quart. J'avalai rapidement mon café et me levai de ma chaise.

— C'est l'heure d'y aller.

Les deux hommes restèrent assis. Ils allaient attendre ici, face à l'entrée principale, en examinant l'intérieur du club grâce à leur vision infrarouge. Je croisai le regard de Quinn.

— Sois prudente, se contenta-t-il de dire.

Je lui fis un signe d'assentiment, embrassai mon frère sur la joue, épaulai la bandoulière de mon sac et me dirigeai vers l'entrée du club.

Les portes s'ouvrirent devant moi et Jimmy, le gorille mi-humain, mi-métamorphe lion, m'accueillit avec un grand sourire.

— Salut, Riley ! dit-il en m'engouffrant dans une étreinte d'ours qui me coupa la respiration. Ça fait un moment qu'on ne t'a pas vue ici. On commençait à se demander s'il ne t'était rien arrivé.

Quelque chose m'était arrivé, ça, c'était certain, mais c'était bon de savoir qu'on s'était inquiété pour moi. Je le fis se courber jusqu'à ma hauteur et plaquai un baiser sur sa joue velue.

— Ça fait plaisir de te voir aussi.

Son sourire s'élargit, dévoilant deux incisives toutes neuves, brillantes et immaculées. Il avait perdu les anciennes lors d'une bagarre plus de deux mois auparavant et les avait visiblement fait remplacer durant mon absence.

— Il y a pas mal de monde, aujourd'hui, m'informa-t-il alors que je payais mon entrée et récupérais une clé de vestiaire. Misha est ici, si ça t'intéresse.

— Misha ? feignai-je de m'étonner. En général, il va plutôt au *Rocker*, le vendredi.

Même si je faisais confiance à Jimmy, je ne connaissais ni la personne qui vendait les tickets, ni l'autre garde du corps devant la deuxième porte, et je n'étais pas prête à courir le risque de me révéler face à l'un de ceux qui espionnaient Misha.

Jimmy eut une expression suffisante.

— Ils se sont mis à passer de la « musique moderne » tous les samedis. Cela a beau leur amener de nouveaux clients, les habitués sont de plus en plus nombreux à ne plus vouloir y mettre les pieds.

— Et ça, c'est bon pour vos affaires, n'est-ce pas ?

— Oh que oui ! Il n'est même pas 15 heures et le club est déjà plein à craquer. À la nuit tombée, nous allons devoir recourir à un système de liste d'attente.

Je lui donnai mon ticket.

— Je conclus à ton air satisfait que tu as accepté de prendre des parts dans le *Blue Moon* ?

— Ouaip. Maintenant, j'en suis à espérer que le *Rocker* va étendre son thème « musique moderne » aux autres jours, comme ça je me ferai plein de thune. Amuse-toi bien, Riley.

Je lui décochai un sourire éblouissant.

— J'en ai bien l'intention.

Il referma la porte derrière moi. L'obscurité m'engloutit et, même si je pouvais toujours passer en vision de nuit, je me contentai de rester immobile le temps de laisser mes yeux s'habituer à la pénombre. Les infrarouges ne rendaient pas justice au club et à son ambiance.

Le plafond était piqueté d'étoiles holographiques qui étincelaient doucement, étouffées par la lueur plus vive de la lune bleue, arrivée presque au zénith de sa trajectoire le long de la voûte couleur de nuit. L'énorme piste de danse entourée de tables et de chaises dominait tout le reste de la pièce et était surpeuplée de couples et de loups solitaires, certains qui dansaient, d'autres qui faisaient l'amour, d'autres enfin qui se contentaient de mater.

La musique que jouait le DJ à l'autre bout de la salle était un mix de mélodies sensuelles et érotiques créées dans l'intention d'exciter les sens, et l'air ambiant était aussi torride, chargé des odeurs de luxure et de sexe. Je pris une profonde inspiration, laissant l'atmosphère m'imprégner par tous les pores de la peau, jusqu'au plus profond de mes os. Chaque fibre de mon être était parcourue de microsecousses de désir. J'adorais cet endroit. Je l'avais toujours adoré.

Je descendis les marches et entrai dans les vestiaires. Après une rapide douche pour me débarrasser de l'odeur de poussière accrochée à ma peau, je suçai une pastille de menthe pour atténuer mon haleine aillée puis me maquillai. Je peignai grossièrement mes cheveux à l'aide de mes doigts, fourrai mon sac dans un casier, accrochai la clé de celui-ci et ma carte de crédit à une chaîne autour de mon cou, puis me fondis, nue, dans la foule.

En m'approchant de la piste de danse, je devinai, au milieu des rythmes sensuels de la musique, le son si reconnaissable de la chair claquant contre la chair et des grognements d'extase. La fièvre qui me brûlait augmenta encore de quelques degrés et je me mis à haleter, le souffle court. Le contact de la peau de ceux qui m'entouraient était comme une brûlure sur ma peau, rendant mon rythme cardiaque encore plus erratique qu'il l'était déjà.

Je ne voyais pas Misha, mais ce n'était pas surprenant étant donné qu'il s'accouplait avec une blonde lorsque Rhoan avait quitté le club. Misha n'était pas du genre à cracher sur une bonne occasion et je soupçonnais qu'il savourait aussi le fait de me faire poireauter.

Mais, s'il jouait franc-jeu et avait effectivement des espions à ses trousses, je ne pouvais pas me permettre de le chercher ouvertement. Ce qui signifiait que je pouvais m'amuser un peu avant de me lancer dans la partie la moins agréable de ma mission. Après tout, merde, Rhoan n'était pas le seul à pouvoir abuser du temps du Directoire, et je n'avais pas l'intention de laisser Misha penser qu'il pouvait impunément me faire attendre.

Je pénétrai plus profondément la foule en flirtant, en dansant et en m'éclatant sincèrement. Plusieurs mâles se mirent à graviter autour de moi, attirés par mon odeur de louve disponible et prête à l'acte autant que des abeilles par un pot de miel. Nous dansâmes ensemble, d'une manière à la fois joueuse et sensuelle, et qui était aussi très clairement une séance de préliminaires, avec mes deux cavaliers qui luttaient pour obtenir mes faveurs. Je jouais avec eux, les allumai, savourant leurs caresses, leurs baisers, la chaleur de leurs deux corps contre le mien.

Mais avant que je puisse me décider pour l'un d'eux, un troisième loup vint rejoindre notre danse. Il glissa ses mains autour de ma taille d'une manière étrangement possessive et exigeante. Il me tira dos contre lui, son corps me faisant l'effet d'être en acier trempé contre ma colonne vertébrale, son sexe en érection s'insinuant malicieusement entre les deux globes de mes fesses. De petites étincelles de désir parcoururent ma peau déjà surchauffée et je sus immédiatement que c'était lui que je voulais en moi.

D'un geste expert, il m'éloigna insensiblement des deux autres hommes. Je ne protestai pas. Notre danse d'une sensualité vibrante et charnelle me laissait présager le meilleur quant à ce qui s'annonçait entre nous.

Je sentais son souffle chaud sur ma nuque et sur mon oreille, et la manière dont il piquetait mon cou et mes épaules de baisers était aussi sensuelle que celle dont ses mains me caressaient. J'avais l'impression de fondre à son contact.

— Tourne-toi, murmura-t-il d'une voix rauque qui fit accélérer mon pouls.

J'obéis. C'était un loup brun, mais sa peau et sa chevelure étaient plus proches du chocolat que du marron terreux de ses congénères de meute. Il était mince, mais musclé d'une manière athlétique, et ses yeux étaient d'un vert époustouflant : couleur de menthe, avec des paillettes d'or.

Il entoura ma taille de ses bras et me tira de nouveau vers lui. La sueur perlait aux endroits où nous étions en contact et l'air était tellement chargé de la chaleur de notre désir qu'il en devenait difficile de respirer. Au bout d'un certain temps de cette danse préliminaire, je me rendis compte qu'il s'agissait d'un Alpha. Cela se voyait à sa manière de bouger, à l'autorité avec laquelle il me touchait, à la façon dont il prenait le contrôle des opérations. Les Alphas étaient rares à Melbourne, on y croisait plutôt des Gammas ou même des Betas. Les Alphas étaient des leaders, des gens qui se servaient sans demander, et tendaient plus à s'entasser du côté de Sydney, où leur attitude furieusement compétitive et intensément dominatrice se fondait mieux dans le paysage.

Je n'avais jamais eu de vrai Alpha comme partenaire, car Talon ne comptait pas vraiment. Même s'il était effectivement alpha, le fait qu'il soit une créature de laboratoire impliquait que tous ses atouts, y compris son extrême virilité, étaient la conséquence d'améliorations génétiques.

Mais il y avait quelque chose chez celui-là qui remuait en moi des sentiments que peu de loups avaient provoqués. Peut-être était-ce en grande partie de la curiosité. Les Alphas avaient la réputation d'être des amants fabuleux, mais exigeants, et s'il baisait aussi bien qu'il dansait je n'allais certainement pas dire non.

Nous entrâmes plus avant dans la foule étouffante des corps écrasés les uns contre les autres, là où l'odeur de sexe était tellement forte qu'elle donnait l'impression d'être liquide et où l'espace était une denrée si rare qu'il semblait y avoir là des centaines de mains qui touchaient, pressaient et caressaient. Nous dansâmes et jouâmes encore, savourant le goût de l'autre, échangeant une pluie de baisers, nous effleurant à peine, jusqu'à ce que le désir qui nous consumait devienne intolérable.

Et juste au moment où je pensais ne pas pouvoir en supporter plus, il me dévora la bouche d'un baiser féroce, tout en me soulevant pour mettre mon bassin au niveau du sien. Puis il fut en moi et c'était tellement bon que je laissai échapper un gémissement.

J'entourai sa taille de mes jambes et commençai à onduler, à le chevaucher lentement en savourant les sensations qui m'envahissaient et, rapidement, les vibrations de plaisir qui parcouraient ma peau devinrent une force en fusion qu'il était impossible de réprimer. Alors que les tremblements de l'orgasme nous parcouraient tous les deux et que je sentais sa semence se répandre en moi, je me surpris à espérer que ce loup était fertile, que lui et moi puissions concevoir un enfant. Un bien étrange espoir étant donné que je ne connaissais même pas son nom.

Mais je n'en avais pas tant besoin que ça, parce que quelque chose chez lui me semblait étrangement familier.

L'étranger posa un instant son front contre le mien puis, d'une voix tellement rauque que j'en eus des frissons de la tête aux pieds, il déclara :

— Je te veux pour moi toute la soirée.

En général, je n'étais pas particulièrement attirée par ce genre d'exigences, mais la manière dont il avait dit cela me fit fondre. Ou peut-être était-ce le contact de son corps ferme et mince contre le mien. Je pris une grande inspiration et tentai de me remémorer que j'étais ici pour une raison bien précise.

— Malheureusement, j'ai déjà un rendez-vous.

Ce n'était que la stricte vérité, même si c'était dangereux de le dire, étant donné que c'était à un inconnu et que je ne savais pas à quoi pouvaient ressembler ceux qui surveillaient

Misha. Pour ce que j'en savais, je venais peut-être de baiser avec l'un d'entre eux.

— Aucune chance de le remettre à un autre jour ?

— Pas cette fois-ci.

— Ah.

Ses yeux verts étincelèrent d'un mélange de désir, de chaleur et d'amusement. Et de quelque chose d'autre. Quelque chose qui me coupa le souffle et me fit manquer un battement de cœur.

L'impression de me retrouver face à mon destin.

Et, à cet instant précis, je sus sans l'ombre d'un doute que cet homme jouerait un rôle majeur dans ma vie future.

Enfin, si je réussissais effectivement à avoir une vie future, bien sûr.

— On dirait que je tombe encore une fois au mauvais moment, gronda-t-il sur un ton rempli de frustration qui envoya un frisson chaud le long de mon échine.

Ça, c'était ce qu'on appelait un loup sexy... mais soudain, ses paroles provoquèrent un déclic en moi. Je me rendis compte que je l'avais déjà rencontré, sur cette piste de danse, dans les mêmes conditions. Sauf que, cette fois-là, il m'avait laissé m'échapper avant que nous en arrivions au sexe.

— Kellen ?

Il eut un lent sourire chaleureux qui envoya de nouvelles décharges de désir dans mes veines.

— Je me demandais si tu te souviendrais de moi.

J'arquai un sourcil étonné.

— À vrai dire, je suis surprise que toi, tu te souviennes de moi. Après tout, nous n'avions dansé ensemble que quelques secondes.

L'humour le disputa au désir dans ses yeux et c'était un mélange si charmant que je maudis les véritables motivations de ma venue ici, ce soir. En ce qui concernait le sexe, j'aurais joyeusement échangé la baise mécanique et glacée qui m'attendait contre un peu plus de temps à danser avec ce loup-là.

— Parfois, murmura-t-il d'une voix basse qui me fit frissonner, il suffit de quelques secondes pour savoir exactement ce que l'on désire.

Je souris.

— Beau parleur, je vois.

— C'est néanmoins la pure vérité. (Il laissa glisser sa main sur mes fesses et me pressa contre lui. Son odeur enveloppante, mélange de cuir et d'épices, me titillait les sens et mettait ma détermination à rude épreuve.) La seule raison pour laquelle je viens dans ce club, c'est dans l'espoir d'attirer l'attention d'une certaine louve aux cheveux de feu. Son absence jusqu'à ce soir a été particulièrement remarquée.

Mes hormones sautillantes décidèrent de fonder un fan-club de ce loup aux yeux verts.

— Désolée. J'ai eu de petits problèmes avec un ex, et j'ai dû éviter cet endroit pendant plusieurs mois.

C'était d'ailleurs totalement vrai. Et c'était bien dommage si cet homme avait effectivement attendu ma venue pendant tout ce temps.

— Je te veux et j'ai bien l'intention de t'avoir, dit-il. Pas seulement pour une danse, mais pour plusieurs. Et tu ne t'échapperas pas ce soir sans me donner au moins un numéro de téléphone.

Étant donné que Quinn et Kade ne risquaient pas d'être des compagnons sur le long terme, et qu'en ce qui concernait Misha c'était absolument certain, je n'eus pas le moindre scrupule à le lui donner. Même si c'était un psychopathe, il ne réussirait pas à remonter jusqu'à mon adresse vu qu'il s'agissait d'un numéro professionnel.

Quand je lui eus donné mes coordonnées, il m'embrassa. Dans le genre, c'était un baiser d'une qualité supérieure, et qui semblait décidément plein de promesses.

Nos lèvres se séparèrent et il dit :

— Je t'appelle demain.

Même en négligeant ses paroles, il était évident, dans la détermination qui faisait briller ses iris verts et palpiter ses narines, que c'était à un loup prêt à la chasse que je m'adressais.

Je ne m'étais jamais considérée comme une proie, jusqu'à présent, et, bon sang, je ne l'aurais jamais cru, mais cela me le faisait désirer encore plus. Avant cela, toutes mes relations, y compris celles avec Misha et Talon, n'étaient devenues stables qu'après de nombreuses nuits de sexe sans attaches… et cela, seulement parce que moi, j'avais décidé que je les appréciais assez pour avoir envie de quelque chose de plus. Mais aucun d'entre eux ne m'avait jamais poursuivie avec une telle détermination, alors même que leur mission était justement de me séduire. Cet Alpha-là ne semblait pas vouloir se contenter d'un coup en passant, et n'avait visiblement pas l'intention d'attendre que je me décide. La traque était lancée et j'avais beau être une louve moderne, cette pensée fit battre mon cœur plus fort.

Je lui donnai un lent baiser langoureux.

— J'en serai ravie.

— Je le ferai, sois-en bien assurée.

Alors que mes hormones faisaient des cabrioles dans tous les sens, il m'escorta jusqu'au vestiaire et m'embrassa de nouveau d'une manière qui ne laissait aucune place au doute quant à ses intentions futures. Il s'éloigna et j'entrai dans la salle des casiers avec la tête qui tournait tant j'étais exaltée. Ma vie était peut-être un sacré bordel en ce moment, et mon avenir pas des plus radieux, mais au moins avais-je trouvé ce soir quelque chose, ou quelqu'un, qui me motivait sacrément.

J'allai dans la salle de bains faire un brin de toilette puis retournai dans le club. Kellen avait disparu et j'en fus vaguement soulagée. Quelque chose me disait qu'il serait prêt à combattre ses rivaux pour obtenir mes faveurs et, même si la louve en moi ne rechignait pas à cette perspective, c'était le genre d'attention dont ni Misha ni moi n'avions besoin en ce moment.

Misha se trouvait au bar, assis sur un tabouret en train de siroter ce qui ressemblait à une bière. Je me dirigeai vers lui.

— Je ne m'attendais pas à te trouver là, lui dis-je d'un ton faussement joyeux en l'embrassant sur la joue. Qu'est-ce qui est arrivé au *Rocker* ?

Son regard croisa brièvement le mien et je reçus le message cinq sur cinq : un de ses espions se trouvait aux alentours et il allait falloir que je prenne les choses en main.

— Ils ont décidé de devenir modernes, répondit-il sèchement. Tu sais combien je déteste ça.

— Autant que moi, approuvai-je en m'asseyant à côté de lui. Tu veux une autre bière ?

— Bien sûr !

J'en commandai deux au barman puis me retournai vers lui :

— Tu sais, ça me fait plaisir de te revoir.

Une lueur amusée vint animer son regard glacial. Il leva la main et balaya une mèche de cheveux de mon visage du bout de ses doigts frais.

— Cela fait un moment, oui, dit-il doucement.

Je résistai à l'envie de me soustraire à son contact.

— Comment se fait-il que tu sois seul ? En général, tu te déplaces toujours entouré d'un essaim de jolies blondes quand tu viens ici.

Il sourit d'un air authentiquement affectueux.

— C'était le cas. Mais j'ai un important rendez-vous avec deux charmantes sœurs dans la chambre verte dans exactement (il regarda sa montre) quarante-cinq minutes.

La chambre verte était l'une des cinq pièces privées mises à disposition par le *Blue Moon* et, d'après ce que j'avais entendu, la plus chère. Apparemment, on y trouvait un bain bouillonnant, des fauteuils massants, le dernier cri des matelas à air et, pour ceux qui aimaient souffrir, une zone réservée au fouet.

— Et tu ne l'utilises pas en attendant ? Tu vieillis, Misha.

Il me décocha un grand sourire.

— Disons plutôt que j'économise mes forces. (Il remercia le barman qui nous servait nos boissons, puis reprit :) Ce sont des sœurs très jeunes et particulièrement actives.

— Donc, susurrai-je en caressant sa cuisse, il n'y a aucune chance que je te convainque d'amortir le prix de la chambre avec moi dans la prochaine demi-heure ?

Il leva un sourcil surpris.

— La dernière fois qu'on s'est parlé, tu m'as dit que tu ne voulais plus avoir affaire avec moi.

Je n'avais rien dit de la sorte, même si je l'avais pensé très fort. Mais, étant donné que Misha ne pouvait pas plus lire dans mes pensées que moi dans les siennes, c'était probablement quelque chose qui s'adressait plus particulièrement à celui qui nous surveillait. Et si je voulais cuisiner Misha, je n'avais pas d'autre choix que de jouer le jeu, en tout cas pour le moment.

— Comme je te l'ai dit alors, je n'apprécie pas qu'on me fasse attendre. En particulier quand il y a plein d'autres occasions qui s'offrent à moi.

— Et qu'est-ce qui t'a fait changer d'avis ?

Je me forçai à sourire et parcourus son érection du bout des doigts.

— À ton avis ? Peut-être que je veux juste me venger un peu en te faisant regretter ce que tu as laissé filer.

— Oh ! Crois-moi, depuis quelques minutes, je regrette énormément, répliqua-t-il d'un ton sec.

— Alors, ça signifie qu'on peut s'amuser un peu ?

— Si tu insistes…

— J'insiste.

— Alors, aucun loup sensé ne refuserait une telle offre.

Il se leva et me tendit la main. J'entrelaçai mes doigts aux siens, attrapai la bière de ma main libre et me laissai glisser du tabouret.

Il m'escorta le long du couloir plongé dans la pénombre et ouvrit la dernière porte de celui-ci. Des bougies éclairaient d'une lumière vacillante les alcôves, creusées dans les murs peints de différentes nuances de vert, donnant l'effet de feuilles d'arbres dans une forêt. Le plafond était noir et piqueté de minuscules étoiles holographiques qui n'éclairaient pour ainsi dire rien. Une couche qui ressemblait à un lit de feuilles était adossée au mur de droite. C'était vraisemblablement le matelas à air. Si j'étais venue ici avec quelqu'un d'autre que Misha, c'était probablement ce que j'aurais essayé en premier. Au lieu de cela, je m'approchai du bain bouillonnant aussi vaste qu'une mare et me plongeai dans les bulles fumantes avec un soupir de plaisir.

Misha ferma la porte à clé, puis appuya sur plusieurs boutons du tableau à la droite de la porte, déclenchant la minuterie et le bouclier psychique.

— Bon, déclarai-je en laissant tomber ma fausse amabilité, dis-moi pourquoi je devrais te laisser me baiser.

— Parce que tu veux un enfant.

— En dehors de ça. Tu sais aussi bien que moi qu'il me suffirait de sortir de cette pièce et de retourner sur la piste de danse pour qu'au bout de cinq minutes, une demi-douzaine de loups soient prêts à arracher leurs puces pour tenter de me faire un enfant.

Cela étant, il y en avait en particulier un, de loup, qui m'intéresserait assez pour une telle mission.

Misha acquiesça.

— Peu de loups laisseraient passer l'occasion d'avoir un fils sans devoir se mettre la corde au cou.

— Alors pourquoi devrais-je me contenter de toi ?

Il se laissa glisser à l'autre bout du bassin et étendit ses bras sur le rebord. La chaleur de l'eau rosissait sa peau pâle, mais ne parvenait pas à réchauffer l'étincelle glacée et calculatrice de son regard.

— Parce que tu as aussi besoin de réponses.

— Tu n'as toujours pas démontré que tu les avais en ta possession.

— Non, mais je vais le faire.

— Et qu'est-ce que ça te rapporte à toi ?

Il arqua un sourcil.

— Un fils ou une fille qui portera mon nom.

Quelque chose dans sa voix me fit tiquer.

— Et en quoi est-ce soudain si important ?

— Parce que je suis en train de mourir.

J'écarquillai les yeux, incertaine d'avoir bien entendu.

— Quoi ?

— Je suis en train de mourir, répéta-t-il en haussant les épaules, comme s'il s'agissait de quelque chose qu'il avait accepté depuis un bon moment. Et je veux quitter ce monde en sachant que j'y ai laissé un peu de moi.

Il disait l'entière vérité, à cet instant, en tout cas.

— Tu es mourant parce que tu es un clone ?

Il eut un petit sourire.

— Tu en sais plus que je croyais.

— Nous retenons Talon depuis plusieurs mois.

— Ah, oui.

Il m'examina de ses yeux étrécis, les narines palpitantes, puis reprit :

— Talon a été produit dans le même lot que moi. Il y en avait trois autres, mais nous sommes les deux seuls à avoir survécu.

— Pourquoi ?

— Parce que les mêmes substances qui ont aidé à nous donner la vie sont désormais en train de nous détruire. (Il fit une grimace.) Cela fait un petit moment que je vieillis au double de la vitesse normale. Ça ne se voit pas encore, mais ça ne va pas tarder. Si cela se passe de la même manière que pour mes frères de labo, j'ai moins de cinq ans à vivre.

— Et Talon ?

— Il va vraisemblablement subir le même sort très bientôt.

Je me demandai si Jack ou les laborantins qui se chargeaient de Talon étaient au courant.

— Et quand est-ce que les trois autres clones sont morts ?

— Deux d'entre eux n'ont même pas atteint l'adolescence. Le troisième avait seize ans.

Je sirotai ma bière, puis demandai :

— Pour quelle raison ?

Il eut un moment d'hésitation.

— Qu'est-ce que tu sais sur le clonage ?

— On extrait l'ADN d'un ovule que l'on remplace par une cellule d'un donneur. Puis on fait frire le tout jusqu'à ce que ça commence à se développer.

Il fit la moue.

— C'est un peu grossier, mais c'est à peu près ça. C'est un processus qui est loin d'atteindre la perfection, même aujourd'hui. Il y a toujours des problèmes, et ceux d'entre nous qui réussissent à atteindre l'âge adulte doivent vivre avec une espèce de bouton d'autodestruction très probablement causé par la méthode même dont nous avons été conçus, lors de la fusion de l'ovule et de la cellule et du début du séquençage ADN. (Il avala une gorgée de bière, puis ajouta :) Deux de ceux qui sont morts ont été victimes du « syndrome du gros veau » et le troisième était doté d'un système immunitaire plus que déficient.

D'après ce que je savais du clonage, c'était déjà un énorme succès d'avoir réussi à ce que deux des cinq clones atteignent l'âge adulte.

— Malgré ces difficultés, il semble qu'ils aient plutôt bien survécu. En tout cas les premières années.

Il acquiesça.

— Les progrès de la médecine permettent aujourd'hui de les maintenir en vie, ce qui n'était pas le cas auparavant. Néanmoins, personne n'a réussi à isoler la séquence de gènes qui se transforme en bouton d'autodestruction une fois que le clone a atteint un certain âge. Et nous ne savons pas davantage pourquoi certains clones comme moi atteignent la quarantaine tandis que d'autres n'arrivent même pas à fêter leur dixième anniversaire.

— C'est incroyable que Talon n'ait pas poussé ses recherches dans cette direction. Après tout, il avait un intérêt très personnel à découvrir ces réponses.

— Talon est beaucoup moins circonspect que notre créateur en ce qui concerne son approche du clonage. Et puis il est persuadé qu'il ne va pas subir le même sort que nous et que son avenir est rempli de grandeur.

Je ricanai.

— Et, comme tous les apprentis dictateurs fous, il n'a eu que ce qu'il méritait.

— Oui, dans les labos du Directoire. Belle ironie que de le voir finir dans un endroit similaire à celui où nous avons vu le jour.

J'arquai un sourcil.

— Tu penses que ça sera aussi ton cas ? Que tu vas finir dans un labo ?

Il eut un sourire lugubre.

— J'ai bien l'intention de me battre pour éviter ça.

J'eus l'impression qu'il ne faisait pas que parler de ce bouton d'autodestruction caché dans son patrimoine génétique. Je fronçai les sourcils.

— Alors, tu es un loup ou, comme Talon, tu es en partie vampire ?

— Totalement loup.

— Alors, pourquoi ne pas te cloner toi-même ?

— Parce que, malgré tous les progrès de la science, le clonage est toujours trop risqué… et ce sont des risques que je ne veux pas faire supporter à mes enfants. De plus, comme je te l'ai déjà dit, je ne suis pas impliqué dans l'aspect clonage de ces recherches.

— Mais, en revanche, tu l'es dans la partie hybridation ?

— Non. Mes entreprises sont spécialisées dans la recherche concernant la longévité des vampires.

C'était logique : il était en train de mourir. Et, au cas où il ne découvrirait pas le secret à temps, il voulait transmettre ses gènes et son nom à un enfant.

C'était un désir que je pouvais comprendre, et cela même me fit m'interroger sur sa sincérité.

— Étant donné que Talon dirigeait Moneisha et Genoveve, est-ce que ça veut dire que c'est un autre de vos frères de laboratoire qui s'occupe de la partie hybridation ?

Il hésita un court instant.

— Pas exactement.

— C'est-à-dire ?

Il se contenta de sourire, alors je tentai d'attaquer par un autre angle.

— Combien de clones y a-t-il ?

Nous savions qu'il en existait au moins un autre, en dehors de Misha, mais Dieu seul savait combien d'entre eux Talon avait réussi à produire.

Il gloussa doucement.

— Pas autant que tu sembles le penser. En tout, en comptant Talon, il ne reste que cinq exemplaires de cette première expérience de clonage.

— C'est-à-dire des clones non produits par Talon ?

Il eut un signe d'assentiment.

Alors, sachant que Gautier était l'un d'entre eux, cela en laissait deux dont nous ne savions rien.

— Et en ce qui concerne ces derniers ?

— Je pense qu'il doit en rester à peine plus d'une dizaine, mais je ne suis pas parvenu à tenir le compte de toutes les créations de Talon, alors il y en a peut-être plus. La plupart sont morts, cela étant, ou le seront bientôt.

— À cause de cette histoire de bouton d'autodestruction ?

— Non, à cause du Directoire. C'est une sacrée machine à tuer, cet organisme pour lequel tu bosses, tu sais, Riley ?

Je le savais et c'était d'ailleurs la raison pour laquelle je me battais comme une tigresse pour *ne pas* devenir gardienne.

— Et quelle était la mission des cinq clones originaux ?

Il hésita un instant.

— De poursuivre et de perfectionner les recherches de notre père de laboratoire par tous les moyens possibles.

C'était le « par tous les moyens possibles » qui m'inquiétait. Talon avait déjà manifesté une certaine tendance à ne pas respecter les lois ; quant à celui qui s'occupait des hybridations, il avait déjà prouvé qu'il était prêt à tuer pour protéger ses secrets.

Et, si tel était effectivement le but, pourquoi placer Gautier au Directoire ?

— Tu savais que je me trouvais dans ce complexe, n'est-ce pas ?

— Oui, mais je n'étais pas responsable de ta présence là-bas, et ce n'est pas moi non plus qui m'y suis occupé de toi.

— Qui ça alors ?

Il sourit de nouveau.

— Je peux te montrer le chemin qui te mènera à cette personne, mais je ne peux pas te donner son nom.

— Pourquoi pas ?

— Pour les mêmes raisons que Talon ne le peut pas.

Je haussai les sourcils.

— Il ne peut pas nous le dire parce que toute cette partie de son esprit a été comme brûlée. Tu sous-entends qu'il t'est arrivé la même chose ?

— D'une certaine manière, oui. Je connais ce nom, mais on m'empêche de le dire à quiconque.

— Pourquoi ne pas me donner son adresse, alors ?

— Tous les détails personnels sont concernés par cette interdiction.

C'était un peu trop facile. Je finis ma bière et jetai un coup d'œil à la minuterie sur le tableau de contrôle. Nous avions moins d'une demi-heure devant nous.

— Alors, explique-moi pour quelle raison cette personne veut tellement me mettre la main dessus.

— Parce qu'en quarante ans de recherches, il n'a jamais été produit d'hybride qui avait aussi bien assimilé sa double nature que toi. Cela fait de toi un être unique… et un cobaye extrêmement désirable pour ces recherches.

C'était la théorie que Jack avait élaborée quelques mois plus tôt. Et le fait que Misha ne mentionne pas Rhoan me laissait espérer qu'au moins ils n'avaient pas conscience que nous partagions le même patrimoine génétique.

— Ils ne faisaient pas d'expérimentations sur mes gènes dans ce foutu complexe.

La commissure de ses lèvres frémit.

— Mais si. Simplement, l'homme qui dirigeait le complexe a aussi profité de la situation. Il dit que tu lui dois beaucoup.

Si c'était un indice, alors je ne le comprenais pas. Je fronçai les sourcils.

— Mais pourquoi dépenser tant de temps et d'argent pour ce genre de recherche ? En particulier quand Talon et toi êtes aussi heureux en affaires ?

Il haussa les épaules une fois encore.

— C'est ce pour quoi nous avons été programmés.

— N'importe quoi.

Son sourire s'élargit.

— Alors peut-être pour avoir encore plus d'argent et de pouvoir ? C'est ce qui attend celui qui découvrira le secret de la longévité des vampires ou de la capacité de guérison accélérée des loups-garous.

— C'est certain que l'homme qui réussira à créer une armée spécialement créée pour certains lieux et conditions de combat aura un pouvoir quasi infini. (C'était justement Misha qui m'avait dit cela quelques mois plus tôt, mais je n'avais pas compris qu'il s'agissait d'un indice.) Il pourrait réclamer n'importe quoi.

—Exactement.

Je tripotai ma bouteille vide.

—L'armée travaille sur ce même sujet, n'est-ce pas ?

—Oui.

—Es-tu en rapport de quelque manière que ce soit avec elle ?

—Pas personnellement.

—Ton entreprise ?

—Non.

—Tes frères clones ?

—D'une certaine manière.

Voilà qui m'aidait énormément.

—Dis-moi au moins où je dois commencer mes recherches.

Il arqua un sourcil.

—Pas avant que nous discutions des termes de notre accord et que tu me fasses une avance.

Une bouffée d'agacement m'envahit.

—Tu auras ton avance quand je serai certaine que tu joues franc-jeu.

—Ce n'est pas assez, Riley. Pas alors que je risque ma vie si l'on me voit en ta compagnie.

—Tu ne cesses de répéter ça, mais pourquoi te tueraient-ils alors qu'ils ont visiblement besoin de toi ?

—Parce que mon rôle dans tout ce plan de domination du monde est très mineur. Et, actuellement, je suis juste à la limite de devenir plus une gêne qu'un atout.

Je ne le crus pas, cette fois-ci. Je soupçonnais qu'il agissait dans un intérêt purement personnel. Et, même si je n'avais aucun doute quant à ses raisons de vouloir un enfant, je n'en avais pas non plus sur le fait que ce n'était pas sa seule motivation.

Peut-être jouait-il des deux côtés de la barrière en attendant de savoir qui serait le vainqueur.

— Si c'est bien le cas, peux-tu m'expliquer de quelle manière tu pourrais être le seul à pouvoir empêcher que je sois de nouveau transférée dans l'un de ces foutus laboratoires de recherches ?

— Parce que j'ai en ma possession quelque chose qu'il veut absolument.

Il prononça ces paroles avec une certitude froide qui me fit dresser les poils sur l'échine.

— Et de quoi s'agit-il ?

Il haussa un sourcil.

— Je te jure devant la lune que je peux, si je le désire, te protéger d'un autre enlèvement. Est-ce que ce serment te suffit ?

— Cela me suffirait si j'y croyais.

— Tu en auras la preuve à l'avenir, quand tu constateras l'absence d'agressions.

Je serrai le goulot de la bouteille et je dus me maîtriser pour ne pas la lui envoyer à la figure.

— Tu veux donc dire que tu rappelleras la meute si j'accepte tes conditions, mais pas avant ?

— Exactement.

Je soufflai d'un air excédé.

— Et quelles sont-elles, alors ?

— Pas d'autre loup que moi. (Ses yeux argentés étincelèrent férocement dans la lumière des bougies.) Ce qui signifie donc ne pas t'approcher de ce salaud d'Alpha avec lequel je t'ai vue, tout à l'heure.

Compte là-dessus et bois de l'eau.

— Aucun loup *à part* celui-là. Il a une puce et ne représente donc aucune menace sur ce plan-là. Et, si je cesse tout contact avec d'autres loups que toi, ceux qui t'espionnent risquent de se douter de quelque chose.

Il grogna d'un air visiblement contrarié, mais il ne pouvait que m'accorder ce point.

— Je veux que tu me rejoignes au *Rocker* à minuit tous les soirs de la semaine ainsi que le dimanche, et que tu m'accordes chaque fois deux heures de ton temps.

— Je croyais que tu ne fréquentais plus le *Rocker* ?

— Seulement le samedi.

— Et ma présence soudaine ne risque-t-elle pas d'éveiller les soupçons ?

— Non, simplement parce que mes espions se sont tellement habitués à ma routine qu'ils ne prennent même plus la peine de me surveiller durant la nuit.

— Sauf ce soir.

— Ils m'espionnent toujours quand je viens ici, tout simplement parce qu'ils savent que tu es une habituée. Ils ne veulent pas que nous nous voyions.

— Pourquoi ?

Son visage se fendit d'un nouveau sourire.

— Parce qu'ils ne veulent pas que tu tombes enceinte de moi.

Je le considérai d'un air inquisiteur.

— Encore une fois : pourquoi ?

Une étrange lueur dans ses yeux me fit penser que c'était une information dont il voulait encore garder l'exclusivité. Et, bizarrement, j'eus l'impression que c'était lié à l'homme chargé des hybridations.

— Ne dis rien, repris-je sèchement. Tu ne peux pas me le dire.

— Tu es rapide à la détente.

Pas assez, semblait-il. Il m'avait fallu bien trop de temps pour me rendre compte qu'il se servait de moi, tout comme Talon.

— Si je cesse de fréquenter le *Blue Moon*, ça va leur mettre la puce à l'oreille.

— Et c'est pour cette raison que le samedi, tu viendras ici, et que nous ne nous adresserons pas la parole.

Oh ! Génial ! J'aurais une soirée à moi pour pouvoir jouer avec qui je désirais.

— Si je ne t'adresse pas la parole et que mon Alpha n'est pas dans le coin, cela voudra dire que je devrai fréquenter d'autres loups. Ça rentre en contradiction avec tes conditions, non ?

— Tu seras libre de fréquenter qui tu voudras ces soirs-là seulement, m'accorda-t-il. Est-ce que cela te convient ?

Je fis mine d'hésiter pour ne pas sembler trop enthousiaste. Enfin, j'étais loin de l'être. Mais la fin justifiait les moyens et, d'un autre côté, même si je ne l'appréciais pas personnellement, c'était en général un amant extraordinaire.

— Et si je tombe enceinte ? Qu'est-ce qu'on fait ?

— Eh bien, je te donnerai de l'argent pour élever notre enfant et ferai tout ce qui est en mon pouvoir pour vous protéger.

— Sauf qu'il y a un énorme défaut dans ta logique : tu risques de mourir dans les cinq prochaines années.

Moi aussi, mais je n'allais certainement pas lui en parler.

Il eut un sourire sans chaleur et ses yeux brillèrent d'un reflet glacé.

— Fais-moi confiance, je suis en mesure de t'assurer ma protection même après ma mort.

Je n'étais pas certaine de vouloir vraiment savoir de quelle manière.

— Alors, tu es d'accord ? demanda-t-il de nouveau.

J'aurais accepté bien pire, mais il n'avait pas besoin de le savoir. Je laissai donc le silence s'éterniser entre nous pour le laisser croire que je réfléchissais longuement à sa proposition alors que, tout ce que je voulais, c'était lui filer sa foutue avance afin d'obtenir mon premier lot de renseignements.

— C'est d'accord.

— Et pour mon avance ?

Je la lui donnai. Puis j'obtins ce que je cherchais : un début de piste. Un nom.

Celui d'un homme qui n'existait pas.

Kade Williams.

Chapitre 7

La première personne que je vis en sortant du *Blue Moon* fut justement Kade. Il était appuyé à l'un des piquets du dais qui protégeait l'entrée, les bras croisés, sa peau d'un bordeaux sombre dans le soleil de fin d'après-midi.

Son visage s'illumina un bref instant, puis son expression redevint soudain neutre. Il se redressa.

— Riley…

Je m'arrêtai devant lui, les mains sur les hanches.

— Pourquoi diable ne m'as-tu pas dit que tu faisais partie de l'armée ?

Je vis une lueur éclairer ses yeux, peut-être de la surprise.

— Parce que je n'étais pas sûr que tu sois bien qui tu disais être.

— Et quand tu en as eu la confirmation ?

— Tu n'as pas assez d'autorisations. Tu n'es qu'une secrétaire.

— Mon Dieu, s'exclama Rhoan en arrivant derrière lui, tu dois vraiment avoir envie de te prendre un coup de poing dans le nez pour dire ce genre de choses.

Kade fit un pas de côté, probablement pour faire en sorte que nous nous trouvions tous les deux dans son champ de vision. Je ne voyais pas vraiment pourquoi… Je ne pouvais pas avoir l'air si furieux que ça ? En tout cas, je ne me sentais pas aussi furieuse.

— Écoute, comme Jack ne t'a rien dit, je ne pouvais pas le faire.

— Même si c'est moi qui t'ai sorti de ce foutu endroit ?

— Nous nous sommes porté assistance mutuellement, en l'occurrence, chérie. Et je ne pouvais courir le risque de dévoiler mon identité. Il y avait trop en jeu.

— Et quoi donc, exactement ? intervint Rhoan.

Kade laissa son regard parcourir la rue animée.

— Nous ne pouvons pas parler de ça ici.

— Alors, donne-moi au moins ton nom. Le vrai, je veux dire.

— Je m'appelle vraiment Kade.

— Mais pas Williams ?

— Non, fit-il en me scrutant. Mais il semble que tu le saches déjà.

— En effet.

— Comment ?

— Comme tu le dis, on ne peut pas en parler ici. (Je tournai la tête vers mon frère.) Où sont Jack et la camionnette ?

— Toujours dans le parking au bout de la rue. (Il regarda sa montre.) Cela ne fait pas bien longtemps qu'il est en mesure de sortir à l'air libre, alors je me suis dit qu'on pouvait aussi bien le rejoindre, nous.

— Allons-y, alors.

Rhoan me suivit, les mains dans les poches, en sifflotant faux. Kade resta à un pas derrière nous. Peut-être pensait-il qu'il valait mieux éviter d'agacer la louve plus que nécessaire.

Ce qui était une sage décision, même si en fait je n'étais pas vraiment en colère contre lui.

— Alors, finit par demander Rhoan, c'est qui, cet autre loup dont je sens l'odeur sur ta peau ?

Je lui décochai un regard innocent.

— Je ne vois pas de quoi tu parles.

Il eut un sourire malicieux.

— Ouais, c'est ça, on dirait bien que je n'ai pas été le seul à m'amuser alors que j'étais en service. Allez, aboule les ragots, sœurette !

Je souris niaisement.

— Eh bien, il fallait bien que je fasse semblant de ne pas être là pour voir Misha, pas vrai ?

— Mm-mmh.

— Et c'est un homme que j'avais déjà rencontré.

— Et en quoi est-ce une bonne excuse ?

— Parce qu'il s'agit d'un Alpha en chasse, et qu'il a décidé que c'était ma piste qu'il allait suivre.

J'eus l'impression que le regard de Rhoan me transperçait la joue.

— Pourquoi c'est toujours toi qui tombes sur ce genre de superplans ?

Si j'étais effectivement du genre à toujours tomber sur de superplans, je n'aurais certainement pas atterri dans ce complexe ou subi les attaques de créatures bleues volantes.

— Tu vas le revoir ? ajouta-t-il.

— Bien entendu.

Il émit un grognement approbateur.

— Excellent. J'ai toujours pensé qu'il faudrait au moins un Alpha pour réussir à capturer ton cœur. Peut-être que c'est le bon.

— Peut-être.

Après tout, qui savait ce que le sort me réservait ? Pas moi, en tout cas. Pas après toutes les saloperies qu'il avait déjà mises sur mon chemin.

Le parking sur lequel Jack avait jeté son dévolu était un ancien immeuble de bureaux, modifié pour accueillir les voitures, de plus en plus nombreuses à circuler dans la ville. C'était un bâtiment haut et étroit qui sentait les gaz d'échappement, l'essence et le moisi. Je fronçai le nez.

— Où est-il ?

— Au dixième étage. Et les ascenseurs sont en panne.

— Super.

— Pourquoi ne gares-tu pas ton joli petit cul ici pendant que je vais les chercher ? proposa Kade.

J'échangeai un regard avec mon frère. Rhoan avait son téléphone et aurait parfaitement pu appeler Jack pour lui dire de descendre, mais qui étais-je pour empêcher cet homme de me faire plaisir ?

— Vas-y, cours, vole.

Il s'exécuta. Rhoan et moi restâmes un moment à admirer le paysage, puis il prit la parole :

— Obliger un homme à monter dix étages à pied est tout simplement mesquin.

— Oh, il est en bonne forme, répondis-je d'un ton suave. Et puis il l'a bien mérité. Il n'avait qu'à être honnête avec moi.

Il croisa les bras et s'appuya contre une barrière.

— Alors, tu as appris quelque chose d'utile ?

— Oui.

Quelque part dans les entrailles du parking, une porte grinça. Je scrutai la pénombre et ne vis rien de suspect. Alors pourquoi me sentais-je soudain si mal à l'aise ? Je fronçai les sourcils et me tournai vers Rhoan.

— Tu sens quelque chose ?

Il leva le nez et renifla l'air nauséabond.

— À part les gaz d'échappement et le moisi, tu veux dire ?

J'acquiesçai en me recroquevillant sur moi-même. La température semblait avoir baissé… ou était-ce seulement mon imagination ? La sensation que quelque chose dans l'obscurité nous observait ?

— Pas vraiment…, hésita-t-il. Enfin si, je sens quelque chose, mais je n'arrive pas à mettre le doigt dessus.

— Ce serait peut-être une bonne idée de rejoindre la camionnette nous-mêmes. (J'examinai de nouveau les ombres qui nous entouraient.) Il y a quelque chose qui cloche, d'un coup.

Il acquiesça et posa sa main sur mon coude pour me diriger vers la rampe d'accès aux étages supérieurs.

C'est alors que j'entendis quelque chose.

Le grattement de griffes sur le béton.

Je m'immobilisai, aussitôt imitée par mon frère.

— Ça venait de la droite, chuchota-t-il. Du côté de l'autre rampe.

Je passai en vision infrarouge et les ténèbres s'éclaircirent. Là-bas, cachée sous la rampe, une forme familière attendait. Je sentis ma bouche s'assécher.

— Des Orsini.

— Sacrément moches, comme bestioles, pas vrai ? commenta Rhoan. Elles sont rapides ?

— Très.

— Alors, si on s'enfuit en courant, elles nous rattraperont certainement ?

— Ouaip.

— Voilà qui nous prive d'une solution.

Je lui jetai un regard implorant.

— Dis-moi que tu as un flingue.

Il secoua la tête en signe de dénégation.

— Je ne pouvais pas entrer dans le club avec et j'ai oublié d'en récupérer un ensuite.

— Quelle négligence. Et si quelqu'un avait essayé de m'enlever ?

— Ils ne seraient pas allés bien loin, crois-moi, m'assura-t-il d'un air sinistre. J'imagine donc que nous n'avons que nos capacités de dhampires pour combattre les Orsini.

— Si on en arrive à un combat à mains nues, enfin à pattes nues, je parierais plutôt sur eux.

Il me regarda d'un air offensé.

— Mais dis-moi, petite sœur, tu n'as vraiment pas confiance en moi.

— J'ai déjà eu à affronter ces trucs, c'est tout.

La créature tapie dans l'ombre releva son horrible tête et hurla à la mort. Son cri perçant, presque enthousiaste, me mit les nerfs à vif et me fit grincer des dents. Je ne voulais pas combattre ces monstres encore une fois. Vraiment pas.

— Si nous restons immobiles, peut-être qu'il n'attaquera pas avant que la camionnette arrive.

— J'en doute, répondit Rhoan. Et, de toute façon, il se lancera alors à la poursuite du véhicule et nous ne pouvons pas laisser cette horreur atteindre la rue.

Le hurlement aigu fut rejoint par un écho. Il y avait une autre de ces créatures derrière nous. Génial. Putain de génial.

— Au cas où tu l'aurais oublié, il y a des armes dans la camionnette. Et les armes, c'est bien. Ça permet de tuer ces saloperies à distance.

— Ce qui nous fera une belle jambe si elles nous attaquent au moindre mouvement. Quoi qu'il en soit, la camionnette n'est pas encore arrivée. (Il me serra brièvement le bras.) Tu as déjà réussi à les battre à mains nues. Tu peux le refaire. Prête ?

— Je ne serai jamais prête au combat, Rhoan.

— Je ne peux pas m'en charger tout seul. Pas alors qu'ils sont dispersés.

— Je sais. (Je pris une grande inspiration, que je relâchai lentement.) Je prends celui de derrière.

Et j'espérais sacrément que la cavalerie arriverait à temps.

— Bonne chance.

— La chance et moi ne sommes pas en très bons termes, marmonnai-je.

Le sourire de Rhoan s'évapora tandis qu'il se camouflait dans l'ombre. Je l'entendis se diriger vers le premier Orsini. Je projetai mes chaussures d'un coup afin de les attraper avec mes mains, puis courus, pieds nus, en direction de l'autre côté du parking.

Le second Orsini se trouvait derrière une voiture garée dans un coin à l'autre bout de l'allée. Je l'entendis rugir à ma vue, un son saccadé qui résonna dans le silence. J'espérai que les autres l'entendraient, là-haut, et qu'ils se dépêcheraient de descendre.

La créature bondit soudain hors de l'obscurité et se rua vers moi, faisant tellement crisser ses griffes sur le sol en béton que des étincelles jaillirent dans la pénombre du parking.

Quand elle fut assez proche, je pivotai vivement et envoyai mon pied frapper aussi fort que je le pouvais son horrible gueule. Le choc se répercuta dans toute ma jambe, mais ne sembla pas faire grand mal à la bête, qui se contenta de secouer la tête alors qu'elle glissait à mes pieds. Je laissai tomber mes chaussures par terre et agrippai une poignée de fourrure rêche avant de tenter de soulever la créature et de l'envoyer en plein dans le poteau en ciment voisin. Je ne réussis qu'à la déplacer d'un iota et sa patte arrière me frappa les jambes, faisant couler le sang.

Je poussai un glapissement et lâchai ma prise pour lui attraper la patte, que je tirai en arrière de toutes mes forces en me laissant tomber à terre, une jambe tendue pour garder le corps de la créature à distance alors qu'elle me passait par-dessus la tête.

Elle atterrit sur le dos, et son postérieur entra violemment en collision avec le pylône. L'impact sembla faire résonner le béton et de la poussière tomba en pluie du plafond.

Je me remis debout en éternuant. La créature fit volte-face et se jeta sur moi, toutes griffes dehors. J'esquivai le coup et frappai le côté de sa tête avec l'une de mes chaussures. Le talon aiguille dérapa sur son front, déchira toute sa face et du sang perla de sa blessure, un sang dont l'odeur étrangement âcre remplit l'atmosphère saturée de gaz d'échappement.

La bête rugit et donna un coup de patte qui atteignit de nouveau ma cuisse, déchiquetant les chairs et me faisant tituber en arrière. Mon adversaire s'écrasa sur le sol en ciment, puis se retourna et attaqua de nouveau, faisant claquer ses horribles dents jaunes à quelques centimètres de mon visage, tentant de me mordre. Ou de me manger.

Je frissonnai de dégoût et fis mine de frapper sa tête, avant de tournoyer pour enfoncer mon talon dans sa poitrine. Celui-ci traversa la fourrure, la peau, et pénétra profondément les chairs. Aucune étincelle bleutée ne courut autour de la blessure : quelle que soit cette créature, elle n'avait en tout cas pas de gènes de vampire et tolérait parfaitement le bois. Bon, ça ne l'empêchait pas d'avoir un talon planté dans la cage thoracique.

Et visiblement ça faisait mal, car la créature poussa un hurlement furieux avant de fondre une fois encore sur moi. Je me laissai tomber au sol et, lorsqu'elle fut au zénith de sa trajectoire, je la frappai aussi fort que possible dans les couilles. Ça avait déjà fonctionné auparavant, et cela eut de nouveau son petit effet. La bête émit une sorte d'éternuement puis s'écrasa au sol et ne bougea plus.

Je me retournai et changeai de forme, ce qui eut l'avantage de stopper le saignement tout en me permettant d'atteindre plus rapidement la rampe de l'autre côté du parking. Je ne vis aucun signe de mouvement mais, en passant en vision infrarouge, je pus discerner deux formes rouges, l'une penchée sur l'autre. C'était l'Orsini à terre, et le soulagement m'envahit.

Je changeai de nouveau de forme et ralentis en arrivant près d'eux.

— Ça va ?

Rhoan laissa s'évaporer son camouflage d'ombre et acquiesça.

— Ces animaux sont sacrément puissants, dis-moi…

— Je ne sais si on peut vraiment les qualifier d'animaux. (Je contemplai la créature un long moment, avant de reprendre :) Tu sais, Misha m'avait promis de me protéger de ce type d'attaques.

Rhoan me regarda, le sourcil levé.

— Quand ça ?

— Aujourd'hui, au club.

— Il n'a probablement pas eu le temps de faire quoi que ce soit concernant cette agression-là. Peut-être qu'il n'était même pas au courant qu'elle allait se produire.

— Pas faux.

J'imaginais que le vrai test interviendrait dans les jours à venir, une fois qu'il aurait eu le temps de contacter son patron pour lui faire part des cartes qu'il avait en main. Cela étant, si cet homme était réellement tout-puissant, je ne voyais pas vraiment de quoi Misha pourrait le menacer qui le ferait réfléchir. Et, s'il avait une telle possibilité, pourquoi ne l'utilisait-il pas pour se sortir de la situation dans laquelle il se trouvait lui-même ?

J'entendis un bruit de moteur déchirer le silence. Je levai les yeux et vis la camionnette descendre la rampe dans un hurlement de pneus, avec Quinn devant elle, à pied et armé. Nos regards se croisèrent et l'inquiétude qui envahit soudain ses yeux sombres me fit un choc.

— Tu es blessée.

— Seulement quelques égratignures. (Je montrai du doigt la créature étendue plus loin.) Celui-ci n'est pas mort.

Il s'avança, braqua à distance son laser sur la tête de mon adversaire et tira.

— Et le tien ? demanda-t-il en revenant vers nous.

— Mort, répondit Rhoan en se remettant debout. Barrons-nous d'ici avant que d'autres de ces saloperies fassent leur apparition.

La camionnette s'arrêta à notre niveau. Nous y grimpâmes d'un bond. Quinn fit coulisser la porte et nous redémarrâmes, sortant du parking et nous insérant dans la circulation des heures de pointe dans le silence le plus total.

— Vous savez, observai-je sans m'adresser à personne en particulier, ça commence sérieusement à m'agacer, ces agressions.

— Ils pensent visiblement que tu constitues une menace pour leurs projets, commenta Kade.

— Mais de quelle manière ? J'étais inconsciente la majeure partie du temps que j'ai passé dans ce complexe et, même quand j'ai repris connaissance, je n'ai fait que m'évader en ta compagnie. Qu'est-ce que j'ai pu voir que toi, tu n'aurais pas vu ?

— C'est peut-être plus simple que ça, intervint Quinn. Ne néglige pas le fait que ton ADN leur sera utile que tu sois morte ou vivante… et tu es beaucoup plus facile à maîtriser si tu es morte.

Je lui décochai un sourire amusé.

— Ouais, c'est clair.

— La question est : comment l'ont-ils trouvée ? fit Kade. Soit nous sommes suivis, soit ils ont mis au point un moyen de nous traquer à distance.

— On a vérifié la présence de mouchards, observa Rhoan, mais nous n'avons rien décalé.

— Oui, mais ces enfoirés se procurent des technologies qui ne sont pas encore sur le marché, remarqua Kade. Peut-être ont-ils en leur possession quelque chose dont nous n'avons pas idée.

— On dirait que certaines personnes n'ont pas jugé nécessaire de partager leurs informations avec la plèbe, commenta Rhoan d'un air ironique.

— Nous le ferons quand le moment sera venu, intervint Jack, et ce n'est pas le cas dans cette camionnette. Si ça se trouve, il y a des mouchards dans les environs.

J'échangeai un regard contrarié avec Rhoan, puis me tournai vers Kade.

— Misha était suivi. Il est probable que ses espions aient prévenu leurs supérieurs que je me trouvais en sa compagnie. Il y avait amplement le temps de planifier cette agression pendant que nous étions enfermés dans la chambre privée.

— Ils ne pouvaient pas savoir que vous deviez nous rejoindre au parking.

— En effet, mais ce n'était pas difficile à deviner non plus. C'est presque impossible de se garer autour du club, alors ce parking était la solution évidente.

— Sauf que ça ne colle pas, dit Quinn. Ces créatures ne semblent pas être du genre qu'on peut mobiliser à la dernière minute. Ils savaient que tu te trouverais ici avant que nous y soyons.

Son regard sombre croisa le mien.

— Ce n'était pas Misha, assurai-je.

— Tu en es vraiment sûre ?

— Oui.

— Pour quelle raison ?

Je le considérai d'un œil intrigué.

— Pourquoi est-ce que c'est si important à tes yeux ?

— Parce que ça me contrarierait énormément que tu meures avant que j'aie pu prendre ma décision.

— À l'allure où tu sembles les prendre, vampire, je serai vieille et moche quand tu te décideras.

Il sourit, un sourire qui fit briller ses yeux, en réchauffant les profondeurs d'obsidienne, et mon âme par la même occasion.

— Vieille peut-être, mais moche, ça, j'en doute.

Amusée, je réprimai un petit sourire.

— Alors comme ça, on n'a rien contre les mamies ?

— Seulement un certain type de mamies.

— Vous savez, observa Rhoan d'un air dégagé, cette conversation nage dans des eaux dont je préférerais ne pas connaître l'existence.

— Surtout que la plupart des mamies ne ressemblent aucunement à Riley, marmonna Kade avant de frissonner : les vieilles peaux, y a rien de pire.

Je lui donnai une tape sur le bras.

— Gaffe, le canasson, toi aussi, un jour, tu seras une vieille peau.

Il me décocha un sourire taquin et tout aussi sexy que celui de Quinn, mais d'une manière complètement différente.

— Oui, mais je serai une vieille peau de cheval très virile, c'est toute la différence.

— Je parie que je pourrais mettre la main sur une bonne dizaine de mamies qui ne seraient pas nécessairement d'accord avec toi.

— Et je parierais que ces mamies n'ont jamais eu l'occasion de faire l'amour avec un métamorphe cheval.

— Il est trop modeste, ou c'est une idée ? observa sèchement Rhoan.

Le sourire de Kade s'élargit.

— Pourquoi être modeste quand on n'a aucune raison de l'être ?

Rhoan me consulta du regard, le sourcil levé.

— Il n'a pas totalement tort, répondis-je en souriant.

— Bon sang ! s'exclama mon frère en examinant Kade. Dis-moi, où est-ce que je pourrais trouver un cheval homo ?

Kade haussa les épaules.

— Ce n'est pas à moi qu'il faut demander ça, ce n'est pas mon style du tout.

— Dommage.

— Je prends ça pour un compliment.

— C'en est un.

Il n'y avait rien de plus à ajouter, et le silence retomba. Je laissai mon regard se perdre à travers la vitre sur les immeubles de bureaux et les restaurants, qui firent place à des quartiers résidentiels, puis à la campagne, et je finis par me demander où nous allions exactement.

Nous roulâmes encore une demi-heure et n'arrivâmes à destination qu'à la nuit tombée. Je sortis de la camionnette en reniflant l'air ambiant. L'odeur d'eucalyptus se mêlait à l'arôme de la pluie portée par la brise qui agitait mes vêtements, mais derrière on pouvait sentir des relents de terre et de mort.

Je vis alors le chemin de terre qui menait à de grandes portes en fer. Nous étions revenus à Genoveve.

— Pourquoi sommes-nous ici ? demandai-je à Jack qui m'avait rejointe à côté de la camionnette.

— Parce qu'il n'y a qu'une seule issue et que l'endroit est surveillé par un grand nombre d'agents du Directoire en qui j'ai toute confiance.

— Ce n'est pas le cas du quartier général ?

— Gautier est censé rentrer ce soir.

Mais Gautier n'était qu'un homme seul et, j'avais beau le détester de tout mon être, je doutais qu'il soit capable de nous battre tous les cinq. Il était fort, mais pas tant que ça non plus.

Jack se dirigea vers l'entrée et nous le suivîmes comme les bons petits moutons que nous étions. Les gardes vérifièrent notre identité, puis les protections laser s'abaissèrent et les portes de fer s'ouvrirent pour nous livrer passage.

Nous nous dirigeâmes vers le bureau principal. Rhoan, Quinn et Kade se laissèrent tomber sur les confortables canapés en cuir, tandis que je marchai jusqu'à la baie vitrée et m'y postai, les bras croisés, en contemplant l'arène en contrebas. Talon utilisait ce ministade pour tester les capacités de ses créations et, encore maintenant, après plusieurs mois, des taches de sang imbibaient toujours le sable doré sur lequel ses clones avaient combattu nombre de nos gardiens, au prix de la vie de ces derniers.

Je jetai un coup d'œil vers les fenêtres de l'autre côté de la pièce. C'était là que je m'étais réveillée pour découvrir Talon en train d'abuser de moi. Même si j'étais une louve qui ne prêtait pas un statut sacré au sexe, la femme en moi n'avait vraiment pas apprécié d'être traitée de cette manière, quelle qu'en soit la raison.

— Alors, demanda Jack en s'asseyant derrière l'énorme bureau recouvert de paperasse, que s'est-il passé ?

— Il m'a donné un premier indice. Un nom.

Jack attendit quelques secondes que je poursuive et, voyant que je ne le faisais pas, s'impatienta :

— Et ?

— Et c'est un nom que tu connais déjà.

— Riley, arrête ce petit jeu.

— Seulement si toi, tu te décides enfin à nous informer de la situation. (Je me retournai pour lui faire face.) Il m'a donné le nom de Kade. Sauf que, donc, Kade n'est pas seulement promoteur immobilier, c'est aussi un militaire, visiblement chargé d'une sorte d'enquête pour l'armée.

— C'est Misha qui t'a appris tout ça ?

— Seulement en partie. (J'hésitai un instant, puis me dis qu'il allait de toute façon découvrir que j'avais subtilisé son ordinateur et qu'il valait donc mieux être franche à ce sujet.) Tu as laissé ton ordinateur dans l'appartement et je m'en suis servi.

Il plissa les paupières.

— Tu ne connais pas mes codes de sécurité.

Je n'allais pas non plus lui avouer que j'en connaissais au moins deux, pas alors qu'il me jetait ce genre de regard.

— Je n'en ai pas eu besoin. Je suis agent de liaison en plus d'être ton assistante. J'ai la permission d'entrer dans les systèmes de la plupart des départements d'État. (J'hésitai de nouveau et glissai un regard vers Kade.) Y compris ceux de l'armée.

Kade eut l'air amusé et son rictus se mua en demi-sourire.

— Tu n'aurais jamais dû pouvoir entrer dans notre base de données.

— Je n'y suis pas vraiment entrée, en fait.

— La consultation de mon dossier est censée déclencher une alarme.

C'était ce que j'avais subodoré en apprenant qu'il faisait partie de l'armée.

— C'est la raison pour laquelle je n'ai pas cherché celui-ci.

Il haussa un sourcil, intrigué.

— Alors comment as-tu découvert qui j'étais vraiment ?

— J'ai fouiné dans le service recrutement. Ils gardent des doubles de toutes les candidatures. (Et, au bout du compte, je n'étais arrivée à pénétrer dans cette base qu'en utilisant l'un des codes de Jack. Quand il s'en rendrait compte, je passerais un mauvais quart d'heure.) Tu étais d'ailleurs sacrément maigrichon quand tu as rejoint l'armée, n'est-ce pas ?

Il siffla d'un air admiratif.

— Tu es douée.

— Très, intervint Jack d'un ton lourd de sous-entendus. Voilà pourquoi je veux en faire une gardienne.

Je lui décochai un regard impassible.

— Alors, Kade, quel est exactement ton rang dans l'armée ? demanda Rhoan en martelant du bout des doigts le bras de son fauteuil.

Kade fit la moue.

— Je fais partie des services de renseignements et j'enquête sur le vol d'un conteneur de pistolets laser perpétré à la base militaire de Landsend.

Landsend était l'un des plus importants centres de recherche de l'armée.

— Les mêmes pistolets que ceux avec lesquels ces créatures nous ont attaqués ?

Il tourna le regard vers moi.

— Précisément.

— On pourrait penser qu'il serait malaisé de dissimuler ou même de voler tout un conteneur, observa Rhoan.

— Cela s'est produit sur une période de plusieurs mois. Et ces armes ne sont pas les seuls objets à avoir été subtilisés de Landsend.

— C'est une idée, ou on est un peu négligent question sécurité, là-bas ?

Kade le fusilla du regard.

— Absolument pas. Normalement, on ne pourrait même pas en sortir une fourmi sans se faire repérer.

— Eh bien, quelqu'un semble pourtant y être parvenu, et avec un peu plus qu'une simple fourmi. Vous avez contrôlé tout le personnel ?

— Pas moi personnellement. À ce stade de l'enquête, je travaillais sous couverture.

— En tant que promoteur associé à ton prétendu frère.

Le regard profond de Kade croisa le mien et j'y lus toute la colère froide que j'y avais déjà devinée ces derniers jours.

— C'était mon équipier. Et ils l'ont tué.

— Qui, ils ? intervint Quinn.

— Les mêmes personnes qui ont subtilisé les pistolets de Landsend. (Il afficha une expression sinistre.) Ou plutôt devrais-je dire les mêmes « choses ».

— Tu peux développer ? demanda Rhoan.

— Nous les avons détectées grâce aux caméras spéciales que mon service avait fait installer. Le personnel de la base croyait qu'il s'agissait de caméras à infrarouges et nous n'avons pas tenu à les contredire. En fait, elles étaient programmées pour ne se déclencher qu'à l'apparition de mouvements combinés à la présence de certaines températures corporelles plus basses que la normale.

Je haussai les sourcils.

— Des détecteurs de chaleur inversés ?

Il opina du chef.

— Il existe des créatures, comme les caméléons, qui sont non seulement à sang froid mais également indétectables, aussi bien par les caméras normales que par celles à infrarouges.

— Mais ce n'était pas un caméléon qui a volé les armes, n'est-ce pas ? interrogea Quinn.

— Non. C'était quelque chose que nous n'avions jamais vu auparavant. On aurait dit des araignées, mais sous forme liquide, capables de s'infiltrer dans les fissures les plus minuscules. Elles ont avalé les armes et les ont sorties de la base de cette façon.

J'appuyai ma hanche contre le mur. Je commençais à avoir mal aux pieds, mais la seule place disponible se trouvait entre Quinn et Kade, et il serait probablement trop éprouvant pour mes hormones de me retrouver coincée entre ces deux hommes délicieusement sexy. Après tout, j'avais besoin de toute ma concentration.

— Si elles les ont avalées, comment les armes ont-elles pu être récupérées ? m'étonnai-je.

— Les créatures étaient visiblement capables de les régurgiter intactes, répondit-il en haussant les épaules.

Bizarre.

— Pourquoi voulaient-ils s'emparer de ces armes ?

— Je pense qu'elles n'étaient rien de plus qu'un petit extra. Le simple fait de pouvoir entrer et sortir à volonté de la base signifiait qu'ils avaient accès à tout.

— Et comment t'es-tu retrouvé emprisonné dans ce complexe en tant que donneur de sperme ? demanda calmement Rhoan.

— Mon service a équipé toutes les portes et tous les conduits d'aération de conteneurs spécialement conçus pour piéger ces créatures quand elles se déplacent sous forme liquide. Nous avons effectué des analyses sur l'une d'entre elles qui nous ont appris deux choses : premièrement, que leur origine n'était pas naturelle et deuxièmement, qu'elles provenaient de la région des montagnes Bleues.

Je le considérai d'un œil inquisiteur.

— Comment est-ce possible de déterminer ça ?

Il eut un petit sourire.

— Il y avait des traces de terre sur la créature.

— Alors du coup, toi et ton équipier vous êtes installés en tant qu'entrepreneurs du côté de Bullaburra pour mener l'enquête ?

Cela signifiait qu'il avait toujours su dans quelle région nous nous trouvions lorsque nous nous étions évadés du complexe, ce qui m'agaçait profondément.

— Comment es-tu tombé entre leurs mains ? s'enquit Rhoan.

Kade se tourna vers lui.

— Je n'en ai aucune idée. Cela faisait à peine une semaine que nous étions installés quand tout s'est cassé la gueule. Ces créatures nous ont agressés, ont tué Denny et m'ont drogué. (Il haussa les épaules.) Cela faisait des mois que je me trouvais dans cette écurie au moment où Riley est arrivée.

Je me dandinai pour tenter de soulager mes pieds douloureux.

— Cela pose plusieurs questions : déjà, pourquoi tuer ton équipier, mais te laisser en vie, toi ? Et pourquoi personne ne s'est-il inquiété de ta disparition ?

— Je pense que les réponses à ces deux questions sont liées, intervint Jack. Denny n'avait aucun pouvoir psi. Kade, lui, est à la fois immunisé psychiquement et en possession de talents extraordinaires.

— Ils ne pouvaient le savoir que s'ils avaient eu accès à son dossier. Ce qui, on le sait, est impossible sans donner l'alarme…

Je m'interrompis en me rappelant ce que Misha m'avait dit plus tôt. Je regardai Jack, puis Kade, puis de nouveau Jack.

— C'est *ça* dont parlait Misha. Il y a une taupe dans ton service.

Kade opina du chef.

— Et ça ne peut être qu'un de ces deux hommes : mon supérieur immédiat, Ross James, ou le responsable de toute l'unité, le général Martin Hunt. Ils étaient les seuls à savoir où Denny et moi nous trouvions, et pourquoi.

— Mais l'alarme aurait néanmoins dû être déclenchée, non ? m'étonnai-je.

Comment deux hommes pouvaient-ils disparaître dans la nature sans que personne s'en inquiète ? Surtout dans une organisation liée à l'armée ?

— S'il s'agit de Ross James, il aurait eu du mal à rédiger lui-même de faux rapports, remarqua Rhoan. (Il se tourna vers Jack.) Est-ce qu'une enquête a été lancée sur ces deux hommes ?

— Oui. Pour le moment, ils semblent aussi innocents que l'agneau qui vient de naître, répondit Jack d'un air incroyablement sinistre. Et évidemment, Ross James est au courant que Kade est en vie et parmi nous, parce que c'est à lui que j'ai demandé de confirmer son identité lorsque nous nous trouvions à Leura.

— Qu'est-ce qu'on va faire, alors ?

— Ross James semble être la cible la plus facile. C'est un humain, et il a beau avoir de puissants boucliers psi, ces derniers ne semblent pas suffisants pour m'empêcher d'entrer dans son esprit.

— Ce qui est la raison précise pour laquelle il ne deviendra jamais général, murmura Kade.

— Il sait que Kade est vivant, et nous utilisons ce fait pour organiser une rencontre.

— Dans quel but ? s'étonna Rhoan. Nous savons parfaitement qu'il sera équipé du dernier cri en matière de boucliers psi. Et, même s'il est innocent, je doute qu'il soit assez stupide pour ne pas venir accompagné.

— Oui, et c'est pour cela que je compte sur toi pour faire diversion.

Ce qui signifiait que j'allais encore me retrouver coincée avec Quinn. Et, étant donné le temps qu'il mettait à prendre sa décision, on ne peut pas dire que cette perspective m'enchantait. C'était comme me montrer une plaquette de chocolat puis me déclarer que je ne pouvais pas y goûter. C'était tout simplement cruel.

— Pendant ce temps-là, poursuivit Jack, Quinn et Riley mèneront l'enquête sur Martin Hunt.

— Et comment sommes-nous censés faire cela ?

— C'est très simple, répondit Jack en se tournant vers Quinn : Il me semble que tu as une invitation pour le dîner de charité en faveur de la fondation *Fais Un Vœu* demain soir ?

— En effet.

— Parfait. Hunt y assistera, car sa femme fait partie du conseil d'administration de la fondation. Riley et toi allez vous mêler au gratin de la société et, par la même occasion, appâter ledit Hunt.

— Sauf qu'il y a comme un énorme problème dans ton raisonnement, observai-je d'un ton sarcastique. Si c'est bien Hunt le méchant, alors il sait à quoi je ressemble.

— Et c'est pourquoi Rhoan va aller chercher Liander.

— C'est un trop grand risque, protesta Quinn d'une voix douce, mais extrêmement déterminée. Je veux bien m'y rendre, mais sans Riley.

— Nous avons besoin de son odorat. Hunt est peut-être l'un des hommes qui lui ont rendu visite dans sa cellule. Si c'est bien le cas, alors nous aurons mis la main sur un acteur majeur de cette affaire.

Cela ne serait pas si simple. Au fond de moi, je savais qu'il y avait quelqu'un d'autre, quelqu'un que je connaissais. Et cette personne tirait toutes les ficelles dans l'ombre.

— Cela fait deux fois qu'ils l'enlèvent, et je ne compte même pas les tentatives de meurtre qui ont eu lieu depuis. Son ADN leur sera aussi utile s'ils le prélèvent sur son cadavre. L'envoyer dans cette réception, c'est signer son arrêt de mort.

— Ils ne se rendront même pas compte qu'elle est là.

— Ils savaient qu'elle se trouvait dans cet hôtel de Brighton. Ils savaient qu'elle se trouvait dans le parking. Tu ne peux pas être certain qu'ils ne devineront pas que c'est elle qui assiste à ce banquet.

— Je suis du même avis que Quinn, intervint Rhoan. Riley n'est pas entraînée au travail sous couverture.

— Elle ne courra aucun danger, répéta impatiemment Jack. Quinn sera là pour la protéger.

— Aucun d'entre nous n'a vraiment réussi à la protéger jusqu'à présent, observa Rhoan en tournant la tête vers moi. C'est à toi de choisir.

Ce qui signifiait qu'il me soutiendrait quelle que soit ma décision. Même si cela voulait dire désobéir à Jack. Je souris à mon frère et ressentis une bouffée d'affection pour lui.

— Si c'est Liander qui s'occupe de mon déguisement, alors je suis confiante. (Je regardai Jack.) Il faut mettre fin à cette histoire de fous. Je veux retrouver une vie normale.

Il se retint de me faire remarquer que, de toute façon, la perspective d'une vie normale était quelque chose qui m'avait échappé plusieurs mois auparavant, mais je devinai aisément qu'il le pensait très fort.

— Parfait, se contenta-t-il de dire. Kade, Quinn et Riley, allez prendre un peu de repos. Rhoan, retourne en ville et va chercher Liander. Ramène aussi quelques hommes de confiance.

J'attendis que les trois hommes soient sortis, puis affrontai Jack du regard.

— Tu as oublié un détail. Mes rendez-vous quotidiens avec Misha sont censés commencer dès demain.

— Non, je ne l'ai pas oublié. Le banquet a lieu tôt dans la soirée. Une voiture viendra vous chercher, Quinn et toi, à 22 heures, et vous amènera à l'aéroport. Quinn utilisera son propre jet, et tu seras à l'heure pour ton rendez-vous avec Misha.

— Si tout se passe comme prévu, fis-je remarquer en me disant que, jusqu'à présent, ça n'avait jamais été le cas.

— L'horizon commence à s'éclaircir pour nous, Riley. Tout va bien se passer.

Je me frottai les bras pour me réchauffer et espérai qu'il avait raison, parce que ce n'était pas seulement ma vie qui serait en jeu, le lendemain, mais aussi celle de Quinn. Jack semblait oublier que celui-ci avait aussi été victime de plusieurs tentatives d'assassinat. Ou peut-être n'en avait-il juste rien à faire.

— Voici des photos du général et de son épouse, poursuivit-il en tournant l'écran de son ordinateur vers moi pour que je puisse les voir.

Le général était un homme grand et solidement bâti, avec des cheveux poivre et sel et un visage buriné. Sa femme était aussi assez grande, plutôt rondelette, avec un visage banal et une chevelure d'un châtain terne. Le genre de couple que personne ne remarque particulièrement.

— Va te reposer, dit Jack. Tu as l'air épuisée.

Et je l'étais. Mais, en sortant de la pièce, je reniflai l'air pour déterminer dans quelle direction Kade et Quinn étaient partis, car ce n'était pas de sommeil dont j'avais envie. Heureusement pour moi et pour ma fatigue extrême, mes hormones n'avaient pas encore pris les commandes. Je trouvai une cellule vide, me déshabillai et m'endormis à peine la tête posée sur l'oreiller.

Mais ce ne fut pas un sommeil réparateur, loin de là.

Je rêvai d'un homme sans visage qui abusait de moi sans rien donner en retour.

Un homme que j'avais autrefois connu intimement.

Un homme dont j'avais le nom sur le bout de la langue, mais que j'étais incapable d'identifier consciemment.

Je me réveillai avec la conscience de ne plus être seule. Une odeur de musc emplissait l'air et mes hormones frustrées entrèrent en ébullition. J'ouvris les yeux.

Kade se trouvait sur la chaise en face du lit et sourit en voyant que je le regardais.

— Je me suis dit que ça serait une bonne idée de venir te présenter des excuses.

— Et, par la même occasion, profiter du spectacle, dis-je en repoussant mes couvertures et en me levant.

Il parcourut mon corps de haut en bas avec un regard appréciateur.

— Il faut bien avouer que c'est un beau spectacle.

— Oui, mais il va falloir se contenter de regarder. Nous avons beaucoup de travail et très peu de temps devant nous.

— On a toujours le temps pour un peu de sexe, chérie.

Mes hormones formèrent rapidement une haie d'honneur à la perspective de faire des cochonneries avec le métamorphe cheval, mais je réussis à ne pas leur accorder la moindre attention. Ou presque.

— Liander est arrivé ?

— Ouaip.

— Alors, on n'a pas le temps.

Il se leva et s'avança vers moi. Je lui mis la main sur la poitrine pour l'empêcher de s'approcher trop près.

— J'ai dit non, Kade.

Il me prit la main et la leva jusqu'à ses lèvres. Je sentis son haleine tiède caresser mes doigts lorsqu'il les embrassa tendrement.

— Et si je promets de faire vite ?

— Nous avons déjà fait vite. J'aimerais bien qu'on fasse un peu plus long, pour changer.

Je souris au double sens de mes paroles : parce que, s'il y avait un terme qui convenait à certaines parties de Kade, c'était bien « long ».

Il m'attira doucement contre lui et entoura ma taille de ses bras. Son contact était si agréable, tout en chaleur et en fermeté, que je sentis une bouffée de désir monter en moi. Mes résistances s'effritaient doucement, et j'en avais conscience.

— Nous avons à notre disposition une demi-heure ainsi qu'un lit une place, murmura-t-il, comme conscient que j'étais sur le point de craquer.

— Tu ne crois pas que ça fait un peu juste pour nous deux ?

— Si tu dis ça, c'est qu'on ne t'a jamais baisée convenablement dans un tel lit.

Son sourire taquin fit frémir mes propres lèvres. Parce que, oui, je voulais la même chose que lui. Nom de Dieu, je pense que j'en avais même encore plus envie que lui.

Pour être honnête, si cela avait été Kellen devant moi, j'aurais instantanément dit oui, Liander ou pas Liander. Et ce fut précisément cette pensée qui eut raison de mes derniers lambeaux de résistance. Kellen était peut-être un loup, mais Kade n'avait certainement pas à rougir de ses qualités d'amant.

— Si je me fais tanner le cul par Jack parce que je suis en retard, je te raierai de mon carnet de bal, bel obsédé.

Il éclata de rire.

— Crois-moi, Jack n'approchera pas à moins de deux mètres de ton superbe cul. Je promets de le défendre contre toute attaque.

J'eus une soudaine vision de Kade envoyant des baffes à tout le monde, y compris à d'éventuels courtisans, et pouffai doucement. Peut-être n'était-ce en définitive pas une si bonne idée que ça.

— Trente minutes. Pas une de plus, pas une de moins.

— Marché conclu, approuva-t-il en m'embrassant avant de m'entraîner vers le lit.

Il faut bien le reconnaître, cet homme savait tirer le meilleur parti d'un lit une personne. Il le prouva avec un certain enthousiasme et me convainquit sans l'ombre d'un doute qu'effectivement, on ne m'avait jamais vraiment baisée comme il le fallait dans un petit lit.

Au bout du compte, ce ne fut pas avant une bonne quarantaine de minutes qu'il m'accompagna jusqu'à la salle de bains où Liander s'était installé. Puis il m'embrassa de nouveau, un baiser dont le but était de mettre mes sens en feu.

But qui fut parfaitement atteint.

— Nous reprendrons cette petite discussion un peu plus tard, dit-il avant de s'éloigner en sifflotant joyeusement.

Je laissai échapper un petit gémissement, puis ouvris la porte et entrai dans la pièce. J'y surpris Rhoan et Liander en train de se rouler des pelles, plaqués contre un mur.

— Vous préférez que je revienne plus tard ? demandai-je d'un ton ironique.

Rhoan reprit sa respiration et me décocha un sourire éblouissant.

— Tu aurais pu effectivement mieux tomber, mais ce n'est pas grave.

— Tu en es sûr ?

— Non, mais Jack va nous tuer si nous prenons plus de retard que nécessaire.

Il donna une petite tape sur le derrière de Liander et s'éloigna de lui.

Liander me gratifia d'un regard dont les profondeurs argentées pétillaient d'amusement.

— De toute façon, te maquiller est presque aussi amusant que de rouler des pelles.

— Tu sembles vraiment avoir une vie sexuelle horriblement ennuyeuse.

— J'avoue que ton frère pourrait bénéficier de quelques conseils, mais son cas n'est pas désespéré.

Rhoan croisa les bras sur sa poitrine et s'appuya contre le mur.

— Attention à ce que tu racontes, ou mon manque d'expérience et moi irons voir ailleurs si nous y sommes.

Liander eut un reniflement de dérision.

— Ouais, c'est ça.

— On se calme, les garçons, intervins-je en sentant arriver une dispute, nous avons du travail plus important que des chamailleries d'amoureux.

— Non, répliqua Rhoan avec une lueur malicieuse dans les yeux, d'abord le travail, puis le sexe, et enfin les chamailleries. Il y a certaines priorités dans la vie.

— Oh ! Excuse-moi, dis-je d'un air sarcastique avant de me tourner vers Liander. Alors, as-tu déjà déterminé quel genre de look tu allais me faire, cette fois-ci ?

La dernière fois, je m'étais retrouvée dans la peau d'une prostituée albinos. Ce qui n'était pas le style idéal pour un banquet en compagnie du gratin du pays.

Liander me jeta une petite bouteille remplie d'un liquide sentant la lavande.

— Va d'abord te savonner avec ça. Cette substance va dissimuler ton odeur corporelle pendant les douze prochaines heures.

Le soulagement m'envahit en entendant cela. Au moins le loup qui avait abusé de moi dans le complexe ne serait-il pas en mesure de reconnaître mon odeur. Je pris une douche, puis revins m'asseoir sur la chaise que Liander avait récupérée dans un bureau et le laissai exprimer sa créativité.

— Il y a eu dans le passé de nombreuses photos de Quinn en compagnie d'incandescentes beautés brunes, expliqua Liander alors qu'il retouchait la couleur de mon teint et de mes cheveux, c'est donc sur cette base que je vais travailler.

— Et tout ça, ça va s'en aller facilement ? m'inquiétai-je en voyant mes cheveux rouge doré prendre un ton entre chocolat et noisette.

— Oui, fais-moi confiance.

Je lui faisais confiance, mais cela n'atténua pas ma consternation. J'adorais la couleur de mes cheveux. Les voir devenir bruns était extrêmement dérangeant.

Mais il fallait bien admettre que la différence était époustouflante : rien qu'avec une teinture, des lentilles de contact bleues et un peu de maquillage, je ne me reconnaissais plus dans le miroir. C'était une autre personne. Une personne à la beauté assez incandescente pour sembler à sa place au bras d'un play-boy milliardaire.

— Waouh, s'exclama Rhoan, exprimant à peu près ce que je pensais moi aussi.

— Ce n'est pas encore terminé, avertit Liander en saisissant un morceau de tissu rouge vif. Maintenant, la robe.

Je le regardai d'un air inexpressif.

— Ceci n'est pas une robe. C'est un tube de maille rouge.

— Ce fameux tube est le dernier cri de la mode actuelle et coûte une fortune.

— Ça ne me donne pas plus envie de le porter pour autant.

— Tu vas être canon, là-dedans.

— Je vais ressembler à une foutue balise lumineuse. Les gens devront sortir leurs lunettes de soleil pour me regarder.

Liander eut un sourire satisfait.

— C'est justement ce que nous voulons : que les gens te regardent, toi et ton superbe corps, sans essayer d'aller plus loin.

Je levai le sourcil et réprimai un sourire.

— Mon superbe corps ? Tu ne mangeais pas à l'autre râtelier, aux dernières nouvelles ? D'où te vient cette nouvelle appréciation du corps féminin ?

— Je mange peut-être à l'autre râtelier, comme tu le dis si joliment, mais ça ne signifie pas que je n'admire pas d'aussi merveilleuses courbes que les tiennes. (Il me donna une petite tape sur le bras.) Cesse de faire des manières et mets-toi debout.

Je fis comme il le demandait. Il me montra deux coupes blanches.

— Ceci est ton soutien-gorge. Il t'apportera un minimum de support et rehaussera tes seins, donnant encore plus de volume à tes déjà considérables atouts.

— Comme si j'en avais besoin, maugréai-je alors qu'il me le mettait en place.

— Plus ils regarderont tes nichons, moins ils regarderont ton visage, remarqua Rhoan en riant. C'est une bonne chose.

— Ça, c'est bien une réflexion de mec qui n'a jamais eu à supporter qu'on parle à ses seins plutôt qu'à sa tête.

— Il y a des avantages à être un homme.

L'un d'entre eux étant probablement de ne pas avoir à être totalement refaite par le mec de son frère. Celui-ci me tendit le bout de tissu qui se prenait pour une robe.

Quoi ? Même pas de culotte ?

— S'il y a bien quelque chose d'atroce avec ce genre de tenue, c'est la marque de l'élastique.

Je levai un sourcil.

— Il existe des trucs formidables appelés strings, je ne sais pas si tu en as entendu parler.

Ce fut son tour de me regarder d'un air inexpressif. Je lui souris et me tortillai pour entrer dans la robe. Elle m'allait comme un gant, recouvrant mon corps des seins aux cuisses et laissant découverte une quantité indécente de peau.

— On va se foutre de moi à cette réception.

— Crois-moi, on va surtout te baver dessus, dit Liander en reculant avec l'œil de l'artiste étudiant son chef-d'œuvre. Tire un peu vers le bas.

— Tu veux que je mette mes seins à l'air ?

Il eut une petite moue amusée.

— Non, mais il faut bien reconnaître que là, on serait certains que *personne* ne reconnaîtra ton visage.

Je refusai de tirer encore plus la robe vers le bas, sous peine de voir mes tétons faire coucou à tout le monde.

— Et question chaussures ?

Il me tendit une paire de sandales à lanières, perchées sur des talons aiguilles de dix centimètres.

— Pile-poil le genre que je préfère, approuvai-je en caressant le talon en bois. Rouges, et prêtes à l'usage.

Le sourire de Liander s'élargit.

— C'est très à la mode en ce moment, encore que je doute que beaucoup de monde soit réellement au fait de l'usage très personnel que tu en as.

— C'est une bonne chose. Je n'aimerais pas devoir trouver une autre arme à l'aspect aussi innocent.

J'enfilai mes souliers, puis me retournai pour m'admirer dans la glace. Si l'objectif était de faire de moi une beauté incandescente, alors je pense sincèrement qu'il était amplement atteint.

— Et pour ma voix ?

— J'ai prévu quelques modulateurs. Ouvre grand la bouche.

Je m'exécutai et il glissa deux puces extrêmement fines à l'intérieur de mes joues. La surface des modulateurs était recouverte d'un analgésique censé anesthésier les muqueuses dans lesquelles on les insérait. En théorie, en tout cas. Parce qu'en pratique, j'eus l'impression qu'il m'arrachait les dents au lieu de m'insérer des bouts de plastique. Mais, une fois en place, je ne les sentis plus. Les autres personnes en seraient tout aussi incapables, à moins que je décide de tailler une pipe à quelqu'un.

— Pourquoi ça fait toujours aussi mal, ces trucs ? me lamentai-je quand je le pus, et ma nouvelle voix me laissa pantoise.

— Ne fais pas l'enfant, me rabroua Liander, et récite l'alphabet, que je voie s'ils fonctionnent correctement.

Croyez-moi, l'alphabet n'a jamais été récité de manière plus sexy que ce jour-là.

— Tu as prévu un manteau, ou je suis censée mourir de froid au nom de la perfection ?

— Crois-moi, avec la chaleur que tu vas provoquer partout où tu passeras, tu n'auras nul besoin de manteau, dit-il en levant la main pour interrompre mes protestations, mais ne t'en fais pas, j'ai quand même prévu quelque chose pour toi.

Il me le tendit. Dieu merci, il était noir, pas rouge vif. Je l'enfilai et le boutonnai jusqu'au cou. Cela ne valait pas le coup de causer une crise cardiaque à Quinn alors qu'il n'avait pas encore pris la décision de se lancer dans une relation en accord avec mes principes.

— Encore une chose, ajouta Rhoan en me tendant un petit sac. Voici quelques vêtements pour te changer après le banquet.

— Merci. Ça m'ennuierait effectivement que Misha pense que je me suis faite belle juste pour ses beaux yeux, marmonnai-je en attrapant le sac.

Liander regarda sa montre.

— C'est l'heure. (Il se pencha vers moi et m'embrassa sur la joue.) Si ça, ça ne convainc pas ton réticent vampire, alors je ne sais pas ce qui pourra le faire.

Je jetai un regard lourd de reproche à Rhoan.

— Vous avez encore parlé de ma vie sentimentale, tous les deux ?

— Bah ! Elle est sacrément plus passionnante que la mienne, ces temps-ci. Je veux dire, des vampires, un métamorphe cheval, des loups alpha…

— Un loup alpha ? s'étonna Liander avant de me donner un coup de poing dans le bras : Bien joué, miss !

Je lui souris d'un air satisfait.

— J'ai bien dans l'intention de la jouer fine, crois-moi.

On frappa à la porte.

— Riley ? appela Jack. Tu es prête ? Il faut qu'on y aille.

— J'arrive, criai-je en embrassant mon frère. Soyez prudents de votre côté.

— Toi aussi. Et n'oublie pas : ne fais pas la moindre confiance à Misha. Il joue son propre jeu et, pour le moment, nous n'en connaissons pas les règles.

— Je m'en souviendrai.

J'enfilai le sac sur mon épaule et me dirigeai vers la porte.

C'était l'heure de la chasse.

Chapitre 8

Jack m'examina d'un œil critique, même s'il en voyait finalement assez peu avec le manteau.

— Excellent, commenta-t-il en me tendant une feuille de papier. Mémorise ce numéro. Tu l'appelleras à ta sortie du club pour qu'on envoie une voiture te chercher.

Je pris le papier, mémorisai le numéro comme demandé puis le lui rendis.

— Qu'est-ce qui est prévu, maintenant ?

— Tu vas aller à la voiture.

— Ce n'est pas un peu risqué de se rendre directement à l'aéroport d'ici ?

Jack me posa la main dans le dos et me guida vers l'extérieur.

— Vous changerez de véhicule en route. C'est avec la limousine de Quinn que vous arriverez à l'aéroport.

J'eus un signe d'acquiescement.

— Vous en avez découvert un peu plus à propos du complexe où j'étais retenue ?

— Pas des masses.

— Vous avez fouiné dans les permis de construire, ce genre de choses ?

Il fallait certainement des autorisations pour mettre en place une structure si énorme. C'était impossible de le faire sans que personne le remarque.

— On n'en a pas trouvé. Le terrain lui-même a été acquis par un dénommé Peter James il y a trois ans.

— Et j'imagine que ce Peter James n'existe pas réellement ?

— Et qu'il a payé comptant et en liquide, ce qui implique qu'il n'y a pas trace de crédit.

Je haussai les sourcils. Les cartes de crédit étaient la norme, de nos jours ; le liquide était devenu très rare et on ne l'utilisait qu'exceptionnellement.

— Et ça n'a mis la puce à l'oreille de personne ?

Jack fit la grimace.

— Non.

— Je suppose que les caméras de surveillance du cadastre n'ont enregistré aucune image de Peter James.

— Eh bien, en fait, si. Nous travaillons actuellement à les retrouver.

— N'hésitez pas à me les montrer quand vous y serez parvenus.

Après tout, cela pourrait peut-être me rappeler quelque chose.

Nous arpentâmes les couloirs du centre de recherches avant d'atteindre la sortie. Quinn m'attendait près d'un véhicule gouvernemental de couleur gris pâle. Il ressemblait à un ange des ténèbres dans son costume noir et sa chemise bordeaux. Il parcourut mon corps du regard avant de s'arrêter sur mon visage et mes cheveux. Il ne prononça pas un mot, mais je sentis chez lui une flambée de désir qui me fit l'effet d'une brûlure et fit perler la sueur sur ma peau. Il ne s'agissait pas seulement d'une faim de sexe, mais aussi d'une soif de sang qui était si dévorante qu'elle me coupa le souffle. Il était en train de se mettre à l'épreuve et semblait sur le point d'exploser. Je me demandai pourquoi.

Peut-être prévoyait-il de satisfaire sa soif avec l'une des charmantes invitées du banquet, le tout en récoltant des fonds pour l'association ? Je connaissais un bon nombre de femmes prêtes à payer pour expérimenter l'extase sexuelle causée par une morsure de vampire. Ayant pu y goûter, je comprenais pourquoi.

Quinn ouvrit la portière et m'invita à monter dans la voiture d'une main délicatement posée sur mes reins, et qui envoya de délicieuses ondes dans tout mon corps. Mais, malgré ma réaction, je ne pus m'empêcher de remarquer que ses doigts étaient glacés. Les vampires ne devenaient froids que lorsqu'ils n'avaient pas assez bu de sang.

Je croisai son regard et le désir brut que j'y vis fit balbutier mon cœur, mais en dessous la faim rôdait.

— Soyez prudents, tous les deux, nous implora Jack. N'oubliez pas, il s'agit juste d'une mission de repérage. Ne faites rien d'autre que regarder.

Ce dernier conseil m'était tout particulièrement adressé et je le regardai d'un air surpris. Que diable pensait-il que j'allais faire ? Entraîner le général aux toilettes pour lui casser la gueule ? OK, l'idée avait un certain attrait mais, même s'il faisait effectivement partie de ceux qui avaient abusé de moi au complexe, cela n'aurait pas servi à grand-chose de le tabasser. Tout du moins tant que nous n'étions pas certains que c'était lui qui se trouvait derrière toute cette affaire… et, je ne sais pourquoi, je n'y croyais pas.

— Appelez-moi dans l'avion du retour, poursuivit Jack. Et, Riley, nous aurons des hommes qui surveilleront les issues du *Rocker*.

Je lui fis signe que j'avais compris. Il claqua la portière et la voiture démarra. Le silence emplit l'habitacle. Je ne voyais pas l'utilité de le rompre. J'avais dit tout ce que j'avais à dire à Quinn et la balle était désormais dans son camp. Mais sa soif de sang saturait l'atmosphère et rendait ma respiration difficile. Il fallait mettre un terme à cela. Il ne pouvait pas se rendre dans une réception remplie de femmes en émettant de telles ondes. Elles étaient presque aussi fortes qu'une aura de loup-garou et risquaient de provoquer une émeute.

Malheureusement, il n'existait qu'une seule manière de soulager sa soif, et je suspectais que j'allais devoir le convaincre de me prendre du sang. Mais je ne pouvais rien faire dans cette voiture. Je n'avais rien contre les manifestations publiques d'affection, mais Quinn, si. Et, accessoirement, je préférais que le conducteur se concentre plus sur la route que sur ce que je faisais. C'était plus prudent.

Nous arrivâmes en ville et entrâmes dans les entrailles d'un parking public pour changer de véhicule. La limousine de Quinn était équipée de vitres fumées que je devinai être à l'épreuve des balles. Quinn n'était pas du genre à prendre le moindre risque, et cela me rassura passablement.

Nous ne mîmes pas bien longtemps à arriver à l'aéroport d'Essendon. L'avion de Quinn, un jet argenté en forme d'Y, était prêt au décollage sur le tarmac. Nous montâmes à l'intérieur. À part le pilote et son copilote dans le cockpit, Quinn et moi étions seuls dans cette cabine aux sièges ressemblant à des canapés. C'était l'endroit idéal pour une séance de séduction, ou, tout du moins, de demi-séduction. Je n'allais pas l'obliger à aller jusqu'au bout s'il ne le désirait pas. Même si mes hormones hurlaient d'horreur à cette simple perspective.

J'attendis que l'avion ait atteint son altitude de croisière, puis ôtai ma ceinture de sécurité, enlevai mon manteau et me levai.

La température de la cabine crût instantanément d'une dizaine de degrés.

Il me contempla d'un regard méfiant. La soif que j'avais sentie plus tôt semblait avoir disparu, mais il suffisait de voir son rictus tendu pour deviner qu'elle n'était pas enfouie très profondément.

— Ne fais pas ça, Riley.

— Ne fais pas quoi ? demandai-je d'un ton innocent. Parler de notre tactique pour ce soir ?

— Nous savons ce que nous avons à faire. Il n'y a rien d'autre à discuter.

— Vraiment ? Alors, tu vas passer ta soirée à m'appeler Riley, par exemple ?

Il eut un instant d'hésitation, et je vis une pointe d'amusement dans ses yeux.

— Barbie, ça t'irait mieux, même si tu n'es pas blonde.

— Tu approuves donc mes nouveaux nichons ? pépiai-je en les lui mettant sous le nez.

Il émit un petit son étranglé et ne dit rien. *Les hommes, tous les mêmes*, songeai-je en souriant intérieurement, *qu'ils aient vingt ans ou plus de mille. Montrez-leur une belle paire de seins, et leur cerveau se retrouve instantanément dans leur caleçon.*

Je profitai de sa courte absence pour m'asseoir sur ses genoux. Le temps qu'il rebranche ses neurones, il était trop tard pour protester. Et, vu ce sur quoi j'étais assise, une partie de lui semblait particulièrement apprécier notre soudaine proximité.

J'entourai son cou de mes bras et lui embrassai le bout du nez. Celui-ci était froid, ainsi que ses lèvres quand je les effleurai des miennes. Il ne réagit à aucun de mes baisers et resta impassible.

— Riley, je ne peux pas juste prendre une bouchée et m'arrêter, remarqua-t-il d'un ton aussi glacial que l'était son corps.

Mais le désespoir que je lisais dans ses yeux, lui, était brûlant.

— C'est toujours comme ça, avec le chocolat, murmurai-je en continuant à l'embrasser sur les joues et dans le cou.

— Pardon ?

Je souris et embrassai de nouveau ses lèvres. Ses dents avaient commencé à s'étirer. Je passai ma langue sur leurs extrémités aiguës, laissant celles-ci me couper légèrement, pour qu'il puisse sentir le goût de mon sang dans sa bouche.

Il poussa un gémissement.

— Tu n'as peut-être pas envie de faire ça, mais il le faut. Ta soif de sang me fait l'effet d'un fer chauffé à blanc, et pourtant, je ne suis pas des plus sensibles aux émotions. Et je parie qu'il y aura moult empathes et autres hypersensibles parmi les invités du banquet. Si tu te ramènes dans cet état, en envoyant de telles vibrations plusieurs mètres autour de toi, tu penses qu'il va se passer quoi, à ton avis ?

— Rien, parce que d'ici là, je les aurai domptées.

— Mon œil ! Tu en seras incapable parce que tu es proche de l'explosion. (Je plantai mon regard dans les merveilleuses profondeurs obscures de ses iris.) Bon sang, tu es *froid* ! Pourquoi t'infliges-tu une telle torture ? C'est totalement stupide !

— J'ai mes raisons. (Il agrippa mes hanches si fort que des ecchymoses y fleuriraient sûrement dans quelques heures.) Pousse-toi, ou je m'en charge.

Je serrai mes cuisses autour de sa taille.

— Fais comme si j'étais Barbie, une autre de ces belles brunes que tu vas inviter à un dîner bien arrosé avant de la ramener au lit. Rien de sérieux n'en sortira et tu ne me reverras jamais après cette nuit. Juste un coup en passant.

— Je ne peux pas, répliqua-t-il d'une voix qui trahissait la tension que je devinais dans son regard et dans ses membres crispés.

— Et pourquoi ça ?

— Parce que tu n'es pas Barbie et que tu ne seras jamais un coup en passant.

Je haussai les sourcils en entendant sa voix tremblante.

— Mais c'est ainsi que tu me considérais quand nous nous sommes rencontrés. Tu l'as dit toi-même.

— C'était le cas alors.

— Pourtant, rien n'a vraiment changé depuis.

— *Tout* a changé depuis.

— Bon sang, nous ne nous connaissons même pas vraiment en dehors du sexe ! Et ça n'est pas parce que ça se passe bien au lit que ça se passera bien ailleurs.

— Je sais, je sais, grogna-t-il d'un air frustré. Riley, je te veux, j'ai besoin de toi. J'ignore juste si je suis capable de vivre avec toi.

— Je ne te demande pas de devenir mon amant à plein-temps, là, juste de prendre ce dont tu as besoin.

Il me toucha délicatement la joue.

— Tu ne comprends rien, pas vrai ?

— Quoi ?

— Une caresse, une bouchée, ce ne sera jamais suffisant.

Je souris.

— Il n'est peut-être pas nécessaire que ce soit suffisant.

— Je sais. Et si tu étais autre chose qu'un loup-garou, j'accepterais immédiatement ton offre.

Je poussai un soupir las.

— Mais je suis une louve, j'en serai toujours une, et me demander de refréner ma nature, c'est comme te demander à toi de cesser de boire du sang.

— Ce n'est pas pareil…

— Si, insistai-je. La célébration de la lune est vitale pour un loup. La danse est vitale. Le sexe fait partie intégrante de ce que nous sommes, il nous est aussi indispensable que le sang l'est pour toi.

— Tu ne mourrais pas sans sexe.

— Vraiment ? En es-tu bien certain ?

Il ne répondit rien. Je poussai un autre soupir.

— Écoute, prends tout le temps qu'il te faudra pour te décider à notre propos, mais, en attendant, tu ne peux pas arriver à cette réception en émettant de telles ondes. Nous n'avons pas besoin que cela se finisse en orgie.

— Je suis capable de me maîtriser.

— As-tu la moindre idée de la force avec laquelle ta soif se fait sentir ?

— Elle ne se fait pas sentir tant que ça.

— Peut-être pas maintenant, parce que tu fais ton possible pour la brider. Mais quand je suis arrivée à la voiture, tout à l'heure, tu ne contrôlais rien, et ça a été pareil quand j'ai enlevé mon manteau.

— L'effet de surprise, rien de plus.

— On atteint un niveau critique, là.

— Non.

Je poussai un grognement de frustration.

— Bon sang, tu veux vraiment que je te fasse ressentir tout ce que tu projettes ?

— Tout ce que je veux, c'est que tu te lèves de mes genoux et que tu me foutes la paix.

— Réponds à ma question.

— Riley…

— Oui ou non ?

— Si je dis « oui », tu me laisseras tranquille, après ?

— Oui.

— Alors oui.

Je baissai mes défenses psi et laissai mon aura se déployer. Plus un loup veut du sexe, plus son aura est intense. Et là, la mienne reflétait parfaitement mon envie dévorante. Elle lui fit l'effet d'un coup de poing bourré de luxure, de chaleur et de passion. Je vis les yeux de Quinn s'élargir et l'air autour de nous devint soudain irrespirable, même pour moi. Je me hâtai de remonter mon bouclier mental et pris une grande inspiration tremblante.

— Voilà ce que tu projettes autour de toi.

Puis je me penchai et l'embrassai passionnément. Il resta quelques secondes sans réaction, puis soudain me rejoignit au pinacle de la passion, me dévorant la bouche avec ce qui ressemblait bien à du désespoir.

— J'ai autant besoin de toi que toi de moi, murmurai-je contre ses lèvres.

Il gémit et me tira à lui, écrasant mes seins contre son torse. Les battements de son cœur s'accordaient aux miens et la chaleur de son désir me pénétrait par tous les pores. Mais son érection palpitante était toujours prisonnière de son pantalon et c'était atroce, car tout ce que je voulais, c'était qu'il soit en moi, profondément en moi.

Je me redressai sur les genoux, glissai la main entre nous deux et le libérai de sa prison de tissu en descendant son pantalon au bas de ses jambes. Puis je m'empalai sur lui de la manière la plus primale. Il gémit de nouveau en m'agrippant les hanches avec force pour me pénétrer encore plus profondément. Je fis écho à ses grognements en sentant la merveilleuse manière dont nous semblions nous assembler l'un à l'autre. Cela n'avait rien à voir avec la taille ou la forme de son sexe, ce n'était rien de physique. C'était comme si, quand nos chairs se fondaient l'une dans l'autre, nos esprits s'unissaient de la même façon et dansaient ensemble avec autant d'intimité que nos corps.

Il commença à onduler, non pas doucement, mais avec férocité, urgence, et je le rejoignis aussitôt dans cette cavalcade. Je sentis fleurir dans mon bas-ventre une douleur qui se répandit comme du vif-argent sur toute ma peau et devint un kaléidoscope de sensations qui envahit mon esprit. Je poussai un cri étouffé en m'accrochant à ses épaules pour m'arrimer encore plus profondément à lui. Le plaisir explosa simultanément dans nos deux corps alors qu'il accélérait le mouvement.

— Regarde-moi, gronda-t-il.

Je plantai mes yeux dans les siens et sentis tressauter une partie de moi dont je n'avais nulle conscience jusqu'ici. La passion et le désir brûlaient dans son regard, mais il y avait autre chose que je ne pouvais identifier dans ces abysses d'ébène, quelque chose qui me remuait de manière inimaginable.

Voilà pourquoi ça ne peut être un coup en passant. Sa voix mentale inonda chaque cellule de mon corps tel un chant de pure sensualité qui fit vibrer mon âme et transperça mon cœur. *C'est bien plus profond. Bien plus fort.*

Je ne répondis rien. J'en étais incapable. Sa bouche se referma de nouveau sur la mienne en un baiser aussi ardent que le contact de son corps. Puis le barrage céda et je fus secouée de spasmes, hurlant sous l'intensité de l'orgasme qui me parcourait. Il jouit au même moment et, alors que le flot de sa semence s'écoulait en moi, il décolla ses lèvres des miennes et me mordit la gorge. Par réflexe, j'eus un mouvement de recul lorsque ses dents percèrent ma peau, mais l'éclair de douleur fit aussitôt place à quelque chose de parfaitement exquis, et je jouis une seconde fois, une extase qui s'éternisa alors qu'il buvait tout son saoul.

Quand il finit par me laisser aller, je m'effondrai sur lui, agitée de frissons, complètement étourdie. Il m'entoura de ses bras et m'embrassa le sommet du crâne.

— Désolé, murmura-t-il, je n'aurais jamais dû en prendre autant.

— Tu en avais besoin, tentai-je de le rassurer d'une voix qui trahissait l'épuisement causé par une telle perte de sang.

— Oui. (Il s'interrompit un instant.) Tu avais raison. J'aurais mieux fait de me sustenter bien avant cela.

J'étouffai un bâillement et demandai :

— Pourquoi ne l'as-tu pas fait ?

— Parce que tout ce que je désirais, c'était la douceur de ton sang. Je n'avais nulle envie d'autres femmes.

Je m'étirai et le considérai d'un air curieux.

— Tu ne réussissais pas à bander ?

Il me sourit affectueusement.

— Oh ! Si. Je n'en avais juste pas envie.

— C'est idiot.

— En effet. On pourrait croire qu'à mon âge, j'en serais conscient. (Il glissa ses mains sous mes fesses et me souleva pour se dégager. Au moins ses doigts n'étaient-ils plus glacés.) Il faut que tu manges quelque chose pour reprendre des forces.

— J'ai besoin de dormir.

— C'est parce que je t'ai pris trop de sang. Il faut que tu manges quelque chose de riche en fer.

— Tu n'aurais pas un hamburger à disposition dans ce joli tacot ?

— Eh bien, il s'avère que si, dit-il en reboutonnant sa braguette et en se levant. Ce joli tacot, comme tu l'appelles, a été le théâtre de nombre de séductions ces dernières années, et j'ai appris à satisfaire tous les appétits de mes repas. (Il m'adressa par-dessus l'épaule un sourire qui mit le peu de sang qui me restait en ébullition.) J'espère que ça ne te dérange pas que ton hamburger soit réchauffé au four à micro-ondes.

— Pas le moins du monde, lui répondis-je.

Puis je me levai et titubai jusqu'à la salle d'eau pour faire un brin de toilette. Les traces de crocs sur ma gorge n'étaient déjà plus que de petits points roses qui disparaîtraient avant l'atterrissage. C'était l'un des aspects les plus pratiques des morsures de vampires : elles n'étaient pas visibles très longtemps. Enfin, sauf quand il y en avait plusieurs. Là, cela mettait un peu plus de temps à cicatriser.

Je sentis l'odeur alléchante de la viande se répandre dans la cabine et mon estomac manifesta bruyamment son intérêt alors que je m'approchais du four.

— Votre repas est servi, chère madame, dit-il en me tendant l'assiette.

— Miam !

Je m'assis sur le canapé et commençai à déchiqueter mon hamburger à belles dents. Pour un sandwich réchauffé au micro-ondes, il était franchement délicieux.

Quinn se versa un verre de bourbon et s'installa sur le canapé qui me faisait face. Peut-être pensait-il qu'il était plus prudent de maintenir une certaine distance avec moi. Cela étant, s'il pensait que j'allais lui ressauter dessus, il se trompait. J'avais déjà perdu bien trop de sang ce soir-là.

— Alors, m'enquis-je en léchant mes doigts couverts de ketchup, qu'est-ce qu'on fait, à présent ?

Il suivait chacun de mes gestes d'un regard affamé. Visiblement, son appétit était loin d'être satisfait mais, étant donné que je ne le ressentais plus, il devait s'être éloigné du niveau critique.

— Nous sommes toujours confrontés au même dilemme qu'auparavant, répliqua-t-il.

— Pourquoi ?

— Parce que je ne veux pas te partager, Riley.

Il ne voulait pas, ce qui ne signifiait pas forcément qu'il ne le ferait pas. Bizarrement, son choix de mots me donna un infime espoir.

— Alors, continuons à examiner la situation telle qu'elle est, proposai-je. Je vis à Melbourne et toi à Sydney. Cela signifie donc que nous ne pourrons pas nous voir tous les jours, ne serait-ce que parce que tu as des affaires à mener.

— C'est exact.

— Moi, je n'ai pas l'intention de déménager à Sydney. De ton côté, as-tu l'intention de déménager les locaux d'Evensong Air à Melbourne ?

— Pas pour le moment.

— Alors, tu me dis que tu refuses de me partager, mais d'un autre côté nous ne pourrions nous voir que deux ou trois fois par semaine.

— C'est probable. Mais de nombreux couples fonctionnent très bien ainsi.

— Des couples d'humains. Comme je ne cesse de te le rappeler, je suis un loup-garou, avec des besoins de loup-garou.

Il leva un sourcil dubitatif.

— Les loups-garous n'ont pas besoin de sexe tous les jours, même moi, je sais ça.

Nous n'en avions pas besoin, en effet. Mais nous aimions ça. Il nous était même possible de survivre à quelques semaines sans sexe, mais ce n'était jamais quelque chose que nous nous infligions si nous avions le choix.

— Sauf en période de danse lunaire. Tu as déjà vu ce qui arrive à un loup à qui on ne permet pas de satisfaire ses désirs sexuels en période de pleine lune ?

L'envie se transformait alors en quelque chose de nettement plus dangereux et, à ce moment-là, le sexe ne suffisait plus à étancher notre soif : il nous fallait aussi du sang.

— Si je l'ai vu ? Bien sûr. C'est moi qui ai satisfait ta soif du sang lorsque Talon t'a kidnappée, tu te rappelles ?

Je balayai son argument d'un geste de la main.

— Sauf que, cette fois-là, j'étais enchaînée et ne représentais un danger pour personne.

Il ricana doucement.

—J'ai des cicatrices sur tout le bras qui tendent à prouver le contraire.

Certes, mais c'était lui qui avait mis son bras à portée de mes dents. À quoi s'attendait-il dans cette situation ?

—Quinn…

Il leva la main pour m'interrompre.

—Oui, bon, OK, je n'ai jamais vraiment vu un loup en proie à la soif du sang. Mais je sais que toi et Rhoan êtes le fruit d'un tel événement.

J'acquiesçai.

—Notre mère revenait vers sa meute quand sa voiture est tombée en panne non loin d'un petit village de campagne. Heureusement pour les habitants de celui-ci, elle a trouvé un vampire tout frais sorti de sa tombe qui lui a permis d'étancher le plus gros de sa soif, et elle l'a réduit en pièces ensuite. S'il ne s'était pas trouvé sur son chemin, je ne sais combien de morts elle aurait causées cette nuit-là.

Personne ne savait vraiment pourquoi les loups-garous en proie à la fièvre du sang attaquaient les humains. La théorie la plus communément acceptée, c'était qu'ils étaient des proies faciles. Pour un loup sous influence lunaire, les humains étaient non seulement amusants à traquer, mais aussi extrêmement aisés à attraper.

—Te faire cette promesse, ce serait dangereux, Quinn, poursuivis-je. Pour moi, et pour le reste du monde.

—Je peux être présent pour les danses lunaires, s'obstina-t-il.

—Et tu peux me garantir que tu pourras être là à chaque pleine lune ? Et deux jours avant cela ? Le tout, chaque mois, aussi longtemps que nous serons ensemble ?

Il fronça les sourcils.

—C'est une garantie qu'il m'est impossible de te donner.

— Parce que tu n'es pas un loup. Si tu en étais un, tu pourrais le garantir, car tu serais obligé d'être là, comme j'y suis obligée moi-même.

— Tu ne baises aucun autre loup en ce moment… (Il eut un instant d'hésitation, et une lueur que j'aurais pu qualifier de mesquine fit étinceler son regard.) À part Misha, bien sûr.

— J'ai rencontré un Alpha la nuit dernière. J'ai l'intention de le revoir.

— Pourquoi ?

J'eus soudain une folle envie de lui jeter mon assiette à la figure, tellement il était têtu, et dus me maîtriser pour empêcher mes doigts de la saisir.

— Cela doit faire cent fois que je te le dis ! Arrête de penser avec ta bite et réfléchis un peu, merde !

Son expression s'assombrit.

— Crois-moi, ça n'est pas ma bite qui parle, en ce moment.

— Tu ne me connais pas assez pour que ce soit autre chose, répliquai-je. Nom d'un chien, tu n'*apprécies* même pas les loups-garous ! Pourquoi diable voudrais-tu d'une relation exclusive avec moi ?

— Si j'avais le choix, crois-moi, ce n'est pas ce que je chercherais.

J'arquai l'un de mes sourcils.

— Mais je ne te force pas non plus.

— Non ?

— Non.

— Alors pourquoi envahis-tu mes rêves ?

— Je ne l'ai pas fait exprès. Moi aussi, je rêvais.

— Mais ce n'étaient pas n'importe quels rêves. C'étaient des rêves érotiques.

Je le regardai, indécise, ne sachant pas où il voulait en venir.

— Et ?

— Et cela signifie que ce n'étaient pas seulement des rêves. Tu te connectais à mon esprit et tu partageais tes rêves avec celui-ci.

Je clignai des paupières. Qu'est-ce que cela signifiait ? Que nous avions eu de véritables rapports sexuels par télépathie ? Mais c'était trop cool ! Pourquoi ne partagions-nous pas cela lorsque nous étions éveillés ?

— Parce que ni toi ni moi ne sommes physiquement prêts pour une telle expérience.

Une bouffée d'agacement m'envahit.

— Vas-tu enfin garder ton nez hors de mes pensées ?

— Tu n'as qu'à mieux les protéger.

Je relevai totalement mes défenses et le fusillai du regard. Cela lui glissa dessus comme l'eau sur les plumes d'un canard.

— Qu'est-ce que tu veux dire, qu'aucun de nous deux n'est prêt pour une telle expérience ?

— Rien de plus que ce que j'ai dit. La fusion des esprits pendant le sexe est quelque chose de profondément intime, une expérience qui peut te changer à jamais.

Je lui jetai un regard curieux.

— Tu l'as déjà fait ?

Il eut un instant d'hésitation.

— Une seule fois.

— Avec qui ?

— Cela n'a aucune importance...

— Tu vois ? m'exclamai-je en levant les bras au ciel. Tu veux une relation exclusive avec moi, mais tu refuses de me dire quoi que ce soit te concernant, toi ou ton passé !

— Le passé n'a aucune importance.

Peut-être bien que oui, mais le fait qu'il ne me fasse pas assez confiance pour m'en parler en avait, en revanche. Pourtant, s'il n'était pas assez intelligent pour s'en rendre compte, alors à quoi servirait-il de le lui faire remarquer ?

— Écoute, il vaut mieux qu'on en reste à quelque chose d'occasionnel, proposai-je gentiment, et on verra ce qui advient.

— Je ne *peux* pas.

— Pourquoi ? lui demandai-je d'un ton perplexe. C'était le cas il y a un mois, et ça n'avait pas l'air de te déranger alors.

Il finit son verre, le posa dans le porte-gobelet du bras de son fauteuil, puis se leva.

— Comme je te l'ai déjà dit, expliqua-t-il en se tournant vers le hublot, les vampires ont un sens aigu de leur territoire. Tu as envahi tout mon être… et maintenant, ce dernier considère que tu lui appartiens. As-tu idée de combien il est difficile pour moi de devoir te regarder baiser avec d'autres hommes ? Je ne pourrais pas le supporter bien longtemps. Je finirais par les tuer, Riley. Je ne pourrais pas m'en empêcher.

Sa voix ne laissait échapper aucune trace d'émotion, mais la lueur de douleur que je décelai au fond de son regard me convainquit que ce genre d'événement s'était déjà produit. Et que c'était précisément à cause de cela qu'il détestait les garous. Je pris une grande inspiration, que je laissai lentement échapper.

— Que dirais-tu d'un compromis ?

Il ne se retourna même pas vers moi.

— Quoi ?

— Quand tu viendras me rendre visite à Melbourne, je n'irai voir aucun autre homme. Mais quand tu seras à Sydney, je serai libre de fréquenter qui me chante. Et la période avant la pleine lune n'appartiendra qu'à moi.

— Et Misha ?

— Misha fait partie de ma mission. Tant que celle-ci ne sera pas terminée, notre accord ne sera pas valable. De toute façon, nous savons tous les deux que Misha ne sera certainement pas le seul voyou que j'embrasserai avant la résolution de ce mystère.

— Si ce n'étaient que des baisers, ça ne me dérangerait pas tant que ça, maugréa-t-il avant de me faire face. Marché conclu.

Mes hormones se mirent à faire des cabrioles de joie dans tous les sens.

— Tu accepteras le fait qu'il y ait d'autres hommes dans ma vie ?

La contrariété fit étinceler ses yeux sombres.

— Tant que tu tiens la promesse que tu as faite une fois cette mission terminée, alors oui, je l'accepterai.

Enfin, nous avions trouvé un terrain d'entente !

— Est-ce que tu veux bien me faire chauffer un second hamburger pour fêter ça ?

Il eut un sourire amusé.

— Tes désirs sont des ordres.

Le banquet se déroulait au huitième étage du Harbourside, un tout nouveau complexe hôtelier qui offrait une vue magnifique sur le Harbour Bridge et sur l'Opéra de Sydney. La salle de bal était revêtue de blanc crème du sol au plafond, en passant par les tables et les chaises, comme pour éviter de rentrer en compétition avec le panorama visible par les baies vitrées qui constituaient deux des côtés de la pièce. Les seules taches de couleur, c'étaient les chandeliers dorés et les arcs-en-ciel diffractés par les pendeloques des lustres de cristal au plafond.

Bien entendu, personne n'avait prévenu les invités de la nécessité de rester discrets pour sublimer le panorama, et la salle de bal était un maelström de couleurs chatoyantes, tout au moins en ce qui concernait les femmes. Et je fus soulagée de constater que la plupart des robes étaient aussi courtes que la mienne. Comme toujours, Liander avait raison quant aux dernières tendances de la mode.

Quinn posa la main sur mes reins alors que nous descendions les marches d'un escalier monumental à la suite d'un serveur. Ses doigts ne faisaient que m'effleurer, et pourtant j'en sentis la chaleur au plus profond de mon échine et le désir fit vibrer la moindre parcelle de mon corps. Même si j'avais conscience qu'il était plus prudent de ne pas perdre plus de sang dans l'immédiat, cela ne m'empêchait pas d'avoir envie de Quinn. Et je ne voulais pas retrouver Misha en me sentant ainsi : ce salaud ne le méritait pas.

Nombreux furent les convives qui se tournèrent vers nous à notre passage, certains cherchant à saluer Quinn. Celui-ci ne prit même pas la peine de les regarder et encore moins de le rendre leur salut. Il avait les yeux braqués droit devant lui, et je fronçai les sourcils en examinant la foule qui nous faisait face et en me demandant ce qui avait ainsi attiré son attention. Je ne voyais pas grand-chose au-delà de la mer de diamants exposés aux cous, aux poignets et aux doigts des convives. Heureusement que l'endroit était solidement gardé, car une telle quantité de bijoux aurait dû attirer les pickpockets comme un pot de miel attirait les mouches.

— Qu'est-ce qui ne va pas ? finis-je par demander.

Il se tourna vers moi, le regard inexpressif.

— J'ai cru voir quelqu'un que je connaissais.

— Quelqu'un ou quelqu'une ?

— Quelqu'un. Le fils d'un de mes rivaux en affaires.

— Je le connais ?

— C'est peu probable, même si tu as déjà probablement entendu parler de sa compagnie : Sirius Airlines.

— C'est celle qui a remporté le contrat pour la navette journalière vers la Station spatiale européenne, n'est-ce pas ?

— Oui.

Il dit cela d'un air si sinistre que je ne pus m'empêcher de le regarder avec surprise.

— Contre ta compagnie, c'est ça ?

— Oui.

— Ce ne sera certainement pas en créant un esclandre en public que tu récupéreras ce contrat, tu le sais bien.

Il me décocha l'un de ses regards vides de vampire.

— De toute façon, cela ne servirait à rien : ce n'est que le fils de mon concurrent. Je voudrais juste lui transmettre un avertissement.

Le serveur s'arrêta près d'une table vide dans le coin de la pièce. Je jetai un regard circonspect à la baie vitrée, pas vraiment certaine d'être ravie de m'en trouver si proche. J'avais beau porter un déguisement, ce n'était pas le cas de Quinn, et nous ne savions toujours pas qui se cachait derrière les récentes tentatives d'assassinat dont il avait été victime.

— Alors, comment s'appelle-t-il, et quel est l'avertissement que tu veux lui transmettre ?

Je pris la chaise la plus éloignée de la fenêtre. Nous n'étions peut-être qu'au huitième étage, mais, si je m'approchais trop, mon estomac allait néanmoins réagir. Et je doutais que cela plaise énormément à mes voisins de table.

— Cela n'a aucun intérêt pour toi, répondit Quinn.

Il s'exprima sur un ton presque absent et l'agacement m'envahit de nouveau. Bon sang, ça commençait sérieusement à me lasser, cette relation – quelle qu'en soit exactement la nature – qui était toujours à sens unique. Et ce n'était pas parce qu'il était très vieux et complètement enraciné dans ses petites habitudes que cela le justifiait.

Je me relevai brusquement, préférant m'éloigner avant de dire quelque chose de stupide ou que nous repartions une fois encore dans la même dispute, mais, je sentis sa main agripper mon poignet avec force.

— Je suis désolé, Riley.

— Non, tu ne l'es pas, dis-je en baissant les yeux vers la main qui me tenait le poignet. Lâche-moi.

— Seulement si tu t'assieds et si tu me laisses t'expliquer.

— J'ai du travail et, pour le moment, pas la moindre envie de t'écouter.

— Je t'en prie.

— Non.

— Et si je te disais que l'homme que je cherche se nomme Kellen Sinclair ?

— Il est un peu trop tard pour me confier son nom, maintenant.

Mais, au plus profond de moi, j'espérais surtout que ce Kellen Sinclair n'était pas *mon* Kellen. Et vu la poisse que je me traînais ces derniers temps, j'aurais parié que c'était justement le cas.

— J'aimerais bien que tu répondes poliment quand je te pose une question, poursuivis-je.

— J'ai dit que je ferais de mon mieux, Riley, mais j'ai besoin de temps…

Il s'interrompit soudain.

— Ouais, remarquai-je à mi-voix. En revanche, toi, tu crois que c'est normal d'attendre de moi que je change instantanément.

Je desserrai ses doigts agrippés à mon bras et reculai hors de sa portée.

— Je vais faire un tour. Je te préviens si je renifle ou vois quelqu'un que je connais.

Il sembla presque soulagé à cette idée.

— Tu ne devrais pas faire cela seule.

— Liander a réussi à camoufler à la fois mon odeur et mon apparence. Ne t'en fais pas, je ne cours aucun danger ce soir.

— Certes, mais n'oublie pas que nous ne sommes ici que pour repérer le général Hunt, rien de plus.

— Nous sommes ici pour découvrir la piste de celui qui se cache derrière cette affaire de manipulation génétique. Personnellement, je pense que Hunt n'est qu'un maillon de la chaîne, et c'est pourquoi je veux faire quelques repérages, au cas où je détecterais d'autres membres de ce complot.

De toute façon, il fallait que je m'éloigne de Quinn. Je devais reprendre mes esprits avant d'être trop tentée de l'envoyer se faire voir chez les Grecs. Merde, avec ma chance légendaire, il suffisait que je décide qu'il faisait partie de mon passé pour me rendre compte que c'était bien lui, l'homme de ma vie.

— Toi, pars à la recherche de Hunt, poursuivis-je. Je te rejoindrai une fois mon tour de repérage terminé.

Je ne lui laissai même pas le temps d'argumenter et me fondis dans la foule qui se pressait sur la piste de danse. J'avais traversé les trois quarts de la pièce, et commençais à être vaguement nauséeuse à cause des effluves exhalés par la totalité des femmes de l'assistance, qui semblaient s'être baignées dans leur parfum, quand soudain je la sentis. Une odeur de pin et de printemps. Celle que j'avais perçue nombre de fois dans le complexe.

J'interrompis brusquement ma progression et examinai le groupe qui se trouvait juste devant moi. Il s'agissait seulement d'une bande de vieilles dames grisonnantes et tirées à quatre épingles. Aucun homme. Je fronçai les sourcils en reniflant précautionneusement l'air ambiant, et me demandai si le tourbillon de parfums n'avait pas plongé mes sens dans la confusion.

Mais l'odeur était toujours aussi présente et venait bien de ce groupe de femmes. Peut-être un homme se cachait-il au milieu d'elles, hors de ma vue.

Je passai devant l'une d'elle – son parfum d'orange était si écœurant que mon estomac déjà chaviré faillit se soulever complètement – et m'approchai du groupe. Je ne voyais toujours aucun homme, mais l'odeur s'était indéniablement rapprochée.

— Où se trouve donc le délicieux Martin ? demanda l'une des femmes. Il me doit toujours une coupe de champagne à la suite de notre petit pari.

« Martin » ? Voulait-elle parler de Martin Hunt ? Cela signifiait-il que son épouse se trouvait dans le groupe ? Je passai devant un couple et la vis enfin. Elle était aussi rondelette et banale en vrai que sur sa photo, et semblait terriblement mal à l'aise dans sa robe de soirée rouge sang qui lui arrivait à mi-mollet.

Elle se tourna vers moi et nos regards se croisèrent. Le choc fut étourdissant. Elle avait les yeux d'un brun boueux, mais ses iris étaient encerclés de deux couleurs distinctes : bleu et ambre pâle. Je connaissais ces yeux. Ils appartenaient à un homme qui faisait partie de mon passé. L'homme qui m'avait rendu visite lorsque j'étais prisonnière du complexe.

Sauf qu'il ne s'agissait pas d'un homme, mais d'une femme.

Ma mémoire me jouait des tours. Il n'y avait pas d'autre explication. C'était impossible.

C'est à cet instant-là que je sentis la si familière odeur envahir mes poumons, confirmant que l'impossible était possible.

C'était la femme de Martin Hunt, et non Martin Hunt lui-même, qui avait abusé de moi dans le complexe.

CHAPITRE 9

— Est-ce que nous nous sommes déjà rencontrées ?

La voix stridente de Mme Hunt sembla dominer le brouhaha ambiant et plusieurs femmes du groupe se retournèrent pour m'examiner.

— Hein ?

Je me rendis soudain compte de ce que je faisais, et me forçai à prendre un ton surpris :

— Oh ! Je suis désolée ! Je regardais le panorama, je ne voulais pas avoir l'air de vous dévisager…

Mais c'était bien ce que j'avais fait comme une vulgaire débutante.

— Et vous êtes… ? demanda-t-elle d'une voix toujours aussi glaciale qui me fit le même effet que des ongles grinçant sur un tableau noir.

Mais cette voix n'était pas celle de la personne qui m'avait violée, et cela ne faisait qu'ajouter à ma confusion. Je lui décochai mon meilleur sourire de jeune évaporée et tendis la main.

— Je m'appelle Barbie Jenkins.

Elle fit mine de ne pas voir ma main.

— Je n'ai aucun souvenir d'une Barbie Jenkins sur la liste des invités. Et toi, Meryl ?

Ladite Meryl réussit l'exploit de me regarder de haut alors qu'elle était nettement plus petite que moi.

— Non, il n'y avait aucune Barbie Jenkins à ma connaissance.

— Oh, mais c'est normal ! J'accompagne un ami !

Elle haussa un sourcil broussailleux.

— Et de quel ami s'agit-il, si je puis me permettre ?

— Quinn O'Conor.

Malgré ce que tous mes sens me disaient à propos de cette femme, je ne vis pas d'inconvénient à donner son nom. Après tout, si c'était elle qui avait dressé la liste des invités, elle saurait qu'il était bien censé se trouver là.

Je vis son expression se modifier imperceptiblement. Elle renifla d'une manière qui ne pouvait être qualifiée que de hautaine.

— C'est l'un de nos donateurs les plus généreux.

Vraiment ? Voilà qui était une sacrée surprise. D'un autre côté, tout était surprenant avec Quinn.

— Extrêmement généreux, confirma la dénommée Meryl d'un ton grave.

Ce qui semblait visiblement signifier qu'on était prêt du coup à négliger son mauvais goût en matière de cavalière. Si ma confusion n'avait pas été totale, j'aurais probablement éclaté de rire au nez de ces vieilles peaux aussi snobs que si elles avaient fait partie de la noblesse, ce qui n'aurait pas précisément arrangé mon image.

— Je suis certaine qu'il va continuer à soutenir l'association, pépiai-je gaiement. Il ne cesse de dire à quel point vos actions sont formidables…

— Oui, bien sûr, ma chère. Merci, répondit Mme Hunt avec un sourire hypocrite avant de se retourner vers ses compagnes.

Ainsi congédiée de manière plus que sommaire, je fis demi-tour et replongeai dans la foule. Je ne comprenais rien à ce qui se passait mais, s'il y avait bien une chose qu'il me fallait éviter, c'était d'attirer plus que nécessaire l'attention de Mme Hunt.

Cependant je ne pus aller bien loin. Je sentis une main attraper la mienne et me tirer contre un corps ferme qui m'était familier. Une odeur de cuir et d'épices m'enveloppa et me titilla les sens, faisant surchauffer mes hormones. Ce n'était pas Quinn, mais Kellen.

— Salut, Riley, me souffla-t-il au creux de l'oreille. Quel plaisir de te voir ici !

Décidément, le sort avait décidé de me jouer des tours. Ou alors était-ce juste une manière de me donner une idée de la direction à prendre ? Je me tournai vers lui pour le détromper mais, en croisant son regard, je restai muette.

Il *savait*. Il n'y avait pas la moindre lueur de doute dans ses yeux verts. Malgré mon déguisement, malgré mon odeur camouflée, il savait que c'était moi. Et c'était une reconnaissance si profonde que j'en ressentis de la peur. Comment était-il possible d'avoir un contact aussi intime avec quelqu'un que l'on connaissait à peine ?

Et, accessoirement, quelqu'un dont Quinn semblait tant se méfier ?

Mais ce qui était le plus effrayant, c'était que le Kellen qui se trouvait devant moi, contrairement à celui que j'avais rencontré à Melbourne, était totalement alpha, tout de puissance et d'exigence. Il n'était plus question de patience. Ce loup-là aurait ce qu'il voulait et, ce qu'il voulait, c'était moi.

Cette simple pensée fit battre mon cœur encore plus fort. Mais je n'étais pas ici pour m'amuser ou pour flirter avec un éventuel partenaire.

Néanmoins, je me demandai s'il ne pouvait pas m'être utile dans ma récolte d'informations.

— J'ai quelques questions à te poser, chuchotai-je avant de m'interrompre en sentant sa main serrer cruellement mon poignet.

— Pas ici. Allons ailleurs.

J'aurais pu résister. J'aurai *dû* résister.

Au lieu de cela, je le suivis docilement.

Et, même si j'aurais pu me justifier en disant que je ne voulais pas arriver devant Misha pantelante de désir parce que ce salaud ne le méritait pas, la vérité était que j'avais follement envie de ce loup-là, autant que lui avait envie de moi.

Il traversa la salle de bal à grands pas, droit vers les ascenseurs, me forçant à presque courir derrière lui.

— Où allons-nous ? demandai-je, le souffle court.

— Dans mon bureau. Personne ne nous dérangera.

Cette simple perspective fit bouillir le sang dans mes veines, de même que son regard fiévreux et déterminé.

— Tu travailles ici ?

— L'immeuble m'appartient.

— Waouh !

Il eut un petit sourire en me déshabillant du regard. Je sentis une boule de chaleur palpiter en moi.

— C'est le mot qui convient à ta robe. (Il planta ses yeux dans les miens.) Mais j'ai l'intention de te l'enlever dans exactement (il regarda sa montre) vingt secondes.

L'ascenseur émit un petit tintement et les portes s'ouvrirent. Il me poussa à l'intérieur et appuya sur le bouton du dernier étage.

— Tu es légèrement présomptueux, non ?

Il leva le sourcil.

— Ah bon ?

L'ascenseur fila telle une flèche vers les étages supérieurs et, pour une fois, mon estomac ne protesta pas. Peut-être était-ce dû à la présence et à la chaleur de ce loup qui me permettaient de ne rien ressentir d'autre que du désir.

— Je suis venue accompagnée, tu sais ?

— Quinn O'Conor, répondit-il avec un amusement froid. Et cela me fait sacrément plaisir de te chiper à ce salopard.

Je reculai d'un pas.

— J'espère que ce n'est pas la seule raison, parce que sinon…

Il m'interrompit d'un éclat de rire.

— Si je voulais vraiment l'agacer, je t'aurais emmenée ailleurs, dans un endroit où ses sens de vampire lui auraient permis de ressentir le moindre des petits délices que j'ai l'intention de te faire subir.

Et moi qui pensais que le métamorphe cheval était l'être le plus sexy que j'avais rencontré.

J'expirai bruyamment et résistai à la tentation de m'éventer.

L'ascenseur atteignit enfin le dernier étage et les portes s'ouvrirent dans un petit tintement. Sauf que ce ne fut pas un couloir qui s'offrit alors à nous, mais un gigantesque bureau dont les immenses baies vitrées laissaient filtrer une vue époustouflante sur la baie de Sydney.

— Magnifique, soufflai-je.

— En effet, répondit-il, mais c'était moi qu'il regardait.

Je réprimai un sourire. J'appréciais de plus en plus ce loup.

— C'était un ascenseur privé ?

Il brandit une carte magnétique que je n'avais pas vue auparavant. Quel phénoménal sens de l'observation…

— Oui. Pourquoi ?

— Parce que cela me contrarierait énormément que nous soyons interrompus.

— Oh, ne t'en fais pas pour ça.

Il m'attira vers le centre de la pièce. Le bureau était énorme, et ce n'était pas qu'un bureau. Une double porte à notre gauche menait vers une chambre qui semblait aussi vaste que mon appartement tout entier et une autre, un peu plus loin, ouvrait sur une salle de bains.

— Tu habites ici ? demandai-je en le suivant à grand-peine le long d'un immense canapé d'angle en cuir qui semblait avoir été conçu pour la séduction.

— La plupart du temps. J'ai aussi un appartement à Melbourne. (Il me jeta un regard d'émeraude par-dessus l'épaule.) J'ai d'ailleurs l'intention d'y passer de plus en plus de temps à l'avenir.

— Oh ! Génial, fis-je avant de m'interrompre en voyant l'endroit où il me conduisait. Euh… J'ai le vertige, alors ce n'est peut-être pas une bonne idée que je m'approche de la fenêtre…

Il fit immédiatement volte-face et me conduisit vers une longue table de réunion en acajou. Il balaya d'un revers de la main plusieurs chaises dont certaines s'écrasèrent sur l'épaisse moquette beige et me plaqua contre le rebord de la table.

J'eus le souffle coupé en sentant ses mains parcourir ma taille, puis mes hanches. Il effleura mes cuisses du bout des doigts, envoyant comme des étincelles d'électricité le long de mon échine, puis saisit ma robe par le bas et la tira d'un geste sûr au-dessus de ma tête.

— Pile vingt secondes, remarqua-t-il en souriant.

— J'ai toujours admiré les hommes de parole, dis-je en posant mon cul sur la table. Et maintenant que je suis à poil, qu'est-ce que tu as l'intention de faire de moi ?

— T'offrir un verre, bien entendu. Qu'est-ce que tu veux boire ?

— Un café serait-il trop demander ?

— Et un expresso pour la dame !

Il se dirigea vers un bar plus grand que ma salle de bains et saisit une des tasses posées à côté du percolateur.

— Comment se fait-il que tu accompagnes Quinn ?

Je haussai les épaules.

— C'est plus pour les affaires que pour le plaisir.

La machine à café émit un sifflement aigu et un liquide brun goutta dans la tasse.

— Tu baises avec lui ?

Il n'y avait aucun jugement dans sa question, c'était juste un simple constat. Ce qui n'était pas désagréable comparé aux réflexions crispées de Quinn. Je lui souris.

— Bien entendu. Pourquoi ?

— Parce que ça rend le fait de te chiper à lui encore plus délicieux. (Il revint vers moi et me tendit la tasse.) Où en étions-nous ?

— Nous étions en train de papoter tout en sirotant un café, le taquinai-je.

— Toi, tu bois du café, rectifia-t-il d'une voix distraite en me caressant la nuque et l'épaule de l'index.

Le désir me fit trembler de tous mes membres et ma soif de sexe devint comme une flamme que l'on aurait alimentée. Je m'empressai de boire une gorgée de café, mais cela ne fit rien pour apaiser cette brûlure.

— Mais il faut être deux pour papoter.

— J'ai toujours pensé qu'on surestimait la communication verbale.

— Et moi, j'ai toujours trouvé injuste que quelqu'un reste habillé en face d'une personne nue.

Son visage se fendit d'un sourire et il recula d'un pas avant de commencer lentement à se déshabiller. Je profitai du spectacle en savourant mon délicieux breuvage… et quel beau spectacle c'était ! Ce garçon maîtrisait particulièrement bien l'art du strip-tease. Une fois nu, il s'inséra entre mes cuisses, repoussa une mèche de mon épaule et y planta un baiser.

— Je préfère ta couleur naturelle, murmura-t-il en soufflant son haleine brûlante sur ma peau. Elle te va beaucoup mieux.

— Mais tu as néanmoins réussi à me reconnaître, soufflai-je d'une voix rauque. Comment tu as fait ?

— Un Alpha reconnaît toujours la compagne qu'il s'est choisie.

Mon cœur manqua un battement en entendant cela. Je connaissais à peine cet homme, et pourtant il déclarait sans fard son intention de faire de moi sa compagne. C'était une sensation excitante, incroyablement sexy et juste un tout petit peu effrayante.

— Mais je ne suis pas ta compagne.

— Pas encore, mais tu le seras, répliqua-t-il en plaquant sa bouche sur mon épaule puis en remontant lentement, langoureusement jusqu'à mon oreille. Je poussai un petit gémissement en sentant sa langue pénétrer dans le conduit de celle-ci.

Il rit doucement d'un rire de gorge aussi séduisant et excitant que le contact de sa bouche. Puis il fit courir ses doigts de mes hanches jusqu'à mes seins et commença délicatement à en stimuler les pointes érigées. J'eus un sursaut et posai la tasse sur la table, l'oubliant aussitôt lorsqu'une vague de désir me parcourut les veines.

Quand je ne pus en supporter plus, j'entourai son cou de mes bras et l'attirai contre moi de manière à écraser mes seins contre son torse. Son cœur battait avec la même férocité que le mien et la chaleur de son désir me fit l'effet d'une fournaise dans laquelle je me prélassai, dévorée par l'envie de lui.

Il effleura mes lèvres d'un baiser plein de promesses quant à ce qui allait suivre et tendit la main derrière moi.

— Finissez votre café, gente dame, ordonna-t-il en me tendant la tasse.

Je l'acceptai avec un sourire.

— Mais que vas-tu faire pendant que je le termine ?

— Oh, je trouverai bien à m'occuper.

Il glissa ses doigts entre mes cuisses, les plongeant dans mon intimité humide. Je poussai un gémissement et reposai la tasse en bougeant légèrement les hanches afin de lui faciliter l'accès. Il me caressa avec vigueur et m'amena au bord de l'orgasme bien trop rapidement à mon goût. Mais il s'interrompit juste au dernier moment et m'embrassa profondément le temps que s'éloignent les frissons de l'extase. Puis il me tendit de nouveau la tasse de café, avant de reprendre là où il en était resté.

Quand je réussis enfin à boire la dernière gorgée de café, celui-ci était froid, et moi, brûlante. Mon cœur battait si fort que j'avais l'impression qu'on n'entendait que lui dans la pièce et chaque fibre de mon être était tendue à craquer.

Il remonta sa main le long de ma cuisse, l'égratignant légèrement. Je frissonnai et arquai le dos à la rencontre de ses doigts. J'avais l'impression d'être sur le point d'exploser.

— Cesse de me chercher, haletai-je quand il m'effleura encore.

Il eut un petit rire malicieux et, de sa main libre, saisit ma nuque pour m'embrasser avec passion. Nos langues s'emmêlèrent et je sentis ses doigts écarter mes lèvres et se glisser en moi. Son pouce vint reposer sur mon clitoris et il se mit à me caresser à l'extérieur comme à l'intérieur. Je me mis à frissonner, puis à tressauter sous la pression du plaisir croissant, jusqu'à ce que j'aie l'impression que mon corps était sur le point d'exploser.

Puis ce fut le cas, et je ne fus plus que membres tremblants, bouche gémissante et poitrine haletante. Entre deux sursauts, je sentis ses mains saisir mes fesses avec force, tirant mes hanches vers le bord de la table avant de me pénétrer vigoureusement de toute la longueur de son érection. C'était si bon que je ne pus m'empêcher de crier.

Il commença à onduler des hanches et toute pensée consciente devint impossible. Je ne pus que le rejoindre dans sa danse, savourant la moindre sensation que son sexe provoquait au plus profond de moi. La lente séduction des débuts fit place à un rythme urgent, presque rageur. Ses caresses devinrent féroces, secouant tout mon corps, ses doigts s'enfonçant dans mes hanches au point de les meurtrir afin de me maintenir en place. Cela n'avait aucune importance. La douce pression était de nouveau en train de monter et s'approchait rapidement du point d'ébullition.

Nous atteignîmes l'orgasme en chœur et son rugissement de plaisir résonna dans la pièce vide. Puis son corps s'abattit sur le mien à grand fracas, faisant vibrer toute la table.

Quand je réussis enfin à retrouver mon souffle, je pris son visage entre mes paumes et l'embrassai longuement.

— On avait tous les deux bien besoin de ça, on dirait.

Il m'adressa le sourire d'un homme satisfait de son travail.

— Oui. Mais je dois avouer que c'était peut-être un peu trop rapide à mon goût.

Je lui rendis son sourire.

— C'est bien, aussi, la rapidité.

Il essuya doucement une goutte de sueur sur mon front.

— C'était même fantastique, en l'occurrence.

— Alors, tu te sens prêt à répondre à quelques questions, maintenant ?

— Je devrais être en mesure d'en affronter une ou deux, répondit-il en s'asseyant à côté de moi. Qu'est-ce que tu veux savoir ?

— Qu'est-ce que tu sais de Mme Hunt ?

— C'est une vieille peau terriblement snob, mais particulièrement efficace dans sa gestion d'œuvres de charité. (Il m'examina d'un air curieux.) Pourquoi ?

J'hésitai. Jusqu'où pouvais-je me confier à lui ? Qu'est-ce que j'étais censée lui dire ?

— Son nom est apparu dans une enquête, me contentai-je de l'informer. On m'a demandé de venir ici pour voir ce qu'il en était.

— Qui te l'a demandé ?

Oh, flûte ! Mais, si nous devions nous revoir régulièrement, il apprendrait tôt ou tard pour qui je travaillais.

— Le Directoire.

— Tu es gardienne ? fit-il d'un air incrédule.

J'éclatai de rire.

— Ouh là ! Non, je suis juste agent de liaison. Mais nous avons de petits problèmes de personnel ces temps-ci alors je suis chargée des trucs pas très importants, comme suivre des pistes qui ne vont probablement nulle part.

— Et quelle est cette piste, en l'occurrence ?

— On la soupçonne de détournement de fonds, mentis-je avec une aisance qui me fit ressentir une pointe de culpabilité.

Le plus inquiétant étant que je n'en ressentais qu'une pointe.

— Pour quelle raison le Directoire s'intéresse-t-il à un détournement de fonds ? En général, ils sont plus du genre à traquer les assassins, non ?

— En général, oui, répondis-je avec un haussement d'épaules. Moi, je fais ce qu'on m'ordonne. C'est bien plus simple comme ça.

Si Jack m'entendait, il serait mort de rire. Obéir n'avait jamais été un de mes points forts.

Kellen fronça les sourcils d'un air perplexe.

— Elle vient d'une famille riche et se glorifie de son travail au sein de ces associations. Je ne la vois vraiment pas mettre en péril sa réputation ou celle de sa famille au sein de la communauté pour des raisons bassement financières.

— Tu n'as donc rien remarqué d'étrange dans son comportement, ces derniers mois ?

— Non. (Il hésita un instant.) Encore que… elle a manqué plusieurs réunions il y a quelques semaines. Le général a dit qu'elle était malade.

— Tu penses qu'il ne disait pas la vérité ?

— Nous parlons d'une femme qui s'est traînée hors de l'hôpital après son opération de l'appendicite pour assister à un bal de charité.

— En as-tu parlé avec ses amis ?

— En fait, oui, j'en ai parlé avec une personne. Enfin, je ne me sentais pas particulièrement concerné. (Il haussa les épaules.) Visiblement, elle a refusé de voir quiconque pendant trois semaines. Ses amis étaient passablement inquiets.

— Avaient-ils une idée de la raison d'un tel comportement ?

— L'hypothèse la plus répandue, c'est qu'elle avait subi une opération de chirurgie esthétique qui aurait mal tourné. Ou alors que le général l'avait tabassée. Ou bien que ses faux ongles étaient tombés et qu'elle avait trop honte pour sortir ainsi.

Je le considérai d'un air étonné. Il sourit, amusé.

— Bon, OK, j'ai inventé cette dernière théorie.

— Mais donc, après cette absence de trois semaines, elle semblait normale ?

— Pour le peu que je l'ai vue, oui.

— Et son odeur ?

Il m'interrogea du regard.

— Comment ça, son odeur ?

— Est-ce qu'elle avait changé lorsqu'elle a refait son apparition ?

Il eut un instant d'hésitation.

— En effet. Elle était devenue plus présente, plus agressive.

— De quelle manière ?

Il haussa de nouveau les épaules.

— Je ne sais pas trop. Je n'ai jamais vraiment prêté attention à cette vieille peau, tu sais.

Formidable. J'en étais donc toujours au point de départ quant aux questions que je me posais. Mes souvenirs étaient-ils complètement brouillés ou au contraire constituaient-ils des indices qui me mèneraient vers la solution de ce mystère ? Une solution que j'étais pour le moment incapable de comprendre. Peut-être Mme Hunt avait-elle effectivement été présente ? Peut-être appréciait-elle de voir son mari prendre d'autres femmes ? Elle n'avait pas précisément l'air d'être amatrice de voyeurisme mais, ces temps-ci, il était impossible de se fier aux apparences.

Il n'en restait pas moins que c'était son odeur que j'avais sentie dans ma cellule, et déjà auparavant. Or il était impossible que deux personnes partagent exactement la même odeur. C'était quelque chose d'aussi unique que les empreintes digitales ou la couleur des yeux. Certaines pouvaient être similaires, mais certainement pas identiques.

Et dans ce cas-là, pourquoi me souvenais-je de son odeur, mais pas de celle de son mari, s'il était effectivement présent ? Qu'est-ce que c'était que ce bordel ?

— Et, en ce qui concerne son mari, tu n'as rien remarqué d'inhabituel ?

Il secoua la tête en signe de dénégation.

— Je serais bien incapable de te le dire. Le général ne se mêle qu'exceptionnellement des œuvres de charité dans lesquelles sa femme est impliquée. Il semble que son travail à la base occupe une grande partie de son temps.

— Avec la tronche de sa femme, on peut le comprendre, marmonnai-je, ce qui me valut un nouveau sourire amusé de la part de Kellen.

— Voilà pourquoi on doit faire très attention lorsqu'on choisit une compagne. Parce qu'après, on doit passer le reste de sa vie avec elle.

— Ce n'est pas le cas pour les humains.

— Les humains refusent de faire un certain nombre de choses, et c'est justement pourquoi je suis si content d'être un loup.

Je souris.

— Et toi, qu'est-ce que tu fabriques ici ce soir ?

Il haussa les épaules.

— L'immeuble m'appartient et mon père est l'un des mécènes de l'association. Je suis là en tant que représentant des deux parties.

— Tu parles d'un représentant qui s'enferme dans son bureau !

Il me glissa le bras autour des épaules et me serra contre lui.

— Pour le moment, les seuls intérêts que je représente sont les miens.

— Eh bien, de mon côté, je suis quand même censée travailler ce soir et il faudrait vraiment que je redescende.

Néanmoins, je ne fis rien pour me lever et partir. Sa proximité était bien trop agréable pour ça.

— Cela fait à peine une demi-heure que tu as disparu. Personne d'important n'aura remarqué ton absence.

Quinn, si, mais je devinai que c'était exactement celui-ci que Kellen visait en parlant de « personne d'important ».

Il m'embrassa de nouveau et je perdis le fil de mes pensées pendant une bonne heure. Quand je retournai enfin à la salle de bal, le dîner commençait à être servi. Je sentis une vague d'énergie me caresser l'esprit. Quinn voulait que j'ouvre la porte entre nos esprits pour me parler.

Mais c'était un risque que je n'étais pas prête à prendre étant donné ce que je venais de faire. Je n'avais nul besoin des reproches qu'il ne manquerait pas de m'assener. Je fis donc mine de n'avoir rien remarqué et retournai jusqu'à notre table, à laquelle je m'assis en dépliant ma serviette comme si rien ne s'était passé.

— Tu étais où ? s'enquit-il d'un ton franchement contrarié.

— Je fouinais.

— Où ça ?

— Oh, ici et là, répondis-je en résistant à la tentation de lui dire de se mêler de ses oignons, et en avalant une gorgée de vin. Qu'est-ce que tu sais de Mme Hunt ?

Il jeta un regard autour de lui.

— Nous ne pouvons pas en discuter ici, murmura-t-il d'une voix à peine audible. Il y a trop de monde autour de nous.

— Pourquoi ne pas toucher leurs esprits pour les contraindre à ne pas prêter attention à nous ?

— Parce que la pièce est remplie d'atténuateurs psychiques, au cas où tu ne l'aurais pas remarqué.

Je ne m'en étais effectivement pas rendu compte, mais, étant donné que j'utilisais rarement mes talents de télépathe, ce n'était pas très étonnant.

— Depuis quand t'inquiètes-tu de la présence d'atténuateurs psychiques ?

— Moi, je m'en fiche, mais ils t'empêchent de me répondre.

J'aurais pourtant pensé que ça lui plairait. Cela étant, nous devions absolument parler de Mme Hunt, alors il allait bien falloir que je me résolve à ouvrir la porte qu'il avait essayé d'utiliser quelques minutes auparavant. Les atténuateurs psychiques empêchaient les canaux télépathiques habituels de fonctionner, mais le lien qui existait entre nous faisait appel à une autre zone du cerveau, simplement parce que nous avions autrefois partagé notre sang.

Je grimaçai légèrement en visualisant la porte psychique qui fermait mon esprit et l'ouvris à la volée. C'était vraiment devenu plus facile avec la pratique.

— *Pourquoi t'intéresses-tu à Mme Hunt?* demanda-t-il immédiatement.

Sa voix mentale était aussi profonde et chaleureuse que l'était sa voix normale, et elle emplit mon esprit d'une agréable sensation comparable à une chaude brise d'été.

— *J'ai retrouvé l'odeur dont je me souvenais, sauf qu'il s'agit de celle de Mme Hunt. Et il s'avère qu'elle est aussi très proche de celle d'un homme que j'ai fréquenté dans mon passé.*

— *C'est donc que ce n'est pas la bonne odeur. Il est impossible que deux personnes partagent la même empreinte olfactive. Et, aux dernières nouvelles, c'est un homme qui t'a violée au complexe, pas une femme.*

— *Tu penses que je n'ai pas réfléchi à cette contradiction?* (Je remerciai la serveuse qui avait posé une assiette devant moi et saisis mes couverts.) *Je t'informe simplement de ce que me disent mes sens. Je n'y peux rien si c'est incompréhensible.*

Je commençai à dévorer mon plat de bon appétit, tout en fouillant mon esprit à la recherche de l'homme qui sentait comme Mme Hunt. Mais ma mémoire avait décidé de ne pas coopérer. Peut-être avait-il simplement représenté un coup d'un soir. Ce n'était pas quelque chose que je faisais souvent mais, de par ma nature de loup, il était évident que cela m'était parfois arrivé.

Je finis mon assiette et la serveuse vint la récupérer. Je demandai alors :

— Tu les connais bien, les Hunt ?

Il fronça légèrement les sourcils et parvint à entretenir la conversation polie qu'il avait avec sa voisine tout en me répondant :

— Je ne les ai jamais rencontrés que dans des galas de charité comme celui-ci.

— Mme Hunt a-t-elle toujours eu un aspect aussi ingrat ?

Il me jeta un regard qui trahissait son irritation.

— La beauté est quelque chose de profondément subjectif. Elle a la beauté du cœur, et c'est le plus important.

— Marrant, de la part d'un homme qu'on n'a jamais vu accompagné par autre chose que des beautés fatales.

Je sentis son amusement me parcourir.

— J'ai un certain standing à assurer.

Je ricanai doucement. Par bien des aspects, ce vampire était indéniablement un homme. Et un homme humain, qui plus est.

— De quelle meute est issue Mme Hunt ?

Si j'avais dû le deviner, j'aurais parié sur l'une des meutes brunes. Sauf que je n'avais jamais vu l'un de ses membres avec des yeux tels que les siens. D'un autre côté, je n'avais pas eu l'occasion de traîner mes guêtres dans beaucoup d'endroits, contrairement à Quinn.

Celui-ci sirota son verre de vin en décochant un sourire éblouissant à la serveuse qui enlevait l'assiette restée intacte de devant lui, puis me regarda d'un air sinistre. J'aurais bien aimé qu'il m'adresse plus souvent ce genre de sourire.

— Mme Hunt n'est pas un loup-garou, répliqua-t-il, l'air de dire que j'étais stupide de penser le contraire.

Sauf que je voulais bien admettre que mes souvenirs puissent être confus, mais ce n'était pas le cas de mes instincts.

— *Tu peux me croire, c'est une louve.*

— *C'est faux.*

— *Eh bien, celle qui se trouve dans cette pièce est bien une louve.* (Je m'interrompis le temps de parcourir du regard les autres tables. Elle devait être à l'une de celles qui se trouvaient près de la scène et que je ne pouvais voir, car elles étaient cachées par une colonne.) *Il est possible que ce soit un double de l'originale, non ?* ajoutai-je.

— *Les doubles sont en général des images fantomatiques, pas des êtres de chair et de sang.*

— *Tu vois ce que je veux dire.*

— *Oui, bien sûr.* (Il réfléchit un moment.) *Si c'est bien une louve, alors ce n'est pas la vraie Mme Hunt. La question est : quand est-ce que l'échange a eu lieu ?*

Je repensai à ce que m'avait dit Kellen.

— *Il semble qu'elle ait disparu pendant trois semaines il y a quelques mois. Il paraît que personne n'a pu lui parler durant cette période.*

— *Comment le sais-tu ?*

— *J'ai demandé.*

— *À qui ?*

— *À des gens,* répondis-je d'un air dégagé.

Je vis une lueur d'agacement traverser son regard, et était-ce aussi de la jalousie ? Soupçonnait-il quelque chose ?

— *Oh que oui, je soupçonne quelque chose. Qui diable as-tu baisé pour obtenir cette information ?*

Je le regardai et secouai la tête.

— *Ce ne sont pas tes oignons.*

— *Nous sommes en mission, bon sang, et…*

— *Et je suis en train de la remplir, alors arrête de te comporter comme un mari cocu !*

Il détourna la tête, mais je sentis néanmoins sa colère me piquer comme un aiguillon. Et puis zut, hein, ce n'était pas comme si notre accord était entré en vigueur.

— *Pour quelle raison voudrait-on remplacer la véritable Mme Hunt?* demandai-je, plus pour reprendre la discussion là où nous l'avions laissée que pour le plaisir de converser avec cette tête de mule.

— *Facile à deviner. Hunt est général. Il doit avoir accès à quantité de zones de haute sécurité.*

— *Y compris Landsend?*

Il me regarda en haussant un sourcil intéressé.

— *C'est bien possible.*

— *Mais Hunt est-il du genre à papoter secrets militaires sur l'oreiller?*

— *D'après ce que je sais, je dirais que non. Mais peut-être ne le fait-il pas consciemment.*

— *Il est rare qu'un loup-garou soit télépathe.*

— *C'est pourtant ton cas.*

— *Ouais, mais c'est surtout dû à mes origines vampiriques.*

— *Ta mère n'était donc pas télépathe?*

Je lui coulai un regard méfiant.

— *Je pense que ça non plus, ce ne sont pas tes oignons.*

— *Bon sang, ce que tu peux être chiante!*

Je ne pus m'empêcher de sourire.

— *C'est donnant donnant, mon poussin.*

C'est à cet instant précis qu'un maître de cérémonie se leva de sa chaise et lança la vente aux enchères qui devait rapporter des fonds à l'association. N'ayant pas un sou de côté, j'en revins à la question qui me turlupinait: qui était l'ex-amant qui avait une odeur de pin et de printemps?

— *Tu t'en es tellement tapé que tu ne t'en souviens même pas?*

Si j'avais pu lui mettre une baffe, je ne m'en serais pas privée.

—Parce que toi, tu vas prétendre que tu te souviens du nom de chacune de tes conquêtes ?

—Non, mais en tout cas je me souviens de leur visage.

—De toutes sans exception ? Et cela, en remontant le long de tes mille deux cents années ?

—Je me souviens de toutes celles avec qui j'ai couché pour le plaisir, ça, c'est certain.

Ouais, c'est ça, et moi j'étais la Vierge Marie.

—C'est très différent de toutes les femmes avec qui tu as couché.

—En effet, répondit-il en levant la main pour enchérir sur un tableau bizarre.

—Eh bien à moi aussi, il est arrivé de danser avec des loups dans la seule intention de satisfaire mes besoins de base. Et je serais incapable de me souvenir de leur visage, et encore moins de leur odeur. (J'hésitai un instant, mais ne pus m'empêcher de poursuivre :) *Tu te rappelles ce que tu m'as dit, il y a quelques mois ? Qu'une louve pourrait sauter tout être doté d'une queue si elle en ressentait le besoin ? Eh bien, tu n'avais pas tort.*

—Je ne l'ai pas dit si crûment.

—Peut-être pas, mais c'était bien ce que tu pensais.

Il leva de nouveau la main.

—Je crois aussi que tu m'avais assuré ne jamais en être arrivée à ce stade.

—Il est possible que j'aie menti.

—Et moi qui te pensais au moins honnête.

—Je suis une louve. Nous sommes toutes des putes incapables de dire la vérité, pas vrai ?

Il me considéra longuement d'un de ses regards de vampire, puis secoua la tête et regarda ailleurs.

Les enchères se poursuivirent. Quinn fit l'acquisition de deux peintures ainsi que d'un dîner pour deux personnes dans un restaurant gastronomique pendant que mon ennui atteignait des proportions monumentales. Si la vie mondaine ressemblait à ça, alors ce n'était définitivement pas pour moi.

Puis cette satanée vente se termina enfin et on nous servit le dessert. Je me préparais à l'engloutir quand je vis Mme Hunt se diriger vers la sortie, bras dessus, bras dessous avec son époux.

— Il est l'heure pour nous de vous quitter, observa Quinn en saluant rapidement nos compagnons de table et en me saisissant le bras.

— Pour faire quoi, exactement ?

— Pour les suivre.

Nous récupérâmes mon manteau au vestiaire et prîmes la direction du hall où se trouvaient les ascenseurs. Il y faisait nettement plus frisquet et je sentis un frisson me parcourir.

— Nous avons des ordres précis.

— Il nous reste une demi-heure avant de devoir retourner à l'aéroport. Je voudrais savoir où ils vont.

— Ils rentrent probablement chez eux, épuisés par cette ambiance de folie.

Les Hunt avaient déjà disparu. Nous prîmes l'autre ascenseur et descendîmes.

— Il est exceptionnel pour eux de quitter un banquet aussi tôt.

J'enfilai mon manteau et m'empressai de le boutonner jusqu'au col.

— Peut-être le général a-t-il l'esprit à la bagatelle.

Il me décocha un regard sans expression et renonça à se lancer dans une nouvelle dispute. Je résistai à l'envie de sourire bêtement. Ce n'était peut-être pas très malin, mais qu'est-ce que c'était rigolo de le provoquer ainsi !

L'ascenseur arriva à destination et les portes s'ouvrirent. Les Hunt étaient déjà sortis de l'immeuble et descendaient les marches de l'escalier extérieur. Nous nous hâtâmes derrière eux, ne ralentissant que le temps de laisser les portes s'ouvrir devant nous.

L'air de la nuit était glacial et je me retrouvai instantanément frigorifiée. Je croisai les bras sur ma poitrine en tentant d'empêcher mes dents de claquer de façon incontrôlable et Quinn fit appeler son chauffeur.

Les Hunt s'approchèrent du premier taxi de la station voisine et le général tint la portière ouverte pour sa femme. À cet instant précis, j'eus la perception d'un danger imminent qui me laissa le souffle coupé. Un sifflement retentit dans la nuit, trahissant la trajectoire d'un projectile qui se dirigeait dans notre direction.

Je me jetai à terre, entraînant Quinn dans ma chute. Il poussa un juron en m'entourant de ses bras, cherchant instinctivement à amortir ma chute de son corps. L'impact lui fit émettre un grognement et ses yeux s'élargirent à la vue d'une masse confuse qui me passa à quelques centimètres de l'oreille. Je me retournai juste à temps pour voir l'une des vitres du taxi voler en éclats.

Quelqu'un venait de nous tirer dessus.

Un hurlement de femme transperça la nuit, un véritable cri d'horreur.

Le cœur au bord des lèvres, je me tournai dans sa direction.

Martin Hunt était couché à terre, le visage réduit en une bouillie sanglante.

Quinn me repoussa et je me relevai à grand-peine.

— Il y a deux tireurs, souffla-t-il. Un sur l'immeuble en face, l'autre vers la droite.

— Je prends celui-là, m'exclamai-je en désignant l'immeuble de bureaux de l'autre côté de la rue et en ôtant mes talons aiguilles.

Il acquiesça tout en se camouflant dans l'obscurité. Je saisis mes chaussures et traversai la rue à la vitesse d'un vampire avant de me ruer dans le bâtiment. Je frappai télépathiquement le gardien de nuit, lui faisant oublier qu'il m'avait vue et fonçai dans la cage d'escalier la plus proche.

Il y en avait certainement d'autres mais, pour l'instant, le plus urgent était d'accéder au toit de l'immeuble aussi vite que possible. De là, je pourrais suivre la piste olfactive du tueur.

Je gravis des centaines de marches, jusqu'à ce que mes jambes me semblent en feu, que mes poumons hurlent pour un peu d'air et que mon estomac émette des couinements de protestation. Quand j'arrivai au toit, j'essuyai la sueur sur mon front et actionnai la poignée de la porte. Ou tout du moins essayai-je. Évidemment, elle était fermée à clé.

Tant pis pour la discrétion.

Je pris mon élan et frappai la porte avec toute la force qu'il me restait dans les jambes. Ce fut visiblement suffisant, puisqu'elle s'ouvrit dans un grand fracas. L'air hivernal s'engouffra autour de moi en me donnant l'impression que la sueur gelait sur mon front, et une odeur virile et musquée frappa mes narines. Le tueur était encore là.

Je reniflai l'air en essayant de déterminer la direction à prendre. Mais le vent tourbillonnant rendait la tâche difficile et, pis, je ne réussissais pas à identifier à quel genre de créature l'odeur appartenait. C'était d'ailleurs surprenant. Tout ce que je réussis à savoir, c'est que ce n'était pas un humain, puisque je pouvais détecter sa présence. Mais pourquoi étais-je incapable de deviner son espèce ?

Je me camouflai dans l'ombre et tentai un pas vers l'extérieur. Le ciel sombre et les lumières de la ville tourbillonnèrent autour de moi lorsque je pris conscience de la hauteur à laquelle je me trouvais, et le vertige me fit l'effet d'un coup de poing au creux de l'estomac.

Soudain, j'eus l'impression qu'une catastrophe allait me tomber sur le coin de la figure et mon vertige fit place à l'instinct de conservation. Je me jetai sur le côté et atterris sur le béton avec un grognement en m'écorchant les mains et les genoux. Quelque chose rebondit sur la porte métallique dans un jaillissement d'étincelles. *Le tireur était doté de la vision infrarouge.* Je marmonnai un juron et me relevai d'un bond avant de foncer vers la tour de refroidissement la plus proche. D'autres projectiles s'abattirent sur ma trajectoire et je les évitai de justesse.

Merde, merde, merde. Le dos plaqué contre la paroi métallique de la tour, je fermai les yeux et tentai de reprendre mon souffle. Mes poumons me faisaient l'effet d'être en feu. J'essayai par la même occasion de lutter contre la panique qui m'empêchait de réfléchir. Des sirènes stridentes déchirèrent la nuit en couvrant le bruit de la circulation. Il fallait que je sorte de ce bâtiment avant l'arrivée des flics. Je ne pouvais pas me permettre de subir un interrogatoire en règle.

Je déglutis avec difficulté et me concentrai sur les sons les plus forts en les isolant dans une partie de mon esprit. Puis je me consacrai à ceux, plus proches, auparavant couverts par le vacarme. J'entendis le chant d'un criquet à ma gauche. Ainsi que des pas feutrés sur ma droite.

J'essuyai la sueur qui dégoulinait dans mes yeux à l'aide de la manche de mon manteau, puis passai de l'autre côté de la tour de refroidissement en regardant par-dessus le bord. Je ne vis rien en dehors d'une grande étendue de béton qui séparait ma tour de celle d'où le tueur avait probablement tiré sur moi.

Le bruit de pas cessa, mais mon odorat me permit de deviner que l'homme s'était glissé derrière la cage d'escalier. Peut-être essayait-il de me prendre à revers, ou bien, tout simplement, de s'échapper.

Je revins sur mes pas et me glissai silencieusement de l'autre côté de la cage d'escalier. Je m'immobilisai au coin de celle-ci et baissai légèrement mon bouclier psychique en essayant de détecter les pensées du sniper. Rien. Soit il était dépourvu de toute perception psi, soit il était équipé d'une protection contre les intrusions psychiques.

Je jurai silencieusement. Tant pis pour mon plan de le rendre impuissant en prenant le contrôle de son esprit. Il allait falloir utiliser les bonnes vieilles méthodes. Je coulai un regard de l'autre côté.

L'homme se trouvait à l'autre bout de la paroi, à moitié agenouillé, l'arme braquée sur la tour qu'il venait de quitter. Visiblement, il me prenait pour une abrutie.

Je m'approchai de lui à pas de loup, résistant à la tentation de me camoufler et de lui foncer dessus à la vitesse d'un vampire, car je craignais qu'il sente le mouvement d'air ainsi déplacé.

Il détecta néanmoins ma présence au dernier moment et se tourna vivement tout en me tirant dessus. La balle me toucha à l'épaule et m'envoya valser en arrière en creusant dans ma peau un sillon aussi large qu'une phalange. Je poussai un sifflement de douleur et sentis les larmes me monter aux yeux. Cet enfoiré avait des balles en argent.

Ce n'était donc pas Quinn qu'il visait plus tôt. C'était soit moi, soit Mme Hunt.

Il rechargea son arme, et le bruit des balles dans le barillet déchira la nuit. Je retrouvai mon équilibre et donnai un coup de pied circulaire qui lui fit lâcher son fusil. Il glissa aussitôt la main dans son dos. Je me camouflai et envoyai mon pied cogner violemment son entrejambe, avant de lui enfoncer l'un de mes talons dans la mâchoire en profitant de sa chute. Des éclairs de lumière parcoururent sa peau, ce qui signifiait qu'il s'agissait d'un vampire, même si je ne l'avais pas senti.

Il poussa un grognement qui fut interrompu par l'impact de son crâne sur le sol en béton. Ses yeux se révulsèrent et il s'immobilisa complètement.

La décharge d'adrénaline fit place à la douleur. Je poussai un juron et enlevai ma robe avant d'appeler la louve en moi. Une vague de puissance m'enveloppa, brouillant ma vision et atténuant la souffrance. Je ne restai néanmoins sous ma forme alternative qu'une fraction de seconde avant de me remétamorphoser. La blessure brûlait encore atrocement, mais au moins avait-elle cessé de saigner.

Je renfilai ma robe et, brandissant mon talon de peur que le sniper ait simulé sa perte de conscience, m'approchai de lui. C'était un Blanc aux cheveux noirs, âgé d'une vingtaine d'années, qui avait les joues tatouées de motifs tribaux et un anneau à la lèvre inférieure. C'était celui-ci qui lui tenait lieu de bouclier psi. Décidément, les progrès en la matière étaient d'une rapidité fulgurante.

Je m'assis à califourchon sur lui, l'immobilisant de tout mon poids tout en pressant mon talon sur sa poitrine. On ne savait jamais. S'il faisait le moindre mouvement, j'enfoncerais mon pieu improvisé sans autre forme de procès, parce que je n'étais pas d'humeur à me bagarrer davantage. Il ne mourrait pas instantanément, le talon n'étant pas assez long pour lui embrocher le cœur. Mais cela me donnerait le temps nécessaire pour explorer son esprit.

J'attrapai le piercing labial et l'arrachai brutalement. Le sang jaillit. Il ne cilla même pas, ce qui voulait dire qu'il était bel et bien KO. Cela n'avait pas vraiment d'importance. Maintenant que son esprit n'était plus protégé, il ne me restait qu'à pénétrer à l'intérieur.

Je baissai de nouveau mon bouclier et tendis une main psychique vers ses pensées, feuilletant ses souvenirs comme les pages d'un livre. C'était un tueur à gages qui avait été engagé la veille pour m'assassiner.

Pas Mme Hunt. *Moi.*

Comme quoi, la promesse de Misha de me protéger contre toute future agression ne valait pas tripette.

Je poursuivis mon exploration de l'esprit du tueur. Il ne savait pas qui l'avait engagé parce que le contrat avait été conclu avec un intermédiaire. Un homme aux iris bruns cerclés de bleu et d'ambre, et aux traits similaires à ceux de Mme Hunt.

Avait-elle un frère ?

Le meurtre du général Hunt était-il prévu ou n'était-ce qu'un accident ? Les deux tentatives d'assassinat étaient-elles même seulement liées ?

Je ne pus trouver les réponses à ces questions dans son esprit. Tout ce qu'il savait, c'était ce qu'on lui avait demandé de faire.

Je levai les yeux en entendant les sirènes hurlantes s'arrêter au bas de l'immeuble. Il était temps de partir d'ici. Je pénétrai de nouveau dans les pensées du tueur, le persuadant qu'il avait la jambe cassée. Ainsi, même s'il reprenait connaissance avant l'arrivée des flics, il penserait être incapable d'aller où que ce soit. Puis je me levai, tâtai ses poches à la recherche d'autres armes, le mis en position latérale de sécurité pour éviter qu'il s'étouffe avec son propre sang (bien que sa nature de vampire rende cette éventualité fort peu probable) puis donnai un coup de pied dans son fusil pour qu'il ne puisse l'atteindre.

— *Grouille, Riley*, résonna la voix inquiète de Quinn dans mon esprit, *les flics vont bientôt arriver en haut de cet immeuble.*

— *J'en ai bien conscience*, répondis-je. *Comment ça s'est passé, de ton côté ?*

— Il avait déjà disparu quand je suis arrivé.

Je dévalai les escaliers encore plus rapidement que je les avais gravis, faisant protester de nouveaux muscles.

— Tu ne sais pas comment ?

— Il a laissé une poignée de plumes derrière lui, ainsi que son arme.

Le second tueur était donc un métamorphe. Cela ne nous disait rien sur son identité, cela étant.

— Celui que j'ai trouvé avait été engagé pour me tuer, moi, et non Hunt.

— Le meurtre de Hunt n'était pas accidentel.

Je fis irruption dans le hall d'entrée. Le gardien de nuit n'eut pas le temps de prononcer la moindre parole avant que je m'empare de son esprit afin qu'il ne me voie même pas passer devant lui.

— C'est donc par le plus grand des hasards que nous avons été agressés simultanément, simplement parce que nous nous trouvions au même endroit à ce moment-là. La question est : pourquoi voulaient-ils la mort de Hunt ?

— Et comment savaient-ils que tu te trouvais ici, d'autant plus avec ton déguisement ?

— Je ne sais pas. Je n'en ai pas la moindre idée.

Les portes coulissèrent dans un chuintement. Des éclairs de lumière rouge et bleue rayaient l'obscurité. Des hommes vêtus d'un uniforme blanc et bleu entouraient le taxi où Mme Hunt se trouvait toujours, et une foule de badauds horrifiés s'était rassemblée autour de la scène du crime.

Je perçus la présence de Quinn avant même qu'il apparaisse à mon côté, se dégageant progressivement de son manteau d'ombre. Il me saisit le bras d'une main ferme et m'entraîna vers la droite.

— Où allons-nous ?

— Toi, à l'aéroport. Moi, je vais filer Mme Hunt.

—Jack va être furieux.

—Ce n'est pas mon patron, et de toute façon nous devons découvrir ce qui se passe. Si Mme Hunt est effectivement un double de l'originale, elle saura quelque chose, connaîtra un nom. J'ai bien l'intention de lui arracher quelques informations.

—Sois prudent.

—Ne t'en fais pas, je le suis toujours.

Il s'arrêta près de la voiture et m'ouvrit la portière. Puis il m'attira contre lui et me dévora la bouche d'un baiser sauvage, érotique, qui en disait long sur ce qu'il désirait plus que tout… et sur ses intentions une fois que nous aurions plus de temps devant nous.

J'ouvris les yeux et les plongeai dans les siens. J'y vis la flamme de son désir et celle, tout aussi vive, de sa détermination.

Ce vampire-là n'était pas prêt à abandonner la partie et à disparaître de ma vie, quoique j'aie à en dire. Pour lui, c'était du sérieux. Il n'était pas là pour rigoler.

Ce qui signifiait qu'il ne comprenait toujours pas que j'étais une louve, avec des besoins de louve, et que je ne serai jamais celle qu'il voulait que je sois, malgré l'intensité du lien qui existait entre nous.

—Quinn…

—Mme Hunt est en train de s'en aller, m'interrompit-il sur un ton brutal qui m'incita à me demander s'il n'avait pas lu mes pensées et ne faisait que retarder le moment de vérité. Nous en reparlerons plus tard.

Il m'embrassa de nouveau, tout aussi passionnément que précédemment, puis me poussa dans la voiture et claqua la portière. Il avait déjà disparu lorsque je me retournai pour le regarder dans la vitre arrière.

Chapitre 10

Le *Rocker* était bourré à craquer d'une foule d'adolescents qui avaient la moitié de mon âge et dansaient sur des rythmes douloureux pour mes oreilles. Je comprenais pourquoi les anciens habitués du week-end étaient allés voir ailleurs : cette horrible musique n'avait vraiment rien à voir avec le bon vieux rock traditionnel sur lequel le club avait bâti sa réputation. Mais bon, j'imaginais qu'il fallait bien faire quelque chose pour fidéliser une nouvelle génération de loups.

Misha était installé sur un tabouret à l'autre bout du bar tout de chrome et de laque rouge. Il était vêtu d'un jean foncé et d'un tee-shirt noir qui faisaient ressortir la pâleur de sa peau. Je le regardai fixement pendant un moment, luttant contre l'envie irrépressible de faire demi-tour et de m'enfuir loin de là. Je n'avais pas envie de faire ça. Vraiment pas.

Pas à cause du sexe, cela étant. Comme je l'avais dit plus d'une fois à Quinn, le sexe faisait partie de la nature des loups-garous et ce n'était pas quelque chose que nous sacralisions. Même si je n'avais pas particulièrement envie de m'accoupler avec Misha, j'allais néanmoins le faire, et très probablement aimer ça.

Non, ce qui me posait problème, c'était de ne pas avoir le choix en la matière.

Si encore j'étais gardienne et que cela faisait partie de mon travail, ça ne m'aurait pas dérangée. Arriver ici en sachant qu'on m'avait proposé une telle mission et que je l'avais acceptée en toute conscience, c'était totalement différent. Mais en l'occurrence je n'avais pas le choix, malgré tout ce que Quinn pouvait dire. Misha semblait être le seul à avoir une idée de ce qui se passait exactement et, pour obtenir ces informations et retrouver une vie normale, j'étais obligée de coucher avec lui. Je ne le faisais pas parce que je le voulais, mais parce que je le devais, et c'était bien ce qui m'ennuyait.

Je me rendis soudain compte qu'une part de moi avait déjà accepté la perspective de devenir gardienne. Tout simplement parce que, dans ce cas, ce serait par choix que je ferais certaines choses, et non par nécessité.

Je fermai les yeux et luttai contre la nausée, non pas à cette perspective, mais parce que je sentais un frisson d'excitation à cette simple idée. Je ne voulais pas devenir une tueuse. Je ne voulais pas devenir comme mon frère. Mais la partie de moi qui s'était toujours réjouie du danger de baiser avec Talon était celle qui sautillait d'excitation à l'idée de devenir gardienne et d'affronter quotidiennement le risque.

Peut-être Jack avait-il raison. Peut-être me connaissait-il mieux que je me connaissais moi-même.

Je pris une grande inspiration, mis ces réflexions de côté et me lançai dans la foule.

Je tapotai l'épaule de Misha et dis :

— Je crois que nous avons rendez-vous.

Il parcourut mon corps de son regard glacial. Je m'étais changée et avais enfilé un jean et un débardeur, mais n'avais pas touché au reste du déguisement de Liander. Il n'eut pas l'air de me reconnaître et détourna le regard.

— Vous devez faire erreur.

— Tu ne veux plus d'enfants, alors ?

Il tourna vivement la tête vers moi et me regarda d'un air méfiant.

— Riley ?

— La seule et unique, acquiesçai-je en m'asseyant sur le tabouret à côté de lui et en commandant une bière.

— Pourquoi ce déguisement ?

— Pourquoi pas ? Surtout que tu n'as pas vraiment prouvé que tu étais en mesure de garantir ma sécurité…

— Tu t'es fait agresser récemment ?

J'eus un reniflement sarcastique.

— Deux fois.

— Quoi ?

Il avait l'air véritablement surpris, mais je ne voulus pas m'y fier. Misha était un acteur confirmé.

— Une fois par des Orsini, une fois par un tueur à gages. Tout ça commence sérieusement à m'agacer, Misha.

— Le salaud, marmonna-t-il. Visiblement, il a besoin d'une petite piqûre de rappel pour l'assurer de mes intentions.

— En effet, parce que, pour l'instant, il n'a pas l'air de prêter la moindre attention à tes menaces. Et je te rappelle que ma protection faisait partie de notre accord.

— Je sais, répliqua-t-il. Je fais de mon mieux.

— Eh bien, il va encore falloir faire des efforts ou alors notre accord ne tient plus. (Je m'interrompis pour remercier le barman qui me servait ma bière.) Je veux savoir comment il réussit toujours à retrouver ma trace. C'est ça, ou alors je me barre immédiatement.

Jack aurait pété un plomb s'il m'avait entendue, mais ce n'était pas sa vie qui était en jeu.

— Ils t'ont posé un mouchard.

— Rhoan a vérifié et n'en a trouvé aucun.

— C'est normal. C'est une nouvelle technologie.

— Une technologie volée au laboratoire de Landsend, ou je me trompe ?

Il eut un demi-sourire.

— Peut-être bien.

— Je veux que tu le trouves et que tu me l'enlèves.

Il opina du chef.

— Je ne veux pas qu'il t'arrive quoi que ce soit, Riley.

Ça, je voulais bien le croire. Il voulait avant tout que je lui donne un enfant.

— Alors, dis-moi, pourquoi a-t-on assassiné Martin Hunt ?

— Pas ici. Attends que nous soyons en haut.

— En quoi serait-ce plus sûr ?

— Il y a des brouilleurs de conversation. Si on s'installe près d'un de ceux-ci, personne ne pourra nous entendre.

— Mais rien n'empêchera de lire sur nos lèvres.

Il eut l'air amusé.

— Il me semble que ça se verrait si quelqu'un était là uniquement pour lire sur les lèvres des gens.

Il n'avait pas tort. Le *Rocker* n'était pas comme le *Blue Moon*. Les gens qui dansaient à l'étage ne le faisaient pas à la manière lycanthrope, tout simplement parce que le bar donnait sur la rue. Cela n'aurait certainement pas dérangé un loup-garou mais, bizarrement, les humains n'étaient pas très amateurs de ce genre de spectacle.

Il n'y avait pas non plus de chambres privées. Ici, au *Rocker*, tout se faisait de manière communautaire, et le seul choix qu'on avait, c'était entre des matelas, des canapés ou des poufs.

— Tu ne m'avais pas dit que tes espions avaient renoncé à te suivre ici ?

— D'après ce que j'en sais, c'est bien le cas. Mais je ne tiens pas à prendre le moindre risque.

Et nous étions deux. Ce serait peut-être une bonne idée de conserver ce déguisement encore un moment. Je pris une longue gorgée de bière et demandai :

— Bon, on y va ?

Une lueur d'amusement et de luxure fit étinceler son regard.

— On est sacrément impatiente, dis-moi.

— Oh ! Si tu savais !

— Le résultat final en vaut le coup, aussi bien pour toi que pour moi.

Je l'espérais.

— Il n'est pas garanti que je tombe enceinte. Si tu as lu mon dossier, tu le sais.

Il posa sa main au creux de mes reins et me guida vers l'escalier à l'arrière de la salle. Une onde d'excitation me parcourut. Misha n'était plus mon partenaire de choix et il ne méritait certainement pas que je m'enthousiasme, mais c'était celui avec lequel je devais faire l'amour ce soir-là. Autant profiter de l'instant.

— Tu n'es pas la seule louve à qui j'essaie de faire un enfant, m'affirma-t-il alors que nous gravissions les marches. Deux autres femmes ont accepté.

C'était la première fois que je le croyais sans aucun doute, et la première fois que je me disais qu'il ne mentait peut-être pas en général… ou, en tout cas, pas tout le temps.

— Les blondes dont tu m'as parlé ?

Il acquiesça.

— Je parie que tu les as payées une fortune.

Il me considéra d'un air sinistre.

— Tout le monde a son prix, Riley.

Et il connaissait le mien. Il savait que c'était la seule raison pour laquelle je me trouvais ici. Et il s'en foutait. Comment réagirait-il s'il apprenait qu'il n'avait aucune chance d'obtenir ce qu'il voulait *vraiment*, tout du moins pas de moi ?

La pièce du haut était longue et étroite, et ressemblait à l'une de ces vieilles granges que l'on voyait souvent dans les westerns. La seule différence, c'était qu'il n'y avait pas de paille. Mais je savais qu'il y en avait eu dans les premières années.

La salle était à moitié pleine de loups à différents stades d'accouplement et l'air était saturé de l'odeur du sexe et de la luxure. Mon sang ne fit qu'un tour en sentant ces arômes qui rendaient encore plus excitants la vue de ce spectacle et les sons qui en émanaient.

Le désir de Misha me fit l'effet d'être une chose vivante qui me coupa le souffle et accentua ma propre excitation. Son aura était à son maximum et je sentis mon corps se préparer au sexe. Non pas qu'il ait réellement besoin de me bombarder de phéromones, car, après le baiser que m'avait donné Quinn avant de disparaître, j'étais plus que prête à l'action.

J'aurais pu lutter contre l'influence de son aura, mais je n'en pris pas la peine. Il était plus prudent de le laisser penser que j'avais besoin de celle-ci pour m'exciter et que j'étais ici contre ma volonté. Et de toute façon, même si le but de cette soirée était d'obtenir de nouvelles réponses à mes questions, j'avais bien l'intention de le faire en m'amusant.

Le temps que nous arrivions à l'un des rares canapés disponibles, j'avais déjà la peau en feu et je mourais d'envie de le sentir en moi. Je ne voulus pas lui laisser le temps de faire le premier pas, alors je le plaquai contre le mur le plus proche et l'embrassai comme si ma vie en dépendait. Nos langues se mêlèrent jusqu'au moment où le désir devint insoutenable et que la seule chose qui m'importât fut qu'il me pénètre de son sexe érigé. Je le chevauchai alors sauvagement, rapidement. Un grondement monta du fond de sa gorge pour m'avertir de je ne sais quoi, mais je n'y prêtai pas attention et continuai à danser sur sa queue jusqu'à ce que sa semence se répande en moi et que je jouisse à mon tour, un orgasme d'une puissance telle que j'eus l'impression de perdre connaissance une poignée de secondes.

Mais ce n'était pas terminé. Loin de là.

Il était toujours dur, ce qui n'était pas surprenant. Le besoin de se reproduire était plus fort que tout. La lune qui nous contraignait chaque mois à la métamorphose nous dotait aussi d'une endurance extrême, en particulier quand le but de l'accouplement était la reproduction.

— À mon tour de te monter comme une chienne, maintenant, rugit-il d'un air furieux.

J'avais tapé là où ça faisait mal. Misha détestait ne pas être dominant et ne pouvait pas supporter de se laisser faire. Intéressant. Peut-être était-ce quelque chose dont je pourrais me servir une fois que nous nous retrouverions dans un endroit où personne ne serait susceptible d'intervenir si les choses devenaient un peu trop brutales.

Il me retourna comme une poupée de chiffon et me plaqua contre le dos du canapé, avant d'écarter mes jambes d'un genou sans douceur et de me pénétrer avec une telle force que je ne sus si le gémissement que je poussai était dû au plaisir ou à la douleur. Puis il commença à me pistonner et je ne cherchai plus à réfléchir raisonnablement, me contentant de savourer les vagues de plaisir qui déferlaient en moi.

Les deux heures suivantes se déroulèrent de cette manière. Nous nous accouplâmes sur les canapés, sur les matelas, sur les poufs. La première heure fut aussi violente que je m'y attendais, mais ensuite il devint plus délicat et prêta une attention accrue à mon plaisir. J'appréciai l'effort et, au bout du compte, passai un excellent moment. J'avais toujours bien aimé Misha, et au fond de moi je pense que c'était toujours le cas, même si je ne lui faisais plus confiance. Quels que soient ses défauts, il avait toujours été un excellent amant.

Il était près de 3 heures lorsque nous commandâmes deux bières et allâmes nous installer dans un coin isolé. Misha déclencha le brouilleur de conversation pendant que je m'effondrais sur l'un des poufs.

— Donne-moi tes pieds, dit-il.

Je m'exécutai et les mis dans son giron. Il en examina longuement la plante, puis poussa un grognement et laissa retomber le droit à terre. Puis il plia ma jambe gauche de manière que je puisse regarder sous mon pied et désigna une petite tache décolorée en plein milieu de celui-ci.

— Tu vois ça ?

— On dirait une tache de rousseur, répondis-je d'un air dubitatif.

— C'est le but. Passe ton doigt dessus, et tu sentiras un léger relief.

Il disait la vérité.

— C'est le mouchard ?

— Oui.

— Landsend en fabrique d'aussi minuscules ?

— Non seulement minuscules, mais aussi indétectables par les moyens actuellement disponibles.

— Et tu le sais parce que tu en as un, toi aussi ?

Je disais cela au hasard, mais j'en étais quasiment certaine. Il me gratifia d'un sourire satisfait.

— En effet. Mais ils n'osent pas s'y fier totalement, c'est pourquoi j'ai toujours des espions à mes trousses.

— Pour quelle raison ? On dirait pourtant qu'ils fonctionnent très bien.

— Parce que je sais comment l'enlever, et ne m'en prive pas lorsque cela m'arrange de disparaître. Il pense que c'est parce que la puce est défectueuse, ce qui explique qu'il me fasse surveiller.

— C'est un jeu dangereux que tu joues là, Misha.

— Très dangereux, oui. (Il tendit la main vers le tas formé par nos vêtements et sortit un couteau de la poche de son jean.) Ne bouge pas, me prévint-il.

Il opéra une minuscule coupure dans la peau de mon pied. Ce n'était pas profond et la douleur resta très supportable. Au bout de quelques secondes, il émit un grognement satisfait et me montra le microscopique point collé au bout de son index. Cela ressemblait toujours à une tache de rousseur, sauf qu'elle était équipée de quatre petites pattes. Il le laissa tomber par terre et l'écrasa d'un coup de talon.

— Bien entendu, il sera au courant que tu l'as découvert.

— Je m'en fiche, tant qu'il est dans l'impossibilité de savoir où je me trouve. (J'examinai Misha d'un air inquisiteur.) Il en est bien incapable maintenant, n'est-ce pas ?

— C'est, à ma connaissance, le seul qu'il t'ait greffé. Il est impossible d'en placer plusieurs sur une même personne. Il semble que cela brouille le signal, ou un truc du genre.

— Et j'imagine que Kade en a un aussi ?

— Tous ceux qui représentent un intérêt pour ce projet en ont un. On ne sait jamais.

— Alors, je vais te demander de m'excuser, j'ai un petit coup de fil à passer.

Il haussa les épaules d'un air indifférent. Je pêchai mon téléphone dans la poche de mon jean et composai rapidement le numéro de Jack. Cela sonna occupé, alors je laissai un message l'informant de l'existence du mouchard et de la manière de l'enlever. Quand j'en eus terminé, je remis le téléphone dans ma poche et repris la parole :

— Alors, dis-moi pour quelle raison on a assassiné Hunt.

Misha se laissa aller en arrière sur son pouf.

— Parce qu'il n'était plus d'aucune utilité.

— Et le fait que tu puisses en parler maintenant, ça signifie qu'il n'était pas l'un des responsables du complot, n'est-ce pas ?

— Tu devines bien.

— Alors, pourquoi ne pas m'avoir donné son nom dès le début ?

— Parce qu'il est mort. Les restrictions sur son nom ont donc été levées, expliqua-t-il. Et, de toute façon, je n'ai jamais eu l'intention de te faciliter les choses. Cela ne faisait pas partie du deal.

C'était tout à fait exact. Mais parfois on ne pouvait s'empêcher d'espérer que les choses soient faciles. C'était idiot, j'en avais bien conscience.

— Hunt était donc simplement un pion, alors ?

— Oui.

— Un qui donnait accès à des bases militaires top secrètes ?

— Et à ce sur quoi elles travaillaient. Mais c'était aussi un bon moyen pour garder l'œil sur les enquêtes, que ce soit celles de l'armée ou de la police.

— Mais pas sur celles du Directoire, n'est-ce pas, vu que vous avez déjà un espion là-bas ?

Il sourit.

— Et moi qui pensais que personne ne savait, pour Gautier.

— Jack le sait depuis bien longtemps. (Ce n'était pas tout à fait exact, mais ça ne pouvait pas faire de mal si Misha pensait que nous en savions plus que c'était effectivement le cas.) Parle-moi de Mme Hunt.

Il se contenta de continuer à sourire, ce qui signifiait qu'il n'en était pas capable, ou alors qu'il ne le voulait pas.

— De quelle meute est originaire la louve qui se fait passer pour Mme Hunt ?

Toujours pas de réponse. Au moins, nous avions la confirmation qu'il fallait continuer à suivre la piste de cette femme, quelle que soit sa véritable identité.

— Parlons de Kade, alors. Pourquoi l'a-t-on laissé en vie alors que son équipier a été assassiné ?

— Son équipier a été tué parce qu'ils s'approchaient trop de la vérité. Kade ne doit la vie qu'à ses talents particuliers.

Et Dieu savait qu'il avait des talents *très* particuliers.

— Quelle meute a les yeux bruns, cerclés de bleu et d'ambre ?

— La meute des Helki, qui vit dans les environs de Bendigo, répondit-il, les yeux étincelant d'un reflet arctique dans la pénombre de la pièce. Il suffit juste de poser les bonnes questions, Riley.

Je pris une autre gorgée de bière.

— Qu'est-ce que tu peux me dire sur les Helki ?

— Ce sont des métamorphes.

Je le regardai d'un air perplexe.

— Comme nous tous.

Cela étant, un grand nombre de métamorphes niait avoir la moindre origine commune avec les garous.

— Oui, mais tous les loups-garous ne sont pas des métamorphes de la même manière que les Helki.

Je fronçai les sourcils.

— Mais encore ?

— Ils sont aussi capables de prendre d'autres formes animales que celle du loup. Et d'autres formes humaines.

— Tu rigoles ?

— Non.

Je ne voulais même pas réfléchir aux conséquences.

—Je suis surprise que les Helki n'aient pas depuis longtemps disparu dans les profondeurs de certains laboratoires de recherche…

Il eut un sourire lugubre.

—Qui te dit que ce n'est pas le cas pour la plupart d'entre eux ?

Nous devions absolument découvrir ce foutu labo et faire cesser cette folie.

—La femme que j'ai vue, ce soir, fait-elle partie des Helki ?

Une lueur d'amusement passa dans son regard.

—Il semble que tu commences à comprendre. C'est un clone créé à l'aide de gènes Helki.

Encore ces fichus clones. Leurs réserves étaient-elles sans fond ?

—La vraie Mme Hunt était-elle humaine ? Et avait-elle cette étrange couleur d'yeux ? Si ce n'est pas le cas, comment sa remplaçante a-t-elle pu expliquer leur soudain changement de nuance ?

—La vraie était effectivement humaine, mais ses yeux ressemblaient énormément à ceux des Helki, bruns entourés de bleu. La nouvelle Mme Hunt a disparu de la scène publique pendant trois semaines et même ses amis ne l'ont pas vue durant cette période. La seule personne susceptible de remarquer ce léger changement était son mari, sauf qu'ils ne couchent plus ensemble depuis un bon moment. Ils dorment toujours dans la même chambre, mais pas dans le même lit.

—L'authentique Mme Hunt est donc morte ?

—Oui.

Je sirotai ma bière et changeai de sujet.

— Tu m'as dit il y a quelque temps que je trouverais la réponse à mes questions dans mon passé, et plus particulièrement dans ceux qui ont été mes amants.

— Oui.

— Est-ce qu'il s'agissait d'une relation sérieuse ou de quelque chose de plus bref ?

— Extrêmement bref, je crois.

Super, voilà qui allait vraiment me faciliter la tâche si, par très bref, il entendait « coup d'une nuit ».

— Et ça remonte à longtemps ?

Il réfléchit un instant.

— Trois ans et demi.

Fabuleux. Ça ne m'aidait pas des masses, surtout si c'était l'un de mes amants de pleine lune. Je passai une main lasse sur mes yeux.

— De quelle façon cet homme et la femme que j'ai vue ce soir sont-ils liés ?

— Ils sont *extrêmement* proches.

— C'est sa sœur ?

— Non.

— Sa maîtresse ?

— Non.

— Quoi, alors ?

— Je ne peux pas te le dire.

Il ne pouvait pas, ou ne voulait pas ? Vu son petit sourire malicieux, je suspectais surtout de la mauvaise volonté.

— Cet homme dont nous parlons, il appartient à la meute des Helki ?

— De la même manière que la femme, oui.

Il allait vraiment falloir fouiner du côté des Helki, ou tout du moins de ce qu'il en restait.

— Peux-tu me le décrire ?

Il haussa les épaules.

— Brun, corpulence moyenne. Les yeux bleus.

Banal, en d'autres termes. Je le considérai d'un air dubitatif.

— Mais tu m'as dit qu'il appartenait aux Helki ?

— Oui.

— Alors comment peut-il avoir les yeux bleus ?

— Parce qu'ils peuvent modifier la couleur de leurs yeux en fonction de la forme qu'ils prennent.

Je haussai les sourcils.

— Alors pour quelle raison la fausse Mme Hunt n'a-t-elle pas fait en sorte de perfectionner son déguisement en reproduisant les yeux de la vraie ?

— Parce qu'une telle transformation demande une énorme quantité d'énergie. Si on se dispense de reproduire de si petits détails, alors il est possible d'emprunter plus longtemps l'apparence d'un autre. Et il s'avère que les yeux sont un des éléments les plus difficiles à transformer de manière stable, si tu veux tout savoir.

— Le côté « fenêtre de l'âme », tout ça ?

— Exactement. (Il s'interrompit un instant.) Personne ne t'a jamais dit que tu avais des yeux extrêmement expressifs ?

— Non, et cela ne m'intéresse pas de te l'entendre dire.

Il eut un sourire de chat qui jouait avec une souris avant de l'avaler.

— Alors, l'homme qu'on a envoyé me séduire il y a trois ans et quelques ne l'a pas fait sous sa véritable apparence ?

Cela signifiait donc que m'en souvenir ne m'apporterait aucune aide.

— Non.

Je repris un peu de bière, puis demandai :

— Quel métier a-t-il prétendu exercer ?

— Je crois qu'il a prétendu faire partie de l'armée.

Un militaire ? Je n'avais jamais dansé qu'avec un seul militaire, et celui-ci m'avait quasiment brisé le cœur. Mais ça ne pouvait pas être Jaskin. Il avait fait l'objet d'une enquête discrète de la part du Directoire qui n'avait rien trouvé à y redire. Il était impossible qu'il y ait eu quoi que ce soit d'inexplicable dans son passé.

Et c'était le seul de mes amants qui avait fait partie de l'armée… ou bien me trompais-je ? Je fronçai les sourcils en me remémorant ma première rencontre avec Jaskin… mais aussi l'homme qui l'avait précédé et nous avait présentés l'un à l'autre.

Il faisait son service sur le même porte-avions, mais s'était retrouvé, je ne sais comment, séparé du reste de l'équipage et avait fini seul au *Blue Moon*. Enfin, c'est ce qu'il m'avait raconté, en tout cas. C'était deux jours avant la pleine lune et j'étais en proie à une fièvre dévorante. J'avais beau avoir quelques partenaires réguliers à cette époque, quelque chose chez lui m'avait attirée, un côté dangereux qui avait stimulé mon goût du risque. Nous avions dansé ensemble toute la soirée et promis de nous retrouver le lendemain.

Sauf qu'il n'était pas revenu seul. Il était accompagné de Jaskin et de plusieurs autres militaires. Eux aussi respiraient le danger, mais Jaskin avait ce petit quelque chose en plus qui m'avait fait craquer, et c'était avec lui que j'avais terminé la soirée, en définitive.

Bon Dieu, comment s'appelait cet homme ?

Ben. Non, quelque chose de plus original. *Benito.* Benito Verdi.

J'avais enfin une piste à explorer. C'était peut-être une impasse, mais au moins c'était quelque chose.

— Cet homme aux yeux bleus, était-ce le premier partenaire que vous avez voulu m'imposer ?

— C'était notre première tentative, oui.

— Mais pourquoi ?

Il me considéra d'un air interrogatif.

— Comment ça, pourquoi ?

— Qu'est ce que j'ai dit ou fait qui vous a mis la puce à l'oreille, à toi et tes frères de labo, sur le fait que je n'étais pas une louve ordinaire ?

— C'est en fait Gautier qui l'a suggéré. Il a dit que tu étais exceptionnellement rapide pour une louve et que tu pouvais être un bon cobaye pour nos expériences. Il a aussi mentionné que tu détectais visiblement sa présence même lorsqu'il était camouflé.

C'était effectivement quelque chose dont les loups n'étaient pas capables. Mais pourquoi Gautier n'avait-il pas remarqué qu'il en était de même pour Rhoan ? Pourquoi parler de moi, et pas de mon frère ?

La réponse m'apparut soudain comme évidente. Rhoan buvait du sang. C'était la raison pour laquelle personne ne s'était jamais étonné de sa rapidité ou de ses excellents réflexes. Ils pensaient tous qu'il s'agissait d'un loup qui avait participé à la cérémonie du partage du sang afin de devenir un vampire.

Après tout, il travaillait la nuit, rentrait à l'aube… enfin, quand il rentrait. La meute rousse des Jenson était peut-être peu répandue en Australie, mais ses origines anglaises et irlandaises remontaient à plusieurs siècles et le fait qu'il en fasse partie n'en disait pas bien long sur son âge. Nul ne savait au sein du Directoire que nous étions frère et sœur, en dehors de Jack et de la directrice, et ce n'était pas inscrit dans notre dossier. Bon sang, même la date de naissance qui y figurait était fausse, comme c'était souvent le cas chez les vampires. C'est d'ailleurs cette possibilité de truquer les registres qui avait permis aux plus anciens membres de cette espèce de traverser les siècles sans être repérés.

Il était tout à fait envisageable de le prendre pour un vampire, un vampire assez âgé pour pouvoir tolérer un minimum la lumière du soleil.

C'était une excellente chose pour lui. Mais, de mon côté, c'était différent. Ces salauds en voulaient toujours à mes gènes.

— Vous avez donc décidé de me surveiller ? soufflai-je.

Il acquiesça en avalant une gorgée de bière et m'enveloppa d'un regard lascif. Je sentis son appétit sexuel se réveiller et des vagues de chaleur me parcoururent le corps. Visiblement, je n'en avais pas terminé avec le paiement de cette nuit.

— J'ai même vécu en face de chez toi pendant plus d'un an. Et, tu peux me croire, j'ai drôlement apprécié que tu n'aies pas de volets à tes fenêtres.

Je lui décochai un regard choqué.

— Tu as joué les voyeurs ? Et moi qui te pensais au-dessus de ce type d'attitude...

— C'est dans la nature du mâle de mater... (Son sourire s'élargit.) Et dans celle de la femelle de faire étalage de ses charmes.

— Mater et s'exhiber sont des comportements tout à fait respectables. L'espionnage, c'est totalement différent. (Je réfléchis un moment.) Pourquoi toi, d'ailleurs ? Surtout qu'à cette époque-là c'était Talon qui avait été mis en position de partenaire éventuel.

Il haussa les épaules.

— Tu connaissais Gautier et semblais être bien trop au fait de sa présence. Talon, lui, se croyait au-dessus d'une telle mission d'observation, quant à notre autre frère clone, il avait déjà échoué dans sa tâche.

L'homme aux yeux bleus était donc un autre clone, comme la femme qui jouait le rôle de Mme Hunt ? Pourquoi prétendre alors qu'ils étaient membres de la meute des Helki ? Parce que ces derniers étaient à l'origine de leur ADN ?

— Pourquoi ne pas avoir chargé de cette mission l'un de vos subordonnés ?

— L'homme pour qui je travaille ne fait pas confiance à ses subordonnés. Il m'a ordonné de le faire, alors je me suis exécuté.

Je le contemplai, les sourcils froncés.

— Tu n'as pourtant pas l'air de quelqu'un qui obéit sans discuter.

— C'est exact, mais avec cet homme-là le choix ne m'appartient pas. Il est impossible de lui cacher quoi que ce soit, car nous sommes tous les cinq télépathiquement liés. Il est bien plus puissant que nous et n'hésiterait pas à nous tuer immédiatement s'il suspectait une trahison. Je n'ai pas particulièrement envie de mourir de manière prématurée.

— Alors, tu te contentes de rester dans ton coin et d'envoyer d'autres personnes faire le sale boulot ?

Comme moi, par exemple.

Il acquiesça.

— Comment ça se fait que tu ne sois pas déjà mort, alors ? Tu fais de ton mieux pour comploter contre lui en utilisant le Directoire, pas vrai ?

Son sourire carnassier me fit frissonner.

— En effet. Mais il ne peut pas non plus surveiller chacune de mes pensées, ni chacun de mes souhaits et, tant que j'évite de prononcer certains mots-clés, j'échappe à sa surveillance, si je puis dire.

Cela expliquait donc pourquoi il refusait de répondre à certaines de mes questions. Ce n'était pas tant qu'il n'en était pas capable, mais surtout que les réponses risquaient d'attirer une attention malvenue sur ses pensées.

— Mais pourquoi vouloir m'imposer un compagnon ? N'aurait-il pas été plus simple de m'enlever sans autre forme de procès ?

— Parce que tu travaillais pour le Directoire et que Rhoan était ton ami. Nous accordions une grande importance au secret de notre entreprise et ne tenions pas à courir le risque d'être découverts à la suite de ta disparition. En tout cas, pas tant que nous n'avions pas confirmation que tu en valais la peine.

Cela me surprit.

— Mais, pourtant, vous avez attiré l'attention du Directoire en kidnappant Rhoan.

Il eut un reniflement méprisant.

— La faute à Talon et à son arrogance. Il était absolument persuadé que le Directoire était un repaire d'abrutis et que personne n'allait remarquer quoi que ce soit quant à ses activités. Cela étant, il n'a jamais eu conscience que c'était Rhoan qui s'était fait enlever, en tout cas, jusqu'à ce que tu organises cette petite expédition pour le libérer. (Il eut un sourire admiratif.) C'était d'ailleurs très bien joué.

— Merci.

Il opina du chef. Je pris une nouvelle gorgée de bière, puis demandai :

— Pourquoi ne pas avoir tué Talon lorsque nous lui avons mis la main dessus ?

— Pour quoi faire ? Talon est dans l'incapacité de vous apprendre quoi que ce soit.

Parce que ses souvenirs avaient été détruits.

— Donc, à la base, le plan était de me faire surveiller par Talon ?

Il acquiesça.

— Bien entendu, nous n'avons pu avoir confirmation des capacités que Gautier avait remarquées que très récemment.

— Par le biais du loup qui m'a tiré dessus à balles d'argent et qui a filmé le tout ?

— Oui. En te voyant te camoufler, nous avons pu vérifier la véracité de ce que Gautier nous disait depuis des années.

— Pourquoi avoir attendu si longtemps ? Vous auriez pu tester mes capacités bien avant cela.

— Parce que, la veille, Gautier t'avait vue tuer deux vampires. Aucun loup, même le plus rapide, et même opposé à de tout jeunes vampires, n'est théoriquement capable d'un tel exploit. Il a exigé que nous te fassions passer un test. Cette fois-ci, il a été entendu.

C'était donc Gautier qui était à l'origine de la direction merdique qu'avait pris ma vie ces derniers mois. En partie, tout du moins. Si ce soir-là je m'étais éloignée du night-club, si j'avais pu ne pas tenir compte de l'odeur de sang qui saturait l'air nocturne, peut-être ma vie serait-elle encore ordinaire. Enfin, ordinaire, en négligeant le fait que Talon avait décidé que je ferais une merveilleuse mère porteuse pour son enfant « parfait ».

Mais, si je ne m'en étais pas mêlée, tous ceux qui se trouvaient dans le night-club seraient morts, et pas seulement ceux que je n'avais pu sauver. Et savoir que j'aurais pu l'empêcher et avais préféré fermer les yeux serait quelque chose avec lequel j'aurais bien plus de mal à vivre que les événements qui avaient bouleversé ma vie ces dernières semaines.

— Si c'était toi qui étais chargé de me surveiller, pourquoi est-ce Talon qu'on a placé sur mon chemin ?

— C'est tout simple. Après plusieurs mois à t'observer sans rien faire d'autre, je te désirais plus que tout. Et c'est pour cette raison qu'il t'a envoyé Talon.

Et j'avais mordu à l'hameçon avec un enthousiasme débordant. Il faut dire que l'appât était des plus impressionnants.

— Ton patron m'a tout l'air d'un vrai sadique.

— C'est ce pour quoi on l'a éduqué.

Il saisit mon pied entre ses mains et, l'air absent, commença à en masser la plante.

— Mais, s'il t'a ordonné de rester à distance, comment se fait-il que tu aies fini par devenir quand même mon compagnon ?

Son visage se fendit d'un énorme sourire qui ne manquait pas de malice.

— Parce que ça emmerdait Talon.

— Celui qui est derrière tout ça savait donc que toi aussi, tu essayais de me faire un enfant ?

— Oui.

— Alors, pourquoi m'enlever et m'enfermer dans cette ferme de reproduction ?

— Ils ont saisi l'occasion. (Il hésita un instant.) Plus de 90 % des clones, et plus de 95 % des hybrides de laboratoire sont stériles, et ils n'ont toujours pas réussi à en déterminer la raison.

— Moi aussi, j'ai des problèmes de fertilité, lui rappelai-je. Personne n'est capable de dire si je vais jamais pouvoir tomber enceinte.

— Non, personne n'est capable de dire si tu pourras mener une grossesse à terme. À l'instant où nous parlons, tu es tout à fait en mesure de tomber enceinte.

Je ne pris pas la peine de le contredire.

— Qui m'a violée lorsque j'étais prisonnière du complexe ? L'homme aux yeux bleus qui pense que je lui dois quelque chose ?

— Oui.

— Seulement lui ?

— Non.

— Qui d'autre, alors ?

— L'un de ceux qui lui donnent des ordres.

Maudit accident qui m'avait fait perdre la mémoire…

— Pour quelle raison ?

Il haussa les épaules.

— Parce qu'il était censé faire respecter ses ordres, et parce qu'il ne crache jamais sur un peu de bon temps.

— J'en conclus que son idée d'un peu de bon temps, c'est de se taper des nanas inconscientes, marmonnai-je sèchement.

Cela fit sourire Misha.

— Il n'est peut-être pas grand amateur de rébellion… à moins que cela soit le véritable moyen de le rendre accro, contrairement à la soumission.

Je le regardai d'un air surpris.

— C'est un conseil ?

— Un dangereux, mais oui, c'en est un.

— Il est aussi inutile si je n'ai pas de nom à me mettre sous la dent.

— Tout vient à point pour qui sait attendre, Riley.

Et j'étais prête à parier que j'allais devoir attendre encore un bon moment.

— Pourquoi était-ce cet homme qui était chargé de donner les ordres, et pas le grand chef lui-même ?

— Pour des raisons de sécurité.

Comment ça, de sécurité ? Par rapport à qui ? Certainement pas à nous, vu que nous n'avions pas la moindre idée de qui il s'agissait. Pour le moment, tout du moins. J'étudiai l'expression de Misha et repris :

— Si ton patron est si dangereux, qu'est-ce que tu fabriques ici ?

Il haussa un sourcil.

— Si je te réponds franchement, je veux deux heures de plus en ta compagnie.

Comme si j'avais le choix. De toute façon, rien ne m'assurait qu'il allait vraiment être franc. Je haussai les épaules.

— Ça marche.

— Il y a deux raisons à cela. Tout d'abord, cela fait un bon moment que je me suis brouillé avec mes frères de laboratoire et avec notre soi-disant chef. Nous n'avons jamais partagé la même vision des choses.

Qu'est-ce que cela signifiait ? Que leur chef n'était pas l'un de ses frères de laboratoire ? Alors qui était-il ? Ou qu'était-il ?

— C'est-à-dire ?

— Comme je te l'ai déjà dit, il s'agissait à la base d'une quête de perfection. Le but était de créer un humanoïde parfait, doté des atouts propres à chacune des espèces de cette planète.

— Laisse-moi deviner… Cela a changé à la mort de votre créateur dans l'incendie de son laboratoire, pas vrai ?

Il acquiesça.

— Désormais, c'est devenu une quête du pouvoir absolu, confirma-t-il.

Je faillis demander le nom de ce créateur, mais ravalai ma question, bien consciente qu'il refuserait d'y répondre.

— Est-ce que c'est un clone d'un lot précédent qui a pris le pouvoir ?

— Non. Nous étions le premier lot à atteindre l'âge adulte.

— Alors qui ?

Il me regarda avec un petit sourire.

— Son fils.

Je fronçai les sourcils.

— Un clone issu d'un lot ultérieur ?

— Non, son fils naturel.

Voilà qui ne figurait dans aucun des rapports que j'avais lus. Et visiblement Jack n'était pas au courant non plus, à moins qu'il le soit et ait négligé de m'en parler. Vu qu'il jouait un jeu serré et que je n'étais qu'un agent de liaison, pas une gardienne, c'était tout à fait envisageable.

— Il n'y a aucune trace d'un fils naturel, lui fis-je remarquer.

— Non. C'était le fils d'une des femmes sur lesquelles il récoltait des ovules. Notre père de laboratoire s'est dit qu'il valait mieux garder son existence secrète.

Pourtant, il avait déclaré la naissance des clones, même s'il avait menti quant à leur véritable nature.

— Il doit sacrément galérer quand il s'agit d'obtenir un crédit ou une assurance, marmonnai-je.

Une lueur d'amusement traversa son regard.

— Ce n'est pas un problème lorsqu'on peut usurper l'identité de n'importe qui.

Je le contemplai d'un air abasourdi.

— Notre homme appartient à la meute des Helki ?

S'il disait la vérité, alors c'était enfin une information intéressante qu'il me donnait là. Il hocha la tête.

— Mi-Helki, mi-humain.

— C'était la mère qui était une Helki ?

Il acquiesça de nouveau.

— Et qu'est-ce qu'il fait, dans la vie ?

Il resta muet. Je changeai de tactique.

— Il est dans l'armée ?

— Non.

— C'est un scientifique ? Possède-t-il des entreprises de recherche comme Talon et toi ?

— Non.

— Un homme d'affaires, alors ?

— Il prétend être cela, entre autres choses.

— Il est connu ?

— D'une certaine manière.

— Il fait la une des journaux ?

— Non.

Cela me déstabilisa. Comment pouvait-on être un homme d'affaires en vue sans attirer l'attention des médias ? Cela n'avait aucun sens.

— Et sa mère ? Elle est toujours en vie ?

Il eut de nouveau l'un de ses sourires de père fier de son enfant.

— Très bonne question. Et la réponse est oui.

— Ils se parlent toujours ?

Il eut un instant d'hésitation.

— Disons qu'ils ont une relation de travail privilégiée, mais que peu de monde le sait.

Voilà qui était plus que cryptique. Mais, de toute façon, nous devions nous intéresser à cette femme ainsi qu'à la meute des Helki.

— Peux-tu me donner son nom à elle ?

Il réfléchit longuement à la question.

— Quel était le nom du compagnon qui a immédiatement précédé Talon et moi-même ?

— Putain, mais j'en ai pas la moindre idée !

Il sourit de nouveau.

— Alors, tente de t'en souvenir, et trouve l'équivalent féminin.

— Merde.

— Non, je ne pense pas que c'était son nom.

Je le fusillai du regard.

— Tu ne peux pas au moins me donner un prénom ?

— Je n'ai pas l'intention de tout te servir sur un plateau. Nous savons tous les deux que tu disparaîtras dès que tu auras obtenu toutes tes réponses. (Il fit courir ses doigts le long de ma jambe.) Et j'ai dans l'idée de faire durer le plaisir de ta compagnie autant que possible.

Il avait certainement fait durer le plaisir ce soir.

— Cela étant, tu n'as pas répondu à ma question, lui rappelai-je.

— Quelle question ?

Il tendit la main vers moi, mais je l'attrapai au vol et la serrai juste un peu trop fort, de manière à lui rappeler que je n'étais pas qu'une louve. Et que, si la fantaisie m'en prenait, il n'avait pas une chance contre moi.

— Pourquoi es-tu ici ce soir ?

— Parce que j'en ai assez de ce petit jeu. Je voudrais une vie normale, pour le peu d'années qui me restent.

L'accent de mélancolie que je décelai dans sa voix me fit penser qu'il disait vrai. Mais, après tout, Misha était un excellent acteur. Il avait en tout cas parfaitement réussi auparavant à me faire croire à son personnage de mec doux et gentil. Et le fait était qu'il n'était certainement pas fidèle à cette image. Il faisait tout cela pour des raisons qui ne concernaient que lui, et il ne semblait pas prêt à partager celles-ci avec moi.

Il m'agrippa le poignet, m'arracha de mon siège et m'attira entre ses cuisses.

— Ce sera tout pour aujourd'hui. Je veux le reste de mon paiement.

— Pas tant que tu ne m'auras pas donné quelque chose de concret.

Il me regarda d'un air pensif.

— Il y a deux labos. La sœur dirige le second.

— Tu m'as pourtant assuré qu'il était fils unique.

— Non, j'ai dit que le père n'avait eu qu'un seul enfant. Je n'ai jamais prétendu que c'était le cas aussi pour la mère.

— Cette demi-sœur est donc une Helki ?

Il acquiesça.

— Et c'est elle qui dirige le deuxième labo.

— Libraska ?

— Voilà. Et maintenant que tu as quelque chose à te mettre sous la dent, je pense que j'ai rempli ma partie du contrat. À ton tour, à présent.

Je m'exécutai, puis me barrai dès que cela fut possible. Je poussai un grand soupir en sortant du club et laissai mon regard se perdre dans l'animation de la rue. Il avait beau être si tard dans la nuit que les premières traces de l'aube teintaient de rose le ciel nocturne, il y avait néanmoins foule dans Lygon Street et l'air était saturé des odeurs de loups et d'humains, sans parler des arômes alléchants de viande rôtie et de pain frais. La partie de la rue où je me trouvais s'était transformée en lieu de rendez-vous pour les lycanthropes grâce à la présence des deux clubs, et la plupart des restaurants restaient désormais ouverts toute la nuit.

Mon estomac me rappela que je n'avais pas mangé depuis plusieurs heures. Je jetai un regard d'envie à l'enseigne italienne de l'autre côté de la rue, mais dus me refréner, sachant que les agents du Directoire qui surveillaient le *Rocker* devaient d'ores et déjà avoir informé Jack de ma sortie. Ce n'était jamais une bonne idée de contrarier mon supérieur et, si je m'avisais de ne pas le contacter immédiatement, il serait *extrêmement* contrarié. Je devrais attendre de lui avoir parlé avant de pouvoir me sustenter.

Je tentai donc de ne pas tenir compte des protestations de mon ventre affamé et partis à la recherche du téléphone que Jack m'avait donné et qui s'était évidemment caché au fond de mon sac. La sonnerie retentit trois fois avant que quelqu'un se décide à répondre.

— J'arrive dans cinq minutes, me dit une voix grave et chaleureuse.

Je clignai les yeux de surprise.

— Kade ? Pourquoi diable est-ce toi qui réponds à ce numéro ?

— Rhoan et Jack sont toujours en train d'interroger Ross James. On m'a demandé d'attendre ton coup de fil.

— Et Quinn ?

— On ne l'a pas encore revu. À tout de suite.

Je grommelai un vague assentiment et coupai la communication. Je croisai les bras, m'appuyai contre la paroi de plexiglas de la cabine téléphonique la plus proche et contemplai les voitures qui commençaient à encombrer Lygon Street, les unes se rendant en ville, les autres vers la banlieue et les nombreuses zones industrielles qui bourgeonnaient aux portes de Melbourne. Il n'était pas encore 6 heures du matin, mais les files de véhicules avançaient déjà à une allure d'escargot et s'immobiliseraient totalement d'ici une demi-heure. C'était d'ailleurs la raison pour laquelle je privilégiais les transports en commun même lorsque j'avais une voiture à disposition : cela me permettait de dormir une heure et demie de plus chaque matin.

Un taxi jaune se gara juste devant moi. Je regardai à l'intérieur, vis qu'il s'agissait de Kade et montai à l'arrière.

— Tu as l'air crevée, fit-il en se réinsérant dans la circulation avec l'efficacité brutale d'un authentique chauffeur de taxi.

— Probablement parce que je le suis. (Je m'interrompis en humant une odeur familière qui me mit l'eau à la bouche.) C'est bien du café que je sens, là ?

Je croisais son regard amical dans le rétroviseur.

— Je me suis dit que tu en aurais peut-être envie après avoir travaillé toute la nuit.

Il tendit le bras vers le siège passager et me donna non seulement un énorme gobelet de café, mais aussi un hamburger. S'il n'avait pas été en train de conduire, je lui aurais sauté au cou. Pas seulement parce qu'il avait exactement deviné ce qui pouvait me faire plaisir à cet instant précis, mais aussi parce qu'il ne portait aucun jugement sur ce que j'avais fait cette nuit. Il se contentait de l'accepter. Ou il s'en fichait royalement. Quoi qu'il en soit, cela faisait du bien.

J'ôtai le couvercle du gobelet de café. L'arôme enivrant du sirop de noisette vint me chatouiller les narines. Je souris en m'en remplissant les poumons. Peut-être serait-il plus raisonnable de totalement laisser tomber les hommes et de me contenter de bon café. Dieu sait que ça m'apportait quasiment le même plaisir, sans les inconvénients.

— Merci, dis-je à Kade en savourant ma première gorgée.

Il me rendit mon sourire.

— Tu sais très bien que c'est parce que j'ai une idée derrière la tête.

— Et moi qui pensais que tu avais fait ça par pure gentillesse…

— Oh ! Ça aussi, évidemment.

Je réprimai un ricanement.

— Il va me falloir bien plus qu'un café pour que je me sente en état de faire quoi que ce soit de sexuel, là.

— Est-ce qu'un bain bouillonnant bourré d'huiles essentielles suffirait ?

— Ça dépend de quelles huiles.

— Ah ? Ça fait une différence ?

— Certaines aboutissent à nettement plus d'endurance au lit que d'autres.

— Que dirais-tu d'un mélange lavande et ylang-ylang ?

— Pas mal. Ça te donnerait probablement un crédit de deux ou trois heures.

— Marché conclu.

Kade tourna soudain à gauche et je faillis renverser mon café.

— Préviens-moi, la prochaine fois, le rabrouai-je. Si mon café devait se répandre par terre, tu perdrais tout ton crédit. (Je m'interrompis pour regarder autour de moi. À moins qu'il ait pris un raccourci que je ne connaissais pas, nous ne roulions pas du tout dans la direction des laboratoires Genoveve où Jack avait installé notre quartier général.) Où allons-nous ?

— Prendre ce bain.

Je haussai les sourcils.

— Jack ne préférerait-il pas me voir dès que possible ?

— Il est occupé, répliqua-t-il d'un air absent, surveillant la circulation et s'insérant dans chaque interstice comme si sa vie en dépendait. Et il y a une règle qu'il ne faut jamais oublier dans ce petit jeu.

— De quel jeu, et de quelle règle parles-tu ?

— Le travail d'investigation, répondit-il en me regardant dans le rétroviseur. Et la règle, c'est : ne te tue jamais à la tâche pour eux. Sinon, ils te presseront comme un citron et te jetteront comme une vieille chaussette une fois que tu leur seras devenue inutile.

— Je ne suis ni enquêtrice ni gardienne.

— Peut-être pas officiellement, remarqua-t-il d'un air sinistre en faisant un écart pour éviter une voiture en train de se garer. Et c'est encore pire. Rends-toi compte : il y a dix jours, tu étais si profondément dans le coma que ceux qui travaillaient au complexe pensaient ne jamais t'en voir sortir. Depuis, tu as participé activement à une investigation, été plusieurs fois victime d'agressions et tu n'as même pas eu le temps de te reposer.

— On ne peut pas se permettre de se reposer. Pas si on veut démasquer ces enfoirés.

— Est-ce que démasquer ces enfoirés est plus important que ta santé ? Tu as l'air épuisée et tu as perdu du poids depuis le peu de temps qu'on se connaît.

— Mon appétit a tendance à pâtir des tentatives de meurtre incessantes, vois-tu. Sans parler du sexe à toute heure.

— Et utiliser le sexe comme technique d'interrogatoire, ce n'est pas seulement stimulant pour le corps, c'est aussi épuisant pour l'esprit, je sais. (Il me contempla d'un œil inquiet.) Appelle Rhoan. Dis-lui ce que tu as appris cette nuit. Laisse-le faire la part entre le vrai et le faux pendant que tu te reposeras.

— C'est lui qui t'a chargé de me dire tout ça ?

— Je lui ai fait part de mes intentions et lui ai confié où je comptais t'emmener. Je ne suis pas idiot : je n'ai aucune envie de mettre ton frère de meute en colère.

C'étaient les paroles d'un sage.

— Alors, où comptes-tu m'emmener ?

— Dans la maison d'une de mes juments, à Toorak.

Je le regardai avec perplexité.

— Tu ne m'avais pas dit que toutes tes juments avaient rejoint une autre manade ?

— C'est bien le cas. Mais Sable est partie à l'étranger avant que je parte en mission d'infiltration et n'est pas censée revenir avant plusieurs mois.

Ce prénom, ainsi que la conviction de Kade qu'il trouverait les huiles essentielles que je préférais, me fit le dévisager d'un air incrédule.

— Tu ne parles pas de Sable Kandell, n'est-ce pas ?

Cette femme était une mégavedette de télévision : elle animait une émission qui crevait tous les plafonds d'audience et les cinq livres qu'elle avait écrits ne quittaient pas la liste des meilleures ventes.

— Si, c'est bien elle, approuva-t-il avec un accent de fierté.

— Comment un soldat comme toi s'est-il retrouvé avec une telle star ? m'étonnai-je.

— Tout simplement parce que nous avons grandi ensemble. Elle m'a toujours appartenu.

Visiblement, j'en avais beaucoup à apprendre concernant la culture des métamorphes chevaux.

— Comment se fait-il que tu l'aies laissée partir à l'étranger ? Je croyais que les étalons avaient un sens aigu de la propriété qui les empêchait de tolérer ce genre de choses.

Il passa un feu à l'orange bien mûr, tourna dans Hoodle Street et répondit :

— Oh, ne t'en fais pas. Elle est marquée au fer rouge comme mienne, aucun étalon ne s'aviserait de la toucher.

Les étalons marquaient leurs compagnes au fer rouge ? Heureusement que je n'étais pas une jument, et que les loups ne se livraient pas à des pratiques si barbares.

— Mais comment peux-tu en être si certain, vu qu'elle se trouve à des milliers de kilomètres ?

— Si ça arrivait, je le saurais, répondit-il d'un ton qui décourageait la poursuite de mon interrogatoire.

Peut-être s'agissait-il de quelque chose qui ne regardait que les étalons.

— Appelle Rhoan, reprit-il en me tendant le téléphone.

Je fis comme il me l'ordonnait et informai Rhoan de ce que j'avais soutiré de Kellen et de Misha. Pendant ce temps-là, Kade se gara devant un très beau manoir à l'anglaise, juste au milieu de ce qu'on surnommait « l'allée des millionnaires », ce qui signifiait en fait que nous nous trouvions à l'endroit où vivaient les personnes les moins fortunées de Toorak. De toute façon, les vrais riches avaient décidé d'investir le verdoyant quartier de Brighton.

Kade m'invita à entrer, me versa un verre de vin que je sirotai pendant qu'il mettait en route le bain bouillonnant et y versait les huiles essentielles promises, puis il m'aida à me déshabiller et à y pénétrer. Il se mit ensuite à me laver longuement les cheveux pendant que je savourais les petites bulles qui soulageaient la tension de muscles dont je n'avais jamais eu conscience jusqu'ici, ainsi que les délicieux parfums de fleurs qui flottaient dans l'air.

Puis il m'aida à me sécher, démêla mes cheveux et, même si à ce stade j'étais plus que prête pour une petite danse en sa compagnie, il se contenta de me border dans le lit et de sortir de la chambre.

Il m'apparut soudain qu'aucun autre homme, en dehors de mon frère, ne m'avait jamais traitée avec autant de sensualité et d'affection juste parce qu'il savait que j'en avais besoin. C'était une pensée qui éclairait d'un jour plutôt déprimant mes précédentes relations. Même Quinn, malgré toutes ses belles paroles sur son besoin de faire partie de ma vie, n'avait jamais fait preuve d'autant d'attentions que celles que Kade venait de me prodiguer.

En fait, le seul homme qui faisait preuve du moindre potentiel pour devenir un compagnon sérieux, c'était Kellen, et je le connaissais à peine.

Peut-être devrais-je arrêter les frais et fréquenter plus régulièrement Kade. Il ne serait jamais mon âme sœur, et peut-être ne rencontrerais-je jamais celle-ci, mais au moins serais-je certaine d'avoir un peu de tendresse de temps en temps.

Je me demandai même si Quinn connaissait le sens de ce mot.

Il était près de 17 heures lorsque nous arrivâmes enfin à Genoveve et, étant donné que nous étions censés revenir dans la matinée plutôt qu'en fin d'après-midi, il était surprenant que Jack soit d'une humeur aussi bonne ; on ne pouvait pas en dire autant de Quinn. Celui-ci était installé devant la fenêtre, le regard braqué sur l'arène, les mains nouées dans le dos et les épaules vibrant visiblement d'une tension mal réprimée. Son air désapprobateur me fit l'effet d'un coup de poing et je titubai sous l'effet de sa colère, qui semblait mettre l'air ambiant en ébullition.

Kade me saisit par le bras pour m'empêcher de tomber.

— Bon sang, que se passe-t-il ?

Au même moment, Rhoan s'écria d'un ton inquiet :

— Riley ? Tu vas bien ?

Je ne répondis pas et fusillai du regard le dos de Quinn.

— Arrête ça tout de suite, Quinn.

Il se contenta de me jeter un regard blessé, puis l'impression de colère s'évapora et je pus de nouveau respirer. Je rassurai d'un geste Rhoan qui se précipitait vers moi.

— C'est bon, c'est bon.

Je serrai la main de Kade et celui-ci se décida à me lâcher, sans trop s'éloigner toutefois, au cas où je reperdrais l'équilibre. Le regard perplexe de Rhoan fit quelques allers-retours entre Quinn et moi.

— Que s'est-il passé ?

— Je suis capable de ressentir les émotions de Quinn si celui-ci ne les cache pas derrière son bouclier psi.

Mon frère me considéra d'un air encore plus confus, mais ce fut Jack qui remarqua :

— Pourtant, tu n'es pas empathe.

— Je ne pense pas qu'il s'agisse d'empathie, sinon je percevrais les émotions de tout le monde dans cette pièce. (Je m'interrompis un instant) Je pense que cela est dû au lien que nous avons créé avant de pénétrer dans le laboratoire de Talon. J'ai l'impression qu'il est plus profond que ce que nous avions l'intention de faire.

Jack ne parut pas convaincu par mon hypothèse.

— C'est peut-être aussi l'un des effets secondaires de l'ARC1-23. Il va falloir que nous te soumettions à quelques analyses.

— Désolée, mais j'en ai un peu marre de me faire piquer, palper et sonder depuis quelque temps. (Pas seulement sonder dans le sens premier du terme, d'ailleurs.) Occupons-nous d'abord de résoudre cette affaire.

Il accueillit ma réponse avec un grognement et se retourna vers son écran d'ordinateur.

— On dirait que Misha s'est enfin décidé à nous donner des renseignements utiles.

J'allai m'effondrer sur l'un des confortables fauteuils. Kade resta où il se trouvait et s'appuya contre le mur. Quant à Quinn, il continua à jouer silencieusement les vampires en colère.

— Comment ça ? lançai-je à Jack.

Il se laissa aller contre le dossier de sa chaise, et c'est tout juste s'il ne rayonnait pas. Durant toutes les années où j'avais travaillé pour lui, je ne l'avais jamais vu aussi heureux, et je me demandai s'il fallait m'en réjouir ou m'en effrayer.

— Cela fait un certain temps que nous surveillons les activités de la meute des Helki, nous apprit-il. Ils sont spécialisés dans l'extorsion de fonds et dans le marché noir. Ils sont capables de vendre tout et n'importe quoi, des voitures volées aux documents gouvernementaux top secrets. Mais comme vous, les loups, êtes du genre à protéger votre meute à tout prix, nous n'avons jamais réussi à infiltrer celle-ci avec l'un de nos agents pour en avoir la preuve.

— Sans espion parmi eux, cela ne va pas être simple de récolter beaucoup de renseignements.

— Tout ce que nous savons, c'est ce dont nous avons été témoins grâce à une surveillance de tous les instants.

Je haussai un sourcil.

— Et par le plus grand des hasards, ne serait-ce pas ce dont Gautier a été chargé toutes ces dernières semaines ?

Il opina du chef.

— Il est préférable de le garder à distance tant que nous ne savons pas quoi faire de lui.

— Certes, mais s'il travaille pour la meute, il est fort improbable qu'il vous apprenne quoi que ce soit d'utile. Peut-être même a-t-il prévenu les Helki qu'on les surveillait.

— C'est possible qu'il ne nous donne aucune information utile, mais je doute qu'il les prévienne. Cela équivaudrait à montrer son jeu et je ne crois pas qu'il y soit encore prêt.

Je repliai mes jambes sous moi.

— Misha ne nous a donné aucun nom précis. Il s'est contenté de nous orienter vers la meute.

— Oh ! Mais si, il nous a donné un nom, intervint Rhoan d'un ton moqueur. Ne me dis pas que tu as oublié Robert, le loup que tu fréquentais avant Talon et Misha ? Ne croyais-tu pas qu'il s'agissait de l'amour de ta vie ?

Robert. Je ricanai en me remémorant ce nom, et la seule raison pour laquelle je n'envoyai pas quelque chose à la tête de mon frère, c'était parce que je n'avais rien à portée de main.

— J'ai cru ça trois semaines, jusqu'à ce que je me rende compte qu'il ne faisait que m'utiliser pour se rapprocher de toi.

Il sourit bêtement.

— En fait, il fantasmait surtout sur un plan à trois…

— Je ne veux pas en entendre parler !

— Revenons-en au sujet, intervint Jack en regardant Rhoan avec agacement. Il s'avère qu'à la tête de la meute se trouve une certaine Roberta Whitby.

Rhoan et moi échangeâmes un regard abasourdi.

— C'est une femme qui dirige la meute ? s'étonna Rhoan.

— Oui. Pourquoi ?

— Parce que ce n'est jamais le cas. C'est toujours un mâle alpha.

— Il semble donc que les Helki fassent partie des meutes les plus progressistes.

— Cela n'a rien à voir avec le fait d'être progressiste, le détrompa Rhoan. Ce sont les alphas qui dirigent, pas les femmes, ni les bêtas, ni les gammas. C'est la nature, et c'est ainsi que fonctionnent toutes les meutes. (Il se tourna vers moi.) Il doit y avoir une raison précise à cela.

— C'est bien possible, approuvai-je doucement. Misha m'a dit que les Helki étaient d'authentiques métamorphes : certains sont capables de se transformer en d'autres animaux que le loup, et il y en a même qui peuvent prendre l'apparence d'autres humains. L'un des hommes qui a abusé de moi au complexe de reproduction était un frère clone de Misha, et il semble qu'il soit capable de se transformer en différentes personnes. Et si c'était Roberta qui avait donné ses ovules pour le créer ? Peut-être est-il capable de prendre n'importe quelle apparence tout simplement parce qu'elle le peut elle-même ?

Cela ne fit rien pour atténuer la perplexité de Rhoan.

— Cela n'explique nullement pourquoi c'est une femme qui dirige la meute.

— Et si c'était une sorte d'hermaphrodite ? Peut-être peut-elle se transformer aussi bien en homme qu'en femme ?

— C'est impossible, déclara Jack.

— Et pourquoi le serait-ce ? Les hermaphrodites existent. Pourquoi un métamorphe doté d'organes reproducteurs féminins et masculins ne pourrait-il pas emprunter la forme qu'il désire ?

— C'est un peu tiré par les cheveux, non ?

— Je n'en suis pas si sûre.

Je m'interrompis en repensant à ma réaction initiale lorsque j'avais rencontré Mme Hunt, réaction que j'avais mise sur le compte de mes souvenirs embrouillés. Mais, si je confrontais ceux-ci à ce que Misha m'avait appris, tout s'expliquait. Je poursuivis :

— Misha m'a dit que Mme Hunt et l'homme qui m'a violée au complexe étaient extrêmement proches. Peut-être était-ce sa manière de dire que c'était la même personne ?

— Ce serait du pur délire, commenta Kade.

— Vraiment ? En tout cas, ils ont les mêmes yeux, sans parler de l'odeur.

— Deux personnes ne peuvent partager la même empreinte olfactive, renchérit Rhoan. Même dans une même famille, il y a d'infimes variations.

— Peut-être, marmonna Jack d'un air peu convaincu, avant d'ajouter : Cela étant, ça expliquerait pourquoi les membres de cette meute ont toujours réussi à échapper à nos pièges.

— Et cela signifierait aussi que l'homme responsable de tous les laboratoires est capable de prendre n'importe quelle apparence, conclut Rhoan sur un ton lugubre. Ce qui impliquerait que cela peut être n'importe qui.

— Cela expliquerait aussi ce qui s'est passé la nuit dernière, intervint Quinn d'une voix neutre.

Je sentis néanmoins sur ma peau le souffle incandescent de sa colère. Heureusement, cette fois-ci, elle n'était pas dirigée vers moi.

— Pourquoi ? Qu'est-ce qu'il s'est passé après mon départ ? demandai-je avec curiosité.

Quinn ne prit toujours pas la peine de se retourner.

— Mme Hunt est directement rentrée chez elle après avoir fait sa déposition auprès de la police. Le chauffeur a rangé la voiture dans le garage, puis s'est rendu dans son appartement, juste au-dessus de celui-ci. Vingt minutes plus tard, j'ai vu les portes du garage s'ouvrir de nouveau et le chauffeur repartir au volant de la voiture. Sauf que, si j'avais dû me fier à ma vision infrarouge, il se trouvait toujours dans son appartement, et c'était Mme Hunt qui conduisait.

— Tu as suivi la voiture ?

— Oui. Elle s'est rendue dans une petite maison de Gosford.

— Elle y est toujours ?

Et, si oui, pourquoi Quinn se trouvait-il ici ?

— La maison est actuellement surveillée par une équipe de gardiens, intervint Jack comme s'il avait lu dans mes pensées. Je me suis dit que Quinn nous serait plus utile ici.

Là où Jack pouvait garder l'œil sur lui, manifestement.

— Est-ce que Roberta a une fille ?

Il acquiesça.

— Son nom est Nasia. Elle était chercheuse pour le laboratoire pharmaceutique Holgram, mais elle a démissionné il y a environ sept ans. Si l'on doit se fier à son dossier fiscal, elle n'a pas travaillé depuis.

— Ou s'est dispensée de payer des impôts.

Il opina de la tête.

— Si c'est elle qui dirige le second labo, ce serait logique.

— En résumé, soupira Kade, nous avons donc plusieurs suspects qui sont soit Helki, soit mi-Helki, mi-humains, et toutes ces personnes sont probablement capables de prendre la forme qui leur chante. Comment diable allons-nous pouvoir les arrêter ?

— Nous devrions d'ores et déjà mettre la main sur l'homme qui se trouve dans la maison de Gosford...

— Sauf qu'au moment même où on l'arrêtera, toute information utile sera effacée de son cerveau, remarquai-je, comme ça a été le cas pour Talon.

— Si nous faisons assez vite, nous serons peut-être en mesure d'empêcher cela, répliqua Jack. De toute façon, nous ne pouvons pas risquer qu'il nous échappe.

— Il vaut mieux prendre le risque qu'il se fasse frire le cerveau plutôt que de le laisser traire d'autres cobayes, murmura Kade.

Je ne pouvais qu'être d'accord avec lui.

— Et en ce qui concerne cette Roberta ?

— On va aussi l'interpeller.

— Mais est-ce que cela ne déclenchera pas l'alarme chez ceux qui resteront ?

— C'est bien ce que j'espère, et que dans leur hâte pour prendre le maquis ils commettront une erreur fatale qui nous permettra de les appréhender.

— Comment prévoyez-vous d'arrêter Roberta ? Je vous déconseille d'envoyer quelqu'un la kidnapper. Même des gardiens confirmés ne réussiront pas à enlever une chef de meute sans que personne s'en rende compte.

— Heureusement pour nous, elle se rend à Melbourne tous les lundis pour passer la soirée avec des amis à elle. (Il s'interrompit en réfléchissant.) Évidemment, si sa fille est elle aussi capable de prendre n'importe quelle apparence, c'est peut-être elle que sa mère retrouvait ces soirs-là.

— Ce qui impliquerait qu'ils savent être surveillés, renchérit Kade.

— Ou bien qu'ils se comportent avec une prudence accrue à la suite de la capture de Talon.

— Pourquoi Roberta ne se transformerait-elle pas en quelqu'un d'autre, si c'était le cas ? demanda Kade.

— Pour une raison simple, répondit Rhoan. C'est une Alpha et elle est probablement persuadée de pouvoir se défendre par elle-même. L'arrogance est l'un de leurs défauts les plus remarquables.

Peut-être était-ce de là que Talon tenait son excessive confiance en lui. Peut-être même Misha avait-il des gènes Helki, mais, s'il était capable de prendre n'importe quelle forme, je doutais qu'il me l'avoue un jour.

— Cela n'a aucune importance, décida Jack. Enlevons Roberta ce soir, et faisons suivre la personne qu'elle est censée retrouver pour dîner.

— Comment allons-nous l'identifier ? objectai-je, surprise.

Jack me gratifia d'un sourire.

— Même les gens les plus malins commettent des erreurs idiotes. Ils réservent chaque semaine la même table parce qu'elle se trouve dans un coin et bénéficie d'une jolie vue sur le port et la plage de Sainte-Kilda.

Je jetai un coup d'œil à la pendule.

— Il est presque 17 h 30. Roberta doit être en route, non ?

C'était fort probable étant donné que Bendigo se trouvait à près de deux heures de route de Melbourne. Jack acquiesça.

— Elle traverse en général le Domain Tunnel vers 19 h 15. C'est là que nous avons l'intention de lancer notre offensive.

— Dans le tunnel ? Les autres automobilistes vont adorer ça, en pleine heure de pointe.

— C'est justement l'endroit où elle ne s'attendra pas à une attaque.

— Il vaudrait donc mieux qu'on se bouge le cul, pas vrai ?

Jack me jeta un regard qui signifiait clairement : « Ne me dis pas comment je dois faire mon travail. »

— Nous, nous n'allons nulle part, parce que je te rappelle que tu as rendez-vous avec Misha, ce soir.

J'ouvris la bouche pour protester, mais il m'interrompit d'un geste.

— Tu veux des réponses, n'est-ce pas ? Et Misha t'en fournit. Nous ne pouvons pas nous permettre de renoncer à cette source.

— Peut-être sommes-nous tout simplement en train de l'aider à prendre le contrôle de tout cela.

— Je pense que les raisons de Misha sont bien plus personnelles que ça, intervint Quinn en tournant enfin la tête vers moi. C'est bien de conquête dont il rêve, mais cela n'a rien à voir avec ses frères clones ou le fils de son créateur.

Qu'est-ce qu'il voulait dire ? Que c'était moi que Misha désirait plus que tout ? Je reniflai d'un air moqueur.

— Misha n'est pas amoureux de moi, Quinn. Et, au cas où tu ne serais pas au courant, lui et moi couchons toujours ensemble.

Il haussa un sourcil sombre.

— Qui parle d'amour ? Ce qui l'intéresse, ce n'est pas l'amour. C'est la possession.

— Que ce soit l'un ou l'autre n'a pas la moindre importance, l'interrompit Jack. Tu vas quand même aller le voir ce soir et continuer à l'interroger. Pendant ce temps-là, Kade, Rhoan et moi-même allons rejoindre l'équipe chargée de l'opération tunnel.

— Et moi pendant ce temps-là ? demanda Quinn d'un air absent.

— L'équipe de Sydney devrait arriver dans les environs de 20 heures avec l'homme qu'ils auront arrêté à Gosford. Je me disais qu'il serait utile que tu les aides pour l'interrogatoire.

Le sourire qui étira alors ses lèvres me fit passer un frisson dans le dos. Si l'homme qui se faisait passer pour Mme Hunt tentait de garder quoi que ce soit de secret, Quinn saurait l'extirper de son cerveau. Et il ne le ferait certainement pas à la manière douce. Si la fausse Mme Hunt s'en sortait avec un esprit en état de fonctionnement, je serais très étonnée.

Il se contenta de répondre :

— Volontiers.

Jack se leva.

— Alors, allons-y. Riley, je t'ai réservé une voiture pour t'emmener à Lygon Street. Nos hommes surveillent toujours les environs, tu ne devrais courir aucun danger.

L'usage du conditionnel rendait plus que douteuse son affirmation. J'avais l'étrange impression que tout se passait trop bien pour nous et que la roue était sur le point de tourner de nouveau. Je me frottai les bras et tentai de ne pas prêter attention à cette prémonition. C'était seulement dû à la peur… ou au dégoût que je ressentais à l'idée de passer la nuit avec Misha. La clairvoyance n'avait jamais fait partie de mes talents – même si Jack était persuadé du contraire à cause de mes tests – et je n'avais certainement pas la moindre envie que ce soit le cas.

— Je préférerais y aller seule.

En particulier parce que je n'avais pas du tout envie de traîner plus longtemps que nécessaire dans le coin, en compagnie de Quinn et d'une multitude de gardiens. J'avais bien mieux à faire. Par exemple, aller jeter un coup d'œil à un certain restaurant.

Jack me considéra d'un air dubitatif.

—Vu ton passif en matière de conduite, je ne pense pas que cela soit une excellente idée.

—Ai-je déjà abîmé une voiture du Directoire ?

—Non, mais…

—Alors, laisse-moi en prendre une. Nous ne devons pas négliger le fait que je sois peut-être encore sous surveillance… sans parler de ceux qui gardent l'œil sur le *Rocker*. Grâce à Gautier, ils sont probablement capables d'identifier chacun des employés du Directoire. S'ils me voient arriver au *Rocker* escortée par l'un d'eux, ils se douteront de qui je suis, avec ou sans déguisement.

Jack m'examina de ses yeux verts plissés, comme s'il se doutait de quelque chose. Et, étant donné que nous travaillions ensemble depuis un bon moment, c'était tout à fait possible. Mais, mon bouclier psi étant trop résistant pour qu'il puisse lire dans mon esprit, il ne pouvait vérifier ses soupçons.

—D'accord, finit-il par lâcher, mais, dès que tu en auras terminé avec Misha, je veux que tu reviennes directement ici sans faire de détour.

—Pas de problème, lui répondis-je, l'esprit tranquille, puisque le détour que je planifiais de faire aurait lieu *avant* mon rendez-vous avec Misha.

Il m'observa d'un air encore plus suspicieux, mais il se contenta de dire :

—Allons-y !

Puis il quitta la pièce. Kade le suivit, ainsi que Rhoan, qui prit néanmoins le temps de me plaquer un baiser sur le front.

— Sois prudente.

— Toi aussi.

— Ce n'est pas moi qui vais dans le boudoir de l'ennemi, me rappela-t-il en me serrant légèrement le bras. Souviens-toi juste de garder l'œil ouvert, et le bon, même lorsque tu t'amuses.

— Cesse de te faire du mouron et va faire ton boulot.

— C'est aussi le boulot d'un frère de s'inquiéter pour sa petite sœur. (Il jeta un regard à Quinn, puis reprit dans un murmure :) Souviens-toi aussi que certaines friandises, si délicieuses soient-elles, sont mauvaises pour la paix de l'esprit sur le long terme.

— Je ne l'oublie pas. À présent, mêle-toi de tes fesses, et va bosser !

Il me sourit joyeusement, m'embrassa encore sur le front et ajouta :

— Liander a laissé quelques perruques et des lentilles colorées si tu veux t'amuser à te déguiser. Promets-moi juste d'être discrète quand tu iras au restaurant.

Je le regardai en souriant. Rhoan n'avait nul besoin de talents psychiques pour deviner mes intentions. Il savait, tout simplement parce que c'est ce qu'il ferait, lui.

— Je te le promets.

— Bien.

Il m'embrassa une troisième fois (trois fois, ça porte chance, disions-nous souvent) puis se redressa et sortit de la pièce.

Ce qui me laissa seule avec un Quinn grincheux. *Youpi, youpi.*

— Nous avons une conversation à terminer, rappela-t-il dès que nous fûmes seuls.

Je dépliai mes jambes et allai me servir un verre d'eau à la fontaine.

— J'ai dit tout ce que j'avais à dire.

— Alors, dis-moi pour quelle raison tu as baisé avec Kellen hier soir. Est-ce que c'était pour te venger ?

Je pouffai en remplissant mon gobelet.

— Écoute, Quinn, je t'aime bien, mais il va falloir sérieusement soigner cette vilaine jalousie. Surtout quand tu n'as aucun droit sur moi.

— J'en conclus que la réponse est oui ?

— La réponse est non. J'ai baisé avec lui parce que j'en avais envie, parce qu'il est trop sexy et parce que je voulais lui poser quelques questions. Questions auxquelles il a d'ailleurs répondu. (Je bus un peu d'eau puis me retournai pour affronter son regard orageux.) Cela étant, Kellen avait parfaitement conscience que je t'accompagnais. Je crois que ça a décuplé son plaisir de savoir qu'il m'avait volée à toi.

— Et tu as l'intention de le revoir ?

— Très souvent. Et, si ça te défrise, il vaut mieux que tu renonces dès maintenant. Ni toi ni moi n'avons de temps à perdre avec ce genre de conneries.

Quinn resta sans réaction.

— Un vampire ne renonce jamais à ce qu'il considère lui appartenir.

Il plongea son regard sombre comme la nuit dans le mien et cela fit palpiter quelque chose en moi, quelque chose de profond que je ne sus identifier : joie ou peur ?

— Je ne peux et ne veux pas renoncer, reprit-il. Et si cela signifie que je devrai accepter de te voir baiser des loups-garous par centaines, eh bien, qu'il en soit ainsi. Ce qui existe entre nous vaut le coup d'être exploré et j'attends de toi que tu respectes le marché que nous avons conclu.

Je haussai les sourcils.

— On dirait une menace.

— Prends-le comme tu le veux.

— Eh bien, je le prends comme une menace. Ce qui m'amène à une autre question : si je ne le respecte pas, tu feras quoi ?

Sous son expression impénétrable de vampire, je devinai comme un tourment, une frustration.

— Tu ne veux pas le savoir.

— Je ne te l'aurais pas demandé si c'était le cas.

Il eut un instant d'hésitation.

— J'ai le pouvoir de te contraindre à certaines choses.

Je le regardai bouche bée, incertaine d'avoir bien compris ce qu'il venait de dire. Ou, plutôt, refusant de le croire.

— Pardon ?

Il me contempla d'un air inflexible.

— Nous avons partagé notre sang. Cela me permet de te forcer à faire ce que je désire.

— Encore quelque chose dont tu as négligé de m'informer lorsque nous l'avons fait, répliquai-je d'un ton faussement calme qui ne révélait rien de la colère qui m'agitait.

— Tu étais sous l'empire de la fièvre lunaire à ce moment-là. Penses-tu vraiment que tu aurais refusé de boire mon sang même si j'avais pris le temps de t'en expliquer les conséquences ?

— Non, mais tu aurais pu m'en parler après.

Une femme avertie en valait deux. Encore que, en l'occurrence, je soupçonnais que même deux femmes ne vaudraient pas tripette face à un tel ennemi.

— Ai-je déjà essayé d'entraver tes actions ?

J'éclatai d'un rire sans joie.

— Non. Mais rien ne garantit que tu ne le feras jamais.

— Je m'y engage.

— Mais est-ce que je m'en rendrais seulement compte si tu le faisais ? (Voyant qu'il ne répondait pas, je secouai la tête d'un air désespéré.) Tu as conscience de ce que tu as fait, n'est-ce pas ? Par cette seule, toute petite menace, tu viens d'entrer dans une tout autre catégorie à mes yeux.

Il fronça les sourcils.

— Comment ça ?

— Eh bien, tu fais à présent partie des hommes qui m'utilisent à leurs propres fins.

— Bon sang, Riley, tu sais très bien…

— Tout ce que je sais, l'interrompis-je brusquement, c'est que parmi les trois hommes avec qui je danse actuellement, Kade est le *seul* qui a fait preuve de la moindre attention à mon égard en dehors du sexe. Tu veux savoir ce qu'il a fait pour moi, aujourd'hui ? Il m'a amenée chez l'une de ses juments, m'a fait couler un bain, m'a lavé les cheveux, puis m'a mise au lit sans même tenter d'abuser de la situation. Il s'est occupé de moi, m'a chouchoutée, parce qu'il savait que j'en avais terriblement besoin. Et qu'as-tu fait, toi ? À part accepter à contrecœur le sexe et le sang dont tu avais un besoin vital ? Oh, et aussi te montrer exigeant et violer mon esprit, évidemment !

Il me regarda d'un air perplexe.

— C'est cela que tu me demandes ? De te chouchouter et de te courtiser pour gagner ton cœur ?

— Ce serait déjà mieux pour commencer que de me traiter de pute ou de me menacer. (Je laissai échapper un souffle excédé.) Comme le dit la chanson, *Girls Just Wanna Have Fun*, « les filles veulent juste s'amuser ».

Le regard légèrement dédaigneux dont il me gratifia me fit penser qu'il n'était pas très amateur de vieilles rengaines pop, ou bien qu'il avait traversé cette époque en restant sourd à ce qui passait à la radio et n'avait pas la moindre idée de ce dont je parlais. Je repris la parole.

— Écoute, c'est moi qui t'ai proposé cet accord, et je m'y conformerai si ça peut éviter de me mettre en danger. Mais n'espère rien de plus qu'une relation superficielle. Je ne serai jamais exclusive avec toi, Quinn. C'est une chose que je ne peux pas me permettre.

— Tout ce que je veux, c'est que tu me donnes ma chance.

— Eh bien, tu l'as entre les mains. Mais je te préviens : contrains-moi à *n'importe quoi* et ce sera fini entre nous. Je trouverai le moyen de désobéir à ton ordre, et tu ne me reverras plus jamais. Je refuse que l'on abuse ainsi de moi. Je suis une louve, pas une pute.

— Je n'ai pas l'intention d'abuser de toi…

— Alors comment appelles-tu le fait de contraindre quelqu'un à faire quelque chose contre son gré ?

— En l'occurrence, le bon sens.

— La contrainte est la contrainte, quelle qu'en soit la raison. N'essaie jamais cela avec moi, Quinn. Jamais.

Il ne répondit rien. Je sortis de la pièce en prenant soin de claquer furieusement la porte.

Chapitre 11

Le soleil était déjà couché et la nuit s'annonçait froide. Le vent s'engouffra dans mes vêtements et me glaça jusqu'aux os, comme s'il venait directement de l'Antarctique. Je me recroquevillai en frissonnant et regrettai de ne pas avoir enfilé quelque chose de plus chaud qu'un fin tee-shirt à manches longues. Heureusement que j'avais porté mon choix sur un jean et des baskets au lieu de la jupe et des sandales que j'avais envisagées. Mais malheureusement, c'était une décision que j'avais prise en me fiant à une prémonition, celle que j'aurais besoin de porter quelque chose de confortable étant donné ce que j'aurais à faire dans la nuit.

Je ne voulais pas d'un nouveau talent psi, surtout de celui-ci, qui décidait de se manifester aux moments les plus incongrus. Mais mon intuition, toujours elle, me disait que je n'avais pas plus le choix en la matière que je ne l'avais pour le reste de ce qui m'arrivait. J'étais en train de devenir un peu plus qu'un simple dhampire. Quant à savoir ce en quoi je me transformais exactement, même ce nouveau talent ne pouvait me le dire. En tout cas, une chose était sûre : je n'allais certainement pas en parler à Jack. Pas tant que je n'aurais pas déterminé si cette clairvoyance était bien due au développement de nouvelles capacités, et non un étrange effet secondaire de la peur qui me nouait le ventre.

Le restaurant apparut à l'autre bout de la rue. Je m'arrêtai le temps d'examiner la façade du vieil immeuble victorien et de chercher ma proie de l'autre côté de la vitrine. Il n'y avait qu'une femme seule dans la salle, et elle se trouvait à l'opposé de moi.

Je vérifiai d'un regard circulaire que personne n'était en train de m'observer, puis me camouflai dans l'ombre, avant de me diriger vers la plage. J'évitai de traverser les zones illuminées par les lampadaires ainsi que les phares des voitures qui remontaient la rue pour éviter de me faire repérer. Puis je me déshabillai et me transformai, avant de laisser s'évaporer mon manteau d'obscurité, de traverser en trottant un bosquet de théiers et de me retrouver juste en dessous de la fenêtre devant laquelle était installée ma cible.

C'était une femme à l'aspect très quelconque : des cheveux bruns coupés en un carré sévère, un nez romain orné d'un anneau en or et un menton proéminent, presque masculin. Ses mains nouées devant elle avaient également l'air plus masculines que féminines. L'homme qui se faisait passer pour Mme Hunt ne correspondait pas non plus aux canons de la beauté féminine et je me demandai s'il s'agissait d'un signe distinctif des métamorphes hermaphrodites.

Je m'installai confortablement et réfléchis à l'heure qu'il était. Je m'étais garée juste avant 20 heures et il m'avait probablement fallu quelques minutes pour arriver jusqu'ici. En tout cas, si la femme était inquiète du retard de Roberta Whitby, elle le cachait bien.

Une rafale de vent secoua les branches des arbres et une pluie de feuilles gris-vert s'abattit sur moi. J'étais sur le point de me secouer pour les ôter de ma fourrure quand j'entendis deux bruits distincts : d'abord, une branche craquant sous un pas, puis un bruissement de feuilles contre du nylon. Quelqu'un approchait en empruntant le même chemin que moi à travers les arbres.

Je tournai mes oreilles vers l'avant, mais ne fis pas un geste de plus. Je comptais sur l'obscurité et sur les souches qui parsemaient le sol pour passer inaperçue malgré ma fourrure rousse. De toute façon, la personne qui approchait était humaine, ou tout du moins sous forme humaine, et la plupart de ces gens ne prêtaient jamais attention aux chiens, surtout si ceux-ci étaient calmes et ne semblaient pas agressifs. Et, même si c'était un loup, le vent était en ma faveur, vu qu'il soufflait mon odeur vers l'océan, et non vers l'intrus.

D'ailleurs, il était étrange que de mon côté je ne parvienne pas à sentir la sienne parmi celles de la nuit, de la mer, des restaurants alentour et des gaz d'échappement. S'il était assez proche pour que je puisse l'entendre, j'aurais dû percevoir son odeur… à moins qu'il en soit dépourvu, évidemment.

Mes poils se hérissèrent à cette simple idée. Tout le monde dégageait une odeur spécifique. À moins qu'on l'ait effacée.

Le silence retomba. L'homme – j'étais persuadée que c'en était un pour une raison inconnue – avait soit arrêté d'avancer, soit complètement disparu. Pourquoi se baladait-il parmi les arbres ? Était-ce dans l'idée de surveiller la même chose que moi, ou ses intentions étaient-elles plus sinistres ?

J'avais envie de bouger mais, avec toutes les feuilles qui recouvraient le sol, je risquais d'être entendue. Néanmoins, si je voulais en savoir plus sur ce qu'il faisait, il allait probablement falloir que je prenne le risque.

Mes pensées furent interrompues par de nouveaux bruits : encore le frottement de quelque chose contre du nylon, puis le son, reconnaissable entre mille, d'une arme dont on enlevait le cran de sécurité.

Je sentis ma peur se cristalliser au creux de mon estomac.

La femme avec qui Roberta Whitby avait rendez-vous était sur le point de se faire tirer dessus. Je me dressai sur mes quatre pattes, mais il était déjà trop tard pour la sauver.

Un coup de feu assourdi déchira le silence. Je tournai vivement la tête vers la vitre, qui vola en éclats. La femme au profil romain fut parcourue d'un sursaut et s'effondra face contre la table.

Morte.

Et avec elle l'espoir d'obtenir des réponses si je ne me hâtais pas de réagir.

Mais je savais que si je m'avisais d'attaquer le tireur, tout ce que je gagnerais, ce serait une balle dans la peau. Je n'avais pas la moindre idée de l'identité de l'homme – ou de la chose – qui se trouvait devant moi, mais son absence d'odeur me laissait penser qu'il s'agissait soit d'un tueur professionnel, soit d'une de ces créatures de laboratoire.

Je tentai d'évaluer la distance qu'il me faudrait sauter si je voulais éviter de marcher sur les feuilles mortes, pris mon élan et bondis, atterrissant quelques centimètres après le tapis de feuilles.

J'avais à peine touché le sol que je sentis une autre présence me hérisser encore plus le poil. Je regardai par-dessus mon épaule et ne vis que les phares des voitures qui transperçaient la nuit, néanmoins quelque chose d'invisible s'approchait plus rapidement que le vent.

Un vampire.

Jack avait mentionné la présence de ses hommes dans les environs et je subodorai qu'il s'agissait de l'un de ces gardiens.

Et, si ce dernier m'apercevait, il le rapporterait à Jack et je serais vraiment dans la merde. Je résistai néanmoins à la tentation de relever au maximum mon bouclier psychique et de me fondre dans l'obscurité. Cela n'aurait comme conséquence que d'intriguer l'intrus. Mon seul espoir était de faire croire au vampire que je n'étais qu'un chien-loup, et pour cela, je devais lui laisser accès à mes pensées de surface.

Je me forçai donc à baisser l'un de mes boucliers et à ne penser à rien d'autre qu'au plaisir de la traque nocturne d'un chat errant, puis collai ma truffe au sol et reniflai autour de moi. Au bout de quelques secondes, je détectai effectivement l'empreinte olfactive d'un félin et mon âme de loup fit une petite danse d'excitation. Je me mis à trottiner en suivant cette piste tout en gardant l'œil sur l'endroit où devait se trouver le tueur.

Une sensation de chaleur me toucha l'esprit, sondant telle une aiguille la surface de mes pensées. Puis elle s'évapora et le vampire consacra toute son attention à explorer l'obscurité. Une seconde plus tard, je sentis quelque chose passer à toute vitesse devant moi, et dont l'odeur rappelait le pin avec une légère dose de sauge.

C'était Jared, l'une des recrues les plus récentes des gardiens.

Il se précipita vers la lisière du bosquet et, la truffe toujours collée au sol, je le suivis en courant.

Un autre coup de feu étouffé retentit. La zone d'obscurité légèrement plus profonde que la nuit vira brutalement et une odeur métallique de sang remplit l'air. Le tireur devait porter des lunettes à infrarouges, ou être un vampire lui-même, pour avoir été capable de voir Jared. Il y eut un troisième coup de feu suivi d'un grognement qui s'interrompit soudain de manière inquiétante. Le manteau d'ombre qui dissimulait Jared s'évapora et il s'effondra au sol, une expression de surprise sur ce qui restait de son visage.

Je ne pus réprimer un grondement. Je m'immobilisai, les poils dressés, en essayant de toutes mes forces de me comporter comme un chien ordinaire, alors même que mon instinct de loup me hurlait de me ruer sur ma proie et de lui déchiqueter les chairs jusqu'à ce que mort s'ensuive. Je retroussai les babines, et mon corps tout entier vibra de ce besoin.

Les branches des arbres bougèrent et je vis apparaître un homme. Il était aussi noir que la nuit et presque aussi invisible qu'un vampire. Pourtant, il n'était pas enroulé dans un manteau de ténèbres et semblait totalement nu. Ce n'était qu'une silhouette dépourvue du moindre détail.

Exactement comme l'homme, ou plutôt la créature, qui m'avait attaquée dans cette chambre d'hôtel des montagnes Bleues.

Je me souvins de ce que Misha avait mentionné un jour : qu'un homme capable de maîtriser les mystères de la génétique et de créer la machine à tuer parfaite serait en mesure de dominer le monde. Ou, tout du moins, de bâtir une fortune en créant des assassins sur mesure, qui pouvaient être utilisés par certaines personnes ambitieuses pour se débarrasser discrètement et rapidement de leurs opposants. Peut-être ce cauchemar n'était-il pas aussi éloigné que nous le pensions tous.

Je restai immobile, observant ce spectre et l'arme qu'il tenait à la main. Il s'approcha du cadavre de Jared, s'agenouilla près de lui et vérifia son pouls. Pourquoi en prenait-il la peine, je l'ignorais : pas même un vampire ne pouvait survivre à la perte d'une bonne moitié de son cerveau. Tout en effectuant cette tâche, il garda un regard dénué de soupçon braqué sur moi. Il se comportait plutôt comme un homme qui ne faisait nulle confiance aux chiens, ou ne les aimait pas, tout simplement. Son arme, l'un de ces fusils à canon sciés qui ressemblait davantage à une arme de poing qu'à un fusil, était plus dirigée vers le sol que sur moi.

Je me remis à renifler la terre pour déterminer si quelqu'un d'autre se trouvait dans les environs. Dans le restaurant, on commençait à se rendre compte que quelque chose n'était pas normal. Du coin de l'œil, je vis un serveur s'approcher de la table dans le coin, et même à la distance où je me trouvais j'aperçus son expression d'horreur alors qu'il prenait conscience de la situation.

Un rire similaire à un aboiement retentit dans la nuit et une boule de fureur me remonta dans la gorge. Le tireur se releva, visiblement amusé si l'on devait se fier au bref reflet de lumière sur ses dents – des dents qui étaient grises au lieu d'être blanches. Nos regards se croisèrent alors et, pendant le bref instant où il se demanda s'il allait me tuer ou non, ce fut comme si je me retrouvais face à la Mort elle-même. Puis il cligna des paupières et cette impression glaçante s'évapora.

Le soulagement que je ressentis fut presque effrayant. Même si mon esprit de loup ne demandait qu'une chose, lui arracher tous ses membres un à un, les ennemis les plus redoutables que j'avais jamais eus à affronter sous cette forme n'étaient que les lapins ou les renards, traqués lors des séances de retour à la nature dans lesquelles m'entraînaient parfois Liander et Rhoan. Mais tuer un animal alors que j'étais moi-même sous une telle forme était très différent du fait d'attaquer un humanoïde. C'était une frontière que je n'étais pas prête à traverser, et la raison majeure pour laquelle je désirais moins que tout devenir gardienne.

Puis je me souvins de Genoveve. J'avais estropié un certain nombre de gens là-bas, et aurais facilement pu les tuer. Je le savais, même si je n'avais pas voulu l'admettre à l'époque.

Le tireur ôta un petit sac de son dos, démonta le fusil à canon scié et l'y fourra tout au fond. Puis il remit le sac en place et s'éloigna, tel un ordinaire badaud du lundi soir.

Sauf que ledit badaud n'était qu'une ombre indétectable par la majorité des passants.

Je lui emboîtai discrètement le pas. L'envie de faire plus que de simplement le suivre continuait à tendre chacun de mes muscles, mais l'attaquer ici, dans une rue fréquentée, n'était pas envisageable. On avait probablement déjà prévenu la police et la dernière chose dont j'avais besoin, c'était que les flics interviennent. Je voulais me charger moi-même de l'interroger.

Il se dirigea vers la rue débordante d'activité qu'était Fitzroy Street, mais, heureusement, ne tourna pas dans celle-ci, probablement parce qu'il n'aurait jamais pu passer inaperçu sur ses trottoirs parfaitement éclairés. Au lieu de ça, il prit la direction des jardins en évitant les lampadaires le long de Beaconsfield Parade. J'examinai l'itinéraire qu'il semblait vouloir prendre, tentant de déterminer le meilleur endroit pour l'intercepter. À une centaine de mètres, je vis une espèce de rotonde qui m'apparut comme l'endroit idéal pour une embuscade. Encore mieux, il ne semblait y avoir personne aux alentours, impression confirmée par l'absence d'odeurs humaines. Néanmoins, j'entendais les sirènes de police approcher. Il fallait que je me hâte si je ne voulais pas me retrouver coincée par des flics en train de fouiller les environs de la scène de crime.

Je repris forme humaine et me camouflai, aussi bien pour éviter d'être vue que pour dissimuler ma nudité. L'inconnu jeta un regard intrigué par-dessus son épaule. Peut-être était-il doté d'une sensibilité à la magie, ou alors se contentait-il de s'assurer qu'il n'était pas suivi.

Quand il arriva non loin de la rotonde, je me ruai sur lui. J'eus beau ne pas faire le moindre bruit, il réussit quand même à détecter mon approche, puisqu'il se retourna aussitôt vers moi, un couteau à la main. Il gronda d'une manière qui aurait fait la fierté de n'importe quel loup et sa lame transperça la nuit à une vitesse ahurissante. Je m'arrêtai brusquement en rentrant le ventre, et le couteau m'effleura la peau en me brûlant. Il n'y avait qu'un type de métal capable de cela sur un loup : l'argent.

Je me laissai tomber sur le sol et pivotai sur moi-même en envoyant ma jambe tendue balayer ses chevilles. Mais il était tout aussi rapide et il bondit par-dessus ma jambe, avant de se jeter sur moi. Je me rendis compte qu'il me voyait parfaitement malgré mon camouflage. J'esquivai son offensive en me jetant en boule à terre et renonçai à mon manteau de ténèbres, ne voyant pas l'intérêt de gâcher mon énergie pour quelque chose d'inutile. Je lui décochai un nouveau coup de pied, et cette fois-ci il ne fut pas assez rapide et ne put éviter l'impact sur sa cuisse. Il poussa un grognement étouffé, mais agita dangereusement sa lame, qui m'écorcha le genou. Je poussai un juron et l'entendis ricaner doucement. Visiblement, ses créateurs n'avaient jamais pensé à lui dire qu'il était fort imprudent de se moquer d'un loup en difficulté. Ma colère se mua en rage brûlante et je me jetai sur lui.

Mon geste sembla le prendre par surprise et nous nous effondrâmes dans un méli-mélo de bras et de jambes. Il atterrit le premier sur le bitume en amortissant ma chute et je sentis son haleine aux relents de mort et de lait tourné contre mon visage. D'une main, je bloquai le bras au bout duquel se trouvait le couteau et l'empêchai ainsi de me transpercer tout en essayant d'attraper son autre poignet. Je me retrouvai face à son visage quasiment dépourvu de traits, ses yeux et sa bouche se réduisant à de simples fentes à travers lesquelles on ne voyait que du gris. Il n'avait ni front, ni pommettes, ni nez, seulement deux trous au milieu de l'étendue plate qui lui servait de visage.

Il me donna un violent coup de poing dans les côtes et j'eus l'impression que mes poumons expulsaient tout l'air qui s'y trouvait. Je tentai de passer outre la douleur aiguë qui m'envahissait et relevai vivement le genou. Comme la plupart des hommes, il n'apprécia pas particulièrement qu'on le frappe dans les testicules, et je profitai de ce léger répit pour le cogner aussi violemment que possible à la mâchoire.

J'ôtai le couteau de ses doigts inertes et l'envoyai valser aussi loin que possible de nous. Puis je le retournai et ouvris son sac à dos. J'y trouvai les pièces détachées du fusil, que je réassemblai en quelques gestes rapides puis rechargeai, avant de m'asseoir sur sa poitrine, mes genoux immobilisant ses bras, et de braquer l'arme sur sa gorge. S'il savait qui j'étais, il était au courant que j'appartenais au Directoire et que je savais donc me servir d'un fusil. Et même s'il ne le savait pas, le simple fait que j'aie réassemblé l'arme devrait le convaincre de mon expertise en la matière.

Il n'était pas censé savoir que je n'aurais en fait pas la moindre envie de m'en servir vraiment.

Il gigota légèrement. Je plaquai ma main libre sur son menton et le repoussai en arrière en enfonçant plus avant la gueule du canon dans la chair tendre de son cou.

Il poussa un gémissement et ses fines paupières, semblables à celles d'un lézard, s'ouvrirent légèrement.

— Pas un geste, l'avertis-je en lui plantant le canon plus profondément dans la gorge.

Il me regarda d'un air dépourvu de vie.

— Je ne peux rien vous dire.

Je haussai un sourcil.

— Ouais, j'y crois à mort.

— Je veux un avocat.

— J'ai l'air d'un flic à tes yeux ? Tu crois vraiment que je suis du genre à m'intéresser le moins du monde à ce que tu veux ?

Il resta silencieux en se contentant de me fusiller de ses yeux uniformément gris.

— Pour quelle raison as-tu tué la femme du restaurant ?

Pas de réponse.

— Qui t'a payé pour ça ?

Encore le silence. Les sirènes de police s'étaient tues et, même si le vent soufflait dans le sens inverse, je pouvais entendre les voix des témoins paniqués. Je n'avais pas beaucoup de temps devant moi si je voulais l'interroger.

Je déplaçai légèrement la gueule du canon et l'appuyai sur sa pomme d'Adam. Il émit un son étranglé.

— Parle, ou j'utiliserai la manière forte.

— Je ne sais rien.

En parlant, il m'avait postillonné au visage. Je ne pus libérer une main pour m'essuyer et sa salive me picota la peau. Elle sentait mauvais, aussi, à moins que ce fût lui-même qui dégageât cette odeur nauséabonde. Pour un homme que je n'avais pu sentir, il puait sacrément, et je doutais qu'il se soit fait dessus. C'était un professionnel, nom de Dieu, et malgré tout ce que disait mon frère à propos de mes apparitions matinales, je ne faisais quand même pas aussi peur que ça.

— Allez-y, tuez-moi.

J'écorchai sa peau du bout du canon et lui demandai :

— Tu crois que je n'en suis pas capable ?

— Je crois surtout que ça n'a aucune importance.

La note d'amusement dans sa voix me fit courir un frisson dans le dos. Il avait quelque chose derrière la tête, j'en étais certaine. Mais quoi ?

Mon sentiment de malaise s'accrut et je baissai l'un de mes boucliers psychiques pour tâtonner son esprit. Celui-ci était étrangement dépourvu de protections, mais peut-être que ceux qui l'avaient envoyé ici ne s'attendaient pas à sa capture. J'approfondis mon exploration et l'immobilisai aussi bien mentalement que physiquement par la force de mon esprit.

Il disait la vérité au moins sur un sujet : il ne savait pas qui l'avait envoyé tuer la femme. Il avait reçu l'ordre de le faire par téléphone, comme c'était toujours le cas, la voix à l'autre bout du fil identique à celle dont il avait l'habitude, grave et dépourvue d'inflexions, semblant plus appartenir à une machine qu'à un être humain. Ses ordres étaient simples : tuer les deux femmes installées à la table 16.

Mais pourquoi n'avait-il pas attendu l'arrivée de Roberta pour tirer ?

L'odeur s'accentuait et ressemblait désormais plus à un relent de décomposition gazeuse qu'à celui d'excréments. Je plissai le nez en essayant de ne pas y prêter attention, pas plus qu'au sentiment de malaise qui me démangeait la peau.

Les réponses que j'avais obtenues n'étaient pas suffisantes, alors je pénétrai plus profondément dans sa mémoire. J'y vis une grande maison entourée d'un jardin verdoyant. À l'intérieur se trouvaient d'autres êtres comme lui, des fantômes noirs qui attendaient l'ordre de tuer. Des créatures d'un autre type se tenaient dans des cages aux épais barreaux. C'étaient des choses bleues avec des ailes aux couleurs chatoyantes. Des hommes et des femmes au visage de griffon, et aux serres démoniaques. Des sirènes mâles et femelles, et Dieu savait quoi d'autre.

Ils n'étaient pas assez nombreux pour former une armée – ils n'auraient même pas pu constituer un bataillon – mais il y en avait suffisamment pour laisser penser que ce serait le cas d'ici à quelques années.

Les laboratoires responsables de l'existence de ces créatures avaient visiblement trouvé le moyen d'hybrider les espèces non humaines. Et leur taux de réussite importait peu. Ils étaient en train de créer une armée d'abominations, de choses que la nature aurait interdites, et le but unique de ces montres était simple : tuer.

Je tentai de sonder encore plus profondément ses souvenirs, mais la puanteur devenait insupportable, saturant l'air et me faisant avoir des haut-le-cœur, m'empêchant de me concentrer.

Je retirai mes sondes mentales et croisai son regard. Celui-ci brillait de l'éclat glacial de la mort qui approchait. Je me rendis alors compte de combien son visage s'était émacié, comme s'il avait perdu plusieurs kilos. Le contact de sa peau était brûlant contre mes tibias et mes fesses.

Puis, soudain, je compris ce qui était en train de se passer.

Misha m'avait un jour demandé d'imaginer quel supersoldat pourrait être créé si l'on découvrait l'origine des capacités surhumaines des vampires, loups-garous et autres créatures. Ce serait un ennemi quasiment impossible à vaincre, avait-il précisé. Mais il avait oublié de dire qu'il pourrait leur être donné d'autres possibilités. Par exemple, celle, en cas de capture, de s'autodétruire afin d'éviter le risque de dévoiler des informations capitales.

La température de cet homme augmentait parce qu'il était au bord de la combustion spontanée. Sauf qu'il n'y avait rien de spontané dans cette combustion.

Je me laissai rouler loin de lui en gardant le fusil braqué sur son crâne au cas où il essaierait de bouger. Mais il en était déjà incapable.

Il ouvrit grands les yeux et je vis de nouveau la mort briller dans son absence de pupilles. Sauf que cette fois-ci c'était de sa mort qu'il s'agissait, pas de la mienne, et tout amusement avait quitté son visage maintenant qu'il s'en rendait compte. Ses lèvres s'écartèrent sur un hurlement muet et livrèrent le passage à un flot de liquide mêlé de sang. Une flaque d'eau s'élargissait sous lui et de la vapeur s'élevait de ses jambes. Il était en train de fondre, de se désintégrer de l'intérieur. Quelle atroce manière de mourir !

Je ne pus supporter de regarder cela sans rien faire. La lenteur du processus rendait sa vision insupportable. Ce n'était pas seulement la mort. C'était de la torture, et personne, même pas ce monstre issu d'un laboratoire, ne méritait une telle fin.

Je lui touchai le bras et tressaillis en sentant la chaleur extrême qui s'en dégageait. Ses muscles roulèrent sous mes doigts comme s'ils étaient en fusion, sa peau semblant sur le point de se rompre.

— Souhaites-tu que j'abrège tes souffrances ? lui soufflai-je.

Son regard croisa le mien.

— Ça ne devrait pas faire aussi mal, haleta-t-il entre deux frissons de douleur. Ils avaient dit que ça ne ferait pas mal.

Ces salauds mentaient à leurs créatures. Ce n'était guère surprenant. Ceux qui se cachaient derrière toutes ces horreurs n'avaient pas fait jusqu'ici preuve d'un grand sens moral, et le mensonge était probablement l'un de leurs péchés les plus véniels.

Et Misha était l'un d'entre eux. Je ne devais pas l'oublier. Jamais.

Le corps de la créature d'ombre commença à se recroqueviller sur lui-même, semblable à une tente s'effondrant au ralenti. De la vapeur s'élevait à présent de son torse et l'odeur de chair en ébullition était si forte qu'on aurait pu la couper au couteau.

— Souhaites-tu que j'abrège tes souffrances ? répétai-je en ravalant une montée de bile et en résistant à l'envie de m'éloigner aussi vite que possible de cet homme agonisant.

— Oui, siffla-t-il de manière presque imperceptible.

— Alors, dis-moi pour quelle raison tu as tué cette femme.

C'était quelque chose d'horrible, ce que je lui faisais subir, mais j'avais besoin d'une réponse, à défaut de plus. Il me fustigea d'un regard douloureux et je fermai les yeux pour échapper aux siens.

— Directoire… trop proche, haleta-t-il. Couper… les membres… pour sauver… la tête.

Je ne pris pas la peine de lui demander d'identifier cette tête. Il n'était qu'une arme, une arme dont on pouvait disposer à sa guise. Au lieu de ça, je me levai, m'éloignai légèrement de son corps en fusion. Il me regarda d'un air implorant. Je répondis à sa prière et appuyai sur la détente.

Son crâne explosa, mettant un terme à son agonie. Mais son corps continua à se désintégrer et il ne resta plus au bout du compte qu'un peu d'herbe noircie, de la terre humide et des souvenirs qui hanteraient probablement mes nuits pendant les prochains mois.

J'attrapai le sac à dos, m'enveloppai de mon manteau d'ombres et m'éloignai un peu avant de perdre totalement la maîtrise de mon estomac.

Mais la chose qui me révoltait le plus, je crois, ce n'était pas la mort de cet inconnu, mais la facilité avec laquelle j'avais appuyé sur la détente. Tuer était en moi, je l'avais déjà prouvé deux mois plus tôt à Genoveve. Je n'avais pas tellement réfléchi à combien il m'avait été aisé de manier le laser, à l'époque, peut-être parce que c'était une question de vie ou de mort pour moi. Mais là, la situation était tout à fait différente. Même si c'était la pitié qui avait inspiré mon geste, j'avais néanmoins tiré sans aucun scrupule ou hésitation. Et, pire que ça, je n'avais même pas détourné le regard.

L'instinct de tuer faisait partie de la nature de chaque loup, mais cela faisait des siècles qu'il était bridé par les lois de la société. Chez Rhoan et moi, ces limites semblaient avoir sauté. Rhoan s'en était accommodé plusieurs années auparavant et avait pris la décision de canaliser ces pulsions en tant que gardien. Mais moi, j'avais prétendu ne rien voir.

Peut-être n'allais-je pas pouvoir me mentir à moi-même beaucoup plus longtemps.

À moins que je sois en train de me faire une montagne d'une taupinière ? C'est probablement ce que penserait Rhoan, mais je n'en étais pas si sûre. L'horrible impression que j'avais libéré deux mois auparavant quelque chose qu'il me serait impossible de maîtriser refusait de quitter mon esprit.

Je frissonnai et me forçai à penser à autre chose. Tuer pour abréger les souffrances de quelqu'un était très différent de tuer parce qu'on me l'avait ordonné.

Il fallait que je m'en convainque. Il le fallait absolument.

Je poussai un soupir et m'arrêtai le temps de démonter le fusil et de le remettre dans son sac. Puis je le balançai sur mon épaule et regardai autour de moi à la recherche d'une cabine téléphonique. J'avais laissé mon portable dans la voiture et, même s'il ne m'aurait fallu que quelques minutes pour y retourner, je devais absolument appeler Jack aussi vite que possible pour lui dire que l'homme qui se trouvait derrière tout ça était en train de tuer…

Je m'interrompis soudain.

Il était en train de tuer les membres principaux de son organisation pour sauver sa tête.

Or Misha était l'un de ces membres.

Si je n'arrivais pas à le trouver avant eux, notre seul espoir de découvrir le nom du coupable disparaîtrait définitivement. Aussi définitivement que la femme du restaurant. Aussi définitivement que l'homme qui lui avait tiré dessus.

Je récupérai mes vêtements et me ruai vers la voiture aussi rapidement que j'en étais capable. Le simple fait d'ouvrir la portière et d'attraper mon téléphone me sembla prendre une éternité, ainsi que de composer le numéro de Misha et d'attendre qu'il se décide à répondre. Je n'obtins qu'un message enregistré.

Merde, merde, merde.

Je claquai la portière, mis le contact et démarrai sur les chapeaux de roue. J'appuyai sur le champignon comme si ma vie en dépendait et le hurlement de mes pneus dut attirer l'attention de tous les flics du coin, qui ne manquèrent certainement pas de relever ma plaque d'immatriculation. Je composai hâtivement le numéro de Rhoan. Cela sonna occupé. Je poussai un juron et lui envoyai un SMS à la place. Avec un peu de chance, il le consulterait avant qu'il soit trop tard. Le téléphone de Jack donna le même résultat. À lui aussi, j'envoyai un message pour l'informer de ce que je faisais et des raisons qui m'y poussaient, puis laissai tomber le portable sur le siège passager et me concentrai sur la route.

Il me fallut vingt minutes pour atteindre Lygon Street, et il aurait été un doux euphémisme de dire que j'avais battu tous les records de vitesse. Je me garai sur une place de parking normalement réservée aux livraisons, saisis le sac à dos et mon téléphone, puis me dirigeai en courant vers le *Rocker*.

Le vigile à l'entrée me regarda arriver d'un œil intrigué, arquant un sourcil broussailleux et interrogateur.

— Vous m'avez l'air bien pressée, ma petite dame.

Je faillis déraper en m'arrêtant.

— J'ai absolument besoin de voir Misha Rollins. Se trouve-t-il à l'intérieur, par hasard ?

— Je viens à peine de commencer mon tour de garde, je serais bien incapable de…

— Merci, l'interrompis-je avant d'entrer dans le bar.

Celui-ci n'était pas encore plein, même si la queue pour obtenir des boissons commençait déjà à s'allonger. Misha ne s'y trouvait pas. Je jurai à mi-voix et composai de nouveau son numéro en me dirigeant vers l'escalier au fond de la salle.

Il décrocha alors que j'arrivais en haut.

— Riley, susurra-t-il, quelle *excellente* surprise.

Sa voix était plus amusée que passionnée, ce qui signifiait qu'il n'était pas ici, ou, tout du moins, pas en plein accouplement.

— Où es-tu ?

Je parcourus la pièce obscure du regard. Il y avait bien déjà une vingtaine de loups, mais Misha ne se trouvait pas parmi eux.

— Mon Dieu, tu sembles particulièrement anxieuse…

— Arrête tes conneries, Misha. Tu es en danger de mort. Où es-tu, bordel ?

— À mon bureau, répondit-il. Pourquoi penses-tu que je suis en danger ?

— À quoi ressemble Nasia Whitby ? demandai-je en ne tenant aucun compte de sa question. Est-ce l'une des Helki qui peut prendre indifféremment une apparence masculine ou féminine ?

— Eh bien, dis-moi, tu as effectivement beaucoup avancé…

Je dévalai les marches.

— Contente-toi de répondre à ma question.

— Grande, brune. (Il hésita.) J'imagine qu'on pourrait dire qu'elle a un air vaguement masculin.

— Un nez romain ? Avec un piercing ?

— Oui, pourquoi ?

Je sortis du bar, regardai des deux côtés et traversai la rue en courant pour récupérer la voiture.

— Parce que Nasia Whitby vient d'être assassinée dans un restaurant de Sainte-Kilda.

Il y eut un long silence, puis Misha s'exclama :

— Putain de merde…

— Je ne te le fais pas dire. J'ai réussi à rattraper son assassin : c'était une créature noire avec des ventouses au bout des doigts.

— Un lézard d'esprit. C'est comme ça qu'il les appelle. Il aurait dû s'autodétruire.

— Il était effectivement en train de se désintégrer quand je lui ai mis la main dessus, mais je lui ai offert une fin rapide en échange de la raison pour laquelle il avait tué Nasia. Ton maître est, semble-t-il, en train de couper les membres pour sauver sa tête.

— Cela signifie qu'il sait que le Directoire est à ses trousses.

— Mais pourquoi tuer tout le monde ?

— Parce que vous ne savez toujours pas où se trouve l'autre labo. Les seules personnes à le savoir, c'est moi, Nasia et Rupert.

— Qui est Rupert ? L'homme qui jouait le rôle de Mme Hunt ? (Celui que Quinn était actuellement en train d'interroger ?) Et que j'ai brièvement connu sous le nom de Benito Verdi ?

— Oui.

Je regardai dans le rétroviseur extérieur et sortis rapidement de ma place en coupant la circulation. Je fis mine de ne pas entendre le concert de klaxons qui en résulta, enfonçai la pédale d'accélérateur jusqu'au plancher et me dirigeai vers le centre-ville.

— Comment se fait-il que tu puisses me dire son nom maintenant ?

— Mon bureau est protégé contre les intrusions psychiques, et je porte moi-même un bouclier psi. Il ne peut pas m'atteindre ici.

— Ça ne l'empêchera pas de t'envoyer un assassin. Ne t'approche surtout pas des fenêtres.

— Riley… c'est une idée ou tu as peur pour moi ?

— Évidemment, tu es ma seule source d'informations.

Il ricana doucement.

— Tu es en route pour me retrouver ?

— Oui.

— Je dirai à la sécurité de te laisser entrer.

— Tu ferais mieux de leur dire d'être exceptionnellement vigilants. Il veut te tuer, Misha.

— Cet endroit est aussi sûr qu'une forteresse.

— Ils sont nombreux, les morts, à avoir pensé ça.

— Ils n'avaient sûrement pas de système de sécurité comparable au mien.

Mais l'homme qui se cachait derrière tout ça était probablement au fait des moindres détails de ce système. Après tout, il semblait avoir un accès total aux pensées de Misha.

— Je serai là dans cinq minutes.

Je coupai la communication et renvoyai un message à Jack pour lui demander d'expédier dès que possible des renforts, puis je me concentrai sur ma conduite, préférant éviter de me retrouver impliquée dans un accident. L'immeuble de bureaux de Misha se trouvait sur Collins Street, du côté de Paris Street. C'était l'un de ces magnifiques bâtiments anciens qui ressemblaient presque à des cathédrales, doté de gigantesques portes et de hautes fenêtres en arc qui laissaient entrer des flots de lumière, mais n'étaient d'aucune protection contre les balles perdues. Au moins les bâtiments modernes utilisaient-ils du verre blindé, à la base pour supporter les vents violents ou les débris qui volaient en cas de tornade, mais qui étaient aussi capables de résister à deux coups de feu avant de voler en éclats. Et deux coups de feu, ça laissait amplement le temps de se cacher.

Je me garai sur un arrêt de bus, attrapai le sac et me ruai hors de la voiture vers l'entrée de l'immeuble.

Deux hommes encadraient la porte, les bras croisés ; ils me regardèrent traverser la rue d'un air imperturbable.

— Riley Jenson ? demanda l'un d'entre eux.

Quand j'acquiesçai, il me tendit une sorte de talkie-walkie.

— Parlez là-dedans.

— On perd du temps, Misha, marmonnai-je.

Le gardien n'eut même pas une ombre de sourire, se contentant d'examiner le moniteur de l'appareil. Quand celui-ci émit un « bip », il adressa un signe de tête à l'autre vigile et la porte s'ouvrit. Je me demandai si ces deux hommes faisaient partie du système de sécurité dont s'était vanté Misha. Si c'était le cas, sa forteresse n'était pas aussi imprenable qu'il le pensait. J'aurais parfaitement pu les neutraliser à cet instant précis et pénétrer sans encombre dans le bâtiment.

L'un des deux vigiles me suivit à l'intérieur et appela un ascenseur à l'aide de sa clé. Quand les portes s'ouvrirent, il se pencha, appuya sur le bouton du sixième étage, passa une carte magnétique dans la fente d'un lecteur et me sourit.

— Cet ascenseur va vous amener directement à l'étage ou se trouve M. Rollins. Son bureau sera le dernier sur votre gauche.

Je le remerciai d'un signe de tête et entrai dans la cabine. Une fois les portes refermées, j'ouvris mon sac à dos et réassemblai le fusil avant de le ranger de nouveau. Deux précautions valaient toujours mieux qu'une.

L'ascenseur s'arrêta et les portes s'ouvrirent. Je me retrouvai face à un couloir plongé dans une pénombre que la lumière de la cabine ne réussissait pas vraiment à disperser, comme si ces ténèbres étaient solides, avalant le moindre rayon.

Tout au bout se trouvait une porte en acier de laquelle ne filtrait aucune lumière, donnant l'impression d'être pratiquement étanche. Et l'obscurité semblait encore plus profonde à cet endroit-là.

Un sentiment de malaise m'envahit. Je sortis le fusil du sac. Peut-être n'était-ce qu'une impression due à mon état de nerfs, mais je n'avais pas l'impression d'être seule dans ce couloir.

Pourtant, je ne voyais rien. Seulement des ombres éparses et la silhouette de mon corps que l'ascenseur projetait sur le sol dans un carré de lumière.

Celui-ci disparut lorsque les portes de la cabine se refermèrent, et mon malaise s'accrut. J'eus l'impression que la nuit me caressait la peau, comme des fumerolles veloutées qui me firent frissonner. Si les fantômes avaient été capables de toucher les vivants, c'était probablement ce à quoi cela aurait ressemblé, sauf que là, c'était chaud et dangereux. Les choses qui se cachaient dans la pénombre n'étaient pas mortes, en tout cas pas comme des fantômes, parce que leur contact était tiède. Tiède et vaguement menaçant.

J'eus l'intuition que ce sentiment ne ferait que s'accentuer jusqu'à devenir mortel si je m'avisais d'aller dans la mauvaise direction.

— Range ce fusil, Riley.

On aurait dit que la voix de Misha sortait directement des murs. Je ne vis rien qui ressemblait à un haut-parleur.

— Pas tant que tu n'auras pas dit aux choses qui se trouvent dans ce couloir de s'éloigner.

— Tu peux les voir ? s'exclama-t-il sur un ton qui trahissait une surprise immense.

— Non, mais je peux les sentir.

— Intéressant.

— Je ne rangerai pas mon fusil tant qu'ils ne s'éloigneront pas, je te le répète.

Il gloussa doucement.

— Tiimu, dis-leur de reculer.

Les ombres se dispersèrent et soudain le couloir me parut moins oppressant et bien mieux éclairé. Je respectai ma part du marché et remis le fusil dans le sac. La porte d'acier s'ouvrit.

Le bureau de Misha était plus petit que je m'y attendais : il était plus proche du terrain de basket que de celui de football que les hommes d'affaires appréciaient ces temps-ci. C'était toujours vaste, mais au moins était-ce défendable.

Il parcourut mon corps du regard, s'arrêtant un instant sur les taches de sang qui recouvraient mon jean et mon tee-shirt. Quand nos regards se croisèrent, je vis dans le sien comme une lueur de respect (à moins que ce soit de la méfiance) que je n'y avais jamais vue auparavant.

— Tu t'es battue contre le lézard d'esprit ?

— Non seulement je me suis battue, mais c'est moi qui ai gagné.

Ça ne faisait pas de mal de lui rappeler que j'étais bien plus qu'un simple loup-garou. Peut-être s'abstiendrait-il de me traiter comme une poulinière qu'il voulait posséder… mais j'en doutais. Je traversai la pièce et regardai par la fenêtre. Je ne vis rien de suspect mais, avec les fusils à longue portée qui existaient de nos jours, le tueur pouvait tout aussi bien se trouver à plusieurs centaines de mètres d'ici.

Le fait de me tenir ainsi devant la vitre était bien évidemment des plus imprudents. Encore fallait-il que le tueur sache que c'était moi qui me cachais derrière cette chevelure brune et ces lentilles vertes.

Je me postai derrière une colonne qui se trouvait à gauche de la fenêtre cintrée et croisai les bras en m'appuyant contre elle.

— Qu'est-ce qui te surprend là-dedans ?

Il se laissa aller contre le dossier de son fauteuil, l'expression pensive.

— Parce que les lézards d'esprit sont la crème de la crème des créatures de labo. Ce sont des guerriers implacables, dotés d'une force surhumaine.

— Alors, celui contre lequel je me suis battue devait être le fruit d'une erreur de manipulation, parce que je suis loin d'être une combattante entraînée et j'ai pourtant réussi à avoir le dessus sur lui. C'est quoi, ces choses dans le couloir ?

Il eut un petit sourire amusé.

— C'est mon système de sécurité.

— Heureusement qu'il ne se limite pas aux deux hommes à l'entrée. Ils ne réussiraient même pas à empêcher de rentrer un moustique doté d'un minimum de détermination.

— Et c'est exactement ce que tu étais censée penser à leur propos. (Il me contempla de son regard où la méfiance le disputait à l'amusement.) Les créatures du couloir n'ont pas été créées en laboratoire, si c'est la question que tu te poses. Ils appartiennent à une espèce nommée Fravardin, ce qui signifie « esprit gardien » en perse. J'ai fait leur connaissance il y a plusieurs années, lorsque j'explorais le Moyen-Orient.

Je me demandai pour quelle raison il avait visité le Moyen-Orient. Depuis que je connaissais Misha, il n'avait pas manifesté un grand intérêt pour ce qui se trouvait au-delà de nos frontières. S'il s'était rendu dans cette région, c'était qu'on lui avait ordonné d'y aller.

— C'était pour trouver ces créatures que tu y as été envoyé ? l'interrogeai-je avec un vague geste de la main en direction du couloir.

Il sourit.

— Non.

Ce qui signifiait visiblement qu'il ne tenait pas à me dire la vraie raison de ce voyage. Ce qui me convenait : la seule chose que je voulais savoir, c'était le nom de l'homme qui tirait toutes les ficelles.

— Ces choses étaient-elles déjà là lorsque Jack et Rhoan se sont introduits dans ton bureau il y a quelques mois ?

— Oui.

— Tu t'attendais donc à leur visite et avais donné des instructions pour qu'ils puissent entrer ?

Non sans faire disparaître toute preuve compromettante, j'imaginais.

— Tout cela fait partie d'un plan plus vaste, Riley.

— Et quel est-il, ce plan ? m'étonnai-je. Prendre la place honnie de ton soi-disant frère ? Te retrouver à la tête de cet empire monstrueux ?

Il ricana doucement.

— Et moi qui croyais que tu me connaissais mieux que ça.

— Je te connais assez pour savoir que tu peux être impitoyable si l'envie t'en prend.

Il eut de nouveau un rictus amusé.

— Je ne veux me retrouver à la tête d'aucun empire à part le mien. Je ne t'ai pas menti lorsque je t'ai dit que tout ce qui comptait à mes yeux, c'était ma propre survie. Et le meurtre de Nasia tend à prouver que j'ai raison de m'y consacrer corps et âme.

S'il était inquiet, on ne pouvait pas dire que ça sautait aux yeux. Il ne serait probablement pas resté ainsi tranquillement assis à son bureau, non loin de ces grandes baies vitrées.

— Pour quelle raison a-t-il voulu tuer sa propre sœur ?

— Les liens du sang, ça ne signifie pas grand-chose quand on a été élevés de la manière dont nous l'avons été. Bon sang, il tuerait sa propre mère si sa survie en dépendait.

C'était le cas de Misha aussi, sauf qu'il manipulait le Directoire dans ce but.

— D'accord, mais pourquoi affirmer que tu es en mesure de me protéger alors que tu n'es même pas capable d'assurer ta propre protection ?

Il se leva et s'approcha de moi avec une lueur étrange dans ses yeux argentés. C'était le regard d'un prédateur en chasse qui n'avait nulle intention de laisser sa proie s'échapper. Lorsque j'avais vu cette lueur dans les yeux de Kellen, cela m'avait fait un effet bœuf, mais là, tout ce que je ressentais, c'était un dégoût horrifié. Quinn avait raison : Misha ne recherchait pas l'amour, tout ce qu'il voulait c'était me posséder.

D'un autre côté, étant donné la manière dont il avait été élevé, peut-être la possession était-elle ce qui se rapprochait le plus de l'amour à ses yeux. Quelqu'un qui n'avait jamais connu la moindre affection, la moindre tendresse était-il en mesure de ressentir de tels sentiments à son tour ?

En le voyant s'approcher de moi avec cette expression de fauve, j'en doutais profondément.

Il appuya ses mains sur le mur de chaque côté de ma tête et se pencha vers moi. Je posai ma main sur sa poitrine, appliquant juste assez de force pour l'empêcher de m'embrasser. Même ainsi, je sentis son souffle chaud sur mes lèvres et la puissance de son aura m'enveloppa d'un désir brûlant.

— Il est au courant pour les Fravardin. Il sait que leur loyauté m'est acquise, et rien qu'à moi. (Il pressa son torse contre ma main pour tester ma volonté.) Je l'ai prévenu que, s'il t'arrivait quoi que ce soit, je les enverrais le traquer jusqu'à la mort.

La surprise m'envahit. Je le regardai droit dans les yeux, mais ne vis nulle trace de mensonge. Pourtant, ses paroles n'avaient aucun sens.

— Pourquoi faire ça et ne pas les utiliser pour te protéger toi-même ?

Il caressa ma joue et ses doigts me parurent glacés sur ma peau brûlante de désir.

— Pour quelle raison ? De toute façon, je serai mort d'ici cinq à six ans.

— Mais, en refusant de les utiliser pour ta protection, tu pourrais tout aussi bien être mort d'ici cinq à six jours.

Ou cinq à six heures, d'ailleurs.

— Tant que je serai en vie, les Fravardin feront tout ce qui est en leur pouvoir pour me protéger. Et quand je ne serai plus là, ils te protégeront, toi.

La simple pensée de toujours avoir ces créatures d'ombre à mes basques me fit frissonner.

— Pourquoi le feraient-ils après ta mort ? Tu ne seras plus en mesure de les contrôler.

Son aura passa au stade supérieur, et c'était comme si le soleil lui-même baignait ma peau. Je sentis la transpiration couler le long de mon dos. Même avec mes protections psychiques dressées au maximum, il était difficile de ne pas ressentir cet assaut de tous mes sens.

— Parce que mon testament stipule qu'ils continueront à percevoir une pension, et que ma propriété de Gisborne, là où le reste de la tribu vit, leur appartiendra sous certaines conditions.

Des esprits que l'on rémunérait ? Voilà qui était étrange.

— Est-il possible de les tuer ?

— Tout être vivant peut-être tué. C'est juste plus difficile quand il s'agit de créatures invisibles.

— Si ton patron connaît leur existence, alors il sait probablement de quelle manière il peut les tuer.

— Indubitablement. Le problème, c'est que, contrairement aux vampires, il est impossible de les détecter grâce aux infrarouges. Tu es la première personne que je connais qui ait réussi à les percevoir.

La seule en dehors de lui, semblait-il.

— C'est parce que je suis spéciale, et c'est pour ça que tous les dingues du pays tiennent absolument à me mettre la main dessus. (Je le repoussai avec force et savourai l'air frais sur ma peau, qui me fit l'effet d'une brume humide par une chaude journée d'été.) Il faut que tu m'en dises plus sur ton patron.

Une lueur d'agacement fit étinceler son regard.

— Pourquoi ? Pour être sûr que tu te barreras dès que tu auras ce que tu voulais ? Je ne crois pas, non.

— Alors, parle-moi de Roberta Whitby. C'est bien l'Alpha des Helki, n'est-ce pas ?

Il acquiesça en croisant les bras sur sa poitrine.

— Oui. C'est une meute qui prospère grâce au crime.

— Et Roberta a réussi à faire entrer son fils dans une certaine instance gouvernementale ?

Il sourit.

— Non. Le vrai pouvoir, dans un pays, ne réside pas entre les mains du pouvoir officiel, mais plutôt entre celles des syndicats du crime.

Je le considérai avec surprise.

— Comment ça ?

— Ne dit-on pas souvent que ce sont les yakuzas qui tiennent vraiment les rênes au Japon ?

— Oui, mais pas ici, en revanche.

— Mais il y a néanmoins des syndicats du crime dans notre pays, certains étant même extrêmement puissants, au point de développer des *relations* avec certaines instances gouvernementales.

Le Directoire faisait-il partie de ces instances ? Était-ce pour cela que Gautier était devenu gardien ? Après tout Alan Brown, qui était chargé du recrutement de ceux-ci, était victime de chantage : il ne fallait donc pas réfléchir bien longtemps pour deviner qu'il était probablement le lien entre le Directoire et l'homme responsable de l'existence des mutants. Mais comment était-ce possible puisque Jack et Rhoan n'avaient pu détecter la moindre communication sortante ?

— Tu sais, après tout, je ne suis qu'une petite secrétaire, dis-je sèchement. Ce n'est pas le genre de choses dont on me parle.

— Alors écoute-moi, parce que l'homme que tu cherches est justement à la tête d'une de ces organisations criminelles, et il a l'intention de faire de celle-ci la seule qui compte.

Je l'examinai un instant, puis demandai :

— J'imagine qu'il est arrivé à cette position en remplaçant l'ancien chef plutôt que par la force.

Misha acquiesça.

— Bien entendu. Il est beaucoup plus simple de se mettre dans la peau de quelqu'un d'aussi puissant que de grimper les échelons un à un.

— Mais comment ? Si l'ancien chef était si puissant, ce ne devait pas être le genre à laisser un étranger devenir trop proche de lui ?

Il me gratifia d'un sourire glacial.

— Un étranger non, mais une vieille maîtresse, oui.

— Roberta ?

Il opina de la tête.

— La meute des Helki lui a souvent servi de petites mains pour le sale boulot. Quand Roberta a refait surface après ses années au sein des laboratoires de Roscoe, elle a utilisé son aura pour le séduire. Cela faisait trois ans qu'ils étaient amants lorsque la substitution a eu lieu.

C'était effectivement assez pour que Roberta devienne une maîtresse en qui il avait toute confiance. Et pour qu'elle connaisse toutes les ficelles de l'organisation.

— Donc, ces laboratoires dédiés à l'hybridation des espèces, ce ne sont pas ceux où se déroulent les recherches les plus innovantes, contrairement à ce que tu m'as laissé croire. Cela fait un moment que cette organisation a la main dessus.

Il acquiesça encore.

— Talon et moi avons été les seuls à développer nos propres labos, même si, dans le cas de Talon, c'était simplement pour continuer le travail de notre père de laboratoire.

Parce qu'il s'était procuré ce qui restait des notes de recherche de son « père ».

— On ne peut pas dire qu'il ait réussi.

Une touche d'amusement fit briller ses yeux.

— Cela lui briserait le cœur de t'entendre dire ça.

— Ça me fait une belle jambe. Depuis combien de temps existent ces autres laboratoires ?

— Ils ont longtemps été des labos pharmaceutiques. Puis la suite logique a été la recherche génétique, avec toutes les possibilités que cela offrait. Ils ont commencé à s'y consacrer il y a une cinquantaine d'années.

Je réprimai un frisson en essayant de ne pas prêter attention à la prémonition qui venait de me frapper : celle que, dans un avenir proche, j'allais en savoir bien plus sur ces laboratoires que je le voulais. Mais, cette fois-ci, je serais du bon côté, pas de celui des cobayes.

— Cela signifie que l'homme qui tire les ficelles a dans les soixante-dix ans ?

— Non. C'est son prédécesseur à la tête de l'organisation qui a commencé le travail, et lui ne fait que le continuer.

— Quel âge a-t-il, alors ? L'homme que ton patron a remplacé, je veux dire.

— La petite quarantaine, me répondit-il avec une étincelle dans le regard que je ne sus identifier : moquerie ou impatience ? Il tient les rênes grâce à sa cruauté extrême. Prends garde à toi lorsque tu seras face à lui.

Je n'avais certainement pas l'intention de l'affronter moi-même. Je n'étais pas folle. Je laisserais le Directoire se charger de sa chute, même si je me ferais un plaisir d'y assister en personne.

— Quand j'ai exploré les pensées du lézard d'esprit, j'ai vu une grande maison remplie de créatures hybrides. Est-il en train de mettre sur pied une armée, comme tu en as parlé une fois ?

— Pas vraiment une armée, mais un bataillon de créatures que chacun craindra plus que tout. Tu as déjà détruit plusieurs de ces choses ailées il y a quelques mois, et il n'a pas encore eu l'occasion de les remplacer. Néanmoins, il a une quarantaine de créatures à sa disposition à l'heure actuelle. (Il s'interrompit un instant.) Il a aussi l'intention de les louer en tant que mercenaires, mais peu de gens pourront se le permettre financièrement.

Je hochai la tête. Misha avait déjà parlé de ça.

— Son but est donc d'utiliser ces créatures pour que son organisation criminelle devienne la seule d'importance en Australie ?

— Oui.

Ce qui signifiait que nous étions au bord d'une guerre entre les différents syndicats du crime du pays. Génial.

— Et cette maison ? C'est la sienne ?

Il eut un signe d'approbation.

— Et tu pourrais me donner une idée de sa localisation ?

Il se rapprocha, et la puissance de son aura me coupa le souffle.

— Et tu pourrais me donner un peu de sexe ?

— Seulement si tu me donnes le nom du grand méchant.

Je levai la main pour l'empêcher de s'approcher plus. Il la saisit, la porta à ses lèvres et m'embrassa le bout des doigts d'une manière presque tendre. Sans la détermination glacée qui faisait briller ses yeux, j'aurais presque pu croire qu'il m'aimait. Enfin, c'était peut-être le cas. Peut-être confondait-il amour et possession.

— Je ne peux pas te donner son nom, reprit-il en tentant de m'entourer de ses bras et de me serrer contre lui.

Je résistai en enfonçant l'arrière de mes chaussures dans la moquette et me réjouis d'avoir privilégié une paire confortable au détriment de mes habituels talons aiguilles qui m'auraient fait m'effondrer dans ses bras.

— Tu m'en as déjà révélé énormément à son propos. Pourquoi pas son nom ?

— Parce que je te l'ai dit : je ne *peux* pas le prononcer. Il a mis des restrictions mentales qui m'en empêchent.

— C'est complètement idiot de se contenter de le faire sur son nom alors que tu sembles libre d'en dire pas mal sur tout le reste.

— Ah ! Mais ça, il n'est pas au courant. J'ai réussi à dissimuler certaines parties de mon esprit sans qu'il en ait conscience. Lui, il est persuadé que son interdiction est efficace à propos de tout ce qui le concerne.

Il y avait quelque chose dans ses yeux qui me laissa penser qu'il ne me disait pas tout, et que ce qu'il taisait était d'une importance capitale. Je fronçai les sourcils, tentant de me remémorer chacune de ses paroles, ce soir et lors de nos précédentes discussions. Et, soudain, j'eus une illumination.

— Tu ne peux pas prononcer son nom, articulai-je lentement. Mais est-ce que tu peux l'écrire ?

— Jolie ET intelligente, approuva-t-il en tirant plus fort sur mon poignet.

L'arrière de mes tennis s'éleva d'une bonne dizaine de centimètres avant que je réussisse à m'arc-bouter.

— Alors, donne-le-moi, Misha. Nous devons arrêter cet homme.

— Toi, tu le dois. Moi, tout ce que je veux, c'est toi.

Mais ce n'était pas réciproque.

— Je croyais que tout ce qui t'importait, c'était d'avoir un enfant pour transmettre ton nom.

— C'est le cas, et j'ai bien l'intention de l'obtenir aussi. Mais nous savons tous les deux que c'est quelque chose que je ne pourrai probablement pas avoir avec toi.

— Je ne t'aime pas, Misha.

— L'amour n'a jamais été quelque chose que je désirais. En revanche, je t'ai désirée, toi, dès le moment où je t'ai vu te déshabiller avec tant de sensualité devant la fenêtre de ta chambre.

Il allait vraiment falloir que je sois un peu prudente à l'avenir lorsque j'ôterais mes vêtements à l'issue d'une dure journée de travail, semblait-il.

— Je ne veux pas une relation permanente avec toi.

— Je ne te demande rien de permanent. Simplement du long terme.

Comment pouvais-je lui promettre une telle chose alors que je ne savais même pas de quoi demain serait fait, que cela soit pour lui ou pour moi ? Et si je devais rencontrer mon âme sœur demain ? Je me retrouverais coincée dans une relation – et avec un loup – dont je ne voulais pas.

— Nous avons déjà un accord, Misha. Contente-t'en.

Il sourit et m'attira brutalement contre lui. Il m'emprisonna de ses bras et susurra :

— Alors, je ne te donnerai pas ce nom.

J'aurais pu me dégager de son étreinte si je l'avais voulu et nous le savions tous les deux. Ce qui rendait la chose plutôt inutile, en définitive.

— Tu m'en as dit assez pour que le Directoire devine de qui il s'agit.

Il laissa ses mains glisser sur mes fesses et me plaqua contre son sexe en érection.

— Mais tu ne pourras pas intégrer son cercle de proches sans mon aide.

— Ne sous-estime pas le Directoire, Misha. Ce n'est pas un repaire d'incapables, contrairement à ce dont toi et ton frère semblez persuadés. (J'eus un instant d'hésitation avant de poursuivre :) Nous avons mis la main sur Roberta, tu sais ?

Cela sembla le surprendre.

— Alors, j'espère que vous la protégez bien, parce qu'il n'hésitera pas à la tuer.

— S'il a tué Nasia, alors j'imagine qu'il a déjà tenté avec sa mère.

— Exact. Il a toujours eu en tête de propulser Rupert à la tête des Helki.

Quelle merveilleuse preuve d'amour maternel, alors même que sa mère l'avait aidé à monter sur le trône.

— Nous détenons aussi Rupert.

— Il n'y a plus qu'à espérer que vous ayez d'ores et déjà obtenu la localisation des laboratoires, parce qu'il va s'empresser de l'effacer de leurs esprits.

— Même si c'est le cas, toi tu la connais. Tu peux toujours me le dire.

— Encore faudrait-il que je sois vivant.

J'arquai un sourcil ironique.

— Et moi qui croyais que tu réagissais de manière bien calme aux menaces de mort.

— Calme ? Tu rigoles ? Pourquoi penses-tu que je passe mon temps dans ce bureau ?

— Ici ? m'étonnai-je en désignant la fenêtre. Avec ces énormes vitres ? En quoi es-tu plus en sécurité qu'ailleurs ?

— Elles sont à l'épreuve des balles. Je les ai fait remplacer lors des travaux de réfection de l'immeuble, il y a quelques années.

— Étant donné que ton maître est spécialiste dans la création de créatures inimaginables, je ne parierais pas sur l'impénétrabilité de cet immeuble.

— Quiconque veut atteindre ce bureau aura affaire aux Fravardin.

— Il lui suffit de mettre une bombe ou d'attaquer au lance-roquettes et toi, ton bureau et tes Fravardin ne serez plus qu'un tas de poussière…

Et moi aussi si ladite attaque avait lieu pendant que je me trouvais ici.

— Pas assez subtil. Il ne peut pas se permettre d'attirer l'attention tant qu'il n'aura pas suffisamment assis son pouvoir.

— Oui, oui. (Je saisis les mains de Misha et m'extirpai de son étreinte.) Bon, je vais te dire ce dont tu te doutes déjà : nous ne ferons pas l'amour ce soir. Pas ici. Pas tant qu'on n'en saura pas plus sur ce qui nous attend.

— Nous avions pourtant un accord très clair.

— Notre accord stipulait que nos rencontres auraient lieu au *Rocker* et rien d'autre.

Il fit une grimace dont l'effet fut fortement amoindri par la lueur malicieuse qui pétillait dans ses yeux. J'imaginais que c'était parce que, malgré mes paroles, il pensait encore être le vainqueur dans cette histoire, car je me trouvais en sa compagnie et non en celle d'un autre.

— J'étais sûr que c'était une erreur de donner des conditions si restrictives. (Il se dirigea vers le bar.) Il ne m'attaquera pas ici. Il sait que j'y suis aussi en sécurité qu'un renard dans son terrier.

Il m'offrit une bière que je refusai.

— Tout terrier a ses faiblesses, Misha.

— Pas celui-ci.

— Tu en es certain ?

— Oui.

C'est à ce moment précis que les lumières s'éteignirent.

Chapitre 12

— Tu parles d'une certitude, grommelai-je en activant ma vision à infrarouges.

— Il doit y avoir une panne de secteur, répliqua-t-il en s'approchant de la fenêtre.

Pourquoi en prit-il la peine ? Je suis incapable de le dire. Il était évident rien qu'à voir les rayons lumineux qui traversaient la fenêtre que cet immeuble était le seul à être plongé dans l'obscurité.

— Aucun doute, le courant est coupé. Le réfrigérateur aussi s'est arrêté, Misha.

Il haussa les épaules en se retournant vers moi.

— Ça n'empêche que, pour arriver ici, l'intrus devra en découdre avec les Fravardin.

Je jetai un regard vers la porte métallique.

— Qu'est-ce qui peut les tuer ?

— Le bois de frêne blanc.

Et j'étais prête à parier que le cerveau de cette opération était parfaitement au courant de cela.

— Préviens-les de cette intrusion et essaie de contacter les gardes en bas pour voir s'ils n'ont pas été neutralisés.

Il resta un long moment immobile, son corps se détachant telle une masse rouge pulsatile sur l'arrière-plan lumineux formé par les lampadaires de l'extérieur. Puis il acquiesça et se dirigea vers son bureau.

— Tiimu, prépare-toi à affronter une attaque. Il se peut qu'ils aient du frêne blanc alors dis bien à tout le monde de faire attention. (Puis il appuya sur un second bouton :) Sécurité ?

Pas de réponse. Il croisa mon regard.

— On les a neutralisés.

— On dirait, oui. (J'ôtai le sac de mon épaule et en sortis le fusil.) Tu as quelque chose qui ressemble à une arme dans ce bureau ?

— À part des dents ? répondit-il en retroussant les lèvres.

Je mis les cartouches supplémentaires dans mes poches et me débarrassai du sac.

— J'ai dans l'idée que ce qui va nous tomber dessus ne craint pas particulièrement les canines pointues.

Il me décocha un grand sourire et, même à cette distance, je perçus l'odeur de son excitation. Après tout, c'était un loup, et lorsqu'un loup mâle était menacé, en général, tout son bon sens s'envolait.

Il appuya sur un petit bouton de la console intégrée à son bureau et se tourna vers une bibliothèque derrière lui qu'il fit pivoter, livrant accès à un véritable arsenal.

— Je te conseille de prendre un laser. Les canons sciés ne sont pas adaptés au corps à corps. Trop longs à recharger.

J'attrapai au vol celui qu'il me lança.

— Ça fait longtemps que tu possèdes cette armurerie ?

— Je l'ai aussi fait aménager au moment de la réfection de l'immeuble.

— Tu n'as pas pensé à faire creuser une sortie de secours par la même occasion ?

Il se contenta de sourire, ce qui me fit penser que c'était bien le cas, mais qu'il ne me la montrerait pas tant que ce n'était pas absolument nécessaire.

— Tu as des caméras à chaque étage ?

— Oui, mais sans électricité je ne vois pas comment elles pourraient fonctionner.

Bon sang, ce que je pouvais être bête, parfois.

— Donc on se contente d'attendre que notre intrus arrive jusqu'ici, c'est ça ?

— En gros, oui.

Il alluma le laser et son léger bourdonnement remplit l'air en me mettant les nerfs à vif. Je me retranchai derrière l'une des colonnes à côté de la porte et m'y appuyai, le dos contre le béton frais. J'avais les mains moites et le cœur qui battait à cent à l'heure. Je fus heureuse de cette réaction, de la boule de peur qui me nouait l'estomac. Parce que cela signifiait que, contrairement à ce que je craignais, je n'étais pas encore devenue comme mon frère.

Le ronronnement mécanique d'un ascenseur retentit dans le silence. Tout mon corps se tendit et j'assurai ma prise sur le pistolet laser. Je coulai un regard en direction de Misha.

— Pourquoi les ascenseurs fonctionnent-ils s'il n'y a plus d'électricité ?

— L'un d'entre eux dépend d'un générateur indépendant, dans l'éventualité d'un incendie ou d'une situation telle que celle-ci.

— Super. Comme ça, les méchants n'ont pas à se fatiguer à monter les escaliers.

— Oui, c'est un effet secondaire malheureux. Mais c'était légalement obligatoire, je n'ai donc pas eu le choix.

Il ne s'était pas éloigné de son arsenal et tenait un pistolet laser dans chaque main.

Je me passai la langue sur les lèvres et tournai le regard vers la porte. À quel point était-elle solide ? Vu tous les aménagements apportés par Misha, j'imaginais qu'elle avait été renforcée, mais serait-ce suffisant pour empêcher d'entrer ceux qui nous arrivaient dessus par l'ascenseur ? Quelque chose en moi me disait que non, et ma peur s'accrut encore un peu.

Le ronronnement de l'ascenseur s'interrompit et une sonnette retentit dans le couloir, signalant l'ouverture des portes.

Je sentis mon front se couvrir de sueur, et mes doigts étaient tellement crispés sur mon arme que je me forçai à les remuer un peu pour éviter les crampes. J'inspirai profondément et tentai de me relaxer un minimum en attendant que quelque chose, quoi que ce soit, se passe.

Pendant un moment qui me sembla interminable, il ne se produisit rien du tout.

Puis un rugissement inhumain déchira le silence et mes poils se dressèrent sur mon échine. Ce furent alors des bruits de combat qui retentirent, coups violents, claquements de chair contre chair, grognements de douleur, d'autres rugissements. Les murs semblaient trembler sous une telle violence. Impossible de savoir si c'était dû à des coups de feu ou à des corps les percutant avec une force ahurissante.

Un point rouge apparut au centre de la porte et s'élargit en un cercle au centre chauffé à blanc. Je me décalai sur le côté pour éviter que le laser me transperce quand il finirait par traverser la porte. Car il y parviendrait, ça ne faisait aucun doute.

— S'ils croient qu'ils vont aller loin en tentant de creuser un trou au laser dans cette porte, observa Misha d'un ton tranquille, ils se trompent.

Je déglutis pour humidifier ma gorge sèche et demandai :

— Pourquoi ?

Il me décocha un regard vague, digne de celui d'un voyant en transe.

— Parce que cette porte est résistante aux rayons laser.

— Pendant combien de temps ?

— Une heure.

Assez longtemps pour que les renforts arrivent. Seigneur, j'espérais vraiment que Jack avait fini par lire ses messages.

— Et elle est résistante aux explosifs ?

— S'ils utilisent une bombe, la moitié du plafond leur tombera sur la tête. C'est un vieux bâtiment, après tout.

Moi je le savais, mais eux ?

— Pourquoi n'appelles-tu pas la police ?

— Et toi, pourquoi ne préviens-tu pas le Directoire ?

— Je l'ai déjà fait.

Il me gratifia d'un regard interrogateur.

— Pourquoi ne sont-ils pas là, alors ?

— Mais qu'est-ce que j'en sais, bordel ? répondis-je d'un ton plus vif que je n'en avais eu l'intention. Je suis ici, pas là-bas. Je n'en ai pas la moindre idée…

Je m'interrompis soudain. À travers les bruits de bagarre dans le couloir, le sifflement du laser et le bouillonnement du métal en fusion, je décelais un autre son. Une sorte de grattement. On aurait dit que de petites pattes velues couraient sur la surface de la porte. Je réprimai un frisson, mais la sensation que nous n'étions plus seuls dans la pièce me noua la gorge.

Parce qu'en fait ce son venait plutôt d'au-dessus de nous, du plafond, et non de la porte. Je levai les yeux. Ma vision à infrarouges ne révéla rien, ni sur le plafond lui-même ni au-delà de celui-ci. Pourtant, le son s'approchait indéniablement.

J'eus l'impression que mon cœur allait sortir de ma poitrine tellement il battait fort. Je réactivai ma vision normale et examinai la surface blanche en me demandant ce qui se passait. Il n'y avait rien à voir, mais pourtant la certitude que quelque chose approchait et se préparait à nous fondre dessus croissait comme un cancer en moi.

— Qu'est-ce qui ne va pas ?

La soudaineté de la question me fit sursauter. Je me tournai vers Misha.

—Il y a quelque chose dans le plafond.

—Il n'est pas conçu pour supporter un poids très important, remarqua-t-il en levant néanmoins les yeux avec une expression qui, pour la première fois, ressemblait à de l'inquiétude.

—Ce qui est en train d'approcher ne pèse pas bien lourd.

Le rayon laser traversa alors la porte et je sautai sur le côté. Un rayon rouge et mortel déchira l'obscurité et frappa la colonne devant laquelle je me trouvais quelques instants plus tôt en faisant bouillonner le béton, puis disparut aussi soudainement qu'il était apparu. La seule trace de sa présence était le cercle de métal en fusion qui rougeoyait dans la pénombre. Dans le couloir, le silence était revenu. Quant à savoir si cela signifiait que les Fravardin avaient repoussé l'attaquant ou le contraire, je ne pouvais le dire. Mais j'avais l'horrible sentiment que c'était mauvais signe.

—Ils ont laissé tomber, observa Misha.

—J'en doute.

Le grattement approcha encore, m'évoquant à présent une multitude de pattes, et non seulement quelques-unes comme auparavant. La peur me serra la gorge et je levai de nouveau les yeux vers le plafond. Qu'est-ce que ça pouvait bien être ? On aurait vraiment dit des araignées…

Oh merde !

Kade avait parlé d'araignées. Des bêtes indétectables aux infrarouges et capables de passer par des interstices aussi minuscules que le trou dans la porte. Ou que les ouvertures d'aération dans le plafond.

Paralysée par la terreur, j'aperçus des gouttes de liquide couler de la grille qui se trouvait juste au-dessus de moi.

—Misha ! hurlai-je en me projetant sur le côté et en braquant mon pistolet laser vers le haut. Regarde par là ! Ton maître nous a envoyé ses araignées !

Il poussa un juron qui se perdit dans le bourdonnement de mon laser alors que je pressais la détente. Le rayon transperça la semi-pénombre et frappa le centre de la tache d'humidité qui s'élargissait. La grille commença à fondre et un nuage de vapeur envahit la pièce, saturant l'air ambiant de l'odeur de chair brûlée. Quelque chose poussa un hurlement aigu qui ne ressemblait à rien de connu et qu'une oreille humaine aurait été incapable de détecter. Puis la grille tomba, suivie d'une cascade d'eau. Mais c'était une eau qui n'éclaboussait pas, pas même mes jambes alors que je me trouvais à peine à quelques centimètres de l'endroit où elle était tombée. Je regardai avec une expression horrifiée la flaque se séparer en plusieurs monticules qui enflèrent et prirent peu à peu forme, des pattes poussant dessus, ainsi que de petits yeux et des dents aiguisées comme des rasoirs.

Mon doigt appuya comme par réflexe sur la détente du pistolet laser et le rayon lumineux déchira de nouveau l'obscurité. Mais les araignées aussi transparentes que l'eau étaient rapides comme l'éclair.

Elles se dispersèrent aux quatre coins de la pièce. Une bonne demi-douzaine d'entre elles se précipita dans ma direction et je balayai la zone au laser en brûlant indifféremment la moquette et les araignées.

Soudain, je sentis quelque chose me mordre cruellement le mollet et je poussai un glapissement. Je cognai l'araignée qui tentait de grignoter mon muscle avec la crosse du fusil et la transperçai de mon laser. Elle tomba au sol, morte. Mais d'autres arrivaient. Je crispai mon doigt sur la détente et balayai l'armée de créatures monstrueuses, suffoquant presque à cause de la vapeur qui emplissait la pièce. Mais c'était comme une rivière sans fin de bestioles. Je sentis le laser chauffer dans ma main et vis la diode de niveau de batterie clignoter pour m'avertir qu'elle était presque vide.

Je poussai un juron et tentai de me frayer un chemin en direction du placard où se trouvaient les armes. Je m'aperçus que Misha lui-même était submergé par les créatures et réussissait à peine à les contenir.

Nous n'avions aucun espoir de les vaincre, je m'en rendis alors compte. Notre seule chance, c'était la fuite, en espérant que rien de pire ne nous attendait dans la rue.

Je me ruai dans l'espace que j'avais réussi à dégager, sautai sur le bureau et me précipitai vers l'armurerie. Je sentis les créatures me sauter sur le dos et planter leurs crocs dans ma chair. Le sang se mit à couler le long de ma colonne vertébrale et la douleur devint presque insupportable. Je laissai tomber à terre le fusil à canon scié et le pistolet devenu inutile et attrapai deux nouveaux lasers. Puis je me retournai vivement en me jetant dos contre le mur de tout mon poids. Je sentis quelque chose exploser et dégouliner sur mes pieds. Je tirai dessus avec les deux lasers puis les braquai en direction de la marée de créatures, balayant le rayon de gauche à droite pour ralentir leur progression.

— Misha, m'écriai-je sans le regarder, il faut qu'on se casse d'ici. Où se trouve la sortie de secours ?

— Bouton vert, en haut à droite…, cria-t-il avant de s'interrompre avec un gargouillement.

Je levai les yeux et vis une araignée accrochée à son visage et un liquide rouge lui couler sur le menton.

Oh mon Dieu ! Je sautai à travers la masse grouillante d'araignées et en écrasai plusieurs sous mes semelles en atterrissant. Je pivotai avec les lasers et réussis momentanément à retarder leur progression, puis je saisis la chose et la lui arrachai du visage. Elle semblait curieusement plus petite. Je n'eus pas le temps d'examiner en détail les atroces blessures de Misha, sa lèvre à moitié arrachée, son nez quasiment absent, ses joues déchiquetées, que les atrocités nous fondaient déjà dessus.

Je fis volte-face et sentis Misha me frapper le dos pour écraser les araignées qui s'y étaient accrochées alors que je continuais à balayer la masse informe de mes deux pistolets laser. Même si leur armée immonde faisait à présent la moitié de sa taille originelle, c'était trop pour nous deux. Il fallait que nous sortions d'ici, et vite.

— Va appuyer sur le bouton, m'ordonna Misha en tirant sur les créatures que j'avais manquées.

Les rayons de ses armes prirent une teinte orangée qui trahissait leurs batteries sur le point de se décharger.

— Magne-toi ! ajouta-t-il.

Comme si j'avais envie de traîner... Je jetai un regard vers la console et vis le reflet liquide d'une araignée qui fondait sur mon visage. Un rayon venu de derrière moi déchira l'obscurité et ce ne fut pas une araignée, mais une nuée de gouttelettes qui me frappa les joues. Un frisson me parcourut et je dus me forcer pour ne pas pousser le hurlement qui montait dans ma gorge.

Je déglutis à grand-peine et bondis vers le bureau en abattant ma main sur le bouton avec tant de force que tout mon bras en vibra. Mais rien ne se produisit. Pas le moindre son, pas la moindre ouverture d'une quelconque trappe. Rien.

— Le levier, haleta Misha. Près des fusils. Et envoie-moi quelques lasers.

J'en saisis deux que je lançai dans sa direction. Il jeta les siennes et attrapa les nouvelles au vol, mais deux créatures profitèrent du bref répit pour le frapper, l'une à la poitrine et l'autre à la cuisse. Nous poussâmes un juron simultané et je m'occupai de maintenir les autres à distance pendant qu'il les arrachait de sa chair. Puis j'attrapai le levier et le tirai de toutes mes forces. La moitié du placard d'armes coulissa dans le mur et révéla non seulement un couloir obscur, mais aussi une créature bleue avec des ventouses au bout des doigts qui me fondait dessus, les poings serrés.

Ceux-ci m'atteignirent avant que j'aie pu réagir et je fus projetée en arrière, par-dessus le bureau, avant d'atterrir brutalement sur le sol avec un grognement. Tout l'air fut expulsé de mes poumons et des points de lumière flottèrent devant mes yeux. Pendant ce qui me sembla une éternité, je ne parvins ni à reprendre mon souffle ni à bouger, essayant de combattre la douleur et la vague de ténèbres qui menaçait de m'engloutir.

Mais malgré tout cela je n'avais pas lâché mes pistolets laser, et ce fut cet instinct qui me sauva. Quand les points de lumière qui m'aveuglaient se transformèrent en une masse bleue, je tirai par réflexe. La créature poussa un hurlement lorsque les rayons creusèrent deux trous jumeaux dans sa poitrine. Entraînée par son élan, elle s'abattit sur moi, déjà morte. Je me dégageai à grand-peine de sous elle en luttant contre la nausée provoquée par la puanteur de la mort, et son cadavre roula sur la moquette.

Je me remis à quatre pattes, puis me relevai avec difficulté. Misha était toujours debout, en train de se battre contre les araignées. La créature bleue n'avait visiblement été qu'une simple mesure de sécurité, car rien d'autre ne sortait du couloir secret.

Il était temps de se barrer d'ici. Je me ruai vers Misha en balayant le sol et la masse d'araignées aqueuses de mes lasers. Les créatures s'éparpillèrent en dégageant le passage vers la porte dérobée. Misha se précipita vers la sortie et je lui emboîtai aussitôt le pas tout en virevoltant et en tirant dans tous les sens, même une fois que l'obscurité du couloir se fut refermée sur moi.

Misha actionna alors un autre levier et se jeta contre la porte pour la fermer. Elle s'abattit sur plusieurs araignées en plein vol, les écrabouillant contre le mur. Je tirai sur les restes humides par acquit de conscience puis laissai échapper un long soupir de soulagement. Dieu seul savait pourquoi, d'ailleurs : nous n'étions pas sortis d'affaire, loin de là.

Misha se laissa tomber contre le mur, la respiration hachée, les yeux clos. Il avait une mine atroce et son visage lacéré commençait à enfler et à se couvrir d'ecchymoses, mais au moins il était vivant.

Je posai doucement ma main sur son épaule.

— Il faut qu'on bouge.

Il acquiesça et se remit debout.

— On va monter, plutôt que descendre.

— Pour aller sur le toit ? m'étonnai-je, et mon estomac protesta à cette idée. Mais nous allons nous retrouver pris au piège !

Il secoua la tête et se frotta le ventre en grimaçant légèrement.

— Non. Il est visiblement au courant de l'existence de ce passage et s'attendra que nous descendions.

— Mais qu'y a-t-il sur le toit, et pour quelle raison ne le saurait-il pas ?

— Il y a des travaux de réfection dans l'immeuble voisin et, ces derniers jours, d'énormes trous ont été creusés dans les murs pour les fenêtres. Il nous sera très facile de sauter du toit à travers l'une de ces ouvertures. Il ne s'y attendra pas.

Il ne s'y attendra pas parce qu'aucune personne saine d'esprit ne s'y risquerait. Pas plus que quelqu'un sujet au vertige. Je passai la langue sur mes lèvres soudain desséchées.

— Et ça ferait quelle distance à sauter ?

Il secoua la tête en grimaçant de douleur. Pas étonnant vu les blessures sur son visage. Le simple fait de parler devait lui faire horriblement mal.

Rien d'impossible pour un loup.

Mon Dieu… Je pris une grande inspiration pour tenter de dompter la panique naissante. De toute façon, il valait mieux affronter cette phobie que ces horribles araignées. Et, vu l'état dans lequel se trouvait Misha, il ne serait pas d'une grande utilité si l'on devait de nouveau se battre.

— Tu me montres le chemin ?

Il hocha la tête et commença à gravir les marches de béton en s'agrippant à la rambarde. Le bruit de nos pas résonna dans le silence et je ne pus qu'espérer que, si quelque chose nous attendait plus bas, elle penserait que nous nous dirigions vers elle, et non vers le toit.

Dix étages seulement nous en séparaient, mais cela me sembla dix fois plus. Nous arrivâmes tremblants et suants à la porte métallique, mais, dans mon cas, je savais que cela était dû plus à la tension et à la peur qu'à l'épuisement.

Misha appuya d'un doigt ensanglanté sur un bouton. Un loquet se désenclencha, mais je l'empêchai d'ouvrir la porte.

— Laisse-moi y aller la première. Je suis en meilleur état que toi.

Il acquiesça et me laissa passer, la main toujours plaquée sur son estomac, un rictus de douleur déformant ses traits mutilés.

Je respirai profondément et ouvris très lentement et très précautionneusement la porte. Je ne perçus rien à part le souffle de la brise nocturne. Il y eut un grincement de métal à ma droite, et de l'autre côté me parvinrent le ronronnement du trafic, le bruit des voix de passants en bas de l'immeuble, et, plus loin, les basses d'un morceau de rock.

Je passai en vision infrarouge et ouvris plus grande la porte avant de me glisser dehors. Je ne vis aucune tache de lumière écarlate, ce qui ne voulait pas dire grand-chose, puisque les araignées n'étaient pas perceptibles de cette manière.

Le vent nocturne me souffla dans les cheveux et je pris soudain conscience de l'espace obscur qui m'entourait et de la hauteur à laquelle je me trouvais. Je fus aussitôt baignée d'une sueur glacée et je sentis mon estomac se soulever. Je fermai les yeux et déglutis avec difficulté.

J'en étais capable.

Tout à fait capable.

Je revins en vision normale et me tournai vers Misha. Il transpirait abondamment et était agité de frissons de douleur. Était-ce le choc ou autre chose ? Je l'ignorais, mais il était évident qu'il fallait que je l'emmène à l'hôpital aussi vite que possible.

— Je pense que nous sommes en sécurité.

Il opina de la tête et me dépassa avant de se diriger vers la gauche. Un énorme immeuble nous dominait, sa structure interne dévoilée par les gigantesques trous creusés dans sa façade.

La brume de métamorphose entoura Misha et, sous sa forme de loup, il courut vers le bord du toit et sauta à travers le trou le plus proche. Je poussai un léger cri de surprise en le voyant atterrir, la moitié du corps seulement à l'intérieur, ses pattes arrière griffant la façade de briques. Pendant un instant, j'eus l'impression que mon cœur avait cessé de battre et, le souffle coupé, je me rendis compte que j'avais peur pour lui. Puis il réussit à reprendre son équilibre et ce fut à mon tour.

Oh mon Dieu, oh mon Dieu.

Je me passai de nouveau la langue sur les lèvres, les yeux braqués sur l'immeuble qui me faisait face. C'était un petit saut. Un tout petit saut minuscule. Rien du tout en comparaison de ce que j'avais déjà fait.

J'appelai le loup en moi et sentis le picotement de l'énergie métamorphique sur ma peau.

Mais je ne pus avancer. On aurait cru que mes pattes étaient collées au sol de béton, m'empêchant de bouger.

Puis j'entendis quelque chose.

Le grattement de petites pattes velues sur le béton.

Les araignées avaient réussi à pénétrer dans le couloir. J'avais donc le choix entre elles et le saut, et j'avais eu ma dose de ces bestioles pour la journée.

Je pris une grande inspiration et courus sur le toit aussi vite que mes quatre pattes me le permettaient. Je laissai derrière moi toute réflexion, je ne regardai pas ce qui m'entourait : je me contentai de courir.

Je fis un grand bond qui me donna l'impression de m'envoler, et ce fut terrifiant de sentir le vent rugir dans ma fourrure et de voir le vide en dessous de moi. La peur me paralysa l'estomac et les poumons, et pendant un trop long moment je fus incapable de respirer.

Puis mes griffes cliquetèrent sur le béton et je dérapai sur le sol bien solide. Je repris forme humaine mais restai un long moment totalement immobile, incapable de faire quoi que ce soit d'autre que de transpirer, de trembler et de tenter de reprendre ma respiration.

Mais la simple pensée que les araignées puissent être capables de se vaporiser entre les deux immeubles me convainquit de bouger. Je me redressai et cherchai Misha du regard. Il était à mi-chemin des escaliers, de l'autre côté de la grande étendue de béton nu.

— Misha, attends !

Il s'arrêta et je le rattrapai. Il dégageait une odeur de sueur, de sang et de peur mêlés et, lorsque nos regards se croisèrent, je décelai une terreur véritable au fond de ses yeux gris argent. J'eus l'impression qu'une pierre me tombait dans l'estomac. Il y avait un problème. Un très gros problème.

— Je me sens horriblement mal, croassa-t-il.

— Tu n'as pas l'air d'aller bien, il faut avouer, dis-je en lui passant le bras autour de la taille et en le soutenant avant de me diriger à toute vitesse ver l'escalier. Je suis garée juste en face. Tout ira mieux une fois que je t'aurai emmené à l'hôpital.

Il toussa et cracha un liquide plein de sang. Mon Dieu, il avait des blessures internes.

— Tiens bon, Misha, marmonnai-je en le traînant à moitié alors que je me hâtais.

— Tu avais raison, murmura-t-il, sa voix presque couverte par le bruit de nos pas. Il a trouvé une faiblesse dans mon terrier.

— Mais il n'a pas réussi à nous tuer, et c'est le principal.

— Je n'en suis pas si sûr, balbutia-t-il avant de s'effondrer en m'entraînant avec lui.

Je poussai un grognement en tombant sur les genoux, le choc faisant vibrer tous mes os. Misha roula sur le dos, son visage déformé par la douleur et ses mains nouées sur l'estomac.

— Seigneur, s'exclama-t-il d'une voix rendue rauque par la souffrance. C'est comme si quelque chose me dévorait de l'intérieur…

Il fut interrompu par une quinte de toux qui le secoua tout entier et expulsa des postillons sanglants ainsi que quelque chose qui ressemblait horriblement à des morceaux de chair.

Et soudain, je me souvins de cette créature qui lui avait sauté au visage. De cette impression qu'elle faisait la moitié de sa taille originale une fois que je l'en avais arrachée.

Un sentiment d'horreur me glaça tout entière et je sentis mon estomac me remonter dans la gorge.

Il y avait bien quelque chose qui dévorait Misha de l'intérieur. Quand cette araignée lui avait sauté à la figure, elle ne s'était pas contentée de lui déchiqueter le visage. Elle avait aussi versé une partie d'elle-même à l'intérieur de son corps et s'était rematérialisée au creux de son estomac pour achever sa sanglante besogne.

Il saisit ma main et la porta à ses lèvres mutilées, embrassant mes doigts si légèrement que je ne sentis même pas son baiser.

— Achève-moi, Riley… Si tu ressens la moindre…

Il s'interrompit de nouveau et un énorme flot de liquide sortit de sa bouche. Je sentis le goût de la bile au fond de ma gorge et luttai contre le besoin de m'enfuir en courant et de hurler de rage contre ce tour du destin.

— Achève-moi, Riley, supplia-t-il. Je t'en prie.

Je fermai les yeux une fraction de seconde, inspirai profondément et déclarai :

— Dis-moi qui est ton patron, Misha. S'il te plaît, donne-moi au moins ça.

— Je ne peux pas.

— Pas même un indice ?

— Impossible. Pas mort…

Il toussa encore et cracha un nouveau flot ensanglanté.

— Je t'en prie. Arrête, gémit-il.

Je me penchai sur lui et embrassai doucement ses lèvres lacérées.

— Que ta prochaine vie t'apporte ce que tu as toujours voulu, Misha.

Il leva la main et me caressa délicatement la joue de sa paume glacée en me regardant avec une intolérable douceur. Je m'étais trompée. Une créature de laboratoire était tout à fait capable de ressentir de l'amour. Je le voyais à présent au fond de ses yeux argentés.

— Mais j'ai déjà trouvé ce que je désirais. Tu sais, ça aurait pu être bien, nous deux. Vraiment bien.

Des larmes coulèrent le long de mes joues.

— Oui, murmurai-je en brandissant mon pistolet laser.

Il attrapa l'une de mes larmes du bout de l'index, l'étonnement le disputant un instant à la douleur dans son regard. Puis il ferma les yeux en souriant et je sus à cet instant qu'il pensait à ce que nous aurions pu vivre ensemble, à un avenir qu'il n'aurait pas le droit de vivre.

Je tirai, mettant fin à sa douleur, mettant fin à son rêve.

Ce n'est que bien plus tard, quand je me fus enfuie de cet immeuble et que j'eus échappé aux araignées, que je m'autorisai à pleurer pour cet homme que je n'avais jamais aimé.

Chapitre 13

Cinq jours plus tard, je me retrouvai dans les entrailles de Genoveve, les blessures pansées à défaut des souvenirs, les mains nouées derrière le dos, le regard braqué sur le sable ensanglanté de l'ancienne arène.

Derrière moi, Jack parlait à Rhoan, mais ses paroles me semblaient un babillement sans signification. Non que cela eût la moindre importance. Je savais tout ce qu'il y avait à savoir. Roberta Whitby était morte. Jack et Rhoan n'étaient pas arrivés à temps pour la sauver : une bombe avait fait exploser son véhicule bien avant qu'il arrive au tunnel où l'attendait leur traquenard. Et l'homme qui se faisait passer pour Mme Hunt avait été transformé en légume, son cerveau complètement frit au point qu'il ne pouvait même plus rester propre. Et cela malgré toutes les protections psychiques que les gardiens avaient placées sur lui après son arrestation.

Malgré tout ce qu'il avait fait ces derniers jours, malgré tout ce que nous avions traversé, Jack ne connaissait toujours pas l'endroit où se trouvait le second laboratoire ou le nom de l'homme qui tirait les ficelles. Il n'en était plus exactement au point de départ, mais n'avait pas vraiment beaucoup avancé non plus.

Il y avait juste une chose : au bout du compte, Misha avait tenu parole. Après sa mort, j'avais obtenu les réponses dont j'avais besoin. Mais Jack n'était pas encore au courant.

Je fermai les yeux en essayant de lutter contre le flot de souvenirs sanglants qui envahissait mon esprit. Je ne voulais pas me rappeler la manière dont Misha était mort, je préférais me souvenir de sa vie, au temps où il n'était qu'un bon ami et un excellent amant. Parce que c'était ce qu'il avait été malgré tout. Un ami.

Un ami qui était mort en m'aimant.

Ses obsèques avaient eu lieu selon la tradition lycanthrope. Il avait été incinéré et ses cendres répandues dans les bois de l'une de ses propriétés. J'avais été fort surprise d'être invitée à la lecture de son testament, et encore plus qu'il me lègue deux choses : un terrain non bâti où je pourrais, selon ses termes, courir librement, et une lettre.

Et c'était cette lettre qui m'avait donné toutes ces réponses. Je glissai ma main dans ma poche et palpai la feuille de papier pliée en quatre. Je l'avais assez souvent lue ces derniers jours pour être en mesure de la réciter par cœur et, pourtant, son contenu réussissait encore à me surprendre. Ou peut-être était-ce le sentiment qu'au bout du compte, Misha m'avait vraiment aimée.

Même s'il n'avait jamais réellement compris ce qu'aimer signifiait.

« Si tu lis ceci, c'est que je suis mort. » C'était ainsi que la lettre commençait. « Et le Directoire et toi êtes à présent les seuls à pouvoir combattre ce monstre. J'en suis profondément désolé. Je veux qu'on arrête cette folie plus que tout ou presque, et tout ce que j'ai accompli ces derniers temps était dans ce but. Mais je crains que ma tactique n'ait réussi qu'à me rendre encore plus vulnérable à ses yeux.

Il a deux identités, Riley. Je ne suis pas en mesure de te donner la première, car c'est un secret que lui seul connaît. Mais je sais qu'il s'agit de quelqu'un que tu vois souvent. Pas un ami ni un amant, mais une personne néanmoins très proche. Et ce n'est pas sous ses ordres directs que se trouve Gautier, celui-ci dépendant plutôt de notre sœur clone. Elle et lui devraient échapper à ce nettoyage, parce qu'il ne sait pas que vous êtes au courant pour lui ou de la présence d'un autre agent double au sein du Directoire. Cette sœur s'appelle Claudia Jones, mais je ne sais pas sous quel nom elle travaille au Directoire.

L'autre identité de cet homme, celle de celui qu'il a remplacé, est la suivante : il s'agit de Deshon Starr. Il a pris le pouvoir sur le cartel des docks, et est sur le point de mettre la main sur tout le centre-ville de Melbourne. C'est un homme impitoyable et dépourvu de la moindre morale. Son organisation est extrêmement fermée et il ne laisse les étrangers entrer dans son cercle de proches qu'au prix d'un examen extrêmement détaillé. Mais j'ai trouvé deux faiblesses dans son armure. Deshon aime les hommes, et apprécie d'en avoir une grande quantité à sa disposition, ce qui donne un point d'entrée intéressant au Directoire. L'autre point faible, ce sont ses deux lieutenants. Ce sont des hommes qui ont bénéficié d'améliorations génétiques, une spécialité du cartel depuis une quarantaine d'années. Ce ne sont ni des clones ni des hybrides conçus en laboratoire, simplement des humains à qui on a injecté de l'ADN de métamorphes *in utero* afin d'améliorer leurs réflexes et leurs différents sens. Ces expérimentations ont aussi eu pour résultat de leur donner un appétit sexuel dévorant. Ils ont absolument besoin de faire l'amour tous les jours et ils accumulent les conquêtes comme d'autres collectionnent les timbres. Toutes leurs maîtresses passent par un examen de leurs antécédents, mais cela n'est pas fait d'une manière très stricte parce qu'elles ne durent pas longtemps au sein du cartel. Celui qui t'a violée au complexe se nomme Alden Merle. L'autre s'appelle Leo Moss. Des deux, c'est probablement Merle qui est le plus sain d'esprit, mais cela ne signifie pas grand-chose. Ces hommes sont extrêmement dangereux et ne vivent que pour deux choses en dehors du sexe : obéir à Deshon et tuer.

Il y a une dernière chose que je dois te dire

Pendant de longues années, la seule émotion que j'ai ressentie était mon désir de succès. Et puis je t'ai rencontrée.

Est-ce que l'amour peut se définir par le désir (ou plutôt le besoin) de vivre aux côtés d'une seule personne, quel qu'en soit le prix ? Est-ce qu'il cause des crises de rage quand on voit celle qu'on aime en compagnie d'un autre ? Est-ce qu'il ne donne qu'une seule envie, celle de la tenir dans ses bras et de lui murmurer au creux de l'oreille des mots qu'on ne pensait jamais prononcer ? Est-ce qu'il te fait espérer des choses qu'on sait ne pas pouvoir être accessibles ?

Je l'ignore, Riley. Dans tout ce que j'ai appris au fur et à mesure de ma vie, je n'ai jamais entendu parler de quelque chose d'aussi fort. Mais, quoi qu'il en soit, c'est ce que je ressentais pour toi.

Nous aurions pu être heureux ensemble… »

Je clignai des paupières pour empêcher les larmes de couler. Je ne l'avais pas cru de son vivant, mais je n'avais pas d'autre choix que de lui faire confiance maintenant qu'il était mort. Il avait prouvé qu'il disait vrai en me donnant, à moi, mais aussi au Directoire, les réponses et les noms dont nous avions tant besoin. Après tout, rien ne l'y obligeait.

— Riley ? Est-ce que tu écoutes ce que je dis ?

Le ton agacé de Jack me sortit brutalement de mes pensées. Je respirai profondément et me retournai.

— En fait, non, je l'avoue. Tu disais quelque chose d'important ?

— Bien sûr que non. Tu sais très bien que je parle surtout pour le plaisir d'entendre ma propre voix, répliqua-t-il d'un ton sarcastique avant de désigner la chaise qui se trouvait devant lui : Assieds-toi et écoute un peu ce que je raconte.

Je croisai le regard de mon frère en allant m'installer et crus y voir une profonde compréhension de ce que je ressentais à cet instant précis. C'était probablement le cas. Nous n'avions pas ce lien que les jumeaux étaient censés avoir, ni de connexion télépathique, mais la plupart du temps nous étions au courant de la souffrance de l'autre. Je m'assis et il me prit la main, la serrant légèrement.

— De sa manière à lui, un peu étrange, il t'aimait vraiment.

Je souris.

— Je sais.

— Chers amis, pourrions-nous reprendre là où nous en étions ? intervint Jack en nous fusillant du regard avant de poursuivre. Comme je le disais, étant donné ce que t'a dit Misha, nous avons deux suspects qui peuvent correspondre à la description de notre homme. Le premier se nomme Frank Margagliano, et l'autre s'appelle Deshon Starr. Ces deux hommes semblent avoir été l'objet de subtils changements dans les dernières années, et…

— C'est Deshon Starr, l'interrompis-je en sortant la lettre de ma poche et en la tendant à Jack.

Il me regarda avec surprise et s'enfonça dans son fauteuil le temps de lire la missive.

— Eh bien, s'exclama-t-il une fois la lettre terminée, voilà qui constitue une aide précieuse. (Il eut un petit sourire.) Et je suis content que ce soit bien Deshon, parce que c'était vers lui que mon instinct me dirigeait.

— Misha nous a aussi donné un moyen de nous introduire dans son entourage.

Il m'examina un long moment, puis replia la lettre, qu'il posa sur le bureau avant de s'y accouder, les mains nouées devant lui.

— Il a donné cela à une certaine personne, en particulier.

Il y avait un regard de défi dans ses yeux verts. Il voulait que ce soit moi qui m'en charge, cela ne faisait aucun doute. Mais, cette fois-ci, il allait falloir que je m'implique totalement. Ce serait à sa manière ou rien.

— Non, répondit Rhoan avant que je puisse dire quoi que ce soit.

Je lui jetai un regard las.

— Je dois le faire. Je n'ai pas le choix.

— Non, répéta-t-il d'un ton qui laissait transparaître la fureur qu'il ressentait. Elle n'est pas entraînée pour ce type de travail. Et, étant donné que c'est sur elle que cet homme tente de mettre la main depuis plusieurs mois, ce serait totalement crétin de l'envoyer dans la gueule du loup.

Je lui touchai la main et attendis qu'il me regarde.

— Le dernier endroit où il s'attendra à me trouver, c'est justement sous ses yeux.

— Sauf que Gautier ne manquera pas de le lui dire.

— Nous nous chargerons de Gautier, intervint Jack.

— Bon sang, Riley ! explosa Rhoan. Tu as bien conscience de ce qui t'attend ? Tu sais avec qui tu vas devoir danser ?

— Oui, je le sais.

Et même si cette simple perspective me donnait la nausée, je le devais à Kade, à tous les étalons qui étaient morts lors de notre évasion, aux autres femmes qui avaient été retenues dans ces cellules de reproduction et qui n'avaient vraisemblablement pas survécu. Il fallait que je règle cette affaire. Ces salopards m'avaient enlevée, droguée avec des substances qui pouvaient toujours avoir de funestes conséquences sur mon organisme, violée, en un mot ils avaient foutu ma vie en l'air.

Mais le pire, c'est qu'à cause d'eux je vivais aujourd'hui dans la peur. Et ça, je ne pouvais le supporter. Je devais jouer un rôle majeur dans leur chute, ne serait-ce que pour ma propre tranquillité d'esprit.

Et si cela signifiait que je devais danser avec les pires psychopathes de la planète, qu'il en soit ainsi. J'étais une louve, et le sexe n'était pas une chose sacrée à mes yeux. Comme je l'avais inlassablement répété à Quinn, c'était un acte qui ne signifiait rien de plus qu'un peu d'amusement tant que des sentiments réels n'entraient pas en compte.

De toute façon, quel espoir avais-je de vivre normalement tant que cet homme était libre de ses mouvements ? Comment pouvais-je supporter que mon frère soit impliqué dans cette traque, et pas moi ?

— Nous pouvons utiliser la fièvre lunaire à notre avantage, proposai-je doucement. Si Misha a dit la vérité, ils prendront probablement moins de précautions lors de la phase de pleine lune.

— Bon sang, Riley, ce n'est pas le problème !

— Le problème, lui fis-je gentiment remarquer, c'est que cet homme n'a cessé de comploter contre moi durant ces trois dernières années. Si tu étais à ma place, tu penses vraiment que tu laisserais qui que ce soit d'autre s'occuper de le châtier ?

Il se recroquevilla sur son siège en se passant la main sur les yeux.

— Seigneur, Riley, tu n'as pas la moindre idée de ce dans quoi tu te lances.

Il avait probablement raison. Peut-être que je mettais le doigt dans un engrenage que n'importe quelle personne saine d'esprit aurait évité à tout prix. Mais c'était quelque chose que je ne pouvais pas *ne pas* faire. Pas si je voulais pouvoir me regarder dans le miroir pendant le reste de ma vie.

— Est-ce que ça pourrait être vraiment pire que tout ce que j'ai déjà traversé ? Pire que de rester là, à attendre de voir quels effets auront sur moi les substances que Talon m'a injectées ?

— Ça pourrait, oui…, souffla-t-il en m'implorant de son regard plein de désespoir. Tu n'as jamais accepté ton côté vampire, ni tes instincts de tueuse. Il va le falloir si tu veux survivre à cette épreuve.

— Sauf que tu ne peux pas y aller seul, et nous savons tous les deux que Jack ne peut y envoyer une de ses gardiennes, tout simplement parce qu'il n'y en a aucune au sein du Directoire qui soit capable de supporter la lumière du jour.

— Je ne veux pas que tu le fasses.

— Et moi, je ne voulais pas que tu deviennes gardien, mais tu l'as quand même fait, parce que tu savais que c'était ce qu'il fallait faire. C'est exactement ce que je pense maintenant.

— Bordel, Riley, c'est vraiment injuste, ce que tu dis.

— Pourquoi ? Parce que c'est la vérité ?

Il se pencha vers moi et me saisit les mains.

— Si vraiment, et j'insiste sur le vraiment, tu penses que tu dois le faire, alors je n'ai pas d'autre choix que de te soutenir. (Il planta son regard dans le mien.) Mais si c'est à cause de Misha et de ce qu'on lui a fait, alors la réponse est non.

— C'est dans mon propre intérêt que je le fais, Rhoan. À cause de tout ce qu'on m'a fait subir.

Enfin, en grande partie.

Il poussa un soupir et lâcha mes mains.

— Alors, au moins, entraîne-toi avant de te jeter dans la gueule du loup.

— Il est évident qu'elle bénéficiera d'une intense préparation si elle accepte de le faire, le rassura Jack. Et Gautier sera au courant, mais cela n'a pas grande importance, vu que tout le monde sait que j'ai l'intention de créer une unité de jour parmi les gardiens.

— Quel meilleur endroit pour se cacher que sous le nez de celui qui nous traque, en effet ? murmurai-je. À ton avis, combien de temps avons-nous ?

— Autant qu'il nous semblera nécessaire, puisque Starr croit être en sécurité à l'heure actuelle. De toute façon, il serait imprudent de se précipiter. Nous maintiendrons notre surveillance sur Gautier, sans compter celle que nous allons mettre en place pour nos deux directrices adjointes. Nous allons aussi nous renseigner autant que possible sur ces fameux lieutenants et mettre en place une couverture pour vous deux.

— Pourquoi ne pas simplement neutraliser Gautier ? s'étonna Rhoan.

Jack lui jeta un regard surpris.

— Tout simplement parce que, si on fait ça, Starr saura immédiatement que quelque chose se prépare. Il vaut mieux le surveiller et l'abreuver de fausses informations. (Son regard revint sur moi.) Alors, tu es d'accord pour participer à cela, ou pas ?

— Je suis d'accord.

Et aussitôt que je prononçai ces simples paroles, je sus que j'avais fait le premier pas pour devenir ce que j'avais maintes fois juré ne jamais devenir.

Une gardienne, tout comme mon frère.

Achevé d'imprimer en mars 2010
Par CPI Brodard & Taupin - La Flèche (France)
N° d'impression : 56987
Dépôt légal : mars 2010
Imprimé en France
81120300-1